张献忠

大西皇帝

田闻一 著

成都时代出版社
CHENGDU TIMES PRESS

图书在版编目（CIP）数据

大西皇帝张献忠 / 田闻一著 . -- 成都：成都时代出版社，2025.1. -- ISBN 978-7-5464-3611-1
Ⅰ. I247.5
中国国家版本馆 CIP 数据核字第 2024HA9648 号

大西皇帝张献忠
DAXI HUANGDI ZHANG XIANZHONG

田闻一 / 著

出 品 人	钟 江
责任编辑	李卫平
责任校对	张 巧
责任印制	江 黎　曾译乐
装帧设计	成都九天众和

出版发行	成都时代出版社
电　　话	（028）86742352（编辑部）
	（028）86763285（图书发行）
印　　刷	成都博瑞印务有限公司
规　　格	145mm×210mm
印　　张	10.25
字　　数	270 千
版　　次	2025 年 1 月第 1 版
印　　次	2025 年 1 月第 1 次印刷
书　　号	ISBN978-7-5464-3611-1
定　　价	56.00 元

著作权所有·违者必究
本书若出现印装质量问题，请与工厂联系。电话：（028）85919288

目录

引子　从花香鸟语中走进历史纵深　/ 001

第一章　偏安一隅的成都，耽于淫乐的蜀王　/ 004

第二章　战争逼近，还在争名夺利　/ 013

第三章　取成都，丁麻胡含羞带辱献妙计　/ 020

第四章　下泸州，高明策士显无能　/ 029

第五章　贤良王志贤，张献忠的清醒剂　/ 042

第六章　缠绵悱恻，英雄难过美人关　/ 051

第七章　取成都，破天荒地使地雷　/ 073

第八章　碧血飞溅，四大美女以死抗争　/ 086

第九章　事与愿违，敬酒不吃吃罚酒　/ 110

第十章　水深必静，大慈寺非等闲之地　/ 120

第十一章　偶然不慎，招来大慈寺抄斩满门　/ 130

第十二章　弄巧成拙，张献忠诡诈造神　/ 138

第十三章　为索爱，柳娘娘紧追不舍 / 147

第十四章　醋坛打翻，耿耿王尚书被动腐刑 / 158

第十五章　寡人有疾，汪兆麟乘虚而上 / 173

第十六章　是耶非耶，年轻皇后眼中的大西皇帝 / 186

第十七章　名为开科取士，实则一网打尽 / 197

第十八章　暗探密布，无所不用其极 / 212

第十九章　饥荒蔓延，乱象丛生 / 227

第二十章　大禅师出面屯垦种田 / 253

第二十一章　江口沉船，火烧成都 / 270

第二十二章　大雾弥漫，张献忠命丧凤凰山 / 294

尾声　长歌当哭 / 300

引子　从花香鸟语中走进历史纵深

很长一段时间，以写作近代四川重大人物、重大事件为己任，对于"张献忠剿四川"说中的张献忠和那段扑朔迷离，虽然只有三百多年，却至今众说纷纭的历史，有足够的兴趣。张献忠这个人物和这段历史，就像冥冥中的一只神奇的手，将写作、再现张献忠和那段历史，作为一个沉重的包袱压在了我身上，压得我喘不过气来，非要透出一口气来不行；又像童话世界中才有的，穿在了脚上就再也卸不下来的魔鞋，驱使着我，让我多次神差鬼使地，从成都，急如星火地赶到百里外的广汉房湖公园，去看园中的"圣谕碑"。因为，这座圣谕碑是张献忠留下来的极为稀罕、很是珍贵的遗物，他的身上带有张献忠的深深烙印，太为难得。

第一次去看时的印象特别深刻，至今记忆犹新。

那是一个春天的上午。明媚的朝阳正在升起，广汉房湖公园满目青翠，百花芳菲，雀鸟啁啾，绿草如茵。园中游人不多，非常幽静舒适。漫步园中，这里、那里随处可见镌刻着古今名人题字、题诗的斑驳石壁、石碑，显示着时间的久远。在天府之国成都平原上，许多公园、名山和胜迹，都有这种独具一格的风景，给人一种沉甸甸的历史文化积淀感。

让我不解的是，明明圣谕碑就在园中，可是好些人不知，而且好些还是本地人。我很容易就找到了圣谕碑，在它面前久久伫立，仔细观察。在小亭的漆黑围栏中，圣谕碑俨然端坐。碑的质地是红砂石，通高

210厘米，宽约100厘米，厚约19厘米。恍然看，它很像是一个从乡间走出来的帝王，头顶一个形似草帽的石亭，脚蹬朝靴似的厚重的石墩，隔着历史烟云与我两相凝望，显出几分神秘；碑眉两边，镌刻装饰着龙纹，很是飘逸，中有"圣谕"两个遒劲的大字；下为阴刻："天有万物与人，人无一物与天；鬼神明明，自思自量。"字显然不是张献忠亲笔，是文人书写，思想却是他的，口气也是他的。

这一切很是引人遐想：明末动乱年间，崇祯三年（1630年），张献忠据米脂十八寨起义。因身长面黄，作战骁勇，人称"黄虎"，后为王，自成一军，转战陕、晋、豫、鄂、川间。崇祯十六年（1643年），取武昌，称西大王，旋克长沙，宣布钱粮三年免征，湘赣农民欢呼雀跃，热烈响应。次年，他再次取四川，这次是他第五次入川。这次他取了四川，在成都建立大西政权，即帝位，年号大顺。仅两年，张献忠兵败退走，撤离时一把大火将成都，将这座唐宋时期就是全国五大繁华都市之一、有"扬（州）一益（成都）二"之称的城市，连带城中的四十万居民烧得干干净净。以至之后近百年，成都成了虎狼出没之地，清初时，不得不把四川的省治迁去离中原地区相对近些，嘉陵江边的川北名城保宁（现阆中市）。

有史可查的还有，张献忠之后，年年战乱加上瘟疫，原先的天府之国不再，偌大个四川，只剩下区区八万余人。而且，这区区八万余人，还都集中于残明大将杨展控制的嘉定（现乐山）地区和川东，明末巾帼英雄秦良玉据守的忠州、石柱一带。也因此，方有后来全国向四川的大规模移民，史称"湖广填川"……

我觉得，圣谕碑坐在广汉房湖公园内，实际上就是张献忠坐在那里。

眼前的现实和过往的历史混合起来，给了我种种昭示，我却说不清这种昭示来自哪里。是张献忠那双令人过目不能忘怀其机警睿智，却又心惊胆战的寒光闪闪的眼睛,还是他那把须臾不离身的宽叶宝刀照人的锋刃?是素来繁华,却被一夜弥天大火焚为灰烬的成都,还是时年41岁的大西皇帝张献忠于西充凤凰山下被偷袭得手的清军一箭射中时,临死前对叛将刘进忠的指责和呐喊?抑或是张献忠的最后一星火种,他的义子、当时已经换了"扶明反清"旗号的晋王李定国率领最后一批大西将士,在西南边陲辗转抗清,宁死不屈,长眠在滇缅边境线上的一律向着北方、向着家乡、向着祖国的坟墓中的那些翩跹蹀躞的英魂?

沿着一条曲折坎坷的历史小道,我寻寻觅觅地向前走去,终于走进了那一片已逝的,然而至今仍为人们关注的,充溢着绵绵的情、绵绵的泪、绵绵的血,戈矛并举、烽火连天的岁月里。

第一章　偏安一隅的成都，耽于淫乐的蜀王

崇祯十六年（1643年）秋天。

偏安西南一隅，素称温柔富贵之乡的天府之国成都。

明亮的太阳下去了，皎洁的月亮还没有升起。这是成都最显繁华、富足的时分。它像一位在白天睡足了觉的贵妇，风姿绰约、环佩叮当地走上台来。

成都不是一座一般的城市，是座坚城。四周有坚固的城墙环卫，加有水的壕沟环绕，周长几十里。城墙高达三丈，厚逾二丈，其上可以跑马。城内有大街二十六条，派生出七十二条小街、一〇八条幽巷。衙门五十余座、寺观九十余座、园林千余座、商肆十万家、人口四十余万。穿城河流两道，又有三十六池塘，数百口吊井，供给城中居民饮水。

成都历史悠久，据说最早是为秦横扫六合立下大功、成了秦相、足智多谋的张仪建成的。四川的地形地貌从整体上看就像一个盆子，最为富足的成都平原则是盆底。蜀地本来富庶，加之蜀郡太守李冰治水开凿离堆，从都江堰引来四时不竭的甘泉，浇灌川西平原，这让成都更是成了一座人世金城、物海总汇，"不知饥馑""既丽且崇，实号成都"。唐宋时期，成都就是全国五大繁华都市之一。明太祖朱元璋于洪武四年（1371年）平蜀，对成都更是大加培修。从战略意义上讲，川内，成都、重庆、泸州并称三大锁钥。从繁华、繁荣上讲，国内，除南北两京外，就是成都了。也正因为如此，朱元璋在将他众多的儿子分封到全国

各地为藩王时，将他最为宠爱的十一子朱椿封到成都当蜀王。

成都有三个名字，一俗二雅。俗的叫"龟城"。说的是张仪建城时，因地势低洼，总建不成，后有神龟引路，让他悟到了什么，趋利避害建起了城，而且整座城市的外貌也像一只爬行的龟。龟城，既形象又有故事。

雅的，一名"芙蓉城"，简称"蓉城"。说的是唐末五代时期，蜀国君王孟昶及花蕊夫人极喜芙蓉，命人在城内遍植。史载："花开时节，高下相照，四十里如锦绣。"是以花得名。

另一个雅名叫"锦城"。成都历史上气候温和，种桑养蚕业既早又发达，盛产高质量丝绸。加之有条穿城而过、水质清冽的锦江，两岸随时有工人和民女濯丝，他们蹲在江边，牵着丝在江中涤荡，锦丝漂曳，就像天上的彩云落进了江中。三国时期，蜀汉政权在成都设置了"锦官"，集中织锦工匠，管理蜀锦生产，并筑城保护，称为"锦官城"，简称"锦城"。

这是一座得天独厚的温柔富贵之乡。

蜀王朱椿的享受破天荒地。只有他的蜀王宫破例比照京城皇城格局修建，前后费时十二年，耗银千万两，几将蜀地多年积存的库银耗尽。蜀王府修建得十分巍峨华丽。它建在成都城中央，川人称其为"皇城"。匀开三道城门，构成一个"四"字。前临金河，河上架有三座拱背汉白玉石桥，构成一个"川"字。门与桥之间，纵横约半里地，一片空坝，上面黄沙铺盖，是蜀中文武官员"觐见"蜀王时停轿下马处。

跨过皇城正中那座石桥，迎面是一座汉白玉石牌坊，上面横镌"金汤永固"四个篆体大字。石坊后面，蜀王府门前，一边蹲一只石狮，系京师名匠雕造；连座高一丈二尺，宽八尺，重万钧，栩栩如生，工巧天下第一。所有用料都取自川内芦山、天全、宝兴等地，经万人牵挽，千辛万苦辗转而至。为给蜀王府烧制出与京城皇宫一般无二的黄绿琉璃瓦，便在城东五里地设窑烧制，仅此一项就耗银数十万两。此地叫琉璃场，地名沿袭至今。

朱元璋担心年代久远，伦辈紊乱，特拟出"悦友申宾让，承宣奉至平，懋进深滋远，端届务穆清"二十字，作为十一子蜀王朱椿一脉的回环轮转，以演万代。

故事发生时，蜀王朱至澍为明王朝第九代。成都城内，官吏队伍庞大，所有文武官员、衙吏种种加起来数万人，而常驻步兵仅有两万余名。城北有较场一座、武库一所；四城门内各有兵营两座。

这是个秋夜。随着夜幕降临，整个成都的大街小巷，无数的茶楼酒肆戏院，无不华灯灿灿，喧闹红火，一派歌舞升平。

就在这时，素常恃才傲物、不喜应酬、众人皆浊独清醒的成都知县吴继善却一反往常出了门。作为大成都的父母官，他觉得他有责任连夜去求见蜀王。当然，能否见到蜀王是另外一回事。心事重重的他满怀忧虑，骑一匹驯良的建昌白马，旁边跟着老仆王升。出了西御街的楼檐，夜幕中远方朦朦胧胧、偌大一片、海市蜃楼般的皇城遥遥在望。刚过去的头上那块镶嵌在楼檐上的有"既丽且崇"四个大字的蓝底金字大匾，被旁侧喇嘛胡同里闪出的微光映照着，闪烁着一种悠长神秘的光泽。

主仆二人，一人马上，一人马下，前后相跟。如水的月光下看得分明，下江才子吴继善年届中年，脸色白净，俊眉朗目，颔下飘一绺疏须，不高不矮、匀称的身上穿一袭四品云雁补子官阶的蜀绣服装，儒雅斯文。他是江苏太仓人，明崇祯十年（1637年）进士，工诗书画。他还是明末清初著名诗人吴梅村的兄长。

蹄声嗒嗒，伴着吴继善深深的忧虑焦急。以往，在这样的良宵，怀才不遇、洁身自好的他，总是在家后院富有苏州园林特色的小花园里，不是约三两好友赏月赋诗、对酒当歌,就是在月下独自徘徊,抒发些类似《红楼梦》中贾雨村"玉在椟中求善价,钗于奁内待时飞"的感喟。促使他去见蜀王的原因是,这天上午,他从一位好不容易从京师逃回来的士子口中得知,李自成日前挥师打下了京师。仓皇中,崇祯皇帝逃到皇宫对面的煤山上,吊死在一棵歪脖子树上……对于关心时事的他来说,事情本来也在意料之中,但陡然一听,还是相当惊愕。这就联想到一心要进入四川建国、拿下成都做京城当皇帝的张献忠。张献忠对成都可谓心心念念、不屈不挠。曾经四次兵临成都城下,却未能破城进城。原因有二:一是成都城高墙厚,兵多将广,同仇敌忾,极难攻克;二是每次张献忠到此,背后都有追兵,面临前后夹击的险境,稍有不慎,就会落入两难境地,只得攻一阵就赶紧落荒而去。然而现在情况完全不同了,已经入川的张献忠,无后顾之忧,且听了他手下很有战略眼光的王志贤的建议,打起"反清复明"旗帜,争取到了人心,正以摧枯拉朽之势席卷蜀地,奔成都而来。然而,蜀王朱至澍至今没有看到局势的危险性,一如既往地躲在蜀宫里醉生梦死。

年前,局势还远远没有这样严重时,吴继善就一而再,再而三地向昏庸、耽于淫乐的蜀王建议,拿出部分财产整军经武,应对张献忠,然而蜀王根本不听。后来甚至连蜀王的面都见不到了——蜀王烦他。这天下午,他专门去找了军事长官刘之渤,刘之渤同意他的看法,可是无计可施,在他面前发了些毫无用处的"皇上不急太监急"之类的牢骚,完全于事无补。

"居庙堂之高则忧其民,处江湖之远则忧其君。是进亦忧,退亦忧。然则何时而乐耶?其必曰'先天下之忧而忧,后天下之乐而乐'乎。噫!微斯人,吾谁与归?"他在心中默诵着范仲淹的《岳阳楼记》,用以鼓励自己、激励自己、要求自己。他当然知道,这些年四川,尤其是成都府,官吏越来越多,纲吏不纪,贪污成风。特别是蜀王,简直就是一只张着大嘴、永远填不饱的大鳄。四川的税赋收入,大半落入蜀王腰包。此时,唯有蜀王开仓疏财,招募壮士,扩充军队,整军经武,或可躲过一劫!

唯愿今夜能见到蜀王。如能见到蜀王,他肯定要动之以情、晓之以理,做最后的争取。能言善辩的他,对自己的嘴上功夫还是很自信的。有人私下评价他:"吴知县不说就不说,一旦说起来,连天上飞的雀雀儿都可以哄到手心里。"他想象着,这时目光短浅、吝啬成性的蜀王在干什么?不用说,在这样的良宵月夜,蜀王一定在宫中尽情寻欢作乐,自己很可能连蜀宫也进不去。似乎要印证他想象的正确,就在他们主仆相跟来到金河边,吴继善正要翻身下马之时——这是文武大员进宫前的下马下车之地,猛听一阵靡靡之音在悠扬的琴、笛、瑟乐器伴奏下,随着夜风传来。他不禁侧耳细听,是一段淫荡至极的歌词:

　　蜀山青兮蜀水碧
　　月白风清乐无兮
　　男欢女爱入罗帏
　　含羞带笑把灯吹
　　金针刺破桃花蕊
　　不敢高声暗皱眉
　　……

细细听时,却又没了。已经到什么样的境况了,国已经亡了,张献忠快打来也,蜀王还在这样醉生梦死、鲜廉寡耻!这淫乐之音,本身就是亡国亡川之音啊!

"大人,请下马吧!"老仆王升走上前来,接过他手中的马缰。"尔等是什么人?"一声暴喝从金河那边传来。同时,月光下闪出一个趄趄武士。那副颐指气使的样子,一看就知是蜀王府中的带刀夜巡侍卫官。

"在下是成都知县吴继善。"没有办法,吴知县只好忍气吞声,对隔河的侍卫官作了一揖,说道,"我有要事连夜求见蜀王,烦请军门通报一声。"

"哈!"对面传来一声冷笑,虽一个小小带刀侍卫,却根本就没有把吴知县放在眼里。"现在是什么时候,蜀王是那样好见的?"小小带刀侍卫话中分明有种居高临下的教训意味,可以想见带刀侍卫隔河斜睨眼睛看人的样子。

吴继善轻轻叹了口气,对老仆使了一个眼神。王升双手捧着一个沉甸甸的包裹,颠颠走上汉白玉拱背桥。吴继善指着王升捧在手上的包裹对带刀侍卫说:"有劳军门通报一声,这是二百两酬劳军门的银子。"

就这一句,虽然看不清,但明显感觉得到那绛紫色脸面的带刀侍卫神情突然大变,笑逐颜开地噔噔两步走上桥来,从老仆王升手中接过包裹,掂了掂——掂出里面装的是银子,而且分量不轻。

"吴大人,请吧!"侍卫官马上就不一样了,他将手一比,让吴继善带着老仆王升先过桥去,他让他们在门外等,他进宫去禀报蜀王。这家伙狡猾,临去时留下一句话,说是:"大人的意思我一定禀报上去,至于蜀王肯不肯接见吴知县,就不是在下的事了。"

吴继善通情达理地点点头:"那是。"

这时,在纵横很深、富丽堂皇、温香软玉的蜀王府后宫——承平宫暖香阁,时年五十一岁的蜀王朱至澍很舒适地斜躺在一张硕大的牙床上,蛮有兴致地观看他的嫔妃们表演歌舞。

屋内暗香浮动,灯光幽微。隐约可以看清,本来就肥胖的蜀王日来更是发福了。宫内有微微的穿堂风,很舒适。可是,朱至澍还嫌热,袒胸露腹,侧着身子,鼓起一双好色的牛眼睛,放肆地观赏着眼前富于肉

009

欲刺激的歌舞表演。他枕在一只绣有鸳鸯戏水的硕大蓬松枕头上,妖娆的周妃紧偎在他身边,一边与他喁喁说笑着,一边用纤纤玉手在他身上揉揉捏捏,朱至澍舒服得直哼哼。

其实,蜀王朱至澍并不是坦露在外,他的大牙床上挂有一领宝物——珍珠罗纹帐,薄如蝉翼,里面的人可以看得清外面的一切,外面的人却看不清里面。这是当年他的先人朱椿到成都当蜀王时,朱元璋送给他最宠爱的宝贝儿子的西洋宝物,一直流传至今。这珍珠罗纹帐收起来可以盈握手中,放开来硕大无朋。

弦歌声声、余音绕梁中,蜀王的四个宠妃、四大美人李丽华、齐飞鸾、严兰珍、许若群分别领着一班宫女,轮番上前为蜀王表演歌舞。她们虽然燕瘦环肥,却是各有其妙,身披轻纱,袅娜多姿,首先在视觉上就给蜀王以享受。

善歌的李丽华为蜀王唱了一曲由宫廷乐师配乐、演奏的竹枝词:

杨柳青青江水平,闻郎江上踏歌声。
东边日出西边雨,道是无晴却有晴。

这是唐代诗人刘禹锡《竹枝词》中的一首,是竹枝词的代表作。所谓竹枝词,最先是初唐时流行于巴蜀地区的带有浓厚民间色彩的当地乐歌。这种集乐、歌、舞于一体,最能反映当地民俗民情民风民声的文学文艺形式,很快吸引了最为敏感的文人的注意、参与,于是,在初唐时期,就形成了竹枝词——流传甚广的一种新的诗歌体裁。现存最早的代表作是唐肃宗时诗人顾况所作"帝子苍梧不复归,洞庭叶下荆云飞。巴人夜唱竹枝后,肠断晓猿声渐稀"。而其中,贡献最大、推广最力的人是刘禹锡。他曾任夔州刺史,对于这种发源于当地的竹枝词的开拓、提高、推广、发扬光大不遗余力,让竹枝词名扬四方,蔚然成风。杜牧诗云:"楚管能吹柳花怨,吴姬争唱竹枝歌。"不用说,竹枝词到了享乐成性的蜀王手上,几经改进,更是达到了一种胜景。

齐飞鸾、严兰珍、许若群三人为李丽华美妙的歌喉伴舞。四大美人载歌载舞,让蜀王看得忘乎其形,神思飘忽。看蜀王高兴,四大美人越发舞姿翩跹、歌声婉转,让蜀王忘乎所以,不知今夕何夕。李丽华面容清丽,歌声优美婉转;齐飞鸾身材高挑,舞姿轻盈,衣袂飘飘;严兰珍丰满合度,腰肢纤细,甩着水袖;许若群幽雅娴静,颈子长长,腴肩斜斜。她们各有千秋,各有其妙。很快,蜀王最喜欢的场景出现了,灯光转暗,在她们身后出现了一个女扮男装的采花大盗。趁四美不注意,采花大盗像只山豹子般猛地蹿出,拦腰抱起严兰珍,来到一棵大树后强行非礼。年方二八、美貌无比的严兰珍越是挣扎,就越是唤起采花大盗的雄性和兽性。另外三个美人,一边齐声呐威,一边上前救人,不意采花大盗不仅不怕,反而将柔弱的四美一一绑在树上,挨次上去非礼:他一边强行亲吻李丽华的香唇,一边三下五除二地将她身上的衣物轻剥开,犹如剥笋。很快,采花大盗将李丽华剥得只剩下一件红兜肚,露出雪白的大腿和遮羞处的一缕轻纱……在强人手中百般挣扎而无可奈何的李丽华如雨打梨花般羞怯和可怜。

蜀王看到这里,不仅不恼,反而因受到刺激而霍地坐了起来,呼吸急促,一双牛眼睛充血,显出急切。女扮男装的采花大盗和另外三美见蜀王需要的效果达到,这就相视一笑,火速撤离,只将绑在树上的李丽华给他留下。

肥胖如猪的蜀王急速走下牙床,解开绑在树上的妃子李丽华,拥着她快速钻进珍珠罗纹帐。

很快,一切似乎都凝滞了。只有摆在屋角的那只无头蟾蜍吐出淡淡的幽香,伴着珍珠罗纹帐中传出的蜀王美妃、如带露春笋似的李丽华娇喘的呻吟声和蜀王朱至澍鼻息粗重、猛兽发威似的喘息声。

在蜀中,无异于皇帝的蜀王,在这样过筋过脉的时候,连天王老子也不敢去惊动的。不用说,连夜而来求见蜀王,显得有些迂腐的成都知县吴继善当然是铩羽而归。吴夫子或许不知道,拿了他很大一个红包的带刀侍卫,压根就没有敢进宫去通告、搅扰蜀王的淫乐。

抱最后一线希望而来的吴知县,从带刀侍卫口中得知蜀王不肯接见他后,满面凄苦,抬头望天,只见乌云遮月,黑云滚滚而来。锦绣成都,在陡然而至的黑暗中,好像是在向什么地方神秘凄惨地潜行。

第二章 战争逼近，还在争名夺利

崇祯十七年（1644年）秋日的这天上午，阵阵哀恸之声很破例地从素常肃穆庄严的蜀王家庙中传出。明亮的阳光透过镶嵌在雕龙刻凤窗棂上、从西洋进口的莹洁的玻璃射进来，斜斜地拖在地上，显得灰扑扑的，反衬出一种惨然。

正面壁上，挂着一幅硕大的成都名画家古中古先生画的崇祯遗像。遗像形神兼备，栩栩如生。一束明亮的阳光投射其上，画面上的崇祯，一半在阳光里，一半在阴影中。阳光中的崇祯晃眼、看不清虚实。阴影中的崇祯最能表现其个性特点。他那张总好像睡眠不足、贫血的寡骨脸上，那双朱明先人留下来的、略为沉陷的眼眶里定住的一双鼓眼睛看着属下后辈子孙，总像是在生气，显得有些阴鸷；眼神中闪烁着一丝猜忌、一丝戾气、一丝犹豫、一丝幽怨。

率领百官哀悼，站在最前面的蜀王朱至澍，呆立在崇祯遗像前，长久地打量着墙上的崇祯遗像，显得有点呆怔，神情木木的，好像这会儿他才意识到，长久以来，他的所有享受，都来自画面上这位被李自成逼得于惶恐中上吊于煤山一株歪脖子树上的崇祯皇帝的庇护。如今，好日子已经到头，马上就要到来的凶险，需要他朱至澍单独面对。他明显地感到，此时此刻，凶煞一个、黑塔似的张献忠正张牙舞爪地向他逼近，要索他的命，他不寒而栗。这一切，让他不知该如何应对。他下意识地伸出双手朝前抓一下，同时，下意识地将肥大的身子朝地上一跪，双手朝前一扑，号啕大哭，这可是从来没有过的。蜀王的大声号哭，将他身后的百官们吓了一大跳。当然,百官也跟着他跪下哭起来。在家庙前边站了两排,打扮得像太监似的乐队就像得了号令,动用起他们手中的钹铙笛琴,奏起哀乐。这样一来,更加深了哀愁。

其实,这时离崇祯之死,已经有了一些时日。蜀王府之所以今天才发丧,一是因京师、成都两地相距遥远,信息迟来。更主要的是,偏安一隅的蜀王,以往总是否极泰来,转危为安,他不相信崇祯已死,朝廷已亡。然而,事实证明,这次是真的危急危险了,逃不过了。

目前,据他所知,福王在南京建立了南明小朝廷。又听说,小朝廷内一塌糊涂,国不成国,朝不成朝,君不成君,臣不像臣。这些,他不太感兴趣,也不太关心。他关心的是他自己。而如芒刺在背的是,这次张献忠长驱直入,摆出不拿下成都决不罢休的架势。不像以往,第一次无后顾之忧的张献忠进入四川后势如破竹,在一举拿下川中锁匙万县之后,乘胜向重庆挺进。

重庆一旦拿下,接下来就是成都。如此,该如何应对!

在钟鸣鼎食中顺风顺水长大,年过半百、平生只知享福、没有半点才能的蜀王朱至澍,这时只知道哭。除了哭,还是哭。或许,只有哭才能稍许舒缓他心中的紧张。

而跪在他身后跟着哭的百官中,成都县令吴继善最为冷静。他知道,哭不能解决问题。跪在地上的吴继善,看着正面墙上的崇祯遗像,思绪一下走得很远,浮想联翩。

是的,崇祯皇帝是明朝历代皇帝中最为勤政、最辛苦的一个,继位以来,一天安稳日子都没有过过,可谓三更灯火五更鸡,"衣带渐宽终不悔,为伊消得人憔悴",可是,越是如此,国事越发糟糕。

如果把崇祯比喻为一个船长,他接过手的船,千疮百孔。这是一艘附着物太多的大船、烂船——国家官吏队伍庞大,国库空虚,民怨沸腾,内忧外患。偏偏崇祯皇帝是个很瘟的船长。屋漏又逢连夜雨,这个不合格的船长，驾驶一艘烂船，在惊涛骇浪的大洋中颠簸前进，不沉没是不可能的。

有言性格决定命运。确实如此。

崇祯小气、猜疑，格局、气量都很狭小，对人苛刻寡恩，而总是自以为是。这就决定了他的命运，决定了明朝的命运。

崇祯三年（1630年），陕北发动了大规模的农民起义，最劲的是高迎祥"高闯王"。这时大明朝内忧外患。抱着宁予金人而不予家奴的心理，崇祯举全国之力灭了"闯王"。高迎祥被押到京师就刑时说过的那番应该很引当朝者深思、检讨的话，崇祯皇帝却根本听不进去。

恍惚中，吴继善觉得走回了过去，走回了江南。那时，他还很年轻，是江苏太仓一个正积极博取功名的士子，听到过一则当时认为荒诞，现在看来——应验的传说故事：不到二十岁的崇祯皇帝朱由俭从祖上接过江山之时，还收到四个小锦匣子。祖上嘱咐他，必须到某年某月才能分段开匣观看。但后来当李自成、张献忠横扫半个中国如卷席，闹得不可开交、风卷残云之时，焦头烂额、无以应对的崇祯皇帝一是出于好奇，更多的是希望从先祖留给他的四个小锦匣中找到对付李自成、张献忠的锦囊妙计，将四个小锦匣一一打开。原来，四个小锦匣中分别藏了一幅画，连起来，就是一幅各自独立而又相互关联的连环画。第一幅画是：金銮殿上，一个面目不明的年轻皇帝及大臣们各就各位，神态俨然。显然指的是崇祯登基。画的下角有几个造反饥民，拿刀执杖，瘦弱不堪，就是几个乞丐而已。然而以后此消彼长，画面边上几个形象模糊、拿刀执杖的造反饥民渐渐长大、清晰起来，将坐在金銮殿上的皇帝及之下的大臣不断挤压，日月无光。

到了第四幅，原先之中的一个饥民坐到了金銮殿上，而皇帝则吊死在一棵歪脖子树上。据说，自负甚高的崇祯皇帝看罢，不仅不信，反而十分生气，如果这不是祖上传给他的，肯定两把撕了。崇祯将画草草收了起来秘藏，绝不外传。

如今天下到了这个样子，不说其他，也顾不了其他，只是说蜀中当下，众望所归的蜀王拿不出个办法，只知道哭，这不是个办法呀！为自身计，为治下的成都计，该怎么办呢？为今之计，还是只有从蜀王身上想办法。如果大家都像蜀王一样，无为而治，那么，当恶煞似的张献忠打进成都之际，只怕你蜀王朱至澍的命运比吊死在树上的崇祯皇帝还要悲惨。当然，覆巢之下，安有完卵，只怕今天在场的一个都跑不脱！

就在吴继善神思恍惚、沉思默想时，一个熟悉的声音将他唤醒："继善兄，你不要太过悲伤，起来吧！"他才发现，人都走完了，只剩下他和好友刘道贞。刘道贞是四川邛州人，官居蜀王府审理。此人足智多谋，长得矮小精干。四川有句俗话最是比喻精当：巴地草根多，矮子心多。刘道贞脑子活络，办法很多。

吴继善站了起来，不无自嘲地苦苦一笑："我这个小小的成都知县有什么太过悲伤的？皇帝不急太监急！"想起日前连夜去蜀王府碰了个钉子，他心中很不是味儿。

刘道贞摇了摇头："张献忠就要提兵打来了，我们总不能坐而待毙吧？"

"有啥法呢？而今只有蜀王出面才有点办法。招募将士守城打仗、加固城墙，哪样不要钱？只有蜀王才有钱。而且，在蜀中不管如何说，他是主心骨，他不出面我们咋办？"然后他就把那晚去求见蜀王的经过、不平说了。

"这样吧……""巴地草"刘道贞就是有办法，他提出去找蜀王的宠妃齐飞鸾的父亲齐群芳，齐群芳平时与他说得来，再由齐群芳出面去说服蜀王。咦，确实是个办法。于是，两人去找到齐群芳，三人一说合拍。齐群芳建议再一起去找内江王。内江王也是一个藩王，封地内江，却常住成都，是蜀王的叔叔。有言，物以类聚，人以群分，内江王同意他们的看法。人多出智慧。他们分析了蜀王性格,认为蜀王虽然富可敌国,却是吝啬成性。蜀王有几贪:贪财贪色贪名,贪生怕死。灯不拨不明,话不说不亮。认准蜀王性格,"巴地草"的办法也随之出来了。"这样吧,"他提议,"如果就这样要蜀王拿钱出来,难!不如我们推举他出来当监国!"

咦,大家眼前一亮,却又不由你看看我,我看看你,相互征求意见。监国可不是一个小头衔、小名头,那是在国家剧烈动荡之际推举出来的众望所归的要人。弄得好,监国以后顺理成章转为皇帝都有可能。

内江王说:"这个办法行是行,好是好,也行得通。不过最好还得有个人附议为好。"大家问这人是谁,他说刘之渤。他这一说,大家立刻焦倒了。刘之渤是目前成都最高的握有实权的军事长官。在座的都是文官,有军事长官附议当然最好。但刘之渤这个人不好说。他与李自成、张献忠同为陕西老乡,武举出身,身高臂长,相貌堂堂,性情耿直,满脑袋正统的纲常伦纪,头脑死板、性情固执。但没办法,这个人绕不过去,大家同意去试试,于是去到他的家中。不出所料,大家把这个想法一说,刘之渤把头摇得拨浪鼓似的,霍地站起,手在桌子猛地一拍,眼睛一瞪,大声责问:"这是什么话?!还有没有一点纲常伦理!先帝初崩,北都虽陷,但福王已在南京举旗讨贼。恭请蜀王出面,为国散财募士讨贼当是好事,但只能称为勤王,如何能称监国?!公等熟读诗书,难道不以唐代永王事为鉴乎?"他这里说的是,昔唐朝永王"璘"为唐玄宗李隆基第十六子。安禄山造反,弄得不可收拾之时,璘募士数万,自号监国。而马嵬兵变,玄宗西逃之时,已经让第三子李亨继位,号肃宗。一山不容二虎,一国不能有二君。唐肃宗一朝权在手,便把令来行,下诏于璘,令其改邪撤号。璘不从,终遭捉,肃宗以犯上作乱罪将弟处死。

"此事与唐永王璘完全不同。"吴继善反驳,"当时,长安虽已陷

017

落，但天子出奔在蜀，天子尚在，而且定了是李亨继位。永王璘自封监国就是僭越，就是有野心。而今我先帝初崩，太子被掳。福王虽在南京虚设六部，但并非真君……这是两回事。"

"目前大灾将临。如今之时，非蜀王出为监国不足以资号召。如果蜀王坐视不管，以目前成都财力，不要说招募壮士充实军队，就连战时的日常开销也无法维持。成都势必落入张献忠之手。如此时节，大人何必拘守常节，惜乎名号？况且，我们推举蜀王为监国，合情合理。"吴继善知识渊博，善于言辞，这番话说得入情入理、头头是道，在座的都齐声叫好。可刘之渤是个川人口中的"牛黄丸"，是"四季豆——油盐不进"。他听完吴继善的话，虽无力反驳，却公开叫明："我是不参加的。"说完拂袖而去。

最终由地位非比一般的齐群芳将这个意思带给了蜀王。果然，蜀王一听，动了心，同意拿点钱出来换这个名号。不过，他要齐群芳给他保证，保证让他当上监国，不出一点问题。齐群芳信誓旦旦地给他拍胸脯作了保证。

平时看来粗鄙不堪的蜀王，在名位事宜上却表现得很精明，他那张虚胖的脸上，露出一些笑意。抖抖那身做工精细、光鲜亮丽蜀绣衣服的宽袍大袖，说："这事我答应，不过，你们既拥我为监国，总得拟设出一个戡乱讨贼时期的班子，这样，我这个监国也才有个监国样子。"

这是他们早料到的。齐群芳把他们早就拟设好的班子报给蜀王看，蜀王懒得看，他要齐群芳念。

"……服膺于监国麾下的大学士两人，他们是原四川巡抚陈士奇（时在重庆）、刘之渤，此二人分管四川军民两政。刘道贞、齐群芳、赵芝为尚书。吴继善、沈尹祚入阁……"这就有模有样了。

真是人心不足蛇吞象，奇货可居的蜀王乘机提出，监国之下需设摄政王，此职拟由他的世子平栎担任，战时统管齐群芳他们那个办事班子。

事情就这样定了。接下来的几天，刘道贞、吴继善等人忙得连轴转。他们从蜀王手中领得一批钱财，一面募士整军，一边以蜀王的名义，火速传令阆中守将龙文光速带一标劲旅驰援成都……就在他们忙得晕头转向时，这天中午时分，一飞骑闪电般来到蜀王府前，蹄声嗒嗒中，那个骑在马上，一脸紧张，汗湿衣衫，窄衣剑袖，满身风尘，肩上斜挎黄包袱的使者从马上翻身而下，手举"专递"字样的牌子，卫士不敢阻拦，任由差官飞奔进蜀王府报信。

很快，不幸的消息，像一只不祥的张着巨大黑色羽翼的乌鸦，呱呱地飞遍了成都的大街小巷。这只不祥的乌鸦，将凶险的事实宣告市民：重庆被张献忠攻破。陈士奇及其属部血染嘉陵江。进了城的张献忠屠城，张部杀人不眨眼……

在这猝不及防的打击下，平日弦歌袅袅、活力无限的温柔富贵之乡成都，骤然间像冰封雪冻了似的，整座城市，在一种不可名状的紧张中战栗。人们提起精神，注意打量成都的晴雨表蜀王府的动静。人们注意到，首先，高大宏阔的蜀王府前，那两扇从来不关闭，浑身上下钉满金黄泡钉，中间吊有金色兽环的威风凛凛的朱漆大门，第一次轰然关闭了。人们的心，一下提到了嗓子眼上。

第三章　取成都，丁麻胡含羞带辱献妙计

山山水水，回旋起伏，有"雾都"之称的山城重庆起了是年的第一场浓雾。从早晨起，乳白色的雾霭便在环绕重庆三江的江面上，在随着山势起伏、鳞次栉比、高低不一的楼台街肆间袅袅升腾，使偌大一座重庆城完全看不真实。山城，似乎龟缩、战栗在浓雾中。但是，在浓雾弥漫的缝隙间，在鱼嘴似迎江突出的朝天门码头停泊着的千百艘战船上，随处可见绣有一个大大的"张"字的月牙形白底黑边的战旗猎猎飘扬，旗帜边沿都注有"大西"二字。

崇祯十七年（1644年），打下武昌并自称"西王"的张献忠，日前拿下重庆，一路如秋风扫落叶。现在，他率领30来万百战之师即将出征成都，威势相当显赫惊人。

位于重庆七星岗的原四川巡抚陈士奇的府衙，现在是张献忠的行辕，这是一座气势恢宏的建筑，面临大江，飞檐斗拱、红柱绿瓦，具有典型明朝建筑特色，很有纵深。在这个早晨，门口两边各站一排手执雪亮大刀的赳赳大西武士。他们神态警觉，没有人敢随意接近。张献忠正在里面召开重要的军事会议。

很有些水泊梁山的意味。长方形的议事厅里，时年39岁的张献忠高居其上，山大王似的。在他之下，两位尚书——王志贤、汪兆麟，和他的四个义子（即四王）——领兵大将孙可旺、刘文秀、李定国、艾能奇，及一干官员，分两列依序排列。这是张献忠在武昌建立大西政权以后听取右尚书汪兆麟的建议——"君要有君的架势，臣也要有臣的样

子"——后才有的排场,但毕竟是战时,不那么讲究,不过是应个景而已。

张献忠有个习惯:每临大事召属下议事。例如今天,高居其上的他喜欢用左手摸着一捧美髯,身子前倾,一双虎虎有神的眼睛,从属下脸上一一扫过。这是他特殊的、不点名的点名。这就叫审视。

重庆是位于长江上游的国内要埠,也是川内第一军事重镇,水上交通便利,通江达海,原来也像成都一样,张献忠打了多次都没有打下,现在拿下来了。不用说,占据重庆意味着什么。议事厅两边雕龙刻凤的中式窗棂上镶的是从意大利进口的莹洁玻璃,这就从一个方面显示出重庆的特别——有最先接纳西洋文明的便利。雾已经散去。明亮的阳光从莹洁的窗玻璃上泼洒而进,室内一片光明。看得分明,张献忠孔武有力,身材魁梧匀称,国字脸、大刀眉、肤色发黄。棱角分明的脸上,有双令人望而生畏的眼睛。颌下是捧足有尺长的漂亮大胡子。他身披甲胄,腰带上挎着一把须臾不离的宽叶宝刀,右手习惯性地按在刀把上,目光灼灼喷火似的。张献忠与李自成相差仅一岁,李自成大,但他资格比李自成老,出名也要早得多。早在崇祯八年(1635年),时年30岁的张献忠就是夔东十三家中的主要领袖之一,是响当当的"八大王",李自成当时不过是与他并肩的"闯王"高迎祥麾下的一员"闯将"。

表面上出身于陕北延安府肤施县一户普通农民家庭的张献忠,实际上并不是纯粹意义上的农民,他是元末关中四大名将张思道的后裔,身上流淌着汉族、蒙古族等多民族血液。张家男人世代都有魁梧的身材、饱满的精神、坚毅的性格。只是后来因故没落,家族云散四方。张献忠这一支隐藏陕北肤施,不敢承认是名将张思道之后,自称是周朝张仲之后,另造族谱,定下传世十六字作为后人辈分:

孝友家声,百忍名闻

岐陇世业，文献可征

张献忠的父亲张文兴的性情性格，与暴烈的儿子刚好相反，很是温顺。张家有几亩薄田，张文兴闲时外出赶驴挣钱，太平年间，日子很过得去。张献忠是家中老大，父母亲认为他命硬，以后生的几个孩子都被他克了，因此叫他旺儿。张献忠的大名，是他在村中读私塾时老师林文蔚给取的。张献忠自小调皮捣乱，不喜欢读书，专搞歪门邪道，打架绝对是一把好手。现在他的左尚书王志贤，是他的发小，爱动，绰号"小猴狲"，很是聪明伶俐。后来，张献忠吃粮投军，因违法乱纪，直弄得就要砍头时，得亏命大，被"贵人"相救，这才有了以后。张献忠对四川，尤其对成都，从小便心向往之，又恨又爱。缘由一是心性，二来或许是父亲从小在他心灵上播下的种子。

他父亲赶驴去过四川，到过成都，给他讲过许多四川，尤其是成都的故事。他一听就入迷，要父亲一遍遍讲给他听，听得津津有味。父亲讲，那是夏天，去成都赶驴挣钱的他经过成都桂花巷时，巷首有家茶馆，座无虚席。成都人最爱坐茶馆，成都茶馆之多之讲究天下第一。茶客坐在那里摇风打扇，优哉游哉，三朋四友一起喝茶摆龙门阵，嗑瓜子吃点心，逗鸟，听戏。

父亲口渴，又生性节省，经过那家茶馆时，见门口有碗"加班茶"——就是人家的茶，喝白了，人走了，跑堂的幺师还来不及倒掉的茶，更是干渴难忍。父亲将小毛驴拴在茶铺前面的一棵桂花树上，进去喝加班茶，端起来一阵牛饮。这时，只听有人喊，老陕，你的驴子给你下蛋了！成都人假斯文，他们一只手将鼻子捏紧，一只手猛扇，很夸张地说："梆臭！"父亲面红耳赤，放下茶碗，掉头一看，这才发现，他拴在茶铺外桂花树下的小毛驴屙了一地黑蛋似的屎，其实并不臭。可那些成都人不依不饶，非要父亲把屎扫干净不可，更有可恶的，要父亲把驴屎吞了。成都人很看不起"老陕"。那么热的天气，父亲还穿一身老陕的标准服：小黑棉袄小黑棉裤，没有办法，没有换的衣服。父亲忍气吞声，弯下腰去，脱下自己的衣服，将驴屎一一从地上捡起包了，牵着毛驴，在众人的哄笑声中狼狈而去。

"狗日的成都人，老子以后非杀尽这些狗娘养的不行。"听了父亲讲的这则故事，小小的张献忠在对成都又爱又恨的同时，发了这样的毒誓。

王侯将相，宁有种乎？向来什么都不信，只信实力的张献忠，造反多年，九死一生，能伸能屈，甚至不惜假投降，把明朝的打击力量转嫁给李自成等别的义军。好容易走到了今天，心心念念的成都近在眼前，而且从来没有一次像今天这样可以探囊取物。

"咱老子这是第五次拿成都，拿定了！"张献忠一口陕腔陕话，声音浑厚而洪亮，话语间洋溢着一种飒爽和霸气，语气很坚定。说话间看了看属下，有征询之意。"虽说成都在我股掌之间，但真要拿下也不容易。成都是座坚城。由重庆至成都，一路就有许多的关隘。都说说，下一步咋打咋弄？"说时看着他的"智多星"、赖为干臣的左尚书王志贤。"窃以为，"王志贤说话文绉绉的。这是张献忠最不满意他的地方，早先的"小猴狲"不知到哪里去了。他的两个尚书——左尚书王志贤、右尚书汪兆麟——是完全不同的两个人。左尚书王志贤是他同生共死、久经考验的哥们。右尚书汪兆麟就像李自成麾下的牛金星，他本是安徽一个犯事的末路文人，是起义潮流将他卷进来的，当然，"贤臣择主而事，良禽择木而栖"，汪兆麟投奔张献忠是经过选择的。其人很会来事，最会揣摩张献忠的心理，因此，在基本上是文盲的队伍里，他就像根很会攀爬的坚韧的青藤似的，很快爬了上来。王志贤与汪兆麟时有争论。王志贤的出发点和落脚点都是为张献忠、为大西；汪兆麟完全是投机，目的是迎合张献忠，让自己的地位再上升，尽可能争取张献忠的信任,他的目的是最终盖过王志贤,当宰相。

"成都地处一马平川的川西腹地,好像比取重庆容易,其实不然!"很有战略眼光的王志贤娓娓道来,"成都府毕竟是四川的首府,西南重镇,城高墙厚,防备严密。现今情况虽与以往不同,背后没了追兵,但困兽犹斗!据悉,蜀王朱至澍现正开仓输财募士整军。同时,朱至澍向云、贵等地残明势力发出邀请,这些地方的残明势力正蜂拥而至。当下,最要紧的是先弄明情况,不可冒进。不打则已,打则必胜、必得!"说到这里,戛然而止。王志贤的中心点是,弄清情况再谈进兵,要稳,要准!张献忠将目光转向帐下的右尚书汪兆麟。中等个子、长一张马脸、鹰鼻鹞眼的汪兆麟做沉思状,并不接茬。家伙狡猾,他知道他在打仗行军上是外行,不能开黄腔。

张献忠这就将他征询的目光挨次转向四个义子。四个义子中,张献忠最器重孙可旺,这是他内定的接班人。孙可旺尚未表态,向来坚定站在王志贤一边的刘文秀、李定国、艾能奇都一致认为,左尚书所见最为精当,最为可行!

"陛下!"为了使自己不至于被晾起,显出尴尬,汪兆麟同以往一样,提前称张献忠为陛下,厚颜无耻极了。他就像演戏似的,移步出列,站了出来,走上前去,抖抖宽袍大袖,向张献忠跪下行了大礼,毕恭毕敬。在武昌,张献忠在他的怂恿下称王,但尚未称帝,他就提前称张献忠为陛下,张献忠当然高兴。汪兆麟就是会拍张献忠的马屁,拍马屁是他唯一的特长。

"王尚书一席话可谓见解有方。"汪兆麟故意不称王志贤为左尚书,因为在张献忠的观念中,先左后右。如此说来,虽然同为尚书,王志贤要比他高,他心怀不满。

"取成都在于一个妙字,得一妙计。"汪兆麟转移视线,在这里,他强调的是一个妙字。他向张献忠推荐一个叫丁温软的人,说这人有取成都的妙计。

"啊,妙计?还有一个叫丁温软的人?名字也取得奇怪,丁温软?"张献忠果然被他节外生枝地转移了视线,问丁温软这人在哪里。汪兆麟说:"我将他带了来,就在隔壁。"张献忠说:"叫他来!"

丁温软进来,在张献忠面前三跪九叩,抬起头来,让张献忠大为失望,用手抚着额下一捧大胡子,觑起眼睛看定来人,见他长得矮小丑陋,便不屑地说:"你哪是什么温软,一脸大麻子,分明是个麻胡,你不该叫丁温软,应该叫丁麻胡。这么个丑人哪会有锦囊妙计!"说着不禁仰头哈哈大笑。在场的好些人也都放肆地大笑起来。

丁温软淡定地站了起来,等着笑声过去。笑声过去后,他说:"人不可貌相,海水不可斗量。"

这话应该是对的。丁温软原是明朝陕西三原的一个军幕,时常暗中抱怨屈才,一副丑陋的长相妨碍了他的长进。听说李自成重才,因此,当李闯王率部横扫晋、陕时,他投降了李自成,屡次征战,参谋策划,渐显过人才情,官位扶摇直上。当他在李自成手下独当一面、官至彝州同知时,发生了一件大事,改变了他的命运。绰号"曹操"的罗汝才,原是与高迎祥同时起义的领袖人物之一,后因势衰,归附李自成。"曹操"卓有才情,但好女色、好享受、多变。李自成对"曹操"表面欢迎,其实不喜,暗中有所防备。

在与明军的战斗间隙,有次丁温软与"曹操"驻军很近。丁温软虽然长得丑陋,却能写一手好字,做得好文章,好交朋友,酒量大,会享受,身边有娇妻美妾,莳花品竹,吟诗谈棋,无所不能。自然,"曹操"与丁温软声气相投,交上了朋友,过从甚密。

"曹操"那时新近讨了一个妾,正在蜜月中。有次李自成通知他议事,他没有去,引起了李自成的不快。战争年代,不可有丝毫疏忽,李自成联想到"曹操"平日所作所为,遂起疑心,疑心很快转成了杀心。

那是一个雨后的早晨,山谷间传来一阵急促的马蹄声。闯王李自成骑了形态俊逸的"乌龙驹"雄骏,带两个护卫,一阵风似的卷到"曹操"营地。"曹操"还没有起床,李自成独自一人闯进帐去。见是闯王,"曹操"的护卫们不敢挡驾。

"曹操"和他的新夫人这时睡在床上贪欢。猛听"咔咔"的脚步声由远而近,"曹操"罗汝才又惊又气,大声喝了一嗓子:"大胆!谁?""是我——李自成。老辈子,我昨天请你议事,你老人家端起架子不来。今天我亲自来请你!"声到人到。

罗汝才慌了手脚,罗帐一掀,一骨碌翻身下床,就要接驾。却只见白光一闪,李自成手起刀落,"曹操"当即人头落地。

罗汝才之死,让与之相好的丁温软吓得不轻。他设法打通汪兆麟这个关节,星夜投奔了过来。丁温软有才,点子多得就像他脸上的大麻子,他背后给了汪兆麟不少好处,还给汪兆麟讲过他取成都的妙计,汪兆麟答应找机会举荐他。现在,机会来了。

可是,张献忠对丁温软这个人还是看不下去,觉得他奇丑无比。名字与长相成反比,很有些讽刺。他五短身材,上身长下身短,罗圈腿,皮肤黑,棱睛暴眼,一脸大麻子,又是络腮胡子。张献忠很讽刺地说:"丁温软?你温在哪里,软又在哪里?长得他妈活像个打鬼的钟馗。"

丁温软也不动气,顺着张献忠的话说:"大王说得好,我就是个打鬼的钟馗。我是来帮大王打鬼的。"

"啊?!"张献忠听出这个丑八怪所说的鬼是什么意思了,再看丑八怪的神态还真像有货的样子,就认真起来,一手摸着胡子,一边觑起眼睛看定丑八怪,半信半疑地说,"那就说来听听。"

丁温软抓住机会,侃侃而言,条分缕析。他说:"成都为首,重庆、泸州犹如人之两臂。从来取成都,不外两途。"说着捏起两指一一道来,俨然一副雄辩家的姿态,"一是走陆路,从汉中逾七盘岭入广元,迂回剑阁向成都。二是走水道，从重庆经嘉定（乐山）再到成都。两相比较，走陆路栈道艰险。马不得连辔并骑，人不得换肩挑担，一路上险隘处处，易守难攻。走水路得连克泸州、合川两座坚城。历史上看，昔年光武平蜀，先主取蜀，桓温灭蜀，无不走的是水路……"丁温软滔滔不绝，引经据典，张献忠早听得不耐烦，皱起眉头喝道，"丁麻胡，你究竟想说什么？人长得丑陋，说话也啰唆！"丁温软也不生气，马上改口："大王，小的正说到正路上。"张献忠耐着性子，且听他往下说。

"取成都，从来成功的办法都是从三路合进。"丁温软捏起了三根指头，一一道来，"一路经合川、遂宁向涪关，是为内水。二路由泸州经叙州、嘉定，下彭山望成都，是为外水。三路走陆路，由重庆出发，一路斩关夺隘直向成都。四川兵力有限，我三路大军齐头并进，朱至澍必然撒花椒面似的分兵把守。而成都四望平原，虽城高墙厚，这回定难阻我军锋镝。"看张献忠又皱起眉头，丁温软温赶紧点题，"大王宜率大军走水路，居间调停，陆路佯攻……若遇一路久攻不下，大王便调他路之军折回协攻。降者厚抚，抗者痛剿。京师新近沦陷，崇祯上吊自杀，川人人心惶惶。若此，我攻下一城，便得一州县，层层推进，成都孤绝。我兵临城下之时，便是成都沦陷之日。"

"丁麻胡，真有你的！"听丁温软如此一说，张献忠脸上露出些喜色。这就真心问计，"你说了那么多，且照你来，我只问一句，我何时可到成都？"

"那就得看何时拿下泸州。这点至为关键、简便。拿下泸州，就顺风顺水，势如破竹，不出十日即可到成都城下。取成都，虽稍费时日，但那也就是坛子里捉乌龟的事了。"

"有些道理！"张献忠拿眼瞅着丁温软，"说得好不如做得好。这样吧，丁麻胡，我要考你一考。我让刘进忠做你的副将，你带两万人马，分水陆两路由重庆而下取泸州，如何？倘若你取下泸州，此功非小。"丁温软毫不犹豫答应下来。接着,张献忠下达命令,命王志贤带大将马元利领兵四万走陆路,由璧山、永川、内江方向直向成都。张献忠亲率大军走水路随后跟进、提调。总体战略考虑、部署都出自丁温软献计。这样,就兵分三路,对成都形成夹击之势。

张献忠目光灼灼,问堂上百官还有没有要说的。都没有,堂上百官齐呼:"遵命!"

第四章　下泸州，高明策士显无能

猎猎军旗在晨风中招展，身披大氅的丁温软和副将刘进忠站在神臂崖上，隔江眺望，指点着他们马上要攻打的泸州城。时强时弱的江风，将裹在大江上团团乳白色的雾霭驱散开来。眼前渐渐清晰起来，清亮起来，大江也开阔起来。大江上没有一只船帆，显出空前的寂寥。一只只水鸟从江边郁郁青青的岸芷中一冲而出，拍翅而飞——似乎这些水上精灵感受到了他们的杀气，预感到一场恶战即将来临，赶紧逃得远远的。

"刘将军！"目视茫茫江天和对岸高城危耸的泸州，丁温软卖弄似的对刘进忠说，"兵书云：知己知彼，百战百胜。"看刘进忠连连点头，似乎很赞成很佩服的样子，他问，"不知将军对泸州知州苏瑶昆和守将罗于莘有无一些了解？"这就有点底气不足、虚心求教的意味了，不过很艺术，很委婉。

刘进忠是个颇能打仗、很有心机的将军，对西王张献忠一直有些怨尤，因为西王对他的重视、重用没有达到他心中预想的高度。比如这个"嘴子"温，是个只会说并不知用兵的人，西王居然任命其为主将，自己反而是副将。不过，他也知道这一仗的重要性，不敢有丝毫大意，于是谨慎地说："略知一二。这镇守泸州的一文一武，不过如此吧，平庸。听说将军率军到此，他们肯定未战先怯。"

刘进忠很会说话，这话让丁温软听了很受用，进而坦露心迹说："我最担心成都派兵增援泸州。现在看来，这个担心是多余的。不过，杀人三千，自损八百。为了兵不血刃拿下泸州，我已派人过江给这二人送劝降书去了。借你吉言，但愿苏、罗二人不要执迷不悟。如此，你我可最先到成都，立下大功。"说时掉过头来，看定刘进忠，满怀希冀，"将军久经沙场，劝降，你看这有可能吗？"

刘进忠当然知道绝无可能。苏、罗二人是不见棺材不掉泪的人，况且有隔江天险，他们凭什么不战而降！听眼前这个他心目中的"嘴子"如此一说，陡然心惊，一丝更大的不屑在心中泛起：西王张献忠越来越喜欢听好听的，尽用些什么人啊！先有汪兆麟，现有丁温软。但是，又转念一想，而今眼目下，自己与这个丁温软是拴在一条绳上的蚂蚱，一荣俱荣，一损俱损。如果仗打败了，远远不是一个"损"字可了的，张献忠那火暴脾气发起来，弄不好，掉脑袋都有可能。

于是他把话说得转山转水地提醒主将："将军所言甚是，高明！如果苏、罗二人懂事，幡然来降，我们兵不血刃拿下泸州当然好。可泸州是川中水陆形胜要地，我担心苏、罗二人…"话未说完，"报！"丁主将一早派过江去送信的小校如丧家之犬，飞叉叉而来，惨然一声，在他面前行了半跪礼。丁温软见状大惊，注意到小校头上缠了绷带，绷带还在沁血，半边脸都是血淋淋的。丁主将意识到大事不好，瞪大眼睛连连问："这是怎么回事？"跪在他面前的小校，痛苦万般，不及说话，只是将回信送上。丁温软接过信，打开时，一只血淋淋的耳朵赫然在目。原来，苏、罗二人真是吃了秤砣——铁了心，不仅不接受招降，而且将送信去的小校割去一只耳朵，装在信封里，还蘸上小校的血，在丁温软写给他们的招降信上打了一个大大的叉，毛毛糙糙地批上两个字："狗屁！"

"太无理，太可恶！"丁温软简直气昏了，手直抖，好半天才清醒过来，看定刘进忠，似在征求意见，更多的是表明态度："如此冥顽不化，那就只有打了！"

刘进忠隐忍着心中沸腾万端的情绪，看着这个"嘴子"，善于纸上谈兵赵括似的人物,连连点点头回应:"也只能如此!"

攻城方案是早就制订好了的。他们这就分头准备,定下来,明天倘若天气晴好,一早攻城。

当天晚上,大江这边神臂崖灯火辉煌,夜幕中人影憧憧,好像是千军万马在乘夜调动,做着攻城准备。其实,这是一种假象,这样做是尽可能吸引江对面泸州城里的注意,是一种佯动。这个晚上,丁、刘二人留下少量部队在神臂崖竭尽张扬,他们带着大部队乘夜转移到了小市镇。

这里是大江两岸距离最短处。当天晚上,丁温软让副将刘进忠做好明天一早带队攻城的诸种准备,他骑一匹驯良矮小的川马,带一巡兵,连夜将这个小镇的方方面面尽可能摸了个透彻。

小市镇只有顺江排开的一条独街,街道狭长,铺的是浸透了岁月沧桑的麻石,沿江而去约两三里。整体看,小市镇状似一条江中腾起的大鱼。街两边一字排开的茶楼酒肆,是极富川南建筑特色的民居——屋子大都不高,只一层,前店后居,粉壁黑瓦,屋檐伸得老长老长,一直伸向街心,便于人们躲雨。

看得出,小市镇在和平的日子里是很热闹的,居民有两三万人。而这个晚上,家家关门闭户,阒然无声。只有丁主将骑的那匹马,在狭窄的街道上走时时,马蹄踏出的极为单调、响亮、空疏的一下一下的嗒嗒声。沿街两边的黑暗中,好像一些人周身战栗不已,悚然间瞪大一双凄苦无助的眼睛,等待着马上就要降临的战乱和落到他们身上的想象不到的逃不掉的厄运。

丁温软发现,这座风景秀丽、颇有古风的临江小镇,前临大江,后靠一道绵延起伏的青翠山峦。他特别注意了,镇上最高的建筑物是东岳庙,颇有战略价值。在一片鱼鳞似的建筑物中,它兀地而起,也算巍峨,登上楼可对对岸泸州城进行瞭望。于是,他把自己的行辕扎在庙里。最令他高兴的是,在这样的夜里,他走马巡视在狭窄的长街上时,好些居民走出家门,头顶香盘,手执纸旗,对他跪地相迎,口称"顺民"。

他是一个细心人,连夜请了一些老人到行辕问事。"老人家,"他显得很随和很谦恭,他问他们,"我不明白,小市镇应该是个热闹的镇子,怎么才这样几个人,而且都是些老人、妇孺。其他人呢?"

老人们凄然作答:"重庆失守后,泸州知府苏瑶昆和守将罗于莘,料定泸州必有一战。他们命令封江的同时,将镇上所有船只、精壮劳力尽都撤到了江对面泸州,说是以免资敌。

"留在小镇上的我等,都是不中用的,不是有病的,就是老人、妇孺。现在泸州城内人数众多,粮食有限!"

"这么说,泸州知府苏瑶昆、守将罗于莘是嫌你们累赘,不要你们?"丁温软明白这些老人说的话是真的,这样问,显得很关切,很温情。

老人们说是。"这两个狗娘养的,简直不是人,还是父母官吗?"丁温软显得很义愤,第一次骂了人。"他们不要你们,我要。"说到这里,坐在一张案桌后昏黄摇曳的烛光下,丁温软似乎才看清了这几个他连夜请来问事的老人,衣衫褴褛,说话有气无力,显然是饿的。

"你看,我大意了。忘了问,"丁温软用手拍了拍自己的头,"你们吃饭没有?"

"哪有吃的?"老人们说,"泸州苏罗二人勒令将小镇上有用之人撤进城内之时,粮食等一应有用之物也都搬迁进城。我们已经断炊了。""快快快!"丁温软赶快吩咐手下熬稀饭给这几个老人吃,而且派人连夜去挨家询问,哪家人需要粮食救济,做好登记,明天一早开仓放粮救济。

几个老人吃饱稀饭，前来向他磕头致谢时，他要老人家们回去，带话给镇上所有乡党，并请他们现身说法：西王张献忠的大西军是一支仁义之师。西王是来救苦救难的。

他特别叫明：“从来帮助都是相互的。现在你们镇上人缺的是粮食，我军缺的是马草。从明天起，你们发动镇上所有的人上山采割马草回来，同我们换粮食。我派专人办理此事，如何？”

老人们说这样最好。真是天遂人愿。

第二天天气晴好，风也对路。一早，刘进忠一声号令，数艘泊在江边的战船升起篷帆，像支支离弦之箭，嗖嗖地射向对岸。

丁温软第一时间登上东岳庙箭楼观战。他举起那只从西洋进口的、宝贝得不行的单筒望远镜看出去。望远镜还是当年"曹操"罗汝才与他交好时送给他的礼物。如今，"曹操"早被李自成杀了头，而投了张献忠的他正红。

原始的、大规模的冷兵器作战自有它的气势，相当壮观。刘进忠率领的浩浩荡荡的船队在江中没有受到任何拦截抵抗，一帆风顺地到了对岸。多艘战船尚未停稳，从船上争先恐后、一跃而下的将士，手持刀矛，大声呐喊，海潮似的扑到了泸州城下，将一架架云梯搭到城墙上。这时，高高的泸州城仍然保持着可怕的沉默。与此同时，就像唱戏一样，高高的城墙上，一面面标有"苏""罗"的旗帜飘了出来。守军也出现了。守军居高临下，全面反击。他们对下射箭，箭如飞蝗；还有些上城参战的老百姓，往下扔巨石、洒石灰、泼开水……好些攻城将士中箭跌倒，还有的被巨石、石灰、开水击中，发出声声哀号。久经战阵的西军不受影响，像壁虎一样，沿着一架架搭在城墙上的云梯，牵线线似的快速攀缘。城上守军探出身来，用手上的红缨枪、大刀等，将云梯掀开、掀翻。大规模的近战肉搏，难以想象的惨烈。

033

在地上指挥作战的刘进忠，将手中刀一挥，排列开的多门大炮朝城楼开火，对进攻部队提供火力支援。一时，火光闪处，炮声咚咚！可惜都是土炮，威力有限，射程也短。与其说是提供火力支援，不如说是给攻城部队壮胆。对面守城官军对此毫不在意，好些攻城云梯被连连掀翻。城上守军信心大增，无数粗喉咙喊着"杀"，混合着咚咚的战鼓声、坠下城来的伤员的惨叫声……虽然隔江观战的丁主将听不到惨叫声，但却感受得到那份惨烈。

望远镜中，指挥攻城的刘进忠毕竟身经百战，指挥若定，骑在一匹火红雄骏上往来飞驰，不时举起手中令旗，指挥部队有序进退，尽量避免伤亡。城下，攻城的西军伤亡惨重，但城上守军，也领教了西军的厉害，伤亡也不小。

适可而止。刘进忠下令部队停止进攻，休整，准备第二波进攻。虽然第一波攻城未能奏效，但探明了敌军虚实，第一个目的达到了。隔江观战的丁主将命令后续部队快速过江增援。"气可鼓而不可泄！"他把手中的部队全部派过了江。账是可以算得清的，他的部队将士数倍于城中明军。像他的部队这样一波接一波地进攻、猛攻，天黑以前，完全可以拿下泸州。

顾此失彼的他万万没有想到，这时，危险正在悄悄向他逼近。

这时，上山割马草换粮的居民们陆续回来了，纷纷来到丁温软指定的离东岳庙不远处以马草换粮食。他们足有两三百人，将换粮处围了个里三层外三层，争着换粮，而负责换粮的西兵只有三个人——一个哨长带两个西兵，要一一过秤，忙不过来。

催促声中，一个很有些机灵的西兵注意到，这些将他们围了个里三层外三层的人中，有些明显不是本地人，虽然他们是老百姓打扮，但行止昂藏，显然是当兵的。而且，这些人在相互递着诡异的眼色。

这个机灵的西兵，将他的怀疑悄声告诉了哨长。

哨长警觉起来,抬头注意一看,让换粮暂停。他指着一个明显的陌生人问:"你是谁?我怎么没有看见你早晨出去!"当即就有熟面孔出来解释这是谁谁谁的亲戚,就住在这附近。因为缺粮,听说可以用马草换粮食,觉得这是天大的好事,就同我们一起上山打草来同你们换粮食……周围几个熟面孔异口同声做证。其实,这一大群陌生面孔中,大都是从泸州城里混进来的官军精锐。其中,那个站在稍后不引人注目处,头上戴顶破草帽,一双阴鸷的眼睛正透过头上压得很低的草帽边沿,一动不动地注视着哨长——他是泸州守军悍将王万春。

解释是这样合理,但哨长总感觉不对劲。一时,他拿不定主意,他对急欲换取粮食的人们说:"老乡,你们等一下,我去请示一下丁将军。"

就在哨长急急去东岳庙请示时,王万春瞅准时机下了手。他唰的一下从扁担中抽出一把雪亮的大板刀——这是一道无声的命令。在场的两三百人,露出凶相,纷纷放下马草,从中快速抽出刀、矛。两个目瞪口呆的西军还未回过神来,已是人头落地。打扮成当地老百姓的两三百官军大动干戈,放火的放火,杀人的杀人。特别是身高力大、武艺过人的王万春,手执大板刀,带一队官军过东岳庙来,居然活捉了猝不及防的主将丁温软。全乱套了!

很快,小市镇上燃起熊熊大火。隔江攻城正急的西军,忽听城楼上敌军指着对面大喝:"老陕,你们不要在这里同我们拼命了,你们的窝子都被我们端了!你们这些人已死无葬身之地!不信回头看!"这时,那些舍生忘死,踏着战友的尸体好不容易才攻上城去,已经在城上同守军展开生死肉搏的西军将士,还有那些正乘势急速通过云梯上城的西军将士,不禁回头朝江对面一看,喊声"糟糕",果然自家的窝子被端了。江对面,作为大本营的小市镇黑烟滚滚。就在已经攻上城和正在踏着云梯攻城的西军将士心中一虚一惊一分神之际,马上被敌军砍杀在地，云梯被挑翻……本来很有希望，胜负就在千钧一发之际的攻城失败了。城下，正骑在马上往来奔驰，指挥攻城的刘进忠见状陡唤奈何，急令收军。

此伏彼起。而这时，城上号炮轰响，四门轰然大开。罗于莘等率城中兵将杀了出来。局势完全颠倒了。兵败如山倒，好些大西兵为了争着上船逃命，在江中扭打起来。

可惜！刘进忠完全控制不了这样混乱的局面，骑在马上的他痛苦地闭上了眼睛。弁兵见局势危急，将军却固执不退，只是流泪。弁兵不由分说，抓着马缰，将刘进忠连人带马拥上了战船。

残阳如血。

好在泊在江边的战船足够。刘进忠带着他的残部五千多人，上了多艘战船，沿江顺水往神臂崖方向撤退。刚过两江口，走在前面的十多只战船被埋伏在此的官军堵截。一时，强弓硬弩、锐矢火箭射来，极为猛烈。所幸当头挺进的刘进忠船大，将士英勇，猛烈向前冲去，撞开一个口子，跟后的船只接踵而去。可是，后面有几只船，速度慢了些，被明军拉起横江铁链截获，船只或烧或沉，船上西军不是被俘，就是被杀，满江染血。

危险过去了。刘进忠借着最后一线天光看自己所剩，估算了一下，原先浩浩荡荡的水陆两军两万余人，现在，只有寥寥落落四五十只战船，折损了好几千人，而且所剩战船，樯倾楫摧，一派惨状。更重要的是，主将丁温软被敌掳去。这可是西军入川以来首遭败绩，是重创。如此窝囊，如此狼狈，该如何向西王张献忠交代呢？想到张献忠雷霆震怒，汪兆麟一脸坏笑，不禁忧谗畏讥，恨不得一头栽进波涛滚滚的大江中去。不用说，此败也是刘进忠之后处境糟糕，进而降清的原因之一。

而这时，泸州城里却是一番欢天喜地。知府苏瑶昆、参将罗于莘给王万春等一干人披红挂花，打马游街。丁温软则作为战利品，被五花大绑缚于马上,跟在王万春等人之后。一路鸣锣示众,两边警卫严密。被绑得粽子似的丁温软的背上还插了一只打了红叉的木牌,上写"俘获张献忠伪都督丁温软",引得泸州城里万人空巷。

受尽凌辱的丁温软最后被押到南门外。江边,许多被俘不降的西军将士也被押在这里。明军喝令他们跪下,丁温软等全然不跪。骑在一匹高头大马上的罗于莘咬牙切齿,将手一挥,大喝一声:"斩!"刽子手们纷纷举起手中的大刀片子用力一挥,丁温软等西军将士顿时人头落地。迎着最后一抹如血残阳,一股股的血冲天而起,溅落如雨。好些没有了头颅的尸体坚持挺了好一会儿,才扑通一声栽倒在江边。

刘进忠率领的残兵败将,被因不放心而由水路而上的张献忠截住了。

过程是可以想象的。刘进忠将自己缚了,前去负荆请罪,他在张献忠面前咚的一声跪下,将泸州之战,主将丁温软如何布置,如何分兵,他是如何听令,主将丁温软如何中计,如何失败等细节说了。

这时,站在张献忠身后的右尚书汪兆麟是最害怕、最尴尬、最难熬的,因为,丁温软是他推荐的,他一张马脸吓得煞白。泸州惨败,他难逃干系。他紧张地注视着张献忠,心中犹如十五个吊桶打水——七上八下,扑通乱跳。

在阔气的龙船上,斜躺龙椅上,已经颇有皇帝架势的张献忠铁青着脸听完刘进忠吓兮兮的述说,都以为他会暴跳如雷、高声骂娘,说不定还会动手,最低限度乘势踹刘进忠一脚。不意他出奇地平静。耐心听完后,叹了口气说:"丁麻胡,是我高看他了。只是刘进忠,你这么多年的仗是白球打了!丁麻胡纸上谈兵,秀才造反三年不成,他打不来仗,难道你刘进忠也打不来仗吗,怎么不劝劝?!"

"官大一级,犹如泰山压顶。他是主将,我是副将,我得听他的。"刘进忠如此说。张献忠听出刘进忠的不满,陡然发作。抬起脚,狠劲向刘进忠踹去,大骂:"狗日的东西,你打了败仗还有理了?!"咚的一声,将刘进忠踹倒在地。

向来同刘进忠关系不错的孙可旺赶紧上来打圆场,他明面上是在对刘进忠说,实际上是在为刘进忠开脱罪责:"战败的责任当然主要该丁麻胡负,他死有余辜。父王这是对你恨铁不成钢!"孙可旺是张献忠四个义子、四大将军中的老大,最为张献忠倚重,最说得起话。

刘进忠乖巧,赶紧翻身而起,跪在张献忠面前连连认错请罪。"给老子起来吧!"张献忠说,"还不赶快去收拾你的残兵败将,随老子前进!看老子怎么打进泸州,怎么活剐了苏瑶昆、罗于莘、王万春们这些狗杂种。"

张献忠当即要孙可旺传令,水陆两路大军相互照应,加紧向泸州前进。

两岸青山像两道画屏,向后退去。眼前,忽地展现一片平原沃畴,大江如练,烟村点点。首尾衔接的船队,行驶在大江上,如一条摇头摆尾的巨龙;行进在江边绿畴上的步骑两军,声势浩大,颇为壮观。坐在足有三层楼高的帅船船首甲板上的张献忠四顾频频,心情转好,他以手抚髯,赞叹不已:"四川真是个好地方,越走越好,越走越富庶。这会儿还在泸州地界,成都和成都所处的成都平原,比起泸州更胜一筹。"站在张献忠身后,善于投机取巧的汪兆麟屈身进言献媚:"像陛下这样善于用兵,成都指日可待。"他一个劲儿给张献忠戴高帽子:"我记得当年流寓成都的唐代诗圣杜甫,有一首描绘成都风光的诗,最是精当。"说着,摇头晃脑吟诵开来:"'两个黄鹂鸣翠柳,一行白鹭上青天。窗含西岭千秋雪,门泊东吴万里船。'令人心向往之。不过,杜甫的诗写得再好,终究脱不了文人气,哪有陛下的诗有气魄!"

张献忠哈哈大笑，以手拂髯："你这个酸秀才，咱老子会作诗吗？""陛下忘了，当年打下武昌后，陛下登上黄鹤楼不是作了诗吗？部下倒是印象深刻得很哩。""是吗？"张献忠很是高兴，以手抚髯，"咱老子记不得了，你说来听听。"

汪兆麟这就做出一副很沉醉的样子，摇头晃脑背诵起来——

滚滚江流去不还，隔断龟蛇不相攀。
龟山就譬比李闯，咱老子站在蛇山。

这也是事实，言为心声。当年同时从陕北老家起兵，在36家中脱颖而出，南征北战，所向披靡，经历一致，年龄相仿的李自成、张献忠二人，终其一生，就没有真正和谐过，总是暗中较劲。

孙可旺不由赞叹："父王这诗，有气势有抱负。"其他跟在后面的臣僚也都说好。这样一来，爱听好话，喜欢别人给自己戴高帽子的张献忠刚才的怒气郁闷，全都烟消云散，心情大好。

张献忠统率的水陆两路大军，黄昏时分到达小市镇。孙可旺传令大军就地扎营，做好警戒。艾能奇、狄三品两位将军并一标禁卫军护卫着张献忠上岸。不待休息，张献忠骑上马，同样由艾能奇、狄三品率军护卫着，对小市镇做了一番巡视。苏瑶昆、罗于莘已将小市镇上所有的人迁到了江对面泸州。火烧过后，这座原来山清水秀的小镇，到处焦黑，成了一片废墟。

张献忠巡行后，来到江边，将孙可旺、刘进忠等部将找来，对丁温软的用兵布阵一一做了评论："丁麻胡之败，除了丧失警惕，顾此失彼，让王万春钻了空子外，布置上也很疏漏。"他用马鞭指着小镇背后连绵起伏的山峦说道，"丁麻胡将注意力完全放在了江对面，忽略了自己的后背可能遭到袭击。你打人家，人家就不能打你吗？小市镇上留下那么一点兵，人家从你的背后压过来，还不把你压到江心喂鱼！"说得大家心服口服。

张献忠当即吩咐孙可旺："事不宜迟，你赶紧提调水陆两军立刻攻城。苏瑶昆、罗于莘以为我大军到后会稍作休整，我则打他个狗娘养的措手不及。"

"得令！"孙可旺翻身上马，拨过马头，腰一弯，蹄声嗒嗒，飞奔而去。这时，捷报传来，他信任的文武双全的左尚书王志贤提兵占领了战略要地龙透关，与张献忠形成掎角之势，对泸州形成了最好的夹击之势。

张献忠在小市镇牛刀杀鸡，他亲自指挥，提调数万大军，分别从龙透关和小市镇同时向泸州发起猛烈攻击。

这天中午时分，罗于莘见南门西军进攻猛烈，守军渐呈不支之势，赶紧将全城精锐调到南门，并对负责迎战龙透关方面西军的王万春授计，在城上设数面旌旗，派人擂鼓，虚张声势。然而，全没有用处。铺天盖地抱必胜信念的西军大海怒涛般一浪接一浪地冲击四城。一架架云梯掀翻倒地，重新架起来；城上城下，杀声震天。虽然死伤的西军在城下垒起了几层，没有死的，被箭射穿肚子，被刀剑劈断了胳膊，或是被戈矛刺穿的伤员倒在城下死人堆里发出阵阵瘆人的惨叫、呻吟，然而，更多的西军将士不管不顾，在如雨的箭镞和刀光剑影中，从掀翻又搭起的云梯上飞快地往上爬，不断朝上发起冲击。张献忠过了江，亲自指挥，他骑在那匹雄壮剽悍的大黑马乌龙驹上，往来驰骋，四城督战，攻城愈紧愈急。

十三日下午，张献忠的另一义子、大将军艾能奇指挥一支西军精锐最先攻上东城，并在城墙上与守军展开了短兵相接的惨烈拼杀。上了城的西军士气大振，猛虎扑羊般向守军扑去，而守城明军见大势已去，垮了下去。兴奋不已的西军将士，牵线线般冲上了城，大声呐喊，步步紧逼。城上守军彻底崩溃，争相逃命。正在南门督战的参将罗于莘，忽见部下崩山似的下来，不由瞪大了惊恐的眼睛。那些争相逃命的下属，就像一只只顾头不顾尾的秧鸡，手抱在头上，撅起屁股，由着跟在后面的西军砍杀。刀到处，人头落地，犹如砍瓜切菜。罗于莘痛苦地闭上了眼睛——完了，泸州完了！绝望中的他，将手中利剑往颈上一抹，顿时，鲜血喷涌。罗于莘在原地转了两圈，像个沉重的麻袋，迎着如血的残阳，咚的一声栽倒在了厚实的城墙上。

四门失守。王万春在巷战中被杀，知府苏瑶昆在府中上吊自尽……泸州打下来了。张献忠进了城。战斗虽然已经结束，但映入眼帘的景况处处触目惊心，显示着这一天战斗的惨烈和攻城付出的代价。到处的房屋都在燃烧，黑烟滚滚。到处都是死尸，有好些是西军将士是与守军互相掐着喉咙死在一起的。

张献忠咬牙切齿，当即下令：关闭四门，严防城中逃出一人。他要屠城，血洗泸州。

第五章　贤良王志贤，张献忠的清醒剂

左尚书王志贤是在暮霭如水一般漾起时，在龙透关闻讯张献忠要屠城、血洗泸州，急如星火般赶来的。这时，浑浊得像枚鸡蛋黄似的落日，正在西沉，一半已浴进大江中，金蛇似的抖动。江对面一色青翠的山峦，正在迅速变深变暗。

丘陵起伏，暮色苍茫，飘带似的川南乡间道上，一前两后三匹战马利箭般朝泸州端端射去。跑在前面的王志贤，迎着如血的残阳，将身子尽可能地伏在"雪里红"——浑身雪白，四只蹄上沿卷起一簇火焰般飘逸的红毛——身上由远而近，他们人马合一。"雪里红"像是在飞，颈上长长的鬃毛两边飘扬，好似天鹅的两翼在气流中不断搏击。

他是张献忠的陕北肤施老乡，毛根朋友，比张献忠小两岁，同村中一个弓箭人家的儿子。和张献忠同一个私塾发蒙读书。他当时聪明伶俐，好动，绰号"小猴狲"。不过，现在的他，同小时判若两人，儒雅沉稳、足智多谋，是张献忠足可信任、不可须臾离开的人物。

那时张献忠极为淘气，是闻名四乡八邻的孩子王、打架王，在众多孩子中很有威信，有号召力。起事以来，王志贤追随张献忠南征北战，忠心耿耿，战功累累，在西军中的地位和威望都很高，也特别。名义上，他与汪兆麟同为尚书，不过按照先左后右之说，张献忠给他安了个左尚书，意思是在汪兆麟之前，压汪兆麟一头。汪兆麟心下不服，只是没有表露出来。

在西军中，也只有王志贤才肯、才敢、才有能力捋虎须——在这种时候出面劝说、制止西王屠城、滥杀无辜。

跑了很长的路，口吐白沫的三匹战马流星般来到兀地而起的黑压压的泸州城墙下，把守城门洞的两个卫兵，最初时将手中的刀矛一举一挡，大声喝问："来者何人？西王有令，非经允许，不得入内！"三匹战马经他们的一拦、一挡，相继立成人字——两条后腿站在地上，两条前腿在空中乱抓，咴咴嘶叫。

"你们没有长眼睛吗？"王志贤的一个护卫好容易勒住浑身是汗、周身肌肉颤动的战马，横眉怒目，没好气地大声喝问，"没有看到是左尚书吗？简直是瞎了狗眼！"

两个卫兵经此一喝，这才借着最后一线日光，看清骑马站在他们面前的果真是大名鼎鼎、西军中地位仅次于西王的二号人物左尚书王志贤，马上退回去，挺胸收腹地对左尚书行持枪礼，解释刚才没看清，多有得罪，请左尚书见谅，请进！说时手一比，王志贤等立刻打马而进。

这时，光线黯淡的泸州城里一派惨状，触目惊心。所过之处，到处都在燃烧，到处都是残垣破壁，到处都是死尸累累。暮色中，成群结队的西军交错着跑步而上，他们持刀挺矛、气势汹汹挨家逐户搜查，随便抓人，甚至不问青红皂白杀人。

如血的残阳从长街那边一字排开、鳞次栉比的茶楼酒肆和民居斜斜地洒过来。长街被如血的残阳剖分成两半。稍亮的这边，一派惨景；稍暗的那边，已经早早地穿上了黑色的丧衣。整个泸州就像被阎王扼住了喉咙，变成了森然可怖的人间地狱。

迎面过来一队西军，押着一群俘虏，内中好些都是老百姓，还有好些妇孺儿童，个个披头散发、衣衫褴褛、哀苦无告，被长绳拴成一串，就像串起来的蚂蚱。他们中，有些人大喊冤枉，可押解他们的西兵根本不听，不把他们当人，大声吆喝，非打即骂，手中的皮鞭随时扬起，呼

043

呼打下。哭声、呼冤声、哀号声响成一片。

王志贤制止了这一队，可另一队又来了……得赶快找到西王，说服西王才行。

很快，西王暂时作为行辕的泸州府衙已经可见。兀立于最初夜幕中的泸州府衙相当阔气，建筑面积广宏。走拢一看，迎面高大堂皇的门楣上，一边垂一盏飘着黄色流苏的大红灯笼，灯光红晕晕的。

让王志贤陡然一惊一怔的是，府衙两边，一边蹲一个黑乎乎的铁丝站笼，笼中吊着背剪绑起的人。他翻身下马一看，情景相当血腥恐怖。地上有一摊从囚笼里弯弯扭扭浸出来的血，已经凝固发黑变硬，空气中还弥漫着血腥味。

两个笼中吊起的人都被剐了。他们的头耷拉下来，头发垂在胸前，遮住了面容。但从他们已经僵化、固定、扭麻花似的身姿来看，可以想见他们被一刀刀零割碎剐时的惨状。他们一高一矮、一胖一瘦。显然，瘦的高的那个是武官罗于莘，胖的矮的那个肯定是知府苏瑶昆。他们虽然在城破时就死了，一个自杀，一个战死，但是死了也是要被拉出来零刀碎剐的——这点，西王是做得出来的。王志贤意识到，这种状况如果不制止，发展下去，西王要血洗泸州，要屠城。他赶紧让两个护卫在外面等候，自己径直走了进去。守门的卫士认出是他，赶快向他致敬。一个卫兵献殷勤，要带他进去，他制止了。

过迎面的大红照壁，急急沿一条碎石镶就的花径朝里走去，触景生情。好个狗官，民不聊生，官衙却是如此堂皇。这是明朝的普遍现象：民穷官阔气。他在深深的府衙的走马转角楼间很转了一会儿。思维将他带到月前的武昌——

那是他们第五次入川前夕，西王张献忠召集一个御前会议——"御前会议"是右尚书汪兆麟取的，西王定的，名称本身就不伦不类。

张献忠前四次入川，虽兵临成都城下，却最终铩羽而去。这次情况不同了，挥军北上的李自成，打得崇祯皇帝无还手之力，明朝岌岌可危，让西王一路顺利打下来。

进了武昌之后，张献忠在汪兆麟的怂恿下称王——西王。张献忠一称王，就要有王的架子，立刻封他和汪兆麟为左右尚书。汪兆麟心术不端，原是安徽的一个犯事的末路文人，进入西军是投机。其人惯于诌奸卖乖，舔上踏下，类似一根善于攀爬的青藤。不要小看这样的青藤。哪怕一阵大风把它吹倒在地，它的依附物倒了，它也不会倒。因为依附物倒了死了，它不会倒，更不会死，而是翘起头来，寻找更高更强壮的支撑物爬上去，爬得比支撑物还高，探出头来，洋洋得意。

王志贤知道表面上汪兆麟对他很尊重很尊敬，但皮笑肉不笑。背后，这个驴头马面、鹰鼻鹞眼的家伙没有少给他使绊子。好在西王心中有数，对他一如既往地重用、信任。

御前会议上，王志贤建议西王沿途打起"反清复明"的旗帜。看西王一时不理解，汪兆麟乘机下烂药，说："众所周知，我们一直要推翻明朝，而王尚书却要复明，是何居心？"

王志贤解释，李自成打进京师，本来好好一盘棋，却举棋不慎。镇守山海关的明朝大将吴三桂，本来已经答应招降，部队都走在路上了，突闻在京的父亲吴襄被李自成麾下第一大将刘宗敏严刑拷打、追索钱财，不仅如此，连他最为宠爱的名妓陈圆圆也被刘宗敏霸占，立刻停兵，怒发冲冠谓："大丈夫在世，连老子妻子都不能保全，谈何其他！"兵回山海关降清，引兵入关……

李自成失败了，清军入关，定鼎北京，这个时候，我们唯有打出"反清复明"的旗帜才能争取人心，才能有我们自己的一方天地。而居心叵测的汪兆麟看出张献忠的心思，且目光短浅、大肆挑拨，他说："四川高山险寒，沃野千里，称为天府之国，是历代成就帝王帝业的最好地,也是我们最好的机会……"

结果西王真不开窍,听从了汪兆麟的话,一路西下。

王志贤进了西王的临时行辕。毕竟是战时,并非想象中的灯火辉煌。披挂着铠甲腰刀的西王张献忠,就着案上一盏昏黄的油灯在看铺在案上的地图——肯定是泸州地图。张献忠面黄,颔下有一捧大胡子,身材魁梧,动作麻利有力,可以想见他在战场上的剽悍雄劲。他最早的绰号"黄虎"由此而来。以后,随着队伍扩大,他被叫作"八大王"及现在的"西王"。他眼窝深,深眼窝中嵌着一双黑亮有力的眼睛,顾盼间闪电似的,却又常常故意隐藏起锋芒,常常一只眼睛睁、一只眼睛闭,透出一种狐疑和无端的诡谲。而一旦双眼用力一睁,定定看着一个人,那就像两把利剑刺来,极有锋芒,吓人一大跳。他有个特点,思索时,不定时,总爱用手一下一下地抚摸着颔下那把大胡子,而一旦定了,手在胡子上就不走了,胡子一抓,犹如钉了钉子。这时,他如果把某人冷冷地看定,那这个人就必死无疑。每当这时,这人就吓瘫了。

王志贤没有急着走近,他稍作停留,以便把西王的神态举止看清。这时的西王,一手抚着胡须,一条腿直立,另一只脚踏在一把矮凳上,一边看着地图,一边对围在他身边的四个义子吩咐着什么。而哈巴狗似的汪兆麟则退后一步,隐身在黑暗中窥视着什么,思索着什么。

孙可旺最先看到王志贤。"父王,左尚书来了。"东平王孙可旺对张献忠指了指说。张献忠抬起头时,王志贤紧步上前,给西王行了大礼。

"嘀!"张献忠抬起头,看定王志贤,显得有些吃惊,"这个时分,你怎么来了?"

"左尚书这时赶来,怕是想劝西王不要屠城、不要杀人吧?左尚书是四川人常说的糍粑心肠。"一心要抢左尚书风头的右尚书汪兆麟这样说。

汪兆麟怕王志贤得逞，而这时张献忠正在气头上，他如此一说，很可能会让性格暴烈的张献忠一句话封门，让乘兴而来的王志贤败兴而去，威信扫地。

"是吗？"听汪兆麟如此说，张献忠将腰一挺，生气地看着王志贤，不容他回话，在案上猛拍一掌，"不行！"他刀切斧砍地说，"泸州不同别地。泸州人可恶万分！他们帮明军守城，害我西军将士折损多少？！"又狠声道，"咱老子非把泸州人杀个干净，鸡犬不留。让川人知道咱老子的厉害！"发泄到此，他叫着王志贤的小名，"怎么，小猴狲，你真是来给泸州人说情的？"

"是。"王志贤不遮不掩、硬上硬顶。

"我就奇了怪了！"张献忠好像不认识王志贤了似的，一边用手抚着大胡子，一边眯起眼睛，围着他左看右看、上看下看。"这些攻泸州战死的人中，好些都是我们老八队（张献忠最早从陕西老家带出来的人）的老兄弟，还有好些都是你左尚书认识的，你就不心疼？"

"心疼，当然心疼。"王志贤显出真正的难过。

"对了。既然你也心疼，那么，这些狗日的泸州人难道不该杀？"

"当然该杀。"

王志贤这话把张献忠说蒙了。"你等等，小猴狲！"他说，"咱老子从小脑袋就没你小子打得滑，也说不过你。你既然说该杀，怎么又来给泸州人讲情？"

"我说该杀，并不是所有的泸州人都该杀，而是当杀才杀……"接着，他列举了当杀的标准。

"咱老子管不了那么多，干脆屠城又如何？！"张献忠显得很横，把头摇得拨浪鼓似的。站在一边的汪兆麟，频频点头，暗暗高兴，帮腔道："治乱世需用重刑，就是要矫枉过正。我们这一路打到成都，还有许多关隘，如果西王不在此处拿出威风来，那这一路上若干城池都学泸州怎么得了？借四川人一句话，杀鸡吓猴。如果我们在这里不狠杀几只鸡，那么四川猴子就真要翻天了。"

张献忠一边听，咂摸右尚书的话中深意，一只眼闭，一只眼睁，阴着脸看着王志贤，意思是很清楚的：右尚书如此说，你又作何回应？

"不可屠城！不可随意杀人。"王志贤断然道，"如果这样，就正中奸计！"

"奸计？"张献忠吃了一惊。

"是，奸计！"王志贤说，"现在川内的残明势力大造西王的谣。川人都在等着看、等着验证呢！"

"造老子的什么谣？"

"说是西王挟私而来，替父报仇。大王要剿四川，把四川人杀个干干净净。"

"说来听听。"张献忠忍住气。

王志贤从很家常的事说起："说老太爷当年去成都，口渴了在一家茶铺喝加班茶受辱那一回。其实好些都是编的。还说是大王有次入川，在路上屎涨了，去野外大解，完了，没有手纸，随手捋了把身边长得很丰茂的野草揩屁股，那大得像张纸似的野草还没有揩到屁股，大王就疼得跳起来，张皇失措，大喊大叫，痛苦万分。"

"怎么啦？"张献忠也一惊，眼睛一睁，精光四射，似在回忆是不是有这回事情。

王志贤说："这些话其实是煽动大王的仇恨心理。"

"那你的意思是大王入川是错了？"汪兆麟又开始挑唆。

"我不是那意思，我的意思是大王不要屠城。"

四小王向来信服王志贤，把他看成长辈，都与王志贤交好。领头的东平王孙可旺马上表态，同意左尚书的观点，不要屠城，不要乱杀泸州人，当杀才杀。刘文秀、李定国、艾能奇马上附议赞成。

"那好，"张献忠完全清醒过来了，不过，他指着四小王吩咐，"下来，你们给咱老子把泸州城里的人好好过一遍，决不能漏掉一个该杀的。"四个小王立即得令。

四个小王得令要走时，张献忠对他们说："不忙！请王尚书即刻替本王写一张安民告示。你们带去，让你们帐下多个书手尽量多抄些，天亮以前贴遍泸州的大街小巷。"

当即有小校送上笔砚纸墨。王志贤就着那张书案展纸提笔，饱蘸墨汁，略为思索，低下头去，笔走龙蛇：

奉天行道，澄清川岳，大西张谕……孤受天帝启示，川人恳求，率众入川。驱除丑虏，巴蜀民众，壶浆载道。然苏瑶昆、罗于莘等逆党胁迫民众，据泸州抗我西进大军，杀我都督丁温软。孤不能不讨。城破之后，倡首逆绅，自当搜拿讯办，以儆效尤。其余胁从附乱者，如能自新，一体免死。城中百姓各安生业，勿要惊惶自扰。

写到这里，王志贤略微思索，又写：

凡我军士，如有借故扰民及其他淫掠不法事情者，并准受害之家明密指控，予以严惩……须知王者之师，有征无战，吊民伐罪，不嗜杀人。军民人等，一体知照。

大西王张献忠即日颁布

就这样，因为王志贤及时出面，泸州避免了一场大屠杀，泸州侥幸逃生、侥幸保留完整。

当新的一天来到时，清亮的晨曦中，激战后泸州城内的残垣断壁虽然仍随处可见，然而可喜的是，昨日四处横陈的尸体已经被处理，城内大街小巷都贴上了署有大西王张献忠的"安民告示"。昨日城内人间地狱般的肃杀景象已经没有了。原先准备关门屠城的四门洞开，城内已有活气，有的铺子已经开门……这里，那里，有不少人正围着墨迹未干的、西王张献忠的"安民告示"看，三三两两小声议论，脸上有了活气。

泸州很快重现生机。消息一传十、十传百，很快传遍了巴山蜀水。之后，张献忠的大西军向成都进军途中，一直打着"反清复明"旗帜，也不乱杀人，得到川人拥护，一路势如破竹。拿下成都，指日可待。

第六章　缠绵悱恻，英雄难过美人关

富顺是座川南小城，离盐都自贡很近。这里物产丰饶，风景优美，文风很盛。在这座小城后街的一条幽巷里，一株虬枝盘杂的老榕树下，有户姓翟的人家。小巷里，本来人就不多，翟家单门独户，终日关门闭户，在这种年月，更给人一种寥落衰败感。

这本是一户和和美美，小日子过得很滋润的三口之家。翟春元是一介白面书生，相继过世的父母给他这株独苗留下了一笔不菲的家产和一座精致的小院。翟春元的妻子刘氏出自书香门第，不仅相貌秀丽，而且聪慧、富有文才。这一对年轻夫妇膝下有一个五岁的女儿小丫，长得很乖，粉妆玉琢。夫妇俩花前月下，琴瑟和谐，吟诗弄月。日子就这样不知不觉地从他们身边溜走。

这个家，本是他们一家三口的世外桃源。特别是到了夏天，小园中芳菲一片，浓荫遮蔽了燠热，如水的清幽中鸟鸣蝶舞。翟春元有时强迫自己坐进书房用功。妻子本性贤惠，又从小深受家庭熏染，期望丈夫博取功名。每当这个时候，妻子总是将女儿带到一边去玩，让丈夫好好用功读书。

然而，长得眉清目秀，一副书生相的翟春元却总是与博取功名的《四书》《五经》等圣贤书无缘，不太读得进去。

舍得十年寒窗苦，一朝成名天下惊；不受苦中苦，难为人上人；书中自有黄金屋等道理他是知道的，然而，书中枯燥的"之乎者也"不是让他打瞌睡，就是令他周身像尖锥一样，毛焦火辣。抬起头来，从窗棂中看出去，小院中姹紫嫣红，周围很静，静得来可以听见蜜蜂的嗡嗡声。这个时候，他总是心不在焉。"春来不是读书天，夏日炎炎正好眠。秋有蚊虫冬又冷，背起书包回家去过年！"这首带有讥讽意味的童谣，正是他的写照！

日子就这样如水似的流去了。这年夏天，已届而立之年的翟春元坐在书房中，书摊桌上，目光却透过雕龙刻凤的窗棂，虚虚渺渺地打望着花园中长得蓬蓬勃勃的花草，只觉得身体有些异样。他觉得他和妻子的生命力都如夏天园中花草蓬勃兴旺，"三月间的樱桃——红登了"。虽然他和妻夜夜同宿同眠，颠鸾倒凤，但总嫌不够，随着夏天的到来，更是不够。眼前总是晃动着妻动人的笑容和眉眼，倘若这时妻为他送来茶水点心，嫣然一笑后便飘然而去，总会让他魂不守舍。想象着亭亭玉立的妻那包裹在飘逸的绫罗绸缎衫裙中丰满合度、富有弹性的身体曲线优美地流动，妻的体香似乎总在身边缭绕。每当这时，一股燥热便涌遍了全身。他也就按捺不住，大白天的厚着脸去寻妻。妻满足了他，当他平静下来再坐进书房时，还是看不进去书，思绪走得又偏又远。

翟书生不喜欢读正书，他欣赏的是白居易《长恨歌》中这样的句子：温泉水浴洗凝脂，侍儿扶起娇力……他认为杨贵妃是古往今来所有美人中最美的。当他还是一个情窦初开的少年时，多少次在玫瑰色的梦中，都梦见他讨到了一个杨贵妃。上天有眼，他这个妻，便是上天送他的"杨贵妃"。出身于书香门第的妻比他小五岁，也是到了对性生活要求如狼似虎的年龄。对他的贪得无厌、无休无止，刘氏开始也是婉拒，但实际上不过是种做作，是种过场，是明拒暗迎，最后总是合欢不尽。完了，妻似乎又后悔，总劝他男欢女爱应适可而止，不可因此伤了身子，耽误前程。

崇祯十六年（1643年）三月，京城大比之期前夕，刘氏再三劝丈夫离家去京应试。说是，自古无场外的举人，我夫满腹才华，此时不博，更待何时。他们哪里知道,这时外面的世界正闹得天翻地覆,明王朝已是岌岌可危。

翟春元心动了。但又想到自己这一走,家中没有了男人,留下的是一个如花似玉的妻和一个才五岁的乖女,虽然丫鬟冬妹听话老实,县城民风淳朴,没有发生过作奸犯科之事,但此去京师,迢迢千里,一路风餐露宿,他又犹豫起来。满脑袋封妻荫子的妻再三劝他,说是丈夫当雄飞。他便狠了狠心,答应了下来。选一个日子,翟春元启程了。带一个书童,骑一匹驯良的川内建昌白马,告别了妻女,沿着门后那一条在金黄油菜花中透迤而去的田坎小路走了,走远了。就在翟春元被铺天盖地、金灿灿的油菜花淹没时,扭过身来向送他出门的妻女招了一下手,笑了一下。不知为什么,刘氏觉得,这是丈夫留给自己最后的一笑,一招手,神情茫然而凄绝。不意丈夫从那以后,音讯全无,她从此把家门关得紧紧,带着女儿开始了漫长而揪心的等待。

"打起黄莺儿,莫叫枝上啼。啼时惊妾梦,不得到辽西。"这是她从小背得滚瓜烂熟的诗句,现在恰好成了她的写照。多少次在梦中同丈夫相会,多少回在凝神屏息中侧耳倾听丈夫的脚步声。虽然带给她的是一次次失望,但是希望始终没有泯灭。平地一声惊雷!当她得知大明的天已经塌下,战乱已到眼前,张献忠的队伍到了富顺,这才如梦方醒,后悔不该怂恿丈夫离家进京去博取功名。她开始担心丈夫的死活,夜晚经常从噩梦中惊醒。严峻的现实和漂亮女性对自身安全的敏感纠合起来,像一只魔爪,紧紧揪着她的心,揪得生疼。

砰砰砰!这天,平静的生活终于被打破了,有人敲门,而且敲得粗暴、猛烈。瞬时,翟家小院中三个女性吓得面面相觑,翘毛根的女儿吓得一下扑进母亲怀里。

抱着是福不是祸,是祸跑不脱的想法,年轻漂亮的刘氏镇定了下来,要丫鬟冬妹去开门。当头上梳根独辫子,身穿青布短衫,下着月白长裙,只有十六七岁的冬妹就要去开门时,女主人又赶紧嘱咐一句:"先不忙开门,从门缝中看看来人是谁。"

"门外的是哪个?"冬妹趴在门缝上觑起眼睛朝外看去。

"是我,乡约王二爸。"

这就开了门。不意吓了一大跳,王二爸后面站着一个兵,兵牵着一匹马。

"这位牵马的兵爷是大西军马元利大将军派来接夫人的。"乡约指着站在他身后的那兵,直截了当对她说,一副公事公办的神情。

冬妹说:"请稍等,我去通报夫人。"转过身来,女主人就站在她身后,惊诧莫名。

"啊,是这样,"王乡约咳了一声解释,"马元利将军派人来接夫人去他营里一下,说是有些事要问你。"

"我一个妇道人家,大门不出,二门不迈,会有什么事?怎么会让我去马什么将军的营里?"

干瘦得像根竹竿似的王乡约无法回答这个问题,这就掉过头去看着来人。

"我们将军要你去,是要问问你丈夫的事。"那牵马小校说话了,一口浓郁的陕西音。还是句让人摸不透虚实的话。

"容我夫君回来你们再问他吧。"刘氏说,"他去年进京赶考,至今音讯全无,我哪能知道他的事。"话虽说得委婉,却是一副拒人千里之外的意味。

"你这妇人怎的如此不识相?!"小校沉下脸来,狠声道,"实话告诉你,有人告发你的丈夫是残明逆党。我们马将军请你去问问,是看得起你,对你客气,你不要敬酒不吃吃罚酒!"接下来的过程同杜甫在《石壕吏》中的描写如出一辙:"吏呼一何怒,妇啼一何苦……"刘氏不得不带着女儿小丫坐到马上,嘱咐冬妹看好家,"我去去就回来。"

在暮霭像乌鸦的翅膀漫卷而来，遮没了田野时，刘氏被挟持到了县城中原县衙、现马元利行营接受问询。

马元利在派出小校去后街接刘氏之后，素来好动的他一反常态地将自己关进卧室。夜色逐渐浓重时，他着急将一个贴身亲兵唤进来嘱咐："后街的刘氏一到，立刻送进来。另外，任何人不准来打扰！"亲兵答应下来，出去前替他掌上了灯。看得分明，长得熊腰虎背，年轻力壮、勇武过人的马元利这会儿着一身宽大舒适的绸袍，看着黄铜烛台上的大红蜡烛发怔。这是一间长方形的卧室，很是讲究阔气，原是富顺县知县的金屋藏娇处——是深深县衙一个很精巧很僻静的套院。月亮门里，一间青堂屋瓦舍掩映在浓荫翠竹中，分外幽静舒适。自从兵进四川，特别是一进川西坝子，马元利眼就亮了，心想：他娘的，四川真不愧为天府之国，不知比咱们那陕北富裕到哪里去了！难怪咱西王九死一生，非进四川扎根当皇帝。

他归左尚书王志贤节制。在向成都进军途中，一路上没有遇到什么大的抵抗，昨日兵不血刃进入富顺县。上司王志贤是一个喜欢安静的人，也能体恤部下。本来，进了富顺，左尚书应该住在这里，却让给了部下马元利。这也是王尚书一贯的脾性，从简戒奢，难怪在西军中深得人心。

富顺县衙之气派，堂奥之洞深，让马元利感慨莫名，心想，富顺县真该改名为富庶县！一个小小的富顺县知县的县衙都如此阔气、舒适，那么，成都府的官们又不知该多么享受呢？！特别是那个蜀王住的蜀王宫，应该叫蜀宫的不知有多豪华享受呢！

戎马倥偬中，这样的夜晚有多么难得。马元利想象得出，将营帐扎在离城二里地的一个小镇上的主将王志贤，这会儿一定也像自己这样，把自己关在屋中。不过，王志贤把自己关在屋中，不是做见不得人的事，而是在看书。王志贤的好学精进、手不释卷，在西军中是出了名的，不仅手不释卷，而且生活清廉，不近女色。

这一点殊为难得！军中有言，当兵三年，老母猪当貂蝉。这话说得不雅，却是一针见血。生龙活虎的男儿汉，一旦清静下来，渴望女性是必然的。王志贤也才三十岁出头，俗话说，三十如狼，四十如虎。可是，自年前玛瑙山一战，王志贤的妻儿玉郡主母子被明朝大将左良玉掳后，王尚书一直不沾女色。事情应该过了也就过了。全军中没有一个失去妻儿的将军，像王志贤那样伤心和专心。如果说玉郡主还在，尚有一个等头。问题是，被左良玉部俘获的玉郡主，在被明军押去京师途中，趁押解人员不备，抱着孩子纵马跳下万丈悬崖，香消玉殒。王尚书得知这个确切的消息后，当即痛哭一场并发誓决不再娶。马元利年轻的妻，也在那次战斗中被俘，过后死活不知。但这一路走来，只要部队歇下，他都像西军中许多失去了妻儿的将军们一样，抓到篮里的都是菜——尽可能在当地找个相对漂亮的女子做几日露水夫妻。俗话说，天涯何处无芳草，哪里都能找到相对年轻漂亮的女子，也新鲜。久而久之，有时他想，其实这样也好。

西军几十万将士中，没有哪一个人像王尚书这样的真君子。其他将军就像他一样，妻妾丢了，再找就是。

昨天，部队进了富顺，各营驻扎以后，按主将王志贤立下的规矩，马元利身体力行，立即打马在县城里巡行，察看有无扰民事件发生。时近黄昏，街上全都关门闭户，显出一种肃杀和阒然，没有一宗扰民事件发生。暮霭中，街上不时可见巡逻队，大都三人一组，挑灯巡逻。远远近近，县城麻石路面上传来他们报点似的脚步声。见到马元利将军，夜巡的兵们无不向他致礼让路。

天黑尽后，马元利才回到他的行营。巡查的结果让他满意，也放心：富顺秩序井然。卸去衣甲，洗漱完毕，时年24岁的马将军让文案王师爷陪他下棋，以熬长夜。

屋子里,王师爷陪马元利将军下棋。周围很静,绵白纸糊就的窗棂上,映现出两人的影子,恍然一看,像是在演皮影戏——佝偻着背,颔下一绺山羊胡子,瘦削的王师爷出棋时,左手牵着右手袍袖,右手捏棋的手,鸡爪似的,落子时总显出些犹豫。马元利高大壮实,坐姿笔挺,出棋大刀阔斧,动作极其干脆。静夜中不时响起他棋子落盘时发出的清脆的啪啪声。也就是在这样的时刻,王师爷将后街的刘氏推荐给了马元利将军。王师爷就有这样的本事,每到一地,他就像一只嗅觉很灵的认路老狗,很快能将当地风俗民情、名人轶事、美味佳肴、野史,其中必然包括马将军最为关心的女人、漂亮的女人弄得一清二楚,一网收尽。王师爷知道马元利将军有个奇怪的嗜好,喜欢的不是年方二八的少女,而是少妇。或许在马将军看来,少女羞涩而青涩。少妇不同,她们是熟果。她们的妙不可言处在于通晓风月,别有情韵。而且,完了也好打发,没有钩子麻糖的多余事。

王师爷口才很好,将后街还属少妇的刘氏的美貌可人、翟春元上京赶考一去不回、死活不知等情况娓娓道来,简直就是一篇有声有色的范文。后街刘氏很合马元利胃口,他听得怔怔的,棋都不下了,一时思绪走得很远。那个独居一年有余的美貌少妇,在他心中活了起来,栩栩如生。很快在他心目中形成一个曲线丰美、散发着体香、富有弹性、妙不可言的尤物,正在对他笑,同他一样急切。

他听后当即就要派人去后街将独居的刘氏弄来。"万万不可!"王师爷将头摇得拨浪鼓似的,规劝道,"将军,这个刘氏不比以往那些少妇、那些个被男人饿慌了的小娘们。她是诗书人家出身,贸然去弄肯定要出事,不如这样……"说着将头凑过去,用手扣着嘴,在马元利耳边小声说了一番。马元利听后哈哈笑道,心驰神往地问:"行吗?"

"这事包在我身上。"儿女之事门门精通、风月场中样样在行的王师爷,将自己的瘦胸膛拍得咚的一声,大包大揽地说,"届时她敢不来,只要对她说，有人告发她丈夫暗通逆党，她就不敢不来！她来，肯定想在将军面前替丈夫辩冤，说明情况。而只要她来了，嘻嘻……"话说到这里，王师爷二指宽的一张脸上就有了几分淫邪。

"小娘子只要一进将军的屋，将军将门一关，几句话一哄再伸手一搂，那还不是干柴遇烈火？小娘子正是青春烂漫期，又守了一年多活寡，早饿慌了，将军年轻有为有力、威震一方、一表人才，对她该有多大的吸引力？到时，将军再对她温言几句，小娘子披在身上的礼义廉耻画皮还怕不会立即褪去？孤男寡女在一起，还怕她不遂你的意？怕是事成之后，将军轰她走她也轰不走呢！用四川人的一句歇后语，怕是：猫抓糍粑——脱不了爪爪呢！"

马元利笑了，王师爷也耸肩缩背地笑了。

想到这里，马元利只觉一股邪火从腰际间猛地蹿起，他忍受不住，霍地站起，在屋里焦躁地踱了几个来回。就在这时，门外脚步声响起，他转过身来。"王师爷来了。"隔帘一句，让马元利如闻天音，血轰地涌遍全身。

"将军，后街刘氏带到了，让她进来吧？"王师爷的一口南腔北调。

"带进来，立刻带进来！"马元利只觉得喉头发哽。

门帘一掀，刘氏进来了。她进门就站在那里，也不说话，低着头。灯光下看去，她半拢云鬓，高高的个子，丰满合度，淡淡妆天然样，十分可爱，比自己想象的还要好。马元利心如鹿撞，唯一让他不高兴的是，小娘子抱着一个五六岁的女孩。女孩头上梳两根小辫，瞪着一双又大又亮的黑眼睛，好奇地打量着他和屋子中的一切。

"咋这么不懂事！"马元利皱起眉头，"王师爷，你让牛妈来把小孩接过去，帮她带一会儿，我们这里有点事。"

"好的。"师爷会意，颠颠地去了。牛妈是王师爷的妻。

"将军！"刘氏抬起头来，用她那一双好看的眼睛看着马元利，话说得直截了当，她想把事情说清楚了好回去，"适才听说将军要我来，问我夫君翟春元是否有暗中通逆党事，我可以告诉将军，这纯属子虚乌有。我夫是个老实读书人，平时在家大门不出二门不迈，也没有交际，若不是我劝他，他不会离家上京去赶考……"说时，她将手中孩子抱得更紧，似乎生怕孩子被谁抢了去。马元利频频点头，好像很赞成她的说法。其实刘氏说的话，他一句也没有听进去，他只注意到了刘氏那双美丽的大眼睛里，有一分幽怨，显得格外动人。

"呀，你怎么还站着？"马元利做出恍然大悟，很对不起的样子，手一比，请刘氏坐，说，"快请坐，坐下慢慢谈，不要紧，不要紧，富顺归我管，有什么事都好说得很。"

刘氏抱着孩子在那把靠窗的黑漆太师椅上坐了下来。茶水、糖果点心早就摆在旁边茶几上。马元利走上去，与她隔几而坐，说，"请茶！"并拈了一个糖果给她怀中的孩子。

这时，王师爷夫妇进来了，牛妈好说歹说才将孩子从刘氏手中接去。他们抱着孩子出门时，轻轻地给他们带上了门。孩子被抱走了，障碍也就排除了。马元利有些忍不住，掉过头，虎视眈眈地近距离地看着鼻息可闻的刘氏。

年轻貌美的刘氏是过来人，而且《西厢记》这些书她也是看过的。她猛然醒悟了什么，不禁抬头注意地看了看这间屋子。这哪是谈公事的地方？分明是金屋藏娇处。长方形的屋子档头，是一张大花床，一床雪白的蚊帐由两个弯弓似的象牙钩钩成一个"八"字。从亮开的"八"字中看进去，床上整齐地叠着两床锦被，并排着一对蜀绣枕头，枕头上绣有一对鸳鸯戏水……刘氏对这位马元利将军要她来的用意完全明白了。一时，她很生气，一生气脸就红了。她站起身来说："马将军，我丈夫的情况就是这些，他绝不是大西的敌人，也不会反对大西。请将军明察！"说着就走，可是她哪里还走得了，门关得紧紧的。

年轻貌美略显丰腴的刘氏一惊，脸一红，神情欲露还藏。马元利也站了起来，血往上涌，头轰轰作响，喉头发哽。本意他是想扑上去，但觉得这小娘子与以往过手的女人大不一样。烛光摇曳中的刘氏，简直就是一个从空中飘飘而来的仙女，一种奇怪的联想油然而生。他觉得，对她，如果霸王硬上弓，犹如奸尸。如果让她自觉自愿，我送你迎，那才有意思。这样一想，他不急了，正想着如何进行时，只听门外一声"将军！"那是一个亲兵的声音。他十分恼火，这个时候他最怕有人来打扰。正想发作，只听亲兵隔门报告，"王尚书来了，王尚书有要事找将军！"

"谁？！"他猛地一惊，大声喝问。心想，早不来晚不到，王志贤怎么拣这个时候来？莫非他听到了什么风声？王志贤最爱管这些闲事！

"是王尚书！"亲兵再次强调，小心翼翼报告，"王尚书已经来了，在县衙上等将军。"

马元利悲哀地闭上了眼睛。"好吧！"他无可奈何地吩咐亲兵，"你去告诉王尚书，我马上来。"在这样的时刻，如果是其他人，他马元利完全可以不理，但来的是王志贤，他的顶头上司，他不能不去。

他理了理衣衫，出去时，掉过头来，恋恋不舍地看了看坐在那里低着头，在灯光下显得非常淑女，非常动人的小娘子，哑声道："我有点要事出去，你等一下。"说时咽了一口口水，并随手关紧了门，再三嘱咐亲兵，替他把好门，看好小娘子。

"啊，王尚书，这个时辰了，有什么事派个人来叫我过去不就得了，怎能劳您的大驾？"马元利急急来到县衙，见到王志贤，双手作了一揖，表面上很谦恭，心中却是恼火万分。说着在王志贤身边坐了下来，注意打量着王尚书的神情。他一心想尽快打发王志贤。

"贤弟，"王志贤也不介外开门见山，"你是不是让人带走了县城后街翟春元的妻子翟刘氏？"

"是。"马元利明显不高兴，"这样的小事王尚书也关心？""翟春元夫妇颇有声名。"王志贤的态度极诚恳，"贤弟这事办得不妥，全县都传遍了，我还能不知道？！"王志贤说时，看着马元利，脸上笑微微的，但话中意思，马元利是掂得出的。

马元利将他带翟刘氏来的意思讲了，现编现说，脸色有些不自然。他的不能自圆其说，连自己都感觉得出。

"翟春元暗通前明、反对大西没有凭证，这中间肯定有问题！"王志贤指出了这点后又问，"翟刘氏现在什么地方？"

"就在县衙里，我们正在问她。"

"这样吧，"王志贤顺势穷追，"贤弟让人将翟刘氏带来，让我问她一问。"

马元利自然心中一百个不愿意，但王尚书把话说到这里，他不愿意也得愿意。

"好吧！"马元利低着头，哑声道，随即吩咐下人去后院带翟刘氏来。听着下人渐渐远去的脚步声，马元利觉得一颗心直往下沉。他觉得，翟刘氏——那美貌可人的小娘子——犹如一道令他垂涎欲滴的美味，好不容易搞到手，正要从从容容吞下肚去，忽然从旁边伸来一只强有力的手，活活将他心爱的美味生生夺了去，心中的沮丧和痛惜不言而喻。但是，转念一想，既然话说开了，等一会儿自己干脆对顶头上司王志贤挑明：他要翟刘氏。想来，知人善任的上司王志贤却不过他的情吧！

门帘一掀，淡淡妆天然样的翟刘氏轻移莲步走进屋来。她低着头，向两位将军道了万福。王尚书轻言细语地要她坐，她坐下了。王志贤问起她丈夫翟春元的情形。毕竟出身书香门第，刘氏的话不多，轻言细语，却将强加在她丈夫身上的子虚乌有之事全部推倒，事情的前因后果说得一清二楚。而且，蕴含其中的懊悔、她对丈夫的相思和哀痛，从她那挂在长长睫毛上的泪水、话语间不时的哽咽中表露得淋漓尽致。

王志贤听后，点点头。"贤弟，"他调头看着马元利，"我看，所谓人家翟刘氏丈夫的'事'，完全是子虚乌有，不能成立。"

"是。"马元利也点头承认。

"那你看，是不是该放翟刘氏回去？"

马元利也不回答，只是干咳一声，吩咐候在门外的卫官，将翟刘氏先带到客房等一下，他还有话问。

卫官进来带小娘子。翟刘氏站了起来，向他们道了万福，却低着头不肯离去。王志贤知道她的担心，温言相劝："马将军让你等一下就等一下吧！"

王尚书这时看着带人的卫官，提高声音，言在此而意在彼地警告一句："那就先带人下去吧，可千万不要出什么事，如果出了事，我拿你是问！"

卫官应了，战战兢兢。小娘子这才轻移莲步，跟着卫官去了。

马元利是一个性情直爽的军人，他向王尚书挑明，他看上了翟刘氏，有心娶她为二房，希望王尚书成全他。

"贤弟，此事万万不可。"王志贤语重心长地说，"玛瑙山之战，贤弟你虽失妻，过后又娶了妻，你是有妻之夫。"

"且这女子不愿意。你如果强占人家有夫之妻会引来大众非议，给大西军抹黑。而且，军中有明文规定：行军路上，无论将军兵士，不可奸淫人家妻女！"说时用一双睿智的、具有洞穿力和威慑力的黑眼睛看着鬼迷心窍、神思恍惚的马元利，神情显出严厉，语气也重了："违者，一律问斩。这一条，可是西王亲自定的！"马元利心中暗暗嘀咕，什么西王定的，分明是你王志贤定的，不过用西王名义颁布的。

"那么，如果是翟刘氏愿意跟我呢？"马元利还不死心，昂起头倔强地看着王志贤,情急智生,他在钻条文的空子。

"这个——"王志贤不谙粗人一个的马元利如此诡谲,一时无言应对。

"这样吧,"马元利转了个弯,他看着王志贤,"王尚书你看这翟刘氏人品如何?"

"那当然是没说的。"王志贤随口就来,他要看马元利今天究竟要搞个什么名堂。

"王尚书你看这样好不好,"马元利竟是一副悲天悯人的样子,"翟刘氏如此年轻美貌,她丈夫翟春元迢迢千里去京赶考,一去音讯全无,定是凶多吉少,回不来了。天长日久,她孤儿寡母受人欺负,也可怜。她不仅相貌好,且知书识礼,人才难得。不如尚书你娶了她,我来做媒。尚书不像我们是有妻室的人,自玉郡主去后,尚书一直没有续弦,一直没有找到合适的女人。我看这小娘子温柔贤淑,对于尚书很合适!"

王志贤闻言不禁一怔,犹如受了重重一击,脸上呈现出一种恍惚的神情。马元利注意观察王志贤,他没有想到,他要的这个小聪明,无意中揭开了王志贤的伤疤,王志贤的心在淌血。

崇祯八年(1635年)正月,张献忠参加农民军荥阳大会,被选为十三家农民军主要领袖之一。会上,"闯王"高迎祥被选为盟主。鉴于明军将主要兵力集中在山、陕两省对农民军进行围剿,会上大家议定,由"曹操"等两部吸引明军主力左良玉部,由八大王张献忠和闯王高迎祥分兵南下,直捣南京和朱明王朝老巢——安徽凤阳。张献忠当时与闯王高迎祥齐名,李自成还是高迎祥麾下的闯将。他们一举拿下颍州后,高迎祥派闯将李自成,率精骑两营配合张献忠大军,以摧枯拉朽之势直捣明朝中都凤阳。一时,崇祯皇帝手脚无措,六神无主,惶惶然不可终日。凤阳是朱元璋的故乡,其独具的地理位置不说,还有皇陵,辖临淮、定远、虹县、淮水南北五州十三县。朝廷设两淮巡抚一员驻守凤阳,统率数万军队保卫凤阳。凤阳号称明朝脉地,兼管运河漕运。朱家祖坟坐落于濠水边上,称为龙穴,地位极为重要。朝廷特意在周围建高墙环卫,城墙中俨然是一座城市。城中的居民很特殊,不是被贬谪到这里来的皇亲国戚,就是豪族巨富。朝廷还在这里设一护陵大太监,统率文武官员百人,注籍军士数万护陵。

当向来用兵神速的张献忠率大军将凤阳团团围定后,护陵太监杨泽老儿带着留守朱国极、千户陈宏祖等急急披挂上城往下望去。只见城下旌旗蔽日,红尘漫天,铁骑往来,朱国极等大为吃惊。而不知战争杀戮为何物的杨泽老儿,用手指着城下威势逼人的流军,用一口不男不女的嗓音发了狠话:"这些贼子竟敢如此猖狂,犯我龙穴,待我明日拜表进京,奏明天子,拿了张献忠千刀万剐!"而就在这时,城外一声号炮,张献忠大军架起云梯开始攻城。结果是预料中事。多日来刀枪入库,马放南山,被美酒香风将周身都泡酥了的守陵明军,哪里是张献忠部的对手?不到一个时辰,外城已然失守。可笑杨泽老儿传令:"我等都尽快入内城。"并放言,"我谅流贼无论如何不敢犯我内城!"内城是皇城。

内城是在黄昏时分攻破的。张献忠将拿获的朱国极、陈宏祖等明将先是拷打,然后杀头,独留下叩头如捣蒜、浑身筛糠的杨泽老儿,要他说出皇陵中的珠宝玉器窖在哪里。

杨泽说皇陵中所有珠宝玉器、金银财帛已大白于天下。

"那么,"张献忠逗着他说,"你如此一说,我留你还有何用?"杨泽老儿哀求张献忠不要杀他,说:"大王若是肯饶我,我有一班十分俊秀的小太监可以献上。他们一共12个,个个相貌俊秀,能歌善舞,让他们给大王助兴。"

张献忠听了指着杨泽老儿的鼻子大骂:"什么破玩意儿!咱老子对

你们这些个阉割了卵子、男不男女不女的东西不感兴趣！"杨泽老儿虽对军事、政治一窍不通，却很会听话听音，他从张献忠的话里悟出了什么，赶紧改口："我们皇城里，还监有一百多名美貌女子，中有公主、郡主等大明宗室，有的相当美丽，简直就是天仙下凡。大王如果不嫌弃，我去带她们来见大王？"

"那好。"张献忠来了兴趣，让艾能奇带一班军士押着杨泽老儿去带人。与此同时，张献忠命人将被捉住的知府颜容宣等——带上来拷问。颜容宣一见张献忠就破口大骂，被张献忠当即杀了。接着一口气又杀了四十二人。

这时，尚书王志贤来了。张献忠对王志贤总是客气的，赐了座，问贤弟所为何来？王志贤告诉西王，皇城里有条长街，前后有一道栅子门。进了栅子门，只见长街两边排列着一间间青堂瓦舍，有王宫气派。他特意留心数了数，长街里共住有男女不下两三百人。而且，这些人都是遭到朝廷贬谪的大明宗室，是些特殊"犯人"。他们在皇城里，家家团聚，生活优裕，可以自由往来，日子过得优哉游哉的，有的整日饮酒赋诗，有的斗牌掷骰……

张献忠这就笑了，说："是，我已经知道了。而且内中有些漂亮的金枝玉叶，我让艾能奇押着杨泽老儿去带人了。志贤你不要走，我们一起看看这些金枝玉叶是不是名副其实。"

杨泽带着一帮金枝玉叶由艾能奇领兵押着来了，她们一共是一百七十二人。张献忠很有眼力，他从中挑了四十多个好看的留下，其余的让仍旧押回去。这四十多人站成一排，他再逐个上前细细观看。张献忠走到一个三十来岁，微低着头的美貌妇人面前时停下步来，仔细看。这个贵妇仪态婉约，身肢高挑丰腴，容貌俊美，明眸皓齿，下巴上长有一颗美人痣。杨泽老儿见张献忠有意，这就上前介绍。

"大王，"杨泽用手指着美貌贵妇，"这是神宗皇帝之女桂安公主，下嫁高驸马。因他夫妻二人与魏忠贤相好，崇祯皇帝登基后，被列入逆党。过后，高驸马被杀，桂安公主被发配到此监禁。"张献忠听了没有说什么，只是笑了笑，手捋颔下那蓬大胡子挨个看去。走了几步，想起什么，招呼王志贤过来，高声大嗓地说，"志贤老弟，内中有不错的，你就挑一个吧！你也老大不小了，该成个家了。"

王志贤不好违拗张献忠好意，也就挨个看去。原先只想做做样子，不意走到队尾时眼睛忽地亮了。排在队尾的那个年方二八，长相既好又很清纯的少女让他动了心，竟站住不动了。张献忠笑微微地走上前来，拍了一下王志贤的肩："老弟，你好眼力。"又问那低着头，雨打梨花般的清纯少女："你这么大点年纪，怎么也被关进了皇城？"姑娘回答，北音婉转，仪态也不忸怩。她说她是玉郡主，将她如何跟着被贬谪的父母年前从京师来到这里都说了。她双目清亮，皮肤朗润，亭亭玉立，如新月，如山间春笋。张献忠对王志贤说："这小妮子不错，咱老陕最爱听京话。这小妮子人美，说话也好听。"说着将颔下那蓬大胡子用手一捋，不由分说地对王志贤吩咐："志贤老弟，你就带她去吧。此女年幼，以后你要善待她。"这样的话从张献忠口中说来，是绝无仅有的，不仅让王志贤暗暗称奇，心中同时充满了对张献忠的感激。他看上了这个小妮子。

就这样，王志贤与年轻貌美且性情贤淑的玉郡主结合到了一起。

而就在王志贤谢过西王，高高兴兴领走玉郡主之后，一场闹剧接着上演。

张献忠看上了桂安公主，挥手让艾能奇领着堂上的兵士和其余女眷退了下去，只留下了杨泽老儿在身边以备随时问询。之前，张献忠从中挑出一位二十多岁、体态丰满、也还漂亮的傅妃，派人给李自成送了去。这一路上，高迎祥部下闯将李自成率精骑两营，一直协同他作战，很有战功。李自成率部驻扎在城外。

桂安公主木桩一根似的站在那里，也不说话，低着头。张献忠以为这个金枝玉叶不好意思，放不下架子。这就走上前去，将桂安公主绵软的手一拉，知冷知热地说了一句："你站得太久了，坐下歇歇吧。"

不意桂安公主突然发作。"杨公公！"她将张献忠的手一甩，抬起头来杏眼圆睁、柳眉倒竖，也不看张献忠，却是看着杨泽，明知故问，"这大王是谁呀？"

"咦，桂安公主，你连张献忠张大王都不认识吗？"杨泽老儿哑然失声，胁肩谄媚，口气中满是对桂安公主的责怪和对张献忠的夸张奉承，"牵你玉手的可是大名鼎鼎、如雷贯耳的张献忠张大王呀！现在不要说你我都是张大王的人，就连我们所在的这座皇城乃至凤阳都是张大王的领地了。张大王跺跺脚，地皮都要抖三抖的。"

桂安公主装腔作势，看着杨泽继续问："这位大王拉我的手作甚？""作甚？"张献忠看不下去了，发作了。他直截了当地、很粗野地对桂安公主点明，"咱老子看上你了，咱老子要日你。"

这样的直截了当，这样粗野鄙俗的语言，是金枝玉叶桂安公主做梦也没有梦到过的。她惊讶地瞪大一双美丽的杏眼，看着这位敢于在她面如此放肆，敢于对她说如此脏话的农民军将领，脸上满是责备之意。一时，她甚至怀疑自己是不是听错了？然而，张献忠却当着她和杨泽老儿的面，将刚才的脏话重说了一遍。她确信没有听错，确信灌进耳朵里的脏话，确是这位张献忠说的，觉得受了奇耻大辱，盈盈的一双大眼睛里，充满了恐惧和因极度气愤喷发出的火焰，一张满月脸涨得通红。她倏地抬起手来指着张献忠大骂："你这草寇鼠子贼大胆，癞蛤蟆想吃天鹅肉！你也不看看你长得什么样子？没有镜子就撒泡尿照照镜子，一脑袋高粱花子，哼哼，想动我金枝玉叶，休想！"

张献忠咬紧牙根，上前一步，轻舒猿臂，老鹰抓小鸡似的一把将

067

桂安公主拎起，扔在地上。"你听着！"张献忠指着跌坐在地上的桂安公主，冷笑两声，开始教训，"别以为你们朱家出了一个朱元璋，当了皇帝就子子孙孙高人一等。风水轮流转。说到底，你们朱家原本也不是什么光彩人家出身。你们的祖爷爷朱元璋，原本也是一个穷和尚、无赖汉。说不定咱老子哪天也要尝尝当皇帝的滋味。话不多说，今天，你落到咱老子手里，我只问你一句，是干，还是不干？干，依了咱老子，奉承侍候得咱老子快活，咱老子有你的好处。不干，哼，今天就不要怪咱老子对你不客气！"桂安公主从小到大哪里受过这样的气，她不管不顾地从地上翻身起来，抓起旁边茶几上的一个鼓肚茶壶就向张献忠扔去。张献忠一让，茶壶咣当一声摔在地上，摔个粉碎。吓得杨泽老儿赶紧半跪在桂安公主面前劝道："公主，你不要任性，赶紧向张大王赔罪还来得及。"说着垂泪，"咱大明江山全靠凤阳祖上龙脉支撑，现龙脉已破，这就是改朝换代的时候了。"说着回头，看看满脸杀气的张献忠恭维，"张大王走南闯北，什么样的美人没有见过？今天张大王如此高抬公主，公主你应该识趣，不应该任性。再说，张大王正值盛年，英雄盖世，兵强马壮，前程无量。值此良辰美景，公主你就从了大王吧！"

桂安公主是个金玉其外、败絮其中的人，早先与魏忠贤就是同流合污之辈。从内心讲，同一个身长八尺，周身雄性勃发的张大王睡一睡，也没有什么不可以的。对于一个有过性经验也有性需求、年龄也到了如狼时段的她，这，甚至也是她私心期冀的。问题是，张献忠张大王太不懂得女人心理，尤其不懂她这样的金枝玉叶的心理。如此这般，让她如何放得下面子？于是，桂安公主这就自己给自己搭梯子，她用手拢了拢云鬓。

"杨公公，"她问杨泽老儿，"我一个金枝玉叶，未必就这样随随便便由了这个人吗？"

"你只要侍候得张大王高兴，大王会给你一个名分的。"杨泽听出了桂安公主的意思，是要向张献忠索要一个名分，也不管她是真索要还是假索要,事情总是有了转机,便趁热打铁,温言相劝。偏偏张献忠性耿介,连一句顺水话也不肯应承。他对桂安公主说:"咱老子老实告诉你,本大王要你,是今晚上一时兴起。在我张献忠眼中,你婆娘不过是残花败柳一枝。你若是服侍得本大王舒适,咱老子会给你一大笔银钱,让你下辈子有碗安逸饭吃。要想什么名分嘛,"张献忠不屑地仰起头来,"那可是下辈子的事。"说时,用一双寒光闪闪的、有力的眼睛瞪着桂安公主,唰地从别在腰上的刀鞘里拔出他那把寒光闪闪的、很是沉重的、也是削铁如泥的大刀来——张献忠从不用那种好看不中用的剑,哪怕是宝剑,而是须臾不离地别着他这把宝刀。"你若是今晚不随咱老子,败了我的兴致,我就要了你的命。"说着,伸手从桂安公主头上拔下几根乌发,呼地一口气吹到他的利刃上,毛发纷纷断为两截落地。

桂安公主吓住了,不敢再闹下去。她怯怯地打量着面前的张献忠,也不言语。

"还不快随张大王去!"事情到了这步,杨泽老儿也就大起胆子,喝了桂安公主一句。杨泽虽是个阉割了的太监,但男女之间的情事,他比正常人还精,还要有兴趣。桂安公主这就神光褪尽,乖乖地跟了张献忠往侧边的卧室走去,让张献忠尽兴。

玉郡主嫁给了王志贤,小日子过得比蜜还甜,夫妻琴瑟和鸣,第二年还给王志贤生了个大胖小子。风云突变,崇祯十年(1637年),因崇祯起用了智勇双全、南人北相的卢象升统揽大局,关宁铁骑对起义军作战,战事变得对义军不利起来。崇祯十一年(1638年),之前横扫北方数省、士饱马腾的七十二营义军被卢象升剿灭得所剩不到一半。闯王高迎祥被擒,被押到京师审问后,问斩于午门。所剩三十六营义军被卢象升分割包围,有的被歼,有的投降,有的隐匿山林。而作战最为强悍,也是最为兵多将广的李自成、张献忠两股,李自成陷入了官兵设下的重重包围，数万人马损失殆尽，最后只走了李自成等一十八骑。张献忠则先是在谷城诈降，随后起事。最危险的是年前，张部被左良玉围困于玛瑙山，激战中张献忠受伤，被手执双刀、骁勇无比的左良玉穷追不舍。左良玉马快，张献忠无奈，只得转过马来挥刀迎敌。左良玉一刀挥来，势大力沉，如中，受了伤的张献忠必死无疑。千钧一发之际，幸好马失前蹄，张献忠顺势头往下一低，左良玉划来的一刀只是削去了张献忠的头盔，并在额头上留下一记伤痕。王志贤单骑赶到，张弓搭箭，喊声："看箭！"左良玉挥刀挡箭，张献忠这才死里逃生。

玛瑙山一战，只走脱张献忠、王志贤等数十人，所部三万余人并张献忠发妻高氏，妾敖氏、徐氏及宠爱有加的幼子惠儿，并玉郡主母子等悉数被左良玉部拿获。因玉郡主地位特殊，左良玉不敢隐瞒，上报京师。崇祯下令将玉郡主押送进京。偏左部大将王承曾垂涎玉郡主的美丽，在玉郡主被关押期间，多次想占其便宜，遭到严词拒绝、申斥。玉郡主在进京途中，趁着押解人员一时疏忽，抱着幼子从马车上一跃而下，坠入深涧自尽。王志贤闻讯如同万箭射心，发誓以后再不娶妻，而且说到做到。

现在，马元利要做顺水人情，王志贤不要，并以兄长的身份劝导马元利，苦口婆心："我们的部队应该是仁义之师，这样百姓才会拥护我们。身为将军，应该身体力行，约束自己，遵守军纪。待我们打下成都，西王建都立国，马将军若有兴致，还可以好好再娶一房妻。届时，若你对富顺这个小娘子仍然念念不忘，再明媒正娶不迟。现在这样做是乘人之危，说起来不好听……"

可是，任王志贤说破嘴皮，马元利就是坚持：待我问明情况，再放翟刘氏不迟！

虽然王志贤官居尚书，职务比马元利高许多，又是他的顶头上司，但王志贤也不好强制马元利即刻放人。默了默:"好吧,贤弟我想你是想得通的。想通后就这两三天放人。"看马元利点头,王志贤这才离去。

第三天,部队开拔前夕,一心挂牵着翟刘氏母女的王尚书派人进城去马元利处打听消息,得到的回答是,就在当天夜里,翟刘氏悬梁自尽。王志贤闻讯大惊,立即赶去马元利处询问。可是马元利却低着头,什么也不说,一副死猪不怕开水烫的样子。

王志贤得知在软禁翟刘氏的绣房里,刘氏自尽后,在墙壁上留下了她书写的十首遗诗,极尽哀婉。这就去看了。这是一间长长方方、精精巧巧的绣房,雪白的墙壁上,写满了遗诗,字体娟秀,墨迹犹新,字里行间字字泪,声声血。刘氏写的是十首藏头诗,王志贤细细看去,字字琢磨:

马革何人誓裹尸,四维不整念夫君。
携女长夜留幽阁,驿使无由寄书信。(驿)

人同木偶只素餐,长夜难眠未有期。
母牵幼女长相望,梅骨棱棱盼春归。(梅)

朝朝暮暮念着君,秋水望穿梦萦回。
马嘶芳草蹄蹄来,惊醒妾梦入囚笼。(惊)

节义并非话一句,患难时刻见忠贞。
刀锯不移巾帼志,别世之时泪满襟。(别)

立也悲兮坐亦悲,最怕斜阳笼起时。

窗外脚步兀惊心，意惨幼女无人依。（意）

官军过后又流军，日望征夫不欲生。
匹练有绶红粉尽，堤边啼鸟是妾魂。（堤）

木稼前望碧空尽，夕阳古道萧萧下。
耳边似听别时语，柳絮随风飘飘去。（柳）

依稀送君到阳关，妾就是那望夫石。
意信凭谁由此寄，暗悲汝妇已投环。（暗）

凶莫凶兮国丧亡，内庭无数各奔忙。
佳人命薄从来是，离却尘氛骨应香。（离）

禾黍离离最可怜，火急谁与救眉燃。
心中一念惟夫子，愁向山头向杜鹃。（愁）

这十首绝命诗，暗含"驿梅惊别意，堤柳暗离愁"十字，于清丽典雅的诗句中，表达了瞿刘氏对爱情的忠贞，对丈夫思念的深情，以及对强权的不屈而献身。王志贤站在遗诗前心中好一阵感叹，心想，西军虽是一支百战之师、胜利之师，但要成为一支仁义之师难啊！同时暗想，人说天府之国文风很盛，果然如此。

第七章　取成都，破天荒地使地雷

成都笼罩在一片惶恐中。自五月以来，各种让人闻之胆寒的消息，通过各种渠道频频传来：五月十六日，保宁府失守，守将张昌投敌；六月十三日，自流井失陷……流军逼近成都。尽管其中详情，一般黎民大众并不很清楚，但他们从那些从早到晚，身背紧急文书，马不停蹄，满脸惶恐出入蜀王府信使们的神情上，感受到了局势的紧急、严峻。

七月末，城内若干豪绅巨富已开始向成都邻近郊县转移家产。起先，这些人是晚上偷偷摸摸进行，后来很快发展到大白天也公开转移，尽管遍街都张贴着以蜀王名义颁布的"安民告示"。而实际上，大白天，不论是在通衢大街还是在幽巷里，好些公馆门前都停着大板车，不止一部。那些身着短衫的苦力们，忙着搬运，东西搬运完，服侍老爷夫人公子小姐们车上坐好，放下竹帘，车夫跳到车辕上坐，驾的一声，马鞭子一甩，扬长而去。每天，从早到晚，在通往新津、邛崃一线的南大路上，车来人往，牵线线似的。

更让人惊心动魄的是，连成都人看作主心骨、风向标的蜀王也要逃了。

七月的这个早晨，在成都官场上素有"智多星"，又叫"巴地草"的成都县幕僚刘道贞，接到蜀王传唤，骑一匹矮小的建昌马急急而去。他边走边寻思，向来醉生梦死，不理正事的蜀王居然传唤他去议事，议什么呢？肯定与当前大局有关，而且，根据他对蜀王的了解，肯定没有什么好事。

宦海沉浮多年的刘道贞，出生临邛，地道川人。人矮，刚届中年，其貌不扬，足智多谋。他对成都很有感情。眼前的成都，仍然保持着固有的繁华、幽静、温馨、旖旎。一路而去，街两边芙蓉花盛开，如烟似霞，如诗如画。

过南门大桥。看眼下这条穿城而过的碧波粼粼的锦江，遥望下游江畔崇楼丽阁、万竿翠竹簇拥的望江楼，想起当年流寓成都的杜甫，一首诗不由浮现脑海——两个黄鹂鸣翠柳，一行白鹭上青天。窗含西岭千秋雪，门泊东吴万里船。那是一番多么和平美好的景象；又不由想到当年刘备开辟蜀汉政权，在全国形成魏蜀吴三国鼎立之势，建都成都，为国是日夜操劳的蜀相诸葛亮，在万里桥送费祎出使东吴联络孙权以抗曹的情景……抚今追昔，有一种无端的沧桑感、无奈感。

太阳已经升得很高了。然而，习惯晚睡晚起慵懒的成都人才起，长街两边鳞次栉比的铺面才开门。这一派司空见惯的和平景象让人觉得，今天和昨天，以及明天，都没有什么差别，成都，一如既往地闲适、安逸。但是他最知道，眼前这一切，很可能就会在这几天内的一个早晨或什么时间灰飞烟灭。因为，恶煞张献忠正张开魔鬼的羽翼飞来，很快就要降临。只要他一降临，就是杀戮、血腥，成都就会落入万劫不复之地。

为了避免这一天，月前，他和吴继善、齐群芳好不容易才用"监国"这个空名号，让既贪财又好名的蜀王动了心，答应疏财募士整军。如果这样，局势或者尚有可为。蜀王富甲天下，府中有堆积如山的金银财宝，足可以武装十五万精兵坚守成都三年。三年，三年过后又是一番什么情景？然而，他们的计划却被迂执的、铁钉子都咬得断的实权人物刘之渤断然拒绝。这样，最后的机会擦肩而去。

现在，张献忠日近，形势日紧。日前他听说，蜀王要甩下成都和成都城内的四十万居民南下逃命。蜀王这会儿召他这个"智多星"去，很可能就是谈这方面的事。

地位非同一般的齐群芳在宫门外焦急地等他。一见到他,上前将他的手一牵说:"走,蜀王一直在等你。"可是,进到碧玉宫,只见肥胖的蜀王还是照样袒胸露臂地躺在牙床上吃他的荔枝,也亏他吃得下去。身边的周妃,就像喂小娃娃似的,翘起兰花指,将荔枝剥了皮,把圆润雪白晶亮的荔枝喂到他口中,喂一颗,吃一颗。蜀王旁若无人,若无其事。

蜀王爱这一口。为保证蜀王这一口,是多么劳民伤财。从产荔枝的合江到成都有几百里地,很多还是山路。为保证蜀王吃到新鲜荔枝,一路上换马不换人,昼夜兼程。往往跑一趟,快马都要跑死几匹。

他们在旁等了好一会儿,蜀王吃够了荔枝,这才将死鱼眼一睁。周妃赶紧让侍女送上香茶给他漱口,用香巾给他揩脸揩手。在周妃示意下,刘道贞、齐群芳上前齐齐向蜀王行了礼。蜀王这才坐起来,让他们坐下。周妃知趣,带着身边人下去了。

"刘爱卿,"蜀王对刘道贞说话,语气从来没有过的客气,直言不讳地向他问计,"恶煞张献忠这回是非进来不可,挡不住了,爱卿有何法救我?"

刘道贞和齐群芳交换了一下眼色,他知道蜀王的意思,这就顺着说:"当今之时之势,三十六计,走为上计!"本来是逃,他却用了走字。

"好。正中我意。"蜀王有了些精神,用那双极富朱明家传的鼓眼睛看着"智多星"又问,"爱卿觉得去哪里好?"

刘道贞已经从齐群芳那里知道蜀王想去云南,就说云南。不过,他说:"卑职觉得应该留下世子平栎在成都坐镇。"

"留下世子平栎有何用?"蜀王问。

"一是带领全城军民坚守。如果坚守不成,世子平栎也可以代替大王出面与张献忠谈让出成都的条件……"说时给齐群芳递了个眼色。齐群芳立刻表示附议。蜀王踌躇再三,唤来世子平栎征求意见,不意年及弱冠、很是清俊的平栎爽快勇敢地答应了下来。事情就这样定了。接下来,蜀王让齐群芳和刘道贞马上替他操办一切撤退事务。

第二天,当黎明的曙光刚刚照到红墙绿瓦、庄严巍峨的蜀王宫时,往日井然有序的深宫里一片混乱,到处人头攒动。宫娥、太监、禁军进进出出,惶惶急急。金银细软已分头打包,堆得山一般高。仪仗、卫队也在分门别类排队。然而,忙中出乱。太阳升起老高了,该出发了,所需夫役、马匹却远远不敷分配,队伍动不了。而负责此次南逃的总办刘道贞却到处找不到人,就连往日像影子一样跟在蜀王身边的周妃也不见了。整装待发的蜀王急得团团乱转,大发脾气。

"来了,来了!"这时,周妃不知从哪里钻了出来,满怀希望地告诉蜀王,"刘道贞找来了。"

"放鬼是你,收鬼也是你!"见到刘道贞,蜀王很不讲情面地对他大发雷霆,用语也不讲究,连平素间上不得台盘,却很有表现力的四川民间俚语都一股脑儿端了出来,"现啥时候了?都是你在安排,你却给本王摆了这样一副烂摊子!简直臊本王的皮!丢本王的死耗子!"

刘道贞好脾气,等蜀王骂够了,火发完了,这才解释原委:事情不知怎么泄露了出去。先是官员们炸了,纷纷表态,这个时候蜀王丢下我们南逃不行……

"他们不肯能怎的,未必敢拦下我不成?"蜀王断然道,"不管他们,先说眼前要紧的,去云南的夫役、马匹远远不敷分配怎么办?"

"好办。"刘道贞不愧为智多星,他说,"有钱能使鬼推磨。只要大王舍得花钱。"

"钱随便花。"这次蜀王表现得很慷慨,表示花多少都行。

"那还是得请大王在宫中稍候,我立刻派人在全城遍贴告示,重金聘用夫役、马匹,一定可以找够。""要多久?"蜀王问。

"午后肯定成行。"刘道贞保证。

午后,蜀王宫那两扇高大宏丽,平时总是关得紧紧,门上嵌着黄铜泡钉,中间吊着威武兽环的厚重的红漆大门轰然洞开。最先从中走出的是一队衣甲鲜明的禁卫军,接着,是一辆辆高车大辇。接着是卫队护卫,绵绵延延,足有几千人。就在大队人马刚出蜀宫,走到偌大的、类似京师天安门广场的皇城坝上时,被闻讯赶来的成千上万,并且还在不断增加的老百姓拦了下来。

不要小看蜀王,也颇有心机。以往,他出宫要尽威风,乘龙辇,极尽招摇。然而这天,无论是他的嫔妃,还是他本人乘坐的马车,都混迹在众多的马车中。

蜀王闻讯大惊。偷偷往外一看,倒抽了口凉气。这时,整个皇城坝上跪满了人,黑压压一片。跪在前面的是官员,后面是百姓。领头的大员正是刘之渤、龙文光。

没有办法,蜀王叹了口气,让贴身太监魏佶去传刘之渤、龙文光来责问。二人跪在蜀王面前。

蜀王十分生气地指着跪在他面前的刘、龙二人问:"本王决定去云南住一段时间。你们身为朝廷命官,应该听命才对,为何拦阻本王,带头在此聚众闹事?"他明知故问,色厉内荏。高高在上的他,想借此把这两只领头羊轰退。

"大王,此事不妥!大王是成都乃至全川的主心骨。流贼张献忠尚未到来,大王就率一帮官员南逃,这岂不是不战而降,活活将一座祖上赋予大王的成都城拱手送与贼子?"刘之渤、龙文光说得振振有词,且言辞恳切、沉痛,"大王难道忍心独自南逃,舍弃城中四十万黎民百姓让流贼来肆意荼毒、宰割吗?"

听刘之渤、龙文光如此说,再看皇城坝上人山人海拦阻,蜀王自知南逃不成。他怒从中来，指着二人大骂："月前，文武百官议定的事，你二人反对，不要本王当监国。不当就不当吧！守成都，是你刘之渤，还有龙文光的事。我要走，你们又挡我的道，是何道理？难道你们是要拿本王去向张献忠讨好不成？！"

面对蜀王的诘问，跪在地上挡道的刘、龙二人也不急于分辩。闹哄哄间，齐群芳、刘道贞不得不护着宫眷舆轿折回皇城。大队人马像一条又粗又黑的蛇，刚从洞里梭出来，又梭了进去。围观阻挡的百姓指着这一派狼狈，有的在哭，更多的是呵骂、讥笑。

蜀王出逃失败，趁乱，蜀王的禁军逃走一千余名；宫眷、随行与使女失踪五十余人。最让蜀王心痛、伤心的是他的财产损失，计：行李损失千余驮，内有黄金五驮、白银十驮、上好绫锦数十驮。

事后，蜀王迁怒于刘道贞。骂他："你算什么智多星？你让本王既蚀财又丢人……"

刘道贞是个聪明人，见大势已去，逃命要紧。他去找蜀王的伯父内江王，趁蜀王还未下令封城戒严，请内江王设法弄到出城的令箭，他们一起赶紧出城逃命。内江王依计而行，依照刘道贞教他的话，在蜀王那里讨到了出城令箭。

这个晚上，三驾有篷马车来到南门，守城军士上前阻拦，喝道："刘巡抚有令，为严防奸细，任何人不得随便出城。"

坐在第一辆马车上的刘道贞将车帘掀开，指了指身后："坐在后面车上的是内江王，我们奉蜀王之命出城办事。"说着，将出城令箭一晃。坐在后面马车上的内江王也露了露脸。守城军士认识刘道贞，认识内江王，谁敢上前阻拦内江王？谁敢去查验令箭真伪？这就闪身放行。

"驾！"车夫将手中鞭子一挥，三驾马车紧紧相跟，从麻石路面上隆隆碾过出了城，上了南大路，向邛崃方向逃去。他们是寥寥几个逃出城去的官员，堪称幸运。

崇祯十七年（1644年）农历八月初七日，成都被张献忠统率的四十多万大军箍铁桶般围定。作为成都最高军事长官的刘之渤和副手龙文光从城楼上望去，不禁暗自惊心。这次再也没有后顾之忧的张献忠，不像以往那样，心急火燎地攻城，而是摆出一副来者不善，善者不来，坚决拿下的架势。

城外广阔的原野上，西军帐篷比连，旌旗蔽日，鼓角连营。步兵、骑兵布置有序，漫山遍野，牛角号呜呜地吹得让人心悸。城下已有流军开始绑扎攻城云梯，一门门火炮也分别就位。

两相对比，力量悬殊。张献忠人马号称百万，而蜀王手中正规军只有一万多，临时招募了一些新兵，还有一些居民自觉上城协同守卫。虽然成都是座坚城，但靠这么一点薄弱的力量要想守住，谈何容易？

龙文光看了看脸色黄黄的、显得虚弱的刘之渤，居然提了个异想天开的建议：张献忠是刘抚巡你的陕西老乡，听说这厮虽然凶残，但认老乡。不如请巡抚出面找这厮谈谈，要这厮手下留情如何！

长脸黄须、身材瘦高的刘之渤向来迂执，当即拒绝。说道："我是朝廷命官，断不会与这厮拉老乡关系。"说时，难受得叹了口长气："咱们陕北怎么接连出了张献忠、李自成这两个无父无君的家伙！尤其是张献忠，出了名的'张剃头'，家伙凶残成性。你要我同他谈，谈什么？与他谈无异于与虎谋皮！"

"那怎么办呢？"想想也是。龙文光很忧虑地提出两军实力的差距，"硬打，只怕是以卵击石。"

刘之渤和龙文光绞尽脑汁，最后想出一条妙计。他们认为张献忠的北兵不擅水战。趁张献忠还未攻城，立脚未稳，一心以为拿成都不过是早晚间的事，很可能大意。这晚，深夜时分，趁张军麻痹，刘之渤派一精干的武功超群的全能将士混出城，连夜赶去百里外的都江堰放水。如是，今夜下半夜，最迟明天一早，都江堰水就会汩汩而来，将高城下绕城的壕沟注满水，能极大地阻碍张军攻城。

也是。好在有条流水汤汤的锦江穿城而过。顺江而去，可直达几百里外的三江汇合地嘉定（今乐山）。逆水而上，出城不到百里，就是川西河渠总汇——都江堰。都江堰之水灌溉了整个川西平原，成都这条锦江也是都江堰来水。问题是，张献忠有可能防着这一出，城里人怎么出得去？他们突然想到了有"浪里白条"之称的嘉定人、总兵杨展，他是最合适的人选。

他们当即找来杨展，杨展慷慨应承。

这个晚上，半夜时分，锦江中段的合江亭畔戒备森严。浪里白条杨展要下水了。看不清他的样子，只觉得，他身体修长，四肢比一般人长大有力，他将一件鱼膘似的紧身衣穿在身上，又紧了紧，装束好。

刘之渤从旁边一个弁兵手中接过一碗酒，双手捧给杨展，嘱咐殷殷："成都数十万生灵安危，全系于总兵一身。"

"将军放心。"杨展接过酒碗保证，"我最迟明天中午时分到，尽可能早到。"说时仰起头来，一饮而尽。

在红柱黄瓦、檐角飞翘的合江亭，夜幕中，只见杨展从亭上一跃，划出一道优美的弧线，咚的一声，入了水，水花都没有，然后，一切又归于平静，好像什么事都没有发生。

初八这天，天刚亮。数十万西军开始攻城。刘之渤在战事最激烈的东门城楼上亲自指挥守城。那是何等惊心动魄的攻守战啊！最初，随着城下三声号炮，数不清的西军像突然从地下冒出来似的滚滚而来。

他们抬着一架架云梯，大声呐喊，呼啸而上。尽管城上射出的箭异常密集有力，一时间把半边天都遮没了；尽管架在好几个城垛上、绰号铁将军的多门大口短径粗腰、实际上是土炮的大炮轰轰响起开炮。火光闪处，铁砂子等装填物带着森然死气铺天盖地向城下轰去。攻城的张军受到重创，一时间，倒下不少。但这丝毫不影响久经战阵的张军攻城。他们大声呐喊，犹如大海涌浪，一波接一波、一浪接一浪地涌上来。很快，咚咚咚，多架云梯搭在了城墙上。而这些架云梯一旦搭在了城墙上，久经攻坚战的张军就立时看到了希望，勇气倍增，顺着云梯不断往上蹿。

咚、咚、咚！这时，城下西军远比城上多得多的大炮一起开炮，对城上守军做猛烈的、覆盖性的压制和还击。

这是一场输不起的战争。因此，城上守军和纷纷上城协助作战的百姓置之死地而后生，很是拼命。参战居民，纷纷往城下扔石头、泼开水、撒石灰。守军更是以一当十。张军搭在城上的多架云梯被掀翻了，让云梯上的西军天女散花般纷纷下坠。然而，尽管城下张军伤亡成垛，但就是不退，前赴后继，视死如归。云梯被掀翻了，他们将云梯搭在死人垛上再继续往上快速攀登，相当的剽悍。

城上守军和城下攻城的张军都杀红了眼。他们不知死为何物。心中就一个念头，杀杀杀！不是我杀死你，就是你杀死我！唯有拼命！

这时，离成都东门城楼约一里地的一棵大树下，张献忠骑在他那匹高大的乌龙驹上，冷静注视着这场绞肉机似的攻防战。

激战快一天了。时近黄昏。一抹血红的残阳透过树荫映照在他和他的战马上。看得分明，张献忠坐下的乌龙驹体形特别高大，全身皮毛漆黑发亮，肢体修长，胸阔肚紧，眼睛透亮。乌龙驹似乎不耐这样长时间的等待和保持静态，不时咴咴长啸两声，焦灼地用钉着铁掌的蹄子在地上刨打出串串火星，似乎提醒主人，应该像以往一样，宝刀一挥，高喊出击。而每当这时，它就会像离弦利箭一样，扬起四蹄飞出，腾云驾雾一般进行冲击，尽情享受一匹天生战马的战争激情。然而，它的主人出乎寻常地动也不动，钉子似的钉在它的身上，久经训练的乌龙驹也只能打着愤怒的响鼻，保持着固定不动的姿势。

披一副做工精良的镔铁锁子甲,头上戴着缀有一束红缨的黄铜头盔,背上背一副朱漆描金的牛皮箭囊——朱漆描金,在明代是只有皇帝才能用的。张献忠的腰带上,一边挎一把显得沉重的宝刀,一边挎着箭袋和雕弓,越发显得身姿颀长、孔武有力。张献忠满脸杀气,一只手习惯地握着马缰,一手一下一下地捋着颔下那把大胡子若有所思,右额上,有一道长长的刀痕。

这会儿,与其说他在思索,不如说是惊奇。这么多年,他南征北战,不知经过多少场出生入死的大战,不知遇到过多少明廷的精兵强将,但比起今天来,以成都城内那么一点久疏战阵的明军和从无实战的老百姓,居然能这样长时间地对付他的虎狼之师,不屈不挠!奇怪了,他觉得,城里人显然好像在等待什么、盼望什么,在仗恃什么。那么,他们在等待什么、盼望什么、仗恃什么呢?

就在他凝神冥想时,忽见城上有人激动地高呼:水,我们的水到了!

张献忠循着城上人手指的方向看去,不禁大骇,突地睁大了眼睛。

城下,那条干涸的、深深的壕沟里突然来了大水,滚滚而来的波浪,迅速填平了这条又宽又深的壕沟。

撤军!张献忠意识到了危险,赶紧通知他身边的传令兵。

呜——呜——呜!他身边的总传令兵赶紧吹响了撤军的牛角号。立即,撤军的牛角号声此起彼伏。可是,猝不及防的西军还是很吃了些亏。猝不及防中,被滚滚而来的洪水淹没的张军很是狼狈。他们不善水战,有的被大水一股脑儿冲卷而去,淹死了不少人。

城上军民见状好不欢喜,在城上手舞足蹈,鼓噪漫骂:

"龟儿子些,咋不攻了呢?"

"淹死个你们这些老陕龟儿子!"

"攻呀,哪个不攻是虾子……"

张献忠见状，气得咬破了自己的下嘴唇。他用马鞭指着城上军民咬牙切齿地喝道，"老子肯定很快拿下成都。拿下成都之日，就是咱老子屠城之时。任何人来说情都不得行！"

说着，将手中缰绳一提，勒转乌龙驹，再将缰绳一放，一直被主人控制住的乌龙驹这才有了释放的机会，它哞哞两声，扬起碗大的四蹄，迎着最后一抹如血的残阳，向老营奔去。它像要飞起来似的，长长的鬃毛在气流中左右快速抖动，像是天鹅的翅膀在空中轻巧搏击。

夜幕很快弥合了天地。这是一个很黑的夜。夜是很可怕的。好些计谋在夜里定，好些偷袭也是在夜间展开。

上半夜，刘之渤一直很警惕。他在城上巡视。往下看，城下那条绕城而去的深壕里注满了水，注满了水的深壕在灰蒙的夜色里闪着凶险的光。这让他感到踏实，有被保护起来了的感觉。

这会儿，立了大功的杨展在蜀王宫接受蜀王的赐宴庆贺。

这个夜晚太安静。漆黑的夜幕将城外几十万西军遮掩得严严实实。这样的遮掩，这样的安静，让刘之渤发虚生疑。不用说，明天张献忠会以十倍的凶狠、百倍的疯狂攻城。仅靠这突如其来的洪水是救不了成都的。不用说，这会儿的张献忠肯定在重新运筹帷幄、调兵遣将。刘之渤似乎在夜幕中看到了凶煞张献忠和他那双鹰视狼逼的眼睛。他很想知道张献忠这时在干什么，可是不行，看不到。

他只知道自己的应对。这时，他的副手龙文光代表他在蜀王宫里找蜀王做最后一次恳谈。请蜀王在个关键时刻，拿出钱财募军。

龙文光这时在对蜀王打气鼓劲。说是只要蜀王舍得钱财招募军人，不说打败张军，至低限度可以苦撑一些时日。而且，今日他已经得到回应，也是一个绝好的消息：川东石柱一线的巾帼英雄秦良玉答应率领她那支"天下无敌"的白杆兵前来救援。蜀王当然知道，巾帼英雄秦良玉这支有数万人的白杆兵确是劲旅。明末动乱年间，穷途末路的崇祯皇帝

083

数次调她的白杆兵救驾。不说远了,只说近的。这么多年,李自成、张献忠数次领兵杀进四川,秋风扫落叶般横扫四川多地,就是不敢去招惹川东的秦良玉……

想来,死到临头,蜀王会动心的。

带着这样的希望,夜巡过后的刘巡抚,回到东门八角楼上,疲倦之至,坐下合衣打起盹来。不意很快睡熟了。

"大人,醒醒,不好了!"半夜,刘之渤猛然被惊醒,下意识地翻身而起,嗖地拔出利剑,瞪大眼睛问亲兵:"流军又攻城了吗?"

"流军在城下挖地道!"

刘之渤大惊,赶紧寻去。发现城下约一里地外,也就是城上守军用箭射不着、土炮轰不着的地方,西军在趁夜打地洞,火光闪动间,人来人往,忙忙碌碌,就像一群工蜂似的。

不得了!刘之渤赶紧派人将龙文光、杨展等战将找来商量对策。一个接一个的办法提出来,都不行。趁夜带一支人马杀出城去,给打洞的流军来一个突袭?也不行。这样,无异于羊落虎口……最后,他们终于想出了一个算是行之有效的应对之策。刘之渤亲自率领军民人等,对应地在东门城下,在流军将地洞挖过深壕的大致出口处,用拆去的沿街民房,赶筑起来一座木栅栏墙……

又是一天清晨到了,城内城外比赛似的闹腾了一夜。当初九日的黎明姗姗来迟之时,暴露在晨光中的东门城楼下筑起的那座栅栏墙根本不像个样子,稀牙漏缝,东倒西歪,不堪一击。而就在这时,东门下轰的一声巨响,瓦砾、泥土冲天而起。西军引爆地雷火药,炸了一个大洞口。西军一涌而出,潮水似的冲了出来。刘之渤将宝剑一挥,身先士卒迎上去,但他们哪里是冲来的张军的对手!守军纷纷后退,四散逃命。为制止溃退,刘之渤一连砍杀了两名军校,但毫无用处。

最后,身负重伤,披头散发,血染战袍,退了又退的刘之渤,被四个西军逼到城墙上。他一步步向后退,已经无路可退了。他靠在城堞上,最后看了看狼烟四起的成都,看了看怒涛般向城中滚滚涌来的西军……迂执的川省最高军事长官刘之渤举起利剑,在自己脖子上一抹,顿时,鲜血如注喷涌,他那没有了头的身躯稳了好一会儿,像一个柴垛似的咚的一声栽倒在城上。

成都陷落。

崇祯十七年(1644年)农历八月九日中午时分,前后五次兵临成都的张献忠,终于拿下了成都。张献忠骑在他那匹高大的威风凛凛的乌龙驹上,高昂着头,志得意满地率部进城。他的身后跟着两位尚书、四个义子和一队护卫。蹄声嗒嗒,张献忠从刘之渤断头的东门城楼下的城门洞经过,径直进入了三十多年来他梦寐以求的锦绣成都。

第八章　碧血飞溅，四大美女以死抗争

　　龙韬、虎威、豹略、鹰扬四营护卫，张献忠率左右尚书和孙可望等四小王从驷马桥入城。

　　蹄声嗒嗒，从隧道似的城门洞中响起，过后就一直响在石板镶就的长街上，这样的回声，在张献忠心中荡起无限的得意和自豪。"这就是我昼思夜想的成都吗？"骑在高大的乌龙驹上的张献忠威风凛凛，用好奇的凌厉的目光、占领者的目光、帝王的目光，新奇地打量着他第一次进入，进入以后就不走了，以后要在这里长久做皇帝的成都。刚进成都的这一带显得有些荒芜，刚刚经历过激战，长街两边寥落的茶楼酒肆一律关门闭户，有的地方更是断垣残壁。

　　当时的成都虽然在全中国来说也算是一个富庶的大城市，但纵深地也就九里三分。很快，张献忠率部进入了成都的堂奥纵深地、精华处，气息就不一样了。长街两边鳞次栉比的茶楼酒肆旅舍非别的城市可比，而且都有店招。这些店招的名字取得很有趣，饭馆大都叫"对又来""好吃嘴""吞之乎"，俗的雅的都有。茶馆不是"静涛"就是"枕流"……显示出非别处可比的浓厚的文化气息和氛围。街道宽阔，长街两边不知名的花花草草茂盛，鸟语花香。当然，这些，他不会很感兴趣，感兴趣的场景终于出现了——长街两边出现了摇着"顺民"小旗欢迎他的成都人，在类似地保的带领下，这些人一律低着头，手中摇着欢迎他的小旗，战战兢兢，不敢仰视。接下来，他看到了一般人看到会吓得魂飞魄散，但对他来说却是赏心悦目，也是他发明的"杰作"——长街两边，支着一串串真人般大的他的敌人，这些敢于顽抗他的敌人，更多的是官员，都被剥了皮，皮内以稻草、棉絮、石灰等充塞起来，尽可能还以原形，用竹竿支撑，大木偶似的站在长街两边向他谢罪。

走过长约五百米的"大木偶"支撑起来的这段，就更深入了。街道两边的建筑物，无论茶楼酒肆戏院旅舍，还是黑瓦白壁的民居，都更显整齐、华丽、殷实。有的建筑物飞檐斗拱、雕梁画栋，颇具唐宋风韵。

张献忠不由得意地问骑一匹驯良建昌马，走在自己身边亦步亦趋的汪兆麟："来过成都吗？"

"陛下！"汪兆麟对张献忠的称号总是超前。在武汉，他怂恿张献忠称王。刚入蜀，他又提前称张献忠为皇帝。当然，这些，张献忠是来者不拒，欣然领受。

最会溜须拍马的汪兆麟赶紧上前两步，对张献忠拱了拱手。他绕过张献忠的提问，因为成都他没有来过。他了解张献忠的性格、爱好，这就现编现说，侃侃而谈。

"成都自古繁华，"汪兆麟就像一个说书人，展了开去，"成都早在唐代就有'扬一益二'之说。当时全国最繁华富庶的是扬州，成都第二。晋代大文学家左思在《蜀都赋》中对成都是这样描述概括的：'既丽且崇，实号成都。'"他可能怕张献忠听不懂这些太文的语句，烦！马上说过来，"今陛下拿下成都，是上天的赏赐，陛下在成都建都最为合适，臣等跟着陛下进了物华天宝的成都，可谓蚊蚊附千里马尾。"

"有句话不对。"张献忠眯起眼睛，抚了一下颔下的那把大胡子，"说什么上天赏赐？这天下是咱老子打下来的。"

"是是是，对对对。"汪兆麟鸡啄米似的连连点头，"陛下目光远大，天纵英才。不信天不信命，天下是陛下打下来的。"

家伙说时，知道张献忠的心理，这就提起一段张献忠最得意的往事来。那年，张献忠联合李自成与明军中原逐鹿，一举拿下朱家故陵，引天下震动。其间，抓到一个朱明王爷，张献忠威胁要对他动剐刑。张献忠就像一只善于捕鼠的猫，捕到了一只大耗子，将其玩弄于爪下。这只大耗子——这个王爷，也不求张献忠，居然满口胡言乱语，说他是个功夫很深的佛教徒，还去五台山开过光的。意思是，他是动不得的。

"如果你求老子，老子说不定还放过你。你这样一说，老子偏要动你，剐你。"张献忠说，而朱明王爷依然故我。

而就在刽子手得令，将这个朱明王爷五花大绑就要开剐时，本来晴朗的天气忽然间阴云漫漫，电闪雷鸣。

莫非这家伙真是得了法的，剐不得？连天老爷都发怒了。

张献忠不信这个邪，站起来指着天老爷大骂："老子就不信！看哪个硬过哪个！"随即命令手下架起大炮朝天轰。

也怪，几炮之后，似乎连动怒的天老爷也吓着了，退缩了。电闪雷鸣过去了，天又是刚才那个天。

张献忠抚髯哈哈大笑，乐道："看来，连天老爷都怕咱老张。动手，给我剐。"结果硬是将那个疼痛钻心、哀号不已的王爷一刀刀剐了个干净。

汪兆麟提起这一出，让张献忠越发高兴，他问骑马跟在身边的汪兆麟，"我们刚才进来的那个地方叫个什么名？我得记住。"

"驷马桥。"汪兆麟说时，抬眼看了一下骑马走在张献忠另一边的左尚书王志贤。这些地方，左尚书是没有办法同他争、同他比的。只见王志贤紧皱着眉，若有所思。

"驷马桥？"张献忠说，"这名字咋怪里怪气的？"

汪兆麟心中一喜，他知道，张献忠最喜欢通俗故事、民俗风情，这就紧接着说："这驷马桥是有典故，有来头的。"

"讲来听听。"果然，张献忠来了兴趣。

汪兆麟点点头，随即口若悬河般讲了下去："说的是成都才子司马相如当年同离成都不过百里的临邛巨富卓王孙新寡的女儿、有才有貌的卓文君私奔的故事。"

"私奔?"果然,张献忠很被吸引,哈哈两声。

"是,"汪兆麟说,"成都才子司马相如,当时有点文名。那年八月十五,他受他的朋友、临邛县令王吉的邀请去了临邛。"说着解释,"临邛,曾经是设过府的,离成都不到百里地。那里以盛产美酒美女而颇负盛名。那里有个巨富卓王孙,此人是北方人,是到临邛经商致富的。

"那个晚上,夜光皎洁。司马相如与王吉在王家后花园中饮酒赋诗,忽听一阵优美而又略带伤感的琴音从隔壁花园传来。司马相如是何等人物?诗词歌赋样样精通,是个风流潇洒的性情中人,当然更是精通音律。司马相如惊问隔壁住的是何人,王吉告诉他,隔壁住的正是临邛巨富卓王孙,他们的花园仅一墙之隔。这会儿在隔壁花园弹琴的是卓王孙新寡的女儿卓文君,她弹的曲子是她自己独创的《凰》。

"司马相如当即表现出浓厚的兴趣,自己搭梯子上墙去,借着一棵大树掩护偷看。对面花园中,银色月光下,婆婆娑娑一棵桂花树下,着一袭白色衫裙的卓文君抚琴而歌,她长得十分漂亮,北人南相,身材也好。她的琴声和她的面容都有一种无端的、很深的幽怨。司马相如被打动了,马上爱上了她。

"下了梯子,风流倜傥的司马相如借王吉的古琴,弹了一曲应和隔壁的卓文君。这是他自己编的曲子《凤求凰》。不用说,司马相如的琴弹得相当好,琴声悠扬、婉转、深情,向隔壁的卓文君明确求爱。心到,意到,琴声到。

"你有情我有意,你送我迎。司马相如在王吉家仅住了几日,结果却让卓文君跟着他私奔回了成都。

"当时,司马相如是个穷书生。他们夫妻二人不管不顾地在成都十二桥开了家小酒馆,上演了一出后来非常有名的文君当垆卖酒。"怕张献忠听不懂,他解释,"就是文君坐柜台卖酒,司马相如当跑堂的小二。卓王孙认为女儿辱没了他的家风,就此断绝了父女关系。"

"狗日的那个叫司马啥子的家伙,硬是有本事。"张献忠表现出了浓厚的兴趣,问,"未必狗日的那个司马就那样卖酒不成?"

"不。"汪兆麟接着说下去,"是年,长安大比之期在即,卓文君送夫君去长安赶考,出了城,到了今天陛下进城的那座桥。夫妻分别之际,司马相如信心满满地对卓文君保证:我此去必中高官。我会用高车驷马回来接你去长安共享富贵。"——那时要相当的上等人,才能坐四匹马拉的马车。

"结果呢?"张献忠很有兴趣地再问。

"果然高中。司马相如不仅高中,而且后来还以一篇《子虚赋》一鸣惊人,得到汉武帝高度赏识。"

"龟儿子当官了?"

"当大官了。"汪兆麟说,"司马相如还不是当一般的官,而是大官。他一下子就有名有钱了,身边美女如云。久而久之,他产生了休妻再娶的念头,但又不好说,这就给在成都家中苦等他的妻子卓文君写了封信。全信不着一词,只有'一二三四五六七八九十百千万'共一十三个字。

"卓文君是何等聪明的女子,看完信,明白了丈夫的用意。她回了司马相如一封信,这样回的'一别之后,二地相悬。只说是三四月,又谁知五六年。七弦琴无心弹,八行书无可传。九连环从中折断,十里长亭望眼欲穿。百思想,千系念,万般无奈把郎怨。万语千言说不完,百无聊赖十倚栏。重九登高看孤雁,八月中秋月圆人不圆。七月半,秉烛烧香问苍天。六月伏天,人人摇扇我心寒。五月石榴似火红偏遇阵阵冷雨浇花端。四月枇杷未黄,我欲对镜心意乱。急匆匆,三月桃花随水流。飘零零，二月风筝线儿断。噫，郎呀郎，巴不得下一世，你为女来我为男。'司马相如接信后，深为文君的忠贞爱情所感动，也为文君的才思敏捷所叹服。往事依依，历历在目，从此打消了休妻再娶念头，接文君入京，同享富贵。"

"是用四匹马拉的车回去接的？"张献忠从来没有这样细地问过一件事。

"是。"

张献忠听得兴致勃勃，听后大笑，说，"这故事一半就发生在我们陕西长安，咱老子咋不知道呢？临邛那样一个地方，都有才貌过人的卓文君，成都想来更多！"

汪兆麟马上谄笑："那是，当然是。"

他知道张献忠好色，也知道张献忠的用意，马上给张献忠吃了一颗定心汤圆。他说："蜀王那家伙今天听说我军打进城，马上带着周妃跳了井。但他那四个美貌绝伦的年轻妃子却被我们扣下来了，等着陛下去呢。"本来他想说"消受"二字，但这太露骨了，也太俗太淫邪了，改口这样说。果然，张献忠一听，更来精神，马缰一松，加快了步伐。

不久来到与蜀王宫近在咫尺的西御街，一座彩虹般的高大牌楼搭在街口。

"陛下！"负责这一应事务的汪兆麟对张献忠拱手低头禀报，"这是成都人为迎接陛下搭建的牌楼，登之可望全城风景。请陛下下马，登上牌楼，让全城百姓瞻仰陛下威仪。"

张献忠下了马，领一干人上了牌楼。

上到牌楼，放眼望去。阳光下，万瓦粼粼，整个城市呈棋盘形。宽阔整洁的大街小巷间这里那里点缀着鲜花绿树，如茵如霞铺向天际，成都的确很美丽，风光旖旎。

汪兆麟指着离此不远的蜀王宫说："那就是陛下的皇宫。"顺着汪兆麟手指的方向看去，阳光朗照下，平地而起的蜀王府果然宏伟壮观。红墙黄瓦、崇楼丽阁、金碧辉煌。张献忠没有见过京师的紫禁城，当然不知蜀王府是比照紫禁城修的，全国藩王中独此一例。在他思想上，眼前的蜀王府，简直就是天上玉皇大帝住的天宫、瑶池——他思想上存留的美好词汇就只能如此形容。

"狗日的朱至澍福享尽了，享完了！"张献忠眯起眼睛，用手抚着颌下那把大胡子，神往地说，"咱老子也要住进去当皇帝了？！"

"那是，当然！"汪兆麟就像一只俯首帖耳的狗，尽说好听的。而此时走来的王志贤听到这些，眉毛一皱，刚想说点什么，汪兆麟打岔，用手朝一边一指。

"陛下！"汪兆麟说，"你看那边，成都人打着旗，在欢迎陛下率领大军入城，进驻皇宫呢！"张献忠点点头，下了楼，上了马，往蜀王府而去。

长街两边，好些屋檐下都用竹竿斜挑起来一面白旗，上面写着"欢迎西王入城"，旗上墨迹未干；两边站有一些顺民，手中举着小旗，小旗上写着"顺民"二字。王志贤注意到，汪兆麟口中这些"顺民"，一律是由刀甲鲜亮的禁卫军严密监视着。

"西王万岁！"两边的顺民跪在地上，向张献忠山呼万岁。张献忠心中高兴，驻马，传一个顺民上来问询。这是一个三十来岁、士绅模样的男人，他先向张献忠跪地呼了万岁，叩头，两手伏在地上，背诵似的说了一通文绉绉的欢迎词：全成都四十万父老乡亲，盼西王仁义之师，如干枯的禾苗盼甘霖……这是张献忠接触到的第一个成都人。

"抬起头来！"张献忠很洪亮的一声。

跪在地上的"顺民"抬起了头，却不敢正视他。

张献忠以手抚髯，好奇地打地量着这个顺民——穿一身洗濯得很鲜亮的衣服，蜀锦质地，上面还绣有精美的图案。中等个子，脸色白净，脚蹬一双黑布白底鞋，全身上下收拾得很利索，动作斯文，彬彬有礼，满口文词。看来衣食富足。

不知为什么，张献忠这时的思绪一下回到过去的一个场面——当年赶驴到成都的父亲，受到成都人羞辱的情景一一涌现眼前，他不由怒从中来，很有些烦躁。骑在高大乌龙驹上的他，将胸一挺，大声喝问："本军入城时，你抵抗过吗？"

跪拜在地的那个顺民闻言吓得浑身一抖，回道："没有，请大王明察。"说时又叩了一个响头，"奴才哪敢抵抗王师入城，欢迎还来不及呢！"

"绑了！"不意张献忠根本不听他说，喝道，"拉下去，砍了！"这就有兵上前去拉跪在地上的顺民。

王志贤于心不忍，上前求情，说是："陛下刚刚入城，而且成都人柔顺，对陛下极尽欢迎热情，这是一件很高兴很喜庆的事情。这么喜庆的一天，杀人晦气。"

"那好吧，听左尚书的，放了这个人。"

张献忠对左尚书王志贤从来是格外看重的，他给了王志贤一个面子。然后将马缰一提，放马朝蜀王宫而去，临走加上一句，"左尚书可稍缓进宫，你代表本王对这些成都人加以慰藉、训诫吧。"

不用说，这正是王志贤希望的。他救了这个前来欢迎西王，不知为何差点被西王砍了头的顺民，上前把他扶了起来，当众加以慰藉。

他让跪在地上战战兢兢的顺民们都起来，很温和地对他们说："我是大王的左尚书王志贤。刚才大王动怒，有点误会，请大家释然。"说时，代表西王向大家抱拳一揖，表示歉意。

"请各位父老乡亲回去告诉大家，大家只要奉公守法，我保证全城百姓相安无事。以往咋过的日子，今后还是咋过日子，而且会越来越好。

"我们一路而来,见全城茶楼酒肆大都关门闭户,请你们尽管放心营业。

"我会马上请准西王,拟个安民告示,在全城大街小巷广而告之。"

"谢左尚书救命之恩!"这是刚才那个差点被砍了的顺民说的。"谢左尚书!"一片跟进之声。

顺民们如蒙大赦,也不哆嗦了,全都直起腰来,你看我,我看你,就像在阎王殿中走了一遭,满脸恍惚。他们对左尚书鞠躬如仪。

为了进一步安抚他们,王志贤示意,让属下给这些顺民每人赏大宝一枚。这些人接过,再次叩头谢恩而回。

张献忠进了蜀王府,自有卫士长王承恩上来接着,张献忠要汪兆麟和四小王自去忙他们的事。

张献忠要王承恩带他在蜀王府中尽可能看看、转转。王府堂奥洞深、宏大,如果没有熟悉的人带,很可能迷路。好在,先一步进府打点内务的柳玉——被西军广大将士提前尊称为柳娘娘的有心,将留用的原蜀王的一个小太监王佶派来为西王带路。

蜀王宫内全然看不出战争的痕迹。红柱根根,琉璃绿瓦,崇楼丽阁,小桥流水,鱼池假山,移步换景。这里那里鲜花映眼,绿草茵茵,茂林修竹,团团绿荫,雀鸟啁啾,实实一座人间仙境。

路上,张献忠问弓腰跟在一边的小太监王佶一些事。小太监这就小心翼翼择要禀告:蜀王朱至澍在城破之时吓破了胆,迷迷糊糊带着周妃跳了井……

天色渐暗。四周的景色开始朦胧起来。张献忠忽然想起蜀王那四个年轻美貌、能歌善舞的妃子就在宫中哪个地方,等着他去消受,就问起。小太监告诉大王,她们全被软禁宫中,等候大王发落。张献忠心中一喜,就不想再转下去了,要小太监带他去。

"见过大王！"这时，被称为柳娘娘的柳玉迎了上来，给张献忠道过万福。她是一个红娘子似的人物，北音婉转，二十多岁，飒爽英姿，丰满合度，眉宇间有股英气，腰挎宝剑，像个女侠。

有言"米脂的婆姨、绥德的汉"，意思是，陕北米脂的女人漂亮，历史上四大美人之一的貂蝉就是米脂人。柳玉是个典型的"米脂婆姨"。她有一双女人很少有的能行军打仗的大脚，因此在军中又有"柳大脚"之称。

更特别的是，柳玉是个苦出身。小时，家里条件本来过得去，在她还不到十岁时，家道不幸，父母很年轻就先后离她而去。母亲临去前，千万个不放心，把柳玉和家产都托付给了她的哥哥——柳玉的舅舅。然而舅舅好赌，最后将她卖到太原一家妓院当妓女。凭天生丽质和过人的聪明，她很快成了太原的当红名妓。那年张献忠打下太原，把她掠了去。她不仅情色俱佳、善解人意，而且极擅理财。这样，她就成了张献忠不可或缺的人物。年前，张献忠入川之前的最后一战，也是打得最惨的一战，被明朝骁将左良玉打得节节而败，只剩下少数人马跟他落荒而逃，妻妾儿女都被左良玉一举拿获。后来，张献忠缓过气来，重整旗鼓，第五次杀进川来之时，跟在他身边的柳玉俨然已成了张献忠当然的娘娘。

"大王！"戎装在身的柳玉向他报告，"蜀王世子平栎，还有富顺王，被我拿获，等候陛下发落。"

这就不能不去发落了。张献忠止住念想，干咳一声，手一挥，脚下倒拐，心不甘情不愿地说："那就走吧。"

柳娘娘将张献忠带到蜀王那间完全与京师金銮殿一般无二的保和殿坐定。红烛高燃。王承恩安排刀枪、衣甲鲜亮的禁卫军两边肃立，从殿内排到殿外，气氛森然。

很快，世子朱平栎和富顺王朱至深被带了上来。他们居然不跪。

"大胆！"王承恩大声呵斥，"你们两个前明罪人、钦犯，见了堂堂西王为何不跪？"

"我堂堂的朱明王室后裔，为什么要在你们这些流军面前下跪？"五十多岁年纪，长一部花白络腮胡的富顺王，用他们朱家那双传统的鼓眼睛瞪着堂上的张献忠，满脸的不屑。

"咦？"张献忠居然没有发火，他以手抚髯，身子朝前探出去，好奇地打量着面前这两个死到临头昂然而立的"王"，很有兴趣地问，"你们既然这样有骨气，那么，我问你们，蜀王朱至澍在城破之时跳井，你们一个是他的儿子，一个是他的堂兄，"他指着他们，"为何不跟着去跳井？"

富顺王朱至深一怔，好像没有反应过来，一时没有吭声。

"大王一路由陕入蜀，打的可是反清复明旗帜？"不意长相俊秀、长身玉立的世子平栎昂昂藏藏，居然用质问的语气诘问张献忠，"如果不是如此，大王能不能打进成都都说不定。我之所以没有随父王去死，就是想验证大王说替我家讨贼是否当真。"

张献忠被世子将了一军，一时语塞，掉过头去，看了看陪坐在侧的柳娘娘。柳玉向来善于言辞，有机智。

"问得好。"陪坐在侧，坐在烛光阴影中的柳玉先肯定世子说，再予以否定。她以问代答，偷换概念，"你们既然相信西王，为何又坚拒我大西军入城？"

世子平栎思维敏捷，语气铿锵，立即予以驳斥："因为你们树起的'反清复明'旗帜是假，拿成都想当皇帝是真。我们信不过你们，所以坚拒！"

"哈哈哈！"不意张献忠听了这番话不仅不恼，反而仰头大笑，笑声洪亮，声震瓦屋。笑够了，这才用寒光四射的眼睛逼视平栎，"你狗日的说得对。老子明给你说，我树起反清复明旗帜是假，夺天下当皇帝是真。咱老子说清楚了吧？"

"说清楚了。"

看来，世子平栎要雄辩到底，将头昂起，一副不屈不挠的样子，却又惨然一笑，"你张献忠拿天下当皇帝可以，但你不应滥杀无辜。不说多了，你进城这一路上杀了多少人、剐了多少人！这是暴行！"

"你个狗日的娃娃问我杀了多少人、剐了多少人，是暴行，咱老子回答你，"张献忠说时青水脸上狞笑了一下，浮起一层阴冷的杀气、一丝冷笑，"既然攻城略地，两军相争，岂能不杀人？你们朱家杀人还少吗，还杀得不冤吗？崇祯五年，与我一起起事的紫金梁向你们朱明王朝的大将、官拜太子太保兼兵部尚书衔的洪承畴如约去降。结果他和他所有弟兄好几千人中计，被你们的人诓杀得干干净净！这又咋说？"

张献忠说时冲动地站了起来，把佩在身上的宝刀解下，砰地拍在桌上，将高燃的烛火拍得一闪。

"我张献忠这口宝刀就浸满了血，杀了不少人。但我张献忠这口宝刀只杀你们这样的坏人，不杀好人！"说时，他看了看昂然站在堂前的世子平栎，似乎起了恻隐之心，吁了一口气，又坐下去，看定平栎说，"看来，你同你那个爹不一样。你还年轻，一表人才。特别是，你这种敢言性格我喜欢。"

"这样，我不杀你。"张献忠很大气地说，"还送盘缠让你回你的安徽凤阳老家去，回去后做个自食其力的人，如何？"

从小生活在深宫中，锦衣玉食、饱读诗书的世子平栎，对张献忠充满了仇恨。这会儿，张献忠对他起了恻隐之心，在他看来，却是羞辱。况且，从小饭来张口、衣来伸手，日常生活都要很多人服侍的他，书是读了一些，但四体不勤、五谷不分，没有一点生存能力和自理能力。要让他一个人从四川千里迢迢回到安徽去，仅此一项，就比登天还难，还让他从此后自食其力？哪成！他用那双清纯的眼睛，看着半坐半蹲在大椅子上的大王张献忠，因为气愤无奈，长长的女人似的眼睫毛上旋即挂起泪。

旁边，富顺王朱至深看得心头火起，抢过话题，死咬着张献忠责问："你这一路上之所以势如破竹，是因为你传檄扶明讨贼，现在你坐在蜀王宫里，是你该兑现诺言的时候了。"

"怎样兑现？！"张献忠掉过头去，用钉子似的目光看定半白胡子的朱至深。

"拥蜀王世子平栎做监国。"

张献忠又是一阵哈哈大笑，末了用手指着朱至深教训："我说你这个朱，简直就是一头比猪还笨的大肥猪。我刚才说清楚了，一路上之所以传檄扶明，不过是争取人心。

"天下哪有这样便宜的事情，老子同你们朱家打了那么多年仗，妻妾儿女都被你们拿去杀了个干净，父母亲也死在路上，我与你们朱家不共戴天！今天，咱老子好不容易占了四川，占了成都，进了这座王府，懂事的，该求咱老子，说不定我还给你一条活命，你却在老子面前这样气鼓气胀，好像咱老子欠了你们朱家似的。你这样的蠢猪留下有何用处？拉出去砍了！"

说着站起，将手一挥，两个带刀侍卫上来，将朱至深拖了下去。

"你呢？"张献忠看定平栎，"想活还是想死？"

"这样活着还不如死。"平栎说时转过身去，向殿外走去。张献忠将头一转，手一挥，做了个砍的姿势，两个带刀侍卫立刻跟了上去。

事情完了。柳娘娘这就对张献忠说："大王，时候不早了，晚膳已经备好了，请大王去用膳。"

"那就走吧！"张献忠这就跟柳大脚进了金碧辉煌的膳宫用膳。

留用的蜀府大内总监魏协，率领王宣等一班小太监颠颠迎来，多方服侍。张献忠和柳娘娘并肩坐了。天还未黑尽，膳宫内明灯灿灿，地上铺着猩红地毯。正面壁上是一幅蜀中著名画家古中古画的成都百俗图。展示的是阳春三月成都人赶花会的盛况——浣花溪畔，垂柳依依，游人如织，打锅盔的、卖杂耍的、转糖饼的……画家在展开一幅类似成都的《清明上河图》的同时，将成都的美食也展示得淋漓尽致，让人一看食欲大增。

"上宴！"魏协男不男女不女地唱了一声，同时将执于手中的那尾雪白麈尾一挥——那是从白骏马尾上抽下的细毛，经过处理精心编缀而成。手柄上镶嵌着金线翡翠什么的，雪白的麈尾从手柄上弯垂而下，长长的，蓬蓬松松的，挥洒起来，既华贵又飘逸。

上菜的小太监们鱼贯而上，来到张献忠面前，先是跪下，报了菜名，这才端上桌去。让张献忠眼界大开的是，膳桌不是固定的，而是随着所上的菜肴，一格一格增添拼镶，一菜一味一格。美味佳肴上了两百多味，桌子也跟着扩大，最终镶拼成两百多格。菜名都很雅致，比如上金针菇，报的菜名是"金丝银线"；上白果炖鸡，报的是"水中仙子"……盛器都出自精品明窑，更有音乐助兴。六个小太监，从上菜那一刻起，就开始奏乐，乐声悠悠——他们用手中的笛、箫吹奏了一曲又一曲。边吃边听音乐，张献忠是第一次，他感到新鲜。过程很是讲排场。上酒时，一个小太监蹑手蹑脚走到张献忠身边，先向他行礼，站起来用女人似的白手，一手扣着壶盖，一手提起考究的酒壶，随着从上向下缓缓倾斜间，一道雪白的细线，带着浓烈的酒香，从弯弯的壶嘴汩汩而下，注入摆在张献忠面前的一只美人杯。顷刻间，一个年方二八的美女，从酒中浮现出来，一副笑靥如花的样子，又可爱又有趣。

张献忠惊讶不已，问道："这是什么杯子，怎么里面出现一个美貌女子？"

"禀大王，"太监头子魏协颠颠而上，跪在张献忠面前细说端详，"这是美人杯！酒斟了个七八分，就会浮现出一个美女。如果有人图谋不轨投毒什么的,杯中的美人就会变得模糊不清。这美人杯是当年蜀王朱椿入蜀时,朱元璋特别赏赐给他的,是历代蜀王的传家宝。"

"狗日的朱元璋偏心眼,大脚你说是不是?"张献忠对手中的美人杯爱不释手,拿在手中翻来覆去地看,"这个朱家的传家宝,这下就是咱老子的了。"

"大王!"柳玉说起了川酒,"自古川酒没有孬的,这酒是泸州老窖,有后劲,大王适可而止。"

"这酒好香。"张献忠嗜酒,平时有节制,那是因为战争,而今天不同了。尽管柳玉不断劝阻,他还是一杯杯喝下去,直至半醉。

酒足饭饱后,半醉的张献忠看着满桌的美味佳肴,问在旁边弯腰服侍的魏协:"这么几百味菜,朱至澍怎么吃得下去,那厮有多大的肚子?就是猪肚子、牛肚子,一顿也吃不下这许多吧?"

"那是,那是。"魏协毕恭毕敬地回答,"朱至澍一顿只吃摆在他面前的几味菜,那都是他喜欢的。这么多菜,不过是摆摆排场,根本吃不到那里去。"

"这么多菜吃不完做甚?"

"挑几样好的,赏赐他的妃子们。剩下的赏太监们吃。"

"他娘的!"张献忠骂了起来,"一个蜀王都这么奢侈,那么,住在京师皇宫里的皇帝老儿又该如何?他娘的,随便一样菜,怕都要管个十多二十两银子,那可是一个百姓几年的口粮啊,这样的朝廷不垮台天理不容!"

张献忠很刺激、很享受,他边吃边骂。其实,对蜀王这种穷奢极欲的生活,他骨子里艳羡不已,心向往之。

膳后,余兴不减的张献忠提出要去看上午蜀王跳井地。柳玉陪着他去,卫士长王承恩带一队护卫,沿着蜿蜒的花径转到后宫的一口深井前。井口盖上了。王承恩让一个亲兵上前揭开盖子,一个亲兵举着灯笼在旁照明。张献忠走上前去，探头一看，这口古井黑咕隆咚，也不知有多深。恰这时，一弯明月升起，一线月光在黑咕隆咚的井水中晃荡。张献忠叫魏协来问。

魏协跪在张献忠面前，张献忠要他细说蜀王、周妃跳井的情景。

魏协说："当朱至澍得知义军突进城来，大街小巷内都在进行肉搏时慌了神。他最初想逃跑，可是，宫里一片混乱，找不到一个可以使唤的人。这时，披头散发的周妃寻来了，同时来的还有蜀王的两个幼子，他们抱头痛哭。周妃要有主意些，她看到太监王宣在侧，止着哭，从身上掏出一大把钥匙，要王宣赶紧去撞钟击鼓，开库散银，重赏愿意保护他们杀出重围的军士。

"可是，这时哪里有人前来领命。钱不起作用了，个个都在逃命！得知义军已向宫中杀来，走投无路的周妃，牵着吓傻了的蜀王，跌跌绊绊跑到后宫这片密林中的古井前。这时，义军杀进宫来，呐喊声声。周妃像喝醉了酒似的，在井边愣了一会儿一头栽进井中。朱至澍听到喊杀声已在门外响起，两眼流泪，跟着跳了下去……"

看张献忠听得很有兴趣，魏协接着说："这口井是宫中最大的一口井。当初从京师来的康太监，替朱椿修建蜀王府时，用这口井中挖起的泥土，堆成了蜀宫后面的煤山。这口井中的水质极好，宫中万人饮水和做饭用的水，都是取自这口井。"

"你是朱至澍的太监头子，"张献忠睨视着魏协，"你怎么不跟着他们跳下去？"

"奴才是卖身吃饭的太监，朱家养我，我不能不为朱家。现大王养我，奴才便为大王跑腿，奴才何必去为朱家死！"魏协说时又跪下，头磕得山响。

"是这个理。"张献忠又问他，"现在宫中的库房钥匙在何人身上？"

101

"在奴才身上，都在奴才身上。"

"库房中的钱财可有流失？"

"没有半点流失。"

"那好，你立刻把所有钥匙交给柳娘娘，办理、办清一应钱财事务。"

"遵命！"魏协给张献忠磕了头，张献忠把手一挥，"那你现在就带娘娘去吧。"

张献忠让小太监王佶留下。他让王佶带他去收拾那四个漂亮的娘们。

小太监王佶就带着他颠颠而去。

进了暖香阁，蜀王的四个妃子——李丽华、齐飞鸾、许若群、严兰珍——被带了上来。张献忠先是看了看阁内布置，很是满意，突然问小太监王佶："在哪里屙尿？我的尿胀了。"

小太监用手在东面壁上轻轻一推，一副新天地亮在眼前——一处田田荷池正在帘下。张献忠走出来，站在一道极尽曲折的汉白玉回栏上，一轮新月浸在池中，十分好看。微风送来花香，令人神清气爽。张献忠不问青红皂白，掏出家伙唰唰撒尿。撒了尿，这才问小太监如厕何在，他还要拉屎。小太监带着他沿壁西行十步，便入厕所，却已是内墙之外。

张献忠蹲下拉屎，屎落水中，随流飘去，厕内清风满面，毫无秽气。张献忠自言自语地说："在这儿拉屎倒是不错，只是屁股有点凉飕飕的。"在外候着的小太监王佶赶紧说："季节已届十月，夜间有些凉了。大王新入寝宫，未经允许，故未进马桶，我们赓即给大王进马桶。"

张献忠说："不用，就这样好，以后我就在外面拉，我不怕凉。"当张献忠如厕完毕返回来时，四个绝色女子站在那里等着。都十七八岁，像从画上走下来的仙女。燕瘦环肥，各有千秋，各有其妙。在王佶指点下,她们很勉强地向张献忠道了万福。张献忠笑眯眯地坐在一把靠窗醉翁椅上,颇有兴致地打量她们。

"你过来。"张献忠向站在头里那个低着头的妃子招了招手,她很勉强地向前轻移莲步,却并不抬起头来。

"这是严娘娘!"躬身站在一边的王佶对张献忠介绍后,尖起嗓子喝了严兰珍一声,"坐在你面前的是蜀府新主张献忠张大王,见了张大王,还不跪拜!"

严兰珍却是听而不闻,无动于衷。

"抬起头来!"张献忠有些生气,喝了一声。严兰珍这才缓缓抬起头来。她的身材不高不矮,容貌清丽,身姿丰满,犹如一枝山间出土的春笋。眉宇间虽清朗明澈,却隐含愠意。

"你叫什么名字?"张献忠又问,那女子仍然不吭声,明显的抵触。王佶怕张献忠发怒,赶紧大声禀报:"大王,她名严兰珍,是本城秀才严春茂之女,诗词歌赋都来得。"说时指着挂在西壁上那幅颂诗说,"这诗文都出自她的手笔。"张献忠对什么诗词歌赋不感兴趣,只是盯着眼前四个绝色美女看了又看,说:"我早就听说,周妃为了在蜀王面前固宠,从民间为朱至澍选美,这四个美女都是百里挑一挑选出来的。"

王佶说是,又挨个儿介绍:"这个是李丽华。她本是江南人氏,少时随母跟着官放成都的父亲到了蓉城。她不仅天姿国色,而且自幼聪颖,十来岁时就有文名,特别擅长对对子。她十六岁被召进宫,朱至澍考她,出了'吴江月'三字,她当即对出'汉宫秋'……朱至澍大喜,当即选她为妃,特修丽春轩给她居住。她在轩前莳花种竹,弹琴作歌,被誉为汉宫仙子……"

"我的孩子!"张献忠看李丽华长得文雅俊秀,低着头一副腼腼腆腆的样子,皮肤白皙细嫩得似乎一掐都要出水,很是喜爱,不由得从醉

103

翁椅上站起身来，上前去拉李丽华的手。他一边摸着李丽华莲藕似的小手，一边拍拍她的脸，"王太监说你这么好，咱老子今夜就留你吧！"

不意李丽华猛然发作，将手从张献忠手中一抽，退后两步，柳眉倒竖，转身大骂王佶："你这个狗东西，还不如一只狗！蜀王生前是如何待你的？蜀王尸骨未寒，你就要献出我们去邀宠吗？！"

小太监王佶吓得退后两步，不敢吭声。

"小妮子，你这是干什么？"张献忠有些生气了，又去拉李丽华。

李丽华却将手一甩，身子一背，发着狠对张献忠说，"你再这样生拉硬扯的，我宁肯去死。"

"你是瞧不起咱老子？"张献忠说起怪话，"你就只给朱至澍一个人日，不给咱老子日吗？"说着冷笑一声，"想死，没那么容易！"说着又强行去拉，李丽华不从，惹得张献忠火起，将她顺势一推，李丽华砰的一声猛撞到墙上，又跌坐在地，额上撞了个青头包。李丽华哪受过这样的气！跌坐在地上的她，指着张献忠切齿大骂："贼子，你也不看看你那副样子，又丑又俗，癞蛤蟆想吃天鹅肉，也不撒泡尿照照自己的样子！"说完，猛地跳起，撞开便门，紧跑两步，扑通一声投进了荷池。

王佶胆怯地看着张献忠，意思是要不要派人去打捞李丽华。

"等这娼妇去死！"张献忠气得暴跳如雷，挥着手，瞪着眼睛，看着一边的另外三美，"要死的都给我去死，荷池没有上盖子。"

"妹妹，你等等我！"张献忠话音未落，严兰珍窜了出去，咚的一声又栽进荷池。

"好，等这两个贱妇去死，死了好喂池中的鱼！"张献忠说着坐了下来，将寒光闪闪的目光转向齐飞鸾、许若群。

"你这个恶贼，我同你拼了！"长身玉立、粉面凝腮的齐飞鸾一声尖喝，从头上拔下金钗，劈面向张献忠刺去。"呀！"龟缩在一边的小太监王佶吓出了声。

就在这时,张献忠忽地站起,唰地抽出宝刀,随手一挥,寒光一闪,锋利的刀刃如同一道闪电,从齐飞鸾的左肩进、右胯出。齐飞鸾整个身子抖了一下,倏忽间,已被斜斜地劈为两截,血流如注,香消玉殒。

"拖出去!"张献忠哐啷一声将带血的宽叶宝刀往茶几上一拍,暴跳如雷。王佶赶忙招呼门外卫军进来,抬的抬死尸,揩的揩血迹,换的换地毯。这一切过去后,张献忠用凌厉的眼光看着孤零零站在一边的许若群,"她们三个都看不起咱老子,都不干,宁肯跟着朱至澍去死。你呢?"

不意许若群嫣然一笑,北音婉转地说:"大王何必发怒?"

"这么说,你是肯干了?"张献忠口干,端起茶几上早泡好了的盖碗香茶,喝了一口。张献忠喝的这茶,是成都人爱喝的茉莉花茶,却又不是一般的茶,它产自蒙山顶上,属于"扬子江中水,蒙山顶上茶"中的名茶。不过,张献忠却没有这样的雅兴,他不会品茶,端起茶一阵牛饮。听了许若群如沐春风的话,放下茶碗,情绪稳定了,却不说话,直勾勾地看着她。

"大王是飞翔于太空的雄鹰,贱妾不过是扑腾于樊棘间的小鸟。"

许若群粉面含笑,话说得好听极了,"小鸟天生是给雄鹰吃的。"张献忠听得心花怒放,大笑起来,上前去牵许若群的手。

"哎呀,大王急什么呀?"许若群轻轻推开张献忠的手,"时辰还早,贱妾愿陪大王先浮一大白,提提兴致。"许若群这会儿千娇百媚,让张献忠心里越发痒酥酥的。

"什么叫浮一大白?"张献忠不懂。

"就是饮酒,贱妾愿陪大王先饮饮酒,提提兴致。"

"那好。"张献忠哈哈大笑,"你直说不就行了。"说着高声大嗓呼唤小太监王佶去传酒菜，王太监领命颠颠而去。

酒菜来了，摆在一张玉石台面小圆桌上，张献忠对一边伺候的王佶等挥手："我这儿有许美人陪着，你们都下去吧，不唤你们，都不许进来。"王佶和侍卫领命而去，替他们轻轻关上门。

许若群给张献忠考究的美人杯里斟满酒后，双手端起敬给张献忠。张献忠接过说："你也斟上，我们对饮。"许若群这就听话地给自己斟了半杯，站起身来，举杯凝视着张献忠说："祝大王万福！"

二人一饮而尽。张献忠高兴，许若群会劝酒，张本身又爱酒，何况是顶好的川酒，他就像开了闸似的，肚子根本没有底，一杯接一杯喝下去。

张献忠有点醉了，灯下看笑靥如花的许若群，真个明眸皓齿、面如桃花。特别让他心动的是，她此时脱去了外衫，只穿着一件紧身红绫窄袖衣，这就越发显出丰满动人的曲线，一对高耸的乳房，随着略显紧促的呼吸，在紧裹的衣衫下耸动。张献忠将她从上看到下，再从下看到上，心神摇曳。他笑着对许若群说："我早听说你们几个娘们儿长得如花似玉，能歌善舞。可惜，那三个婆姨全不如你懂事，跟着朱至澍去死！"说时，他盯着许若群皮肤白白、长长的脖颈，"你一定是很会唱歌的。"

许若群冲他一笑："大王怎么知道贱妾会唱歌？"

"会唱歌的娘们儿眼神清亮，肌肉又紧又润，喉结小，说话声音清亮。你就是。"

"大王还真会识人。"许若群对他又是嫣然一笑，眼波流转。"那你就给咱老子唱几支歌吧！"张献忠这时已经身不由己。

许若群就唱："暗抛红豆泪盈把，委佩当年悲艳怡。一抔黄土玉钩斜，切莫绕作鸳鸯死……"

张献忠尽管听不懂其中的文词，但感觉得出余音绕梁中那份极尽的悲凉，心中有些不喜，说："本大王今夜刚入主王府，你该唱点高兴的才对，为何唱这种上坟似的调子？"

许若群莺声燕语地解释："这些都是贱妾在蜀宫中唱熟了的调子，大王觉得不好，容贱妾想想，唱点高兴的。"说着，又给张献忠斟酒。张献忠已经不耐，想直奔主题。许若群说："那就最后一杯，大王饮完最后一杯，贱妾便伺候大王去歇了。"说完，端起酒来敬给张献忠。就在张献忠接过酒杯，仰头喝时，许若群趁他不注意，身手敏捷地向右移动一步，随手抓起放在临窗博古架上的一个景泰蓝长颈花瓶，劈头盖脸向张献忠狠劲猛打下去。

"哎呀！"张献忠惨叫一声。许若群这一下打得很有力，以致长颈景泰蓝花瓶砸在张献忠头上，随着沉闷的一声响，花瓶碎裂，瓷渣溅得满地都是。头破血流的张献忠一跃而起，往左边一跳，可血流满脸，糊了眼睛，遮了视线。可他还是习惯性地从茶几上摸到了他那把沉重的宝刀，唰地抽出刀来，往右狠劲一劈。许若群的左手顿时被砍飞，血哗地喷涌而出，溅得一屋子都是。许若群欺张献忠鲜血罩眼，用剩下的右手，再抓起桌上的酒壶向张献忠用劲掷去！张献忠头上又被击中。他凭感觉挥刀呼地砍来，咔的一声，刀砍在圆桌上嵌起……顿时，乒乒乓乓的撞击声，怒喝谩骂声、追逐声交织在一起，声震瓦屋。

候在寝宫外的王承恩等亲兵亲将、太监们发现不对，赶紧冲进屋来，见状大惊。王承恩指挥亲兵赶紧将疯了似的许若群捉住捆了。张献忠一把从窗上扯下一扇窗帘，揩了糊在眼睛上的血，再止着额头上的血，坐了下来。大太监魏协赶紧和小太监王佶一起，找来一幅干净锦帷权当绷带，给张献忠头上做了简单包扎。然后跪在地上，吓得浑身筛糠似的抖个不止。

张献忠并未怪罪太监和亲兵们，只是叫王承恩将许若群拉出去砍了！圆睁杏眼、怒骂不止的许若群被两个亲兵拖出去砍时仍大骂不止。

107

魏协、王佶见张献忠没有迁怒他们，大胆表示要献云南白药为大王敷治创口。见张献忠允许，他们便找出药，给张献忠头上的创口敷上。血不流了，也不痛了。可这时张献忠一腔无名火无处发泄，他也不说话，提起桌上的宝刀，站起身来，顺手一下，将刀背挨次砸在跪在他面前的魏协、王佶头上。大骂："你们这些没有卵子的东西，给咱老子找了些啥婆娘来？""哎哟！"魏协、王佶痛苦地用双手抱着脑袋瓜，血从他们的手上慢慢往外浸，朝地下滴。

"你们都给我滚出去！"张献忠怒吼一声。抱着头的魏协、王佶赶紧向张献忠谢恩，狼狈而去。

张献忠余怒未息，挥起刀来，乒乒乓乓，一阵乱劈乱砍。王承恩等亲兵们不知如何是好，吓得大气都不敢出。

"哟，大王，何必生那几个小贱人的气，这是好事嘛！"人未到声音先到，这是"大脚"柳玉的声音，正吓得手脚无措的王承恩等听是柳娘娘到了，松了口气，就像盼到了救命菩萨。

珠帘一掀，柳玉进来了，她一进来，一边将张献忠搀扶到醉翁椅上坐好，一边好言宽慰："庶民人家逢年过节都要杀鸡宰羊，用酒血驱厉迎喜。大王是天子，进入成都第一夜杀人禳祓，这是天意——老天也来恭祝新天子大吉大利！"

柳娘娘这一进来，这么将他一搀一说一宽慰，张献忠一肚子气顿时烟消云散，像小孩子一样，由柳玉服侍着去睡了。

"还是我的大脚好！"一阵云雨之后，彻底安静了下来的张献忠深有所感地说。

"怎么好？咱没有那些个小妮子漂亮。"在暗夜中，柳娘娘如此说。

"谁说的？你又漂亮又对咱老子的心思！"

"既然如此，大王又何必去采那些有刺的野花？"

"随便玩玩的。"张献忠解释,"不是说家花不如野花香嘛。"

"我是你的家花?"

"是。咱老子要封你当皇后的。"

她没有说话,沉默一阵才说:"我是同大王说着玩的,谁个皇帝不是三宫六院的,我不期望大王封我当皇后,我看着大王当了皇帝就高兴。"

"真的。"张献忠好像有些感动,他保证,"咱老子说话算数,日后是要封你当皇后的。"说着,疲倦至极的张献忠声音含混不清起来……柳玉似乎又陷入沉思,没有接着说话。很快,屋子里响起张献忠如雷的鼾声。

第九章　事与愿违，敬酒不吃吃罚酒

　　清朝已经在北京建都。张献忠也准备在成都建立他的大西国了。清顺治元年（1644年）十一月十日，主动要求全权负责张献忠登基一应事务的右尚书汪兆麟却欲速则不达，碰了一鼻子灰，很没趣。

　　这天一早，时年39岁，向来不讲究正规穿戴，很是随性随意的西王张献忠，在汪兆麟的竭力劝说和"大脚"的服侍下，很勉强地穿上一件蜀绣明黄描龙锦袍，破天荒地去演练当皇帝的流程。

　　完全按照明朝旧例。

　　候在承天殿外的百官，见到马上就要当皇帝的西王，齐声恭祝。

　　一道厚重的猩红地毯，滚浪般从三层二十七级汉白玉台阶上一泻而下，百官簇拥着西王进到殿内。张献忠坐了，面前一张龙案，背后一道画屏，画屏上是蜀中名画家古中古画的蜀中山川风物——巍巍峨眉、幽幽青城、九曲回肠的三峡、街市繁华风光旖旎的成都、广袤丰饶的成都平原、鬼斧神工的都江堰等跃然而上，栩栩如生。

　　堂前，百官分文武两班站定。文官之首是左尚书王志贤，接着是汪兆麟；武官之首是东平王孙可旺，接着是李定国、刘文秀、艾能奇。文官一品仙鹤、二品锦鸡、三品孔雀、四品云雁、五品白鹇、六品鹭鸶、七品鸂鶒、八品黄鹂、九品鹌鹑。武官一二品狮子、三品老虎、四品豹子、五品熊、六七品彪、八品犀牛、九品海马。

　　花团锦簇。而端坐庭上的西王因为穿着太过敷衍，不像皇帝，倒像个山大王。特别是，他将他那口爱不释手、须臾不离的宝刀拍在案上，更显野性。

待西王坐定,汪兆麟迫不及待闪身而出,不愿屈居王志贤之下的他,煞有介事地、礼数周到地上前一跪,向西王请安。高高在上的张献忠对这一套感到新鲜,他抬抬手,示意右尚书汪兆麟起来说话。汪兆麟这就谢了西王,站起身来,抖抖宽袍大袖,从中取出《劝进表》,一字一句,拖长声音道:"右尚书汪兆麟承百官所请,劝西王登基为帝。"说着开念,咬文嚼字:

"恭维西王,承天地之垂青,我军将士遂于甲申金旺年,金秋肃杀月,中子始算日,正午方中时,攻破成都。四十万蜀人称顺民于街头,凡百伪官,存者莫不泥首待罪,上川郡邑,望风归降。古来天府之国,那兴朝之畿辅,寰海邦甸,尽帝子之藩封。臣等万里追随,择栖良木,一朝偿志,庆拊龙鳞。今时日正好,唯望大王早正大位,协天命于昌期,下抚群黎,开宏图于景运……"

就在汪兆麟沉浸于自己的文采中,津津乐道时,张献忠已经听得不耐烦起来。

"啰唆!"张献忠皱了皱两道浓眉,"你这《劝进表》就不能弄得简短一些,真是懒婆娘的裹脚——又臭又长!"

汪兆麟一怔,赶紧收住自己的文采,又是下跪,直接一句:"文武百官请大王早即帝位!"

"这不就结了?!"张献忠快人快语,抬了一下手,示意汪兆麟归队。

"皇帝我岂有不愿做的!"张献忠说话做事完全不按规矩,他说,"咱老子打了那么多年仗,为了什么,还不是就想当皇帝。但做皇帝得有做皇帝的样子!

"既然立国,五府六部不能不要吧?既然五府六部不能不要,哪里去找这么多文官?"张献忠说时,指点堂上两边排列,武官明显多于文官的队伍说，"跟着我一路上砍砍杀杀而来的武棒棒多，有几个是会咬文嚼字、舞文弄墨的文人？五府六部搭不起来，这个国怎么立，我这个皇帝怎么做？"

"哎呀！"汪兆麟一听，有点吃惊，他万万没有想到，看似粗疏的张献忠文思这样细密。他在《劝进表》上没有把这一点考虑进去。

"父王！"这时，张献忠内定的接班人、武官之首东平王孙可旺有话要说。他闪身而出，给西王施了个礼，声音朗朗地说，"组建五府六部的文人不乏。领头的有王、汪两位尚书。另外有新近归附我们，日前奉命去川东、川北替父王安抚黎民百姓，宣扬我大西政策条文，大获成功的江鼎镇、龚完敬。这两位都是有功名、在蜀中很有声望的先生。再从在俘的文官中挑选出没有劣迹，且身负清名重望的一些文人出来填充就够了。"说完，归队。

张献忠抚了抚颔下那部足有尺长的漂亮的大胡子，特意看着左尚书王志贤。王志贤当即移步而出，施了一礼，明确表态，"东平王这个办法好。"他言简意赅。

张献忠点了点头，问汪兆麟："被我拿获在俘的文官有多少？"

汪兆麟赶紧上前躬身作揖回答："共计数百人，重要文官六十三人。"说着就像掏宝似的，又从他的宽袍大袖中掏出一册名单呈上。张献忠懒得看，他要王志贤替他接过去，念给他听。

汪兆麟将名单交给王志贤时，心中一阵抽痛。暗想，我费了那么大劲，油面子却给你王志贤舀了！但没有办法，他既不敢怒，更不敢言。

王志贤接过名单念：

第一篇　文官

现主要有：

成都知县吴继善，江南太仓人，进士出身。华阳知县沈云祚，江南太仓人，进士出身。

蜀府库大使齐群芳（齐飞鸾的父亲），华阳县人，贡生出身。

蜀府仓大使赵芝，四川汉州人，秀才出身。

学道杨允升，贵阳人，举人出身。

敛事张孔教，浙江会稽人，举人出身。

推官刘士斗，广东番禺人，进士出身。

同知方尧相，湖北黄冈人，进士出身……

第二篇　武官

主要有：

川北总兵刘佳胤、指挥同知鲁印昌、罗天爵、罗镇藩；指挥曹勋、阮士奇。还有参将杨展、徐明蛟、都司李元珍……

"不念了！"张献忠听到这里，眼睛一瞪，说，"只留文官，不留这些前明武将！把这些武官都给我砍了，全砍了。"说时手举起，往下一劈。

大家闻此言都似乎一震一惊，连空气都一抖，随即气氛转为凝滞。略为停息，王志贤念第三篇：抗命绅衿。王志贤不想念，请示西王，"这些人就不念了吧？"

张献忠说："拣主要的一些人念。"

王志贤翻了翻手中名单，念："顺天府照磨庄的祖诏、东流知县乾日贞、大理寺正卿王秉乾、宣王府同知王履亨、工部主事蔡如蕙，"念到这里，他加了一句，"这些人都是进士出身。"

出乎意料的是，张献忠这时态度又是一变，他说："这些人不杀，留着，我有用。"王志贤这就翻到第四篇。这篇计有被俘在押官民人数，官兵一万余人，抗命奸民七万余人，蜀王宗室男女两千余人。王志贤只是报了这篇各类人物数。

不意张献忠大手一挥，说："这些人留着无用，都给我杀了。"王志贤一惊，这么多人，好几万人呢，怎么说杀就杀！须知，人头不是韭

113

菜，杀了不会长起来。而且这些都是不该杀的人啊！于是他直言劝阻："大王新得蜀地，正在安抚民心，四周并不太平。这若许俘虏，似应审讯甄别。除罪大恶极者外，降者免死，或收为军用。"

张献忠抚髯沉吟，眯起一只眼睛。汪兆麟以为张献忠不同意王志贤的主张，却又不好驳王志贤的面子，便趁机进言。家伙狡猾，他提了个折中建议，这些人中，百姓可以审问。武官军士则应一律杀，免生后患。

看西王眼睛一亮，似乎马上就要说好。东平王孙可旺站出来声援王志贤，他说："武官军士，一律杀也不好。这些俘虏，不过也是吃朝廷的俸禄，与文官没有什么不同。兵士吃的是军饷，更是等而下之。对这些人，应经审问后，或甄别定罪，或是释放。"

"这么说来，杀我那么多兄弟的这些前明武官就算了？"汪兆麟忍无可忍，顶了孙可旺一句，这就等西王表态了。

张献忠说："眼前我缺的是文官，军人不缺，留下他们是后患。"听到这里，汪兆麟暗暗一喜，赢了。然而，素来说话办事刀切斧砍的张献忠，却又征求另外三个义子李定国、刘文秀、艾能奇将军的意见。没有说的，这三个小王也倒向王志贤。就在汪兆麟沮丧时，张献忠又说："我倒有个好办法，这些军人中，凡是身上带伤的，必与我军厮杀过。这些人，一律杀！其余的暂拘一处，按王尚书、可旺等意思办，宗人百姓，也这么办！

西王一锤定音。堂上百官一齐跪下，齐呼遵命。

张献忠要汪兆麟将刚才他的意思拟成文告，以他的名义在全城张贴，督促各营执行。汪兆麟压抑着心中的不快接令。张献忠这就宣布散朝。

张献忠留王志贤、汪兆麟、孙可旺、刘文秀、李定国、艾能奇与他一起进午膳。同时，让中军都督王尚礼在外庭大花厅摆下多桌酒宴，遍请被俘的蜀中重要文官。

汪兆麟的心境抑郁而警惕。膳宴上，他说话很少。而王志贤、孙可旺、刘文秀、李定国、艾奇能却恰恰与他相反，他们与西王张献忠大口喝酒，大块吃肉，谈笑风生，且话题大都围绕着他们陕西老家展开。不是老陕的汪兆麟强作欢笑。

而就在这时，外庭大花厅里，一场前明文官不识相引起的悲剧正在上演。

大花厅里，一张张漆黑锃亮的八仙桌前，坐满被俘官员。酒菜上齐，中军都督王尚礼手执酒杯，起身致辞。他那张黑红的四方脸上漾起真诚的笑意。他对俘官们说："新朝诞生在即。西王传话，在座诸位先生都是新朝将要借重的饱学之士，西王特设宴宴请大家。请各位先生举杯同饮共庆。"说时，举起杯来四顾频频。然而，在座的先生们却没有一个人响应，一个个秋风黑脸，满怀敌意。即便有几个坐在远处的小官，看中军都督给面子，不由也举起酒杯，站起身来还礼，但当他们看到坐在前边的被俘大官们都抠起架子不理，也就都坐了下了，不再响应。

这些养尊处优惯了的"俘虏大官"们太不知趣了，长期以来唯我独尊！虽然张献忠占了成都，即将在成都建都立国，但在他们眼中，张献忠和他所率的百万民军都是"匪""流寇"，是"贼"，是没有文化的"白痴"。而他们是秀才、进士、举人，是老爷，高人一等。

在他们被俘的日子里，押在各营，被兵士们呼来唤去，说不好还要挨打，他们反倒乖乖的。秀才遇到兵，有理说不清，保命要紧。而今天，他们被请来赴宴，中军都督王尚礼又代表张献忠向他们敬酒。在他们看来，张献忠有求于他们。张献忠们没有文化，打天下行，坐天下不行，要靠他们，这就让他们抠起。

不仅如此，呼地一下，站起推官刘士斗。黑黑瘦瘦的刘推官，很傲

115

慢很酸很刻薄地挖苦王尚礼："酒是好东西。王将军你是第一次喝我们的川酒吧？我们川酒可是天下闻名。只不过，这第一杯酒，我不能同你同饮共庆！"说时用一只瘦手举起斟满了酒的酒杯，弯下腰去，将酒洒了一个弧形。这个动作，大家都明白，他这是在用第一杯酒，祭奠战死的明军将士。

之后，他更是将酒杯往地上咣当一扔，摔个粉碎，秋风黑脸地说："而今成都人物全非，让我等有恍然隔世之感。这酒，我们饮不下去。"刘推官的气焰极为嚣张。他这番话却引起一些人的伤感，这里那里，一片嘤嘤哭声。

王尚礼忍了，他是出了名的好脾气。他怕完不成西王交与的任务，竭力压住火气，没有理会刘士斗的无理取闹，认为这是个别。这又重新端起酒杯，当中一站，想再劝劝这些发了"疯"的先生们。

不知是因为很有实权的中军都督王尚礼小时家贫，营养不良，还是长期骑马征战的原因，他的双腿呈 S 形，走起路来，有些摆，显得有些滑稽。这就让居心叵测的俘官们借机嘲笑起他来，对他指指点点，三三两两交头接耳，小声议论：

"看这老陕，脚都没有打伸，还来管我们？"

"这些老陕，红苕屎都没有屙干净……"

"各位先生，西王待你们不薄，期望有殷。"对这些恶言恶语，王尚礼似乎充耳不闻。他执意地举起酒杯看着俘官们，那张古铜色的四方脸上，因为在竭力克制，黝黑的皮肤抽搐了两下。他的神情慢慢变得凌厉起来。他说："我今天是秉承大王美意，设酒宴招待各位，是想同各位交个朋友。然而，刚才那位刘士斗先生一番言行，还有些人在这样的场合哭，恐怕就不妥了！"

被俘官员中，原蜀王内庭大管家——库大使齐妃的父亲齐群芳是个晓事的，他觉得这些人太不识好歹了。也看出来了，权力很大的中军都督王尚礼，已是忍无可忍。弄不好，马上就要发作。

他站起来，执杯好言好语奉劝这些不省事的官员："王将军方才一席话，确是对我等爱护备至的金玉良言。"说到这里，他停了停，语气加重了，"这儿离张大王的内庭不远，若是这样大哭小闹，惊动大王，恐怕就不好了！"有胆小的俘官，小声附和齐群芳意见。

哐啷一声，是酒杯掷在地上摔碎的声音。众人扭头去看，又是刘士斗，他秋风黑脸地指着齐群芳辱骂："狗，你这只狗！你比一只狗都不如！蜀王生前，你为讨蜀王欢心，将自己的女儿送与蜀王，捞到美差。现在蜀王尸骨未寒，你又去巴结新主！"

俘官乾日贞在一旁帮腔，阴阳怪气讥讽齐群芳，语言非常下流恶毒："你看你长得这个样子，长不像葫芦，矮不像冬瓜，不过婆娘找好了，生个女儿倒是如花似玉……不过你那美貌女儿就比你有骨气，拼着一死。她死了，我看你再拿什么去巴结新主？！"

吴继善实在看不下去了，觉得他们闹得也实在太不像话了。站起来，招招手，劝道："齐大使的一番话完全是为了大家好，大家说话做事不要太过了！"

一直沉着气、压着火，观察场上变化的中军都督王尚礼听了齐群芳、吴继善的话，心情好受了一些。他又好言开劝："齐大使、吴知县的话说得对。俗话说，'听人劝，得一半！'"

活该找死！王尚书礼话未说完，乾日贞用恶毒的眼神看着王尚礼嘲讽："你这个长得土头土脑的老陕，居然还记得清我们这些人的名字、官职……"

说时，他公然对中军都督王尚礼辱骂开来。场边一位禁军小校实在气不过，大步走上前来，推了乾日贞一掌。瘦得竹竿样的乾日贞哪里禁得起这一推，当即摔了个狗吃屎。乾日贞从地上爬起来，顺手捡起刚才摔碎的酒杯，向禁军小校扔去。

117

"得了，还反了，狗日的你们！"马上有两位禁卫军提刀持枪上前镇压。一位唰地拔出刀来，往乾日贞胸前一递，乾日贞当即毙命，血洒一地。

王尚礼见闹出人命，干脆一不做二不休，下令手下禁卫军们包围了花厅里的俘官们，道："都不准动，我这就去禀报西王。"随即招呼周围禁军，"没有我的命令，这些人不准走脱一个！"

王尚礼急急进到内庭膳宫向张献忠禀报。

本来，这时张献忠兴致很好，很饮了些酒的他，长条脸上红扑扑的，一双虎目格外亮堂精神。刚才，他与在座的两位尚书、四个小王议定了两桩近期要办的几件大事：一是近期他登基的有关事宜；二是为巩固新生的政权，四个小王近日将分别带兵去川东、川南、川西、川北扫除敌对势力……

听了中军都督王尚礼进来的报告，"这帮狗日的东西，给脸不要脸，反了！"张献忠跳了起来，在桌上猛地一掌，"这些狗日的东西都该杀，都给我拉出去砍了！"

汪兆麟一边火上浇油，奸笑道："这正是他们四川人说的——'油核桃，捶着吃'！对这些四川人就是要'捶着吃！'"王志贤见大事不好，情况突变，生怕张献忠在气头上将所有被俘官员都杀了，赶紧劝道："大王在气头上，我看是不是让王中军将这些人暂时监押起来？待大王心平气和后，再将这些人甄别治罪？！"

"不行！"张献忠这回坚决不依，说，"首恶者刘士斗、乾日贞必杀。"

王尚礼禀报："乾日贞已被杀了。"

王志贤赶紧说："既然乾日贞已经杀了，就再杀刘士斗一人。余皆押到大慈寺去集中看管，后派人去好生劝导甄别？"

张献忠默了默，哑声道："也好。"这就让王尚礼这就办去了。

本来好好的气氛，一下变了。不知为何，张献忠向王志贤问起大慈寺。

王志贤说："成都大慈寺是川中名寺，当年去西天取经的唐僧，就曾经在这里受戒当过住持。大慈寺现地广百亩，有僧房数千间，有僧侣六七百人。全盛时期，有僧侣两三千人。现寺中空房甚多，环境也很清幽。"说时建议，将所有被俘文官集中到大慈寺的空房中管理，让这些降官静心反思。

张献忠听后点了点头。小肚鸡肠的汪兆麟，生怕王志贤将风头抢尽，暗中盘算，张献忠将劝降文官之事交王志贤办。办得好，王志贤又能讨好。他想插一脚，这就毛遂自荐，说这事量大且烦，左尚书的事够多的了。如果左尚书愿意，他愿助左尚书一臂之力。

张献忠看着王志贤，征求他的意见。王志贤是个心地宽广的人，点点头说："也好。"他没有想到，汪兆麟的介入，以后给他增添了不少阻力和麻烦。

第十章　水深必静，大慈寺非等闲之地

一缕秋阳从裱褙着夹江纯棉白纸的窗棂上透进来，在大慈寺住持鉴明大法师的净室里闪烁游移。这间净室四四方方的，不很大，地板屋，相当整洁。身披红色袈裟的法师趺坐在光线稍暗处的蒲团上，双手合十，眼观鼻，鼻观心，身姿挺直——标准的坐如钟姿势。手中捻着佛珠，似乎在诵经，又似乎思绪沉得很深。面对着的神龛上供一尊笑微微的释迦牟尼佛；神龛之下摆一张供案，案上摆着供果；案桌两边的黄铜烛台上，一边一支足有尺长，拳头粗细的大红蜡烛，尽管是白天，也是燃着的。

鉴明大法师六十多岁，不留胡须，身材瘦削，神情矍铄。四周很静，静得可以听见窗外那株高大的梧桐树上在阳光照耀下金箔似闪光的浓密叶片随风飘逝而下的沙沙声。旁边，香炉里点的一束印度香青烟袅袅升腾。看得出来，大师的思绪陷得很深。他那五官端正、瘦瘦的脸上，一副浓浓的已然染霜的剑眉不时挑起来，这就泄露出他内心这时其实是翻江倒海的，而且透露出一种将军才有的威仪。

鉴明大法师，是个很有些来历的人。

他俗姓井，名敬一，福建人，举人出身，中途投笔从戎。崇祯动乱年间，他是明廷蜀中骁将邵捷春不可或缺的幕僚，多次参与对张献忠、李自成作战。他颇有谋略，尽心尽力为邵捷春赞画军机，颇著劳绩军勋，深为邵捷春倚重。他在军中还练出了一身不俗的武功，三五个人近不得他的身。除此，素喜佛学的他，在军务之余，常常选一僻静处读内

典，参禅理。

那时，邵捷春、左良玉、孙传庭等名将在南人北相、文韬武略的总理卢象升提调下连战皆捷，将李自成、张献忠为首的三十六家流军逼得或降或逃或匿。形势一派大好下，关外满鞑子再次深入畿辅。崇祯皇帝慌了手脚，急令卢象升率精锐去京师勤王。时年不到三十岁的崇祯皇帝，虽然勤于王政，但性阴狠，对属下多疑，苛刻寡恩。设特务机构东厂、锦衣卫，广派特务监视部属，动辄派出缇骑将属下逮到京师治罪。事情都是崇祯自己搞坏的。

在一派内忧外患面前，崇祯信任的重臣、原三边总督杨鹤之子杨嗣昌向皇上献"攘外先安内"计，建议朝廷对满洲鞑子宜抚——每年输以巨款以求喘息时机；腾出手来，对以李自成、张献忠为首的流军痛剿，一网打尽。崇祯私心赞成"攘外先安内"，但又怕民怨沸腾，他不明确表态，假惺惺征求中枢三人意见。这三人是杨嗣昌、卢象升和崇祯的亲信太监、天下军马总监高起潜。三人中，只有卢象升坚决主战，这就触犯龙鳞，悲剧不可避免。

满洲铁骑深入畿辅之际，卢象升奋勇上前，孤军作战。面对数倍于己之敌，卢象升苦战数日而粮草援军不继，最后血染疆场。就这样，明末两根擎天大柱——袁崇焕、卢象升——先后倒塌。追根究底，不是死在敌人手上，而是死在崇祯皇帝手上。

之后，只由兵部尚书杨嗣昌独挑大梁，崇祯皇帝对这个人寄予了莫大希望。然而，杨嗣昌是个志大才疏、纸上谈兵的人，偏又自以为是，嫉贤妒能。这就引得手下众叛亲离——比如，左良玉就不听他的调遣，公然抗命，反而躲过一劫。

而邵捷春愚忠，听说听教，最终活活被杨嗣昌排挤、陷害致死。崇祯十六年（1643年），将局势弄得不可收拾的杨嗣昌，在张献忠率军拿下有九省通衢之称的武汉前夜畏罪自杀。至此，崇祯用以维护明朝三百年江山的最后一点血本、家当被杨嗣昌输光当尽。当李自成、张献忠分率百万大军,以破竹之势向南北两方挺进之时,失望之余,邵捷春的前参赞井敬一,挂冠而去,怀着悲愤的心情,归隐佛门。他辗转来到成都,与好佛信佛的朱明顺庆王朱奉伊交好,先是进大慈寺出家,继而当上了大慈寺住持法师。

当张献忠攻占成都之时,朱奉伊带着幼小的儿子于血雨腥风中逃来找他,他二话不说,将朱奉伊父子收留。

张献忠占领成都之后,当务之急是搜拿朱明宗室,全城贴满告示,严令谓,知者速将朱明宗室拿报,若有知情不报者、有意藏匿者,一经查出,与朱明宗室同罪,格杀勿论!

风声越来越紧!日前,西王有意留用大批前朝文官,可这些人不识相,惹西王大怒,要不是左尚书王志贤出面说情,这些人就都被杀了。现在,这批前朝文官现拘押在隔壁大慈寺专门挪出的一个大院里,等待甄别。

如此一来,本来目标就大的大慈寺就更大了。他发现那个鹰鼻鹞眼、心怀叵测的右尚书汪兆麟不时光顾隔壁大院,让内心警觉的他,总觉得有一双阴森多疑的眼睛随时在暗中窥视大慈寺,窥视他,让他有一种不祥感、紧迫感。得赶快想方设法将朱奉伊、朱小伊父子送出城去,送到安全地。不然,大慈寺随时都有被满门抄斩的可能。如果那样,自己死不足惜,但太对不起大慈寺,对不起寺中众多僧人。

大慈寺虽然堂奥洞深,虽然他对朱奉伊父子做了重点隐藏、保护,但寺中人多嘴杂,说不定其中还有汪兆麟买通的内线。他在思想上将目前情状做了一个通盘考虑。

张献忠下令成都四门紧闭,指名道姓重点搜查朱明宗室,要犯中就有顺庆王朱奉伊。而且这些要犯还画了像,到处张贴。朱氏父子要出城去,谈何容易!久思出智慧,深思出智慧。良久,他的头脑里有灵光闪现，一个主意油然而生。

他这就轻唤法师果一。

"到。"门帘一掀，中等身材的果一法师声到人到。他将右手竖在胸前，向住持大法师低首问安施礼。

"不知大师有何吩咐？"果一法师，是鉴明住持的亲信弟子。

鉴明大法师轻言一句："去请朱奉伊来我的净室。"说时看了果一法师一眼，意思很清楚，"尽量不要被外人看见。"

果一法师会意地点点头，向法师施了礼去了。

果一法师很快将朱奉伊带了来，施了礼，就出去了。趺坐在蒲团上的鉴明大法师，这时已经移坐在当中一把具有明朝特色的黑漆有靠背有扶手的方方正正的不大的木椅上，然而，仍然保持着先前的姿态，一手端起，一手捻着佛珠，眼睛微闭，眼观鼻，鼻观心，似乎已经入定。

朱奉伊生怕打扰了法师，站也不是，坐也不是，也不敢动，就站在那里，满怀感激地注视着似乎入定了的鉴明大法师。法师似乎有点憔悴。他知道，这都是因为他们父子。这些天，他们父子给大法师带来了多么大的压力、多么大的凶险！

他在估计，大师要他来的目的，是要送他们父子走吗？走，谈何容易！他摇了摇头。现在张献忠把成都封得插翅难飞，那么，大师会不会因为压力太大，要把他们父子交出去，交给张献忠呢？难说！人心隔肚皮。人情薄如纸。想到这里，他不寒而栗。

这时，大法师睁开了眼睛。他注意到法师看他的眼神，相当的坚决、犀利！他的头一晕。

不意大师态度和缓地请他坐。用手轻轻指了指对面的凳子，同时抬起头，细细地打量了一下落魄逃难的朱奉伊。也就是几天的时间，原先白白胖胖、养尊处优的顺庆王，在过度的惊吓中明显瘦了一大圈，眼睛里布满了血丝。为掩人耳目，朱奉伊穿的是一身粗蓝布和尚衣，剃了光

123

头,但他怕痛,没有在头上烙上九个疤。着意弄成和尚的他不能细看,细看就能看出是假和尚。

朱奉伊一边看着法师,一边怕兮兮地坐在大师对面的椅子上战战兢兢,半边屁股坐在凳上,半边屁股悬起。

出乎朱奉伊的意料,大法师语气平静、单刀直入地说:"现在张献忠封城,风声很紧,你又是被画了像的,一时半会儿你们父子出不了城,就安心再住一段时间吧。"咚的一声,朱奉伊悬起的心落到了胸腔里。

朱奉伊感激涕零,一下跪在大师面前,声泪俱下地说:"我全家百十口人都被张献忠斩杀,我父子虎口逃生,活到今天,全靠法师掩护。法师的大恩大德,我父子感念于心,终生难忘。期望此生能有报答大法师的机会。"

大法师请他起来,并虚扶了一下。朱奉伊起来落座原位。大法师说,带有告诫的意味:"你父子住的后面那个小院,相当背静,几乎就是一个废园,平时没有人去,也没有人注意。不过,你一定要看好你那个儿子。小孩子好动,如果不注意让他跑出来,被人看见,那就麻烦大了!"

"断然不会。"顺庆王当然知道大法师口中的"麻烦"的含义,当即保证。

"这样吧!"法师这才端出今天要他来的目的,"我不能久留你们父子,久留肯定不行,肯定会暴露。我会设法尽快把你们父子送出成都,送到安全地。办法想到了一个,不过还没有想好。此事只能成不能败。一败,就不只是你们父子的身家性命不保,还会连累到全寺众多僧人。

"这期间,以防万一,今天必须在小公子头上烫戒疤。你今天千万不要再心疼他,啊?"

"今天？"朱奉伊一惊问。月前，他们父子刚逃到寺中，为尽可能掩人耳目，大法师不仅给他们父子穿上了和尚服，还想给他们父子的头上烧九个疤。不过，因为怕痛，他都没有烧成，更不要说儿子。他不明白为何大师今天非要给儿子办这事，不过他没有问，也不敢问。

"是。"大师回答得很肯定。他还能说什么呢？

于是，法师又唤果一法师去把朱小公子带来他的净室。

很快，果一法师将朱小公子带来了。这个十来岁的孩子五官与朱奉伊酷似，小鸟似的蹦蹦跳跳，乖巧、白净。

"父王，我一早就在找你，原来你在这里。"朱小公子一进门，就扑进朱奉伊的怀里，拉着朱奉伊的手，天真地抬起头来看着父亲。看得出，这对患难父子感情很深。朱奉伊极为爱怜地用手摸了摸儿子的头，从茶几上端起刚才果一法师为他泡的茶，让儿子喝，一副舐犊情深的样子。

鉴明大师似有不忍，掉过头去，霜白剑眉抖抖，对果一法师低声吩咐："为这位小施主烧戒吧！今天一定要烧成。"

果一法师动作麻利，如庖丁解牛。他让朱小伊坐到一边凳上，闭上眼睛。这就取出艾绒，捻成九个豌豆大的小球，贴在小施主头上，取出一根纸捻点燃，将粘贴在朱小公子头上的艾绒小球一一点燃。立刻，空气中弥漫起艾香和药香混合的苦涩气味，小施主朱小伊受痛，杀猪似的惊叫一声，从蒲团上一跃而起，一边哭骂，一边将头上正在冒着青烟的艾绒小球往下抹。

果一法师急了，上前，用力抱着朱小伊，朱小伊在果一法师怀中一边哭着挣扎，一边向他父亲求救，一双小脚在地上乱蹬。

朱奉伊看得心疼，欲起身制止。

鉴明大法师对朱奉伊说："长痛不如短痛，这是在救命！"朱奉伊只好又坐了下去。孩子却还在一边杀猪般哭闹，在果一法师怀中挣扎，

125

一双小脚在地上使劲乱蹬。朱奉伊实在受不了了,霍地站起,从果一法师手中一把抢过孩子,护在怀中,说:"由着他吧,生死由命好了!"

说完,一手牵着孩子,一手掀开门帘去了。

"阿弥陀佛!"鉴明大法师双手合十,闭上眼睛,低下头去。良久,抬起头来,嘱咐果一法师,"你务必派人将他们父子盯紧,不要让他们乱跑,尤其是那孩子,千万不要出乱子!"果一答应而去。

日子像一条浑浊的河流,就这样向前流去。大慈寺里,表面上还是暮鼓晨钟,青烟缭绕,红烛高烧,阵阵经声,青灯黄卷。日复一日。

这天午后,鉴明大法师去大雄宝殿为全寺僧人讲经之后,刚刚回到净室,果一法师进来,神色有些慌张地向他禀报:"大西王张献忠的右尚书汪兆麟率一队西军来到寺中。汪尚书说是有事要见住持,在大堂上坐等。"

是福不是祸,是祸躲不过。大师抱着这样的想法,这就去了。"阿弥陀佛!"进到大堂,鉴明大法师端起手来,向汪兆麟施礼,说道,"不知尚书下降寒寺,有何吩咐?"

"不敢,请坐。"汪兆麟反客为主,把手一指。他们相对而坐。四周有手按刀把的西兵环卫。

汪兆麟很阴森,平生阅人很多。他用他那双鹞鹰似的眼睛,很是注意打量了一下眼前这个大慈寺住持鉴明大法师。他总是觉得,这位住持哪里不对,骨子里似乎有种军人的味道。

汪兆麟说:"被俘前朝文官几百关押在贵寺闲置庭院里,给贵寺带来诸多不便。"他很客气,对此表示了歉意。但同样心机很深的鉴明大法师知道,常言说得好:来者不善,善者不来。何况是这个鹰鼻鹞眼的汪兆麟。他打起精神注意应对。

汪兆麟解释:"我是去隔壁看那批被俘文官的情况,顺便过来拜访大师。我对佛学也很感兴趣,如果不是处此乱世,我汪某人也许会遁入空门……"他这就是在拉近乎了。

"善哉，善哉！"内心高度警惕的大法师也不多说，只是端起手来，对客人礼貌地一揖，说道，"右尚书日理万机，今日驾临寒寺，不知有何吩咐？"这是第二次问。

"好！"汪兆麟也就单刀直入了，"敢问贵寺现有多少僧人？"

"寺内战前有僧人共一千二百余人，因去各地做法事的僧人多半未回，现实有僧人七百余。"

"这些僧人为何未回？是被老虎豹子吃了，还是去做了花和尚？哈哈！"这里，汪兆麟不良文人的况味、恶端暴露无遗。不容住持回答，他感叹道，"大慈寺不愧为川中名寺，和尚真多。明朝开国皇帝朱元璋就是和尚出身——我的这位安徽老乡后来当了皇帝，饮水思源，对和尚情有独钟，经常克扣兵饷去养和尚。如此，可以说，明朝的天下，得也是和尚，败也是和尚。"这就是指着秃子骂和尚了！

住持大法师见汪兆麟居心叵测、指桑骂槐，也不动气，平静对应，绵里有针。

"和尚乃世外之人。朱元璋养和尚，是要和尚替他念经消灾，普度众生向善。依贫僧看来，明朝之所以败亡，不在于明廷克扣兵饷养了和尚，恰恰相反，是养了若干作奸犯科的无聊文人。这些人当了官，无不整日摇唇鼓舌、搬弄是非。结果好端端的世界，就是由这些人搅垮了的。"完了故作谦虚地问汪兆麟，"不知尚书大人以为然否？"

汪兆麟打着假哈哈，心中暗骂，好个秃驴，敢同我顶嘴！

"住持大师说得好，佛家的要义就是普度众生。大西开国在即，西王心胸开阔，对那一群被俘文官，不仅不治罪，反而有所借重。然他们中却有不少人至今冥顽不化。希望大师帮我去劝劝他们，如何？以免西王震怒，大开杀戒。倘若这几个冥顽不化分子，幡然悔过，大师功莫大焉！"汪兆麟说时，觑起眼睛看定住持，"想来大师不会推辞吧？"

这是在试我吗？鉴明大师心想，他无法推辞，即双手合十道："善哉，善哉！"算是应承。

汪兆麟这就同大法师过去。汪兆麟堂上一坐，大师陪坐在侧。汪兆麟吩咐亲兵将在押的张继孟、杨允升、力荛相押上来。

先上来的是张继孟。问过姓名后，汪兆麟说："听口音，先生是陕西人？我们大王对他的陕西老乡可是另眼相待哟！"张继孟却将头一偏，很干脆地说："你就不要枉费心机了！要死就死，我是不会出来做伪官的。"

"你一个小小芝麻官，竟如此不识抬举？"汪兆麟在桌上一拍，威胁道，"你就不怕掉脑袋？"

张继孟："民不畏死，奈何以死惧之！"汪兆麟吩咐将张继孟押回去。换人。

接着上来的是力荛相。问明力荛相是湖广黄冈人，汪兆麟有意套近乎说："我家离你家不远。我们是老乡。俗话说，老乡见老乡，两眼泪汪汪。怎么样，今天我请你这个老乡出来帮帮我的忙，共同辅佐新朝？"

力荛相不理他，很不屑地将身子一背，一副大人不与小人为伍的架势。

汪兆麟让亲兵将力荛相押回去，他也不想问了，显得很好奇地问鉴明法师："法师，我就不懂了！蜀王朱至澍昏聩荒淫，为何他的属下，官职无论大小，一个个如此死硬，拒不归顺新朝，宁愿丢命？"

"蜀中自古为礼仪之邦，东汉时文翁在成都办学，文风直追齐鲁，自然多慷慨悲歌之士。明虽亡，但蜀中文人气节没有亡。"

汪兆麟不信，不死心。命亲兵相继提来郑安民、杨铿、齐群芳、赵芝、吴继善等人。

终于有了收获。齐群芳、吴继善愿意效忠新朝。特别让他高兴的是，吴继善向有文名，官虽不大，但在蜀中颇有影响。大喜过望的他，当即叫来负责看管在押被俘文官的总兵、他的亲信汪苟儿，吩咐汪苟儿给归降新朝的齐群芳等人优待，给死硬派张继孟、力荛相以相当的颜色。至于吴继善，他要当即带回去见西王。

临走，汪兆麟假惺惺地对大法师说："叨扰大禅师半天，实在有愧。不过刚才大禅师谓，蜀中自古为礼仪之邦，没有一个官员肯背弃旧主，此话大谬！识时务者为俊杰。你看，"他指着他马上要带走的吴继善，得意地说，"这就是识时务者。"

对汪兆麟的攻击、得意，大法师不做正面回应，只是端起手来回礼时，很简略囫囵地应上一句："人各有志。"

大师一直笔挺地站在那里，看着吴继善被扶上马，看着得意扬扬的汪兆麟坐进八抬大轿，带着吴继善，带着大队人马，乌云似的一涌而去。

这时，如血的残阳在巍峨的大慈寺大雄宝殿的金顶上迅速隐退。夜幕随即降临。周遭蹿出蝙蝠不祥的阴影。这时的大慈寺格外深沉。被夜幕掩盖起来的大师凝然不动，就像根钉子似的钉在那里，若有所思。

第十一章　偶然不慎，招来大慈寺抄斩满门

这些天，大慈寺一夕数惊。

几乎每天从早到晚，都有同样的惨况在门前重复上演：终于被搜拿到手的朱明王室族人，与窝藏他们的人同样被打得皮开肉绽。这些人戴着脚镣手铐，披头散发，佝偻着腰，胸前吊着一个名字上打了个大大的红叉、意思是杀的大木牌子，被押着蹒跚而行。他们一身血污，脚链在地上拖得哗哗响。往往是，持刀西军开道在前，中间是被押犯人，后是哨官骑马压阵。成都居民日渐减少，地保还得组织起人来观看。

游街队伍走不多远，前面敲锣者梆的一声敲锣，随即响起敲锣者吓人的哑嗓："这是被拿获者×××，藏匿者×××，知情不报者×××！"看得人胆战心惊，人人自危。

这个晚上，浓稠漆黑的夜幕，像乌鸦不祥的翅膀，将大慈寺裹紧。大雄宝殿的阵阵暮鼓，混合着和尚们的集体唱经声，从高墙上悠悠传出，接着，一切又归于平静。随着夜的加深，占地广阔的大慈寺静如止水，似乎今天是昨天的翻版。

其实，这是一个假象。这会儿，大慈寺住持鉴明大法师正在做艰难的抉择。净室里，跌坐蒲团上的他，手捻佛珠似已入定。摇曳的烛光投射在大师瘦削而坚挺的身上，映出一个长长的剪影，拖在地上，映在墙上，显出一种特别的幽深。

大师这会儿思想上承受着很大的痛苦和压力。这些天，知道内幕的知客僧等几个很势利的法师，一再要求他交出朱奉伊、朱小伊父子，

以保全寺僧人安宁。而他总是说服、劝导他们："想我大慈寺往昔全靠朱奉伊等人大力维护，因而声誉日隆，成为川中名寺。朱奉伊对我寺供奉最多，交谊最深。今我若因避祸，将朱奉伊父子交与西军杀害，不仅于心不忍，也有悖于佛家善行！"尽管他晓之以理、动之以情，但在生死面前，知客僧等法师与他软磨硬扛，就是不听。没有办法！他只好答应知客僧们，就这两三天内将朱奉伊父子很妥帖地送出大慈寺，送出成都，两下清静。知客僧们这才勉强答应了。

"果一！"突然，鉴明法师猛地睁开眼睛，轻唤一声。他的声音虽然很轻，但很坚定，这时，他身上不经意间流露出一种只有经过战争的军人身上才有的利索、果敢、坚毅。他已经决定了。

"弟子在。"门帘一欣，果一法师应声来到大师面前，施礼。"你去带顺庆王朱奉伊来，万勿让他人知悉。"

果一去了。

果一很快带朱奉伊来了。鉴明住持直截了当告诉朱奉伊，现在情况异常紧急，得立即将他送出去，尊公子得稍缓些时日……朱奉伊听说只送他一人出去，心中很是割舍不下，巴巴望着住持大师，眼泪涟涟，有种无告的凄苦。

鉴明法师这样劝他："今北都已陷，唯福王在南京撑起明廷，实乃众望所归。今朱明世胄，存者不多。公若能得到天佑，去到南京，当为振兴明廷出力。"朱奉伊点点头，不无担心地问："张献忠在成都布下天罗地网，严密捉拿我等，不知大师如何送我出去？"

虽然净室内只有他们二人，鉴明大师还是警惕地四顾看看，招手要他过去，附在他耳边轻声如此如此。

这天，东方天际刚刚绽出一丝惨白的光晕，大慈寺两扇红漆大门忽然洞开。轰隆隆！朦胧中，隐约可见十来个捞脚挽裤的青壮和尚，拉着十来辆鼓肚水车相继出门——每天都是这个时候，这么些人，拉这些车

131

去锦江合江亭取水。不同的是，这天他们一出门，就受到守在门外的西军严格盘查。可见，大慈寺已经被怀疑，受到监视，大慈寺僧人失去了行动自由。

西军上来清点出寺人数和水车，确信无误，又看了看之间有无隐藏的猫腻。没有，这才放行。

这些和尚将十来辆水车拉到合江亭码头停下，将车摆成几层。黎明前最黑暗的时分汹涌而至，将兀立于江边的合江亭、脚下汩汩而去的锦江还有和尚们全都氤氲交织起来，模糊纠缠不清。确信周围没有异样，没有人监视，这就有几个和尚，站在四周放哨。黑影幢幢中，平时不来，这天专门来的果一法师，四顾频频，确保无问题，这就上前，将围在当中的那辆大车上的活动板子拉开，随即站起、跳出一个人——他就是张献忠重点张榜捉拿的顺庆王朱奉伊。也就是这时候，就像算计好了似的，浓雾缭绕的江面上，一只有篷小船悄无声息地靠上码头。在和尚们的簇拥遮挡中，身穿和尚皂衣的朱奉伊，影子似的闪身朝船上一钻，钻进乌篷中没有了身影。站立船头，头戴草笠、身穿蓑衣者将手中竹竿一点，有篷小船轻巧地掉转船头，如同一只轻捷的水鸟顺江飞去，在弥漫着晨雾的江中倏忽间没有了踪影。小船载着朱奉伊出九眼桥，朝嘉定（乐山）方向而去。在三江交汇处的嘉定，就可直挂云帆下沧海了，何况南京。

踞嘉定的残明总兵杨展是张献忠的老对头了。张献忠围成都旧军时，是他奉命潜出城去都江堰放水。当成都城破之后，他成了西军的俘虏。那个晚上，杨展等就像蚂蚱似的被执行的西军用绳子将手臂拴起来，押到合江亭砍头。

夜幕幢幢中，杨展是最后一个。杨展看出押解他的西兵垂涎他穿在身上的那副鱼膘似的油光锃亮的锁子甲。到了江边，那个西兵要砍他时，他说："让我把这副锁子甲脱下来给你。不然，你不好砍，而且也要弄脏铠甲。"西兵说好。杨展趁那兵不太注意,假意脱铠甲时,纵身而起,往江中一跃,瞬间没有了踪影,连泡都没有冒一个。就这样,杨展回到了他的家乡嘉定,因为有天时地利人和,在家乡建立了稳固的根据地……

去锦江合江亭拉水的十辆大板车回来了。装满了鲜活江水的十辆大板车,沿着晨光初照的麻石街面,一路轰隆隆碾过,在狭窄的街面上奏出睡梦中人们熟悉的韵律,衬托出清晨的宁静。

新的一天来到了。

"父亲,父亲,你在哪里?"只有十岁的朱小伊醒了。他睁开眼睛,天光大亮,一屋子白花花的光亮,可父亲不见了。从小娇生惯养的朱小伊,自跟着父亲仓皇逃命,逃到大慈寺以后,就像是一只被关在笼中的小鸟——他们父子被藏匿在大慈寺后院一处以往堆柴火的小黑屋里。好在往天还有父亲壮胆。这天父亲不在,朱小伊揉揉眼睛,似乎才第一次看清废园的荒芜可怕。

前后院之间隔一道平时总是锁住的、浸透了岁月悠久、木质斑驳的厚重大门。在这座人们忘掉了的后院、废园中,除了他们暂且偷生的这间小黑屋,四周蔓生着杂乱的竹篱荆棘。听说,深处还有蟒蛇。中间那片黑压压的、高高矗立的多株大柏树上,栖息着多只仙风道骨似的白鹤,它们早去晚回。来去之时,在高高的树上,它们风姿翩跹地跳起轻灵的舞蹈。这是荒院中唯一的风景。

平时,照看他们的是年轻和尚悟为,很是精干,与他父子就没有分开过。而今天,父亲不见了,悟为也不见了。朱小伊很是惊骇,爬起来,喊着:"父亲,你在哪里?"并下意识地朝那扇隔断里外的大门,跌跌撞撞跑去。跑去就推门。

奇怪,往日总是关得紧紧的大门,这天是开的。这样,朱小伊顺利地进了门,他就像出笼的小鸟,顺着一条花径,朝堂奥洞深的大慈寺深

133

处飞奔。就在这时,去前院糕点房为孩子取绿豆糕的悟为和尚回来同朱小伊撞了个满怀。原来,悟为是好心,心想孩子的爹走了,这么小的孩子也可怜,去糕点房为朱小伊取点他爱吃的绿豆糕,不想没有关好门,让孩子跑过来了。

悟为大吃一惊,将孩子搂在怀中,急急地说:"我不是告诉过你,没有我的同意,你不能到前院来。你是答应过我的,而且我们之间还是拉过勾的。你怎么来了?"

"我要找父亲!"朱小伊不依,在他怀中又哭又闹。

"走嘛,回去说。"悟为哄他,"你父亲在,等一下就回。我去给你取了你最爱吃的绿豆糕。走,我们回去慢慢吃,慢慢说。"

可是,朱小伊耍横,坚决不肯回去,大声哭闹:"我要去找父亲!"这会儿,一个西军哨长带着一队兵巡逻过来,远远看到了这个状况。最近这段时间,很可能是右尚书汪兆麟的布置,时时派兵来清静无为的大慈寺巡逻。

开初,哨长没有在意,以为这一大一小两个和尚发生了什么争执。但很快他就发现不对了,起了疑心:这一大一小两个和尚的撕扯没完没了,还听见小和尚大声叫着找父亲,而那个将小和尚死命搂在怀中的大和尚惊慌失措地扪住他的嘴。

哨长警觉了,带兵走了过来,大声责备大和尚:"你这样动手欺负一个小沙弥不对啊!"

悟为赶紧解释:"寺中有寺中的规矩,现在是小沙弥们做功课的时间,他跑了出来,偷懒,我逮他回去……"

他们的争吵,引来在周围寮房中做功课的僧人探头探脑地指点观看,内中有知根底的吓坏了,赶快去报告住持鉴明大法师。

哨长觉得和尚的话在理,转身带队就要离去时,小和尚挣开了大和尚,奶声奶气地对哨长说:"我不是小沙弥,我要去找我父亲。"

听到"父亲"二字,哨长一惊,重新走上前来细看细问,这就是盘查了。哨长这才注意到,小沙弥长得细皮嫩肉,额头上也没有烙戒疤。心中明白了些。说一口浓郁陕西话的哨长,用一双钉子似的眼睛钉住悟为,凶光出来了。悟为自知大祸临头,脸色苍白,手发抖,现相了。

哨长上来手牵"小沙弥",蹲下来,好言好语相问:"你叫啥名字?"

"朱小伊。"

好。哨长心中暗暗一喜,又问:"爸爸呢?"

"朱奉伊。"

这就对上号了!哨长心中大喜。

哨长站了起来,瞪着萎缩下去的悟为,哼了一声,绛紫色的脸上露出一丝冷笑,手一挥喝道,"将这秃驴给我绑了!"

身边两个巡兵上前,将悟为五花大绑。

哨长假笑,对孩子说:"走,带我去见你父亲。"朱小伊似觉不对了。他瞪大一双乌溜溜的眼睛,木愣愣地看着这位刚才还和颜悦色、一下子就凶神恶煞起来把悟为绑了起来的老陕,不知所以。

"出大事了!"大慈寺僧众满寺奔走相告。

哨长一行挟持着朱小伊来到隔壁,将事情由来,原原本本报告给了这些天都在这里"甄别"的右尚书汪兆麟。

汪兆麟一听惊喜莫名,连连说:"难怪我总觉得大慈寺住持有点不对劲,总觉得大慈寺水深。"他直接下令,要身边亲信把总汪苟儿带兵将大慈寺团团围住,不可放走一人。他径直带人去隔壁捉拿住持鉴明大法师。

鉴明大法师知道大祸临头了。他默诵了一通超度的《金刚经》,平静了一下心情,站起身来,将一根雪白的哈达甩到梁上一绕——这是月前一位远道慕名而来的藏传佛教徒敬献给他的。然后,他站上一个小凳子,将自己的颈子套到结中。他在将脚下小凳蹬翻之时,将摆在脚边

135

的一罐清油打翻在地,而旁边有一盏燃得正旺的灯。他的整个身子悬空吊起来了,他看到淌了一地的清油呼地燃烧起来。一束束小小的火焰,很快集中增大蹿起。在他生命系于一发之际,他觉得这些急速蹿起的大火,犹如一团团跳跃的红宝石。很快,鉴明大师就被跳跃的大火吞噬了!

大慈寺有一部分着火了,烈焰腾腾。

气急败坏的汪兆麟不得不命令他的兵们先将大火扑灭,然后这才往大师住的独院寻人。可是,哪里还有那清幽的独院?哪里还有大师?哪里还有大师的净室?原先那一片清静清爽、花木扶疏、独门独院的美妙之地,已经被烧成一片废墟。残砖断瓦间,还有剩火跳荡、青烟袅袅。大慈寺住持鉴明大法师已经被烧死。汪兆麟大骂一阵之后,赶去蜀王府向西王报告。他自吹自擂,吹他如何发现了大慈寺方丈通匪窝匪,如何循踪追查,大慈寺住持见事情败露自尽。同时趁机攻击左尚书王志贤不负责任。添油加醋地数说大慈寺众僧如何通匪,如何齐心协力地窝藏朱家父子……引得张献忠大怒,暴跳如雷,要汪兆麟将大慈寺僧众悉数砍头。"像大慈寺这样板眼深沉的螺蛳壳留着做啥?"张献忠大手一挥,脚在地上用力一蹬,"给我踩扁、砸碎!"

汪兆麟当即执行,雷厉风行。

事发这天,王志贤因小恙在家休息,得知消息大惊。他素知汪兆麟的为人处世:无风都要掀起三尺浪,何况出了这样的大事,岂有不乘机兴风作浪的!他立即赶到蜀王府,请见西王。

西王倒是立刻传见了他,不过神情有些冷漠。寡着脸问:"你这个'王菩萨'又是来说情的?我都听说了,我们进成都还没有几天,你声名在外,成都人称你为'王菩萨'!"语气是嘲讽的。

"西王!"王志贤态度和缓而恭谨地向张献忠进言,"大慈寺是名寺,混进寺中的原住持鉴明大法师当然该杀,但他已经畏罪自杀。寺中众僧，应该与他窝藏朱奉伊父子无关。众僧似宜甄别，不宜一体治罪。另，大慈寺不应焚烧。此议当否，请西王三思。"

张献忠与王志贤关系不错，他对王志贤倚赖相信远非汪兆麟可比。听了王志贤的话，他说："那就照你说的去办吧。"张献忠又给了王志贤一个面子。

王志贤带人赶到大慈寺时，迟了一步。寺中数百僧人，被汪兆麟杀了一半有多，偌大的寺庙也烧得所剩无几。

王志贤赶紧命手下扑火。火虽然扑灭了，但到处残垣断壁，余烟袅袅，处处焦黑一片。原先富丽堂皇的川中名寺大慈寺，已面容全非。王志贤发现汪兆麟特别歹毒处，他将大雄宝殿当作刑场——几百个僧人在这里被集体砍头，非常血腥，其中当然少不了朱小伊和看护他的悟为法师。

王志贤的善后处理得很好，他要手下将这些处死的僧人尽可能地找到尸身与头颅匹配，组成全尸，集体掩埋，超度；同时恢复大慈寺原貌。剩下的僧人愿意留者，好生对待，要去别的地方的僧人，发给盘缠。同时，负起甄别被俘文官的责任。

这样一来，更显出左右尚书王志贤和汪兆麟之间的泾渭分明。

第十二章　弄巧成拙，张献忠诡诈造神

隔日，张献忠听汪兆麟说起一事，坐落于成都锦江畔，与合江亭对望的回澜塔，因为有一种祥瑞之气，很多人去跪拜，祈求神灵保佑。

张献忠一听来了劲，当即让汪兆麟带他去看。来到合江亭下了马，他带去的张能弟、狄三品两位少年将军当即在四周布好护卫。张献忠迈开大步走进红柱黄瓦、檐角飞翘的合江亭，目不转睛扶栏注视着江对面的回澜塔。时序已是初冬。成都的冬天空气潮湿阴冷。天压得很低，绵绵的江风将西王穿在身上的那件束腰锦里蟒袍吹得旗帜似的飘呀飘的。

汪兆麟、张能弟、狄三品站在西王身后，生怕打扰他的思绪。张能弟、狄三品两位少年将军，新近很受张献忠宠爱，特别是张能弟。张献忠四个封王的义子孙可旺、刘文秀、李定国、艾能奇，最先都舍本姓，一律姓张。一天，张献忠突然心血来潮，好像有了些仁慈，对他们说："你们爹娘养你们也不容易，你们就不要跟着咱老子姓张了，姓还是改回去，改回去了，还是咱老子的儿子。"

最近，被封成东西南北四大王子的孙可旺、刘文秀、李定国、艾能奇分别就任，剿灭川内各地残明势力和李自成流落进川的势力去了；王志贤在为即将建立的大西国搭建政权班子，忙得没日没夜。因此，常常跟随张献忠左右的就是汪兆麟、张能弟、狄三品三人。

汪兆麟知道，西王爱弄诡，他只希望在登基之前，借助江对面那座高高的、很有声望、很有些玄虚的回澜塔和晃动在江心的倒影造神——将自己造成神，借此，极大地提高他在全川军民心中的地位和威信。

也就在这时,江对面有一个鸠形鹄面的老妇一路挑声夭夭沿江而来,一路喊魂——"我的儿啊,快回来!"

他们注意到,这个鸠形鹄面的老妇来到回澜塔前,一头跪倒在地,祈求神灵。人,是有从众心理的,也有从众现象。随着那老妇在塔前跪拜,很快,回澜塔下来了更多的从众者、跪拜者。张献忠这就不禁会意地点了点头,掉过头来看着汪兆麟。

"陛下!"汪兆麟会意,上前施礼后心知肚明地、巴巴地、循循善诱地对西王进言,"那老妇在塔前喊魂。想来那老妇有个儿子,病已深沉,是个单传。"

张献忠微微点头,示意右尚书继续解下去。到四川虽然时间不长,但事事留意,心机用尽的汪兆麟,对四川乡俗民情已然相当了解。他说:"这老妇一定是倾尽家产请郎中为儿子看病,却总治不好,现在她儿子生命垂危。没有办法,她只好来到回澜塔下替儿子喊魂。"

"有用吗?"张献忠明知故问。

"当然有用。"汪兆麟察言观色地说,"川人,不仅是川人,而是国人,特别是一般老百姓都认为,喊魂只要有诚心,就灵。"

"啊?"张献忠讶然有声,那素常铁板似的皮肤黄黄的脸上,似乎漾起一丝难得的笑意。这就又掉过头去,手一背,继续打量着江那边的回澜塔和在塔前跪了一地,祈求神灵保佑的老百姓,自言自语,又似乎在问汪兆麟,"神灵能有这样大的威力,能让千人万人感应遵命?"

"那是,那是。"汪兆麟鸡啄米似的连连点头。

隔江回澜塔下,跪求的人越来越多。他们的虔诚在升级。他们一边大声喊魂,同时点燃香烛,顶礼膜拜。

"看来,这回澜塔在人们眼里很灵,里面有神灵?"张献忠凝思着问,他的思绪又进了一层。

"是的。"汪兆麟很肯定地应承。

139

"汪尚书,你对锦江边上这回澜塔的起源、掌故种种是否熟悉？"张献忠又问,他的思绪好像陷得很深。

"禀陛下,"汪兆麟又是欠身抱拳,礼数周到地对张献忠作了一揖,这就侃侃而言,如数家珍:"这回澜塔是成都一景。明朝万历年间,为成都布政使余一龙筹措银两所建。塔身巍峨,塔前有碑。虽年代久远,碑文也已斑驳不清,可那碑、那塔极富灵性。每天都有不少人去朝拜、祈求神灵,逢年过节更甚。"

汪兆麟说着啰唆起来:"读书人去朝拜,为的是祈求功名;黎民百姓去拜,无非是祈求来年风调雨顺、五谷丰登、消灾祛病、降福送子……"

张献忠轻咳了一声,汪兆麟赶紧打住,点明主题:"陛下不是凡人,如何让川人知悉这点,最为要紧。"——这就点题了。

说着,他挨张献忠更近一些,话说得很小声,样子很鬼祟:"我想,那回澜塔下,定然藏匿有陛下是天神下凡类碑文,一旦当众挖出来,足以震慑川人。"这就更是说得明确了。

"好！"张献忠心领神会,非常高兴,两手一拍,"这事有劳汪尚书一手办理。"向来居高临下,对属下说一不二的西王第一次对汪兆麟用了"有劳"二字,可见他对这事的重视。

"陛下放心,我一定就在这一两天办成！"

张献忠突然显得精神振奋,用手抚着颌下那把漂亮的大胡子,那双略微显出棕色的眼睛炯炯发光,像是放飞出来捕食的一对鹞鹰,四下里扑腾。利用回澜塔弄诡,树立自己在川人心目中不可动摇的威信地位,从而顺利登基建国,张献忠信心满满。

张献忠下了合江亭,翻身上马,从亲兵手中接过马缰一提,在地上踟蹰四蹄的乌龙驹咴咴两声,立即扬鬃掀尾地飞奔而去。汪兆麟和张能弟、狄三品赶紧打马率军跟上。

当天晚上，汪兆麟亲自督办这事：命人在全城遍贴告示，诏告全城四十万居民，明日午时三刻前须每户出一人，在回澜塔四周集合朝拜，等候观看上天祥瑞。

也就是这个晚上，在占地广宏、高墙深院的右尚书汪兆麟府第的最后一个清幽小院中，叮叮当当的铁锤铁钻敲击声很诡异地响起来，而且几乎响了一夜。

小院中，灯火明亮。监工的汪兆麟神色俨然地坐在一把垫有明黄软垫的醉翁椅上，他手扶椅把，身子前探，用他那双鹞鹰似的目光，紧张注意着，蹲在地上的一老一少两个石匠的工作——他们在往那块长约一丈、宽约两尺的青石碑上细细凿字。他们是师徒俩。师傅四十来岁，徒弟二十来岁，是汪尚书从众多的石匠高手中精选出来的。

夜晚很有些冷，身着锦缎大袍佝偻着身子的汪尚书都还觉冷，而两个全力以赴、精神高度集中的石匠，虽然身上只穿了一件小背心却都还嫌热。他们左手执一支不到尺长、一头尖尖的铁钎凿在青石碑上，随着右手高举铁锤不断均匀击打，溅起阵阵石屑，渐渐显形。他们有分工：徒弟凿毛坯，师傅再来精雕细刻。就这样，一个个带有苍古意味的篆体字逐渐显现出来。

天亮以前，汪兆麟事先写在青石碑上的字全部凿现了出来。连起来看，是一首带有箴言意味的诗，八行，四十字——

修塔余一龙，寻塔张献忠。
岁逢甲乙丙，此地王气隆。
西主承天德，国姓有长弓。
万方同爱戴，四海尽朝宗。

当大师傅最后凿出"大明洪武元年军师刘伯温记"这样一排碑尾小

字后，大功告成。

驴头马脸的汪兆麟，一颗心终于咚的一声落进了心腔子里。松弛下来的他，感到了放心，也感到了疲倦。不过，在他要抓紧时间去睡一下之时，做事很细的他，还是走上前去，蹲下来对他的杰作再次细看细品。

"嗯，手艺不错！"向来为人极其吝啬、苛刻的汪兆麟，看了又看碑，点了点头，赞叹一句，相当难得。不过，他又发现了问题，说，"这碑太新了，如何将其处理得旧一些？"

老师傅也不答话，从放在地上的一个囊袋里摸出一瓶醋，倒些在碑上，再用布一擦一抹，字迹立显陈旧。

"好，好！"汪兆麟这才放心地站起身来，两手一拍，低唤一声，"苟儿。""到。"门帘一掀，进来这位军官，长相与他有几分酷似，这个汪苟儿是他的本家，是他的亲信、子侄。也是张军的一个军官。

汪兆麟指着两位忙了一夜的石匠对汪苟儿说，"这两位师傅辛苦了，你带他们去吃夜宵，领赏，酒是一定要上的，而且要上好酒。"汪兆麟说时，对汪苟儿奸诈地以目示意，目露凶光！

"好的，请吧！"汪苟儿点了点头，会意地将手一比，带两位石匠下去了。不用说，这两位技艺精湛的石匠，从这里一出去，就再也不会活在世上了。杀人灭口，这是阴险毒辣的汪兆麟，也是好些大阴谋家的惯用伎俩。

汪兆麟趁夜带上亲信将做好的碑用马驮到回澜塔下埋好，还不放心，再三检查，确信整个阴谋完成得天衣无缝后才放心回去。为以防万一，他还在周围布了兵暗中守卫。

天亮了。

成都所有的大街小巷里贴满了以西王名义颁发的告示，人们三三两两，瑟缩着身子在告示下观看，小声议论。有不识字的请先生念念。

以西王名义颁发的告示云:

孤昨自锦江望见锁江桥外回澜塔,似有异光从塔下冲天而起。迫至江边细看,见晚霞中塔影横卧塔下,与桥影配合,恰如一副弓箭,向皇城方向回天殿射去。民谚云"桥似弯弓塔似箭,箭箭射到承天殿",塔下似有异物。孤于今日午后三刻亲赴回澜塔,督御营起挖,看塔下究竟藏有何物。凡我城中居民,每户最少出一人,准时前去观看,仰体此旨,不得有误。此谕。

届时,回澜塔下,锦江两岸,人山人海,众多西军压阵,场面蔚为壮观。巳时,一标旗甲鲜明的禁卫军拥着骑乌龙驹的西王风一般而来。好些人这是第一次见到大西王张献忠。

人群中,不少人指着翻身下马的张献忠小声议论。这时,一缕阳光冲破又低又厚的云团,端端照在张献忠身上。这天的张献忠,那颀长健硕的身上披戴一副金盔锁子甲,外罩一件簇新明黄蜀绣蟒袍,既很有些威仪,又有点不伦不类。说是将军吧,又披了件皇帝标配的明黄蜀绣蟒袍;说是皇帝吧,又未宣布登基。他额头上有块伤疤,平添了一种剽悍骁勇气。

人们小声议论道,你看西王那部胡子像不像关二爷的胡子?成都作为三国时期蜀国京城,成都人对关羽有份特殊的感情;又有人顺着问,西王像不像关二爷再世?还有人指点着张献忠坐下那匹体格修长、俊逸、浑身黝黑,像披了层黑锦缎似的咴咴啸叫的乌龙驹啧啧赞叹,问像不像关二爷那匹日行千里、夜走八百的赤兔马?

有问就有答。有人小声说:"不像,当然不像,完全不像。关二爷是枣红脸卧蚕眉,张献忠是黄皮肤青水脸。关二爷像个天神,西王像个凶神。关二爷的赤兔马像朵红色的祥云,西王的乌龙驹像是一朵乌云……"

张献忠当然听不到这些,这时,他坐在一柄象征皇帝威仪的大黄伞笼罩下的一把镶金嵌玉的御椅上。

待西王坐定,正式的程序开始。总提调汪兆麟做了个手势。

"咚咚咚",八门依江排立,炮筒又短又粗的土炮,向天放了一通威天震地的驱邪炮。炮声刚停,汪兆麟站到高处,向众人挑声夭夭宣布:"午时三刻已到,御营起挖,看塔下究竟藏有何灵物。"

唱声刚落,一群雄赳赳的军士押着一群手执钢钎、铁锤的汉子上来。他们个个身板结实、年轻力壮,身上只穿了件白布背心。按照指定的范围,他们在回澜塔下开挖起来,一时,他们掌的掌钎,挥的挥锤,大锤当当地砸在铁钎上,火星四溅。由西军压阵的上万老百姓,好奇地伸着颈项等着看这些人究竟能从塔下挖出什么稀奇,他们那份专注的样子,犹如被一只无形的手握着长长颈子的鹅。

终于,只听一声报告:"挖到了!"

张献忠已经等得不耐烦了。汪兆麟赶紧上前,指挥两名小校从塔下挖开的一个深坑中小心翼翼地抬碑。让汪兆麟大吃一惊、莫名其妙的是,也就是不久前他监视着放下去的一块明明完好无缺的碑,刚才起挖时,铁器也并没有碰着碑身,怎么会断成两截,挖起来的竟是半截残碑!不过等不及了。另半截,大不了在下面,等一会儿挖起来就是。也好,这样更显碑的古老。

他命令两个小校将这半块碑抬到西王面前,请西王过目。

不明就里的西王,俯身细看残碑。一边看,一边念:

修塔余一龙,寻塔张献忠。岁逢甲乙丙,此地王气隆。

按照汪兆麟预先的安排,分布四周的军士,挺着手中那只用笋壳做的大喇叭,将西王口中念出的碑文,一句句扬声放大传出去,尽可能让场上的每个人都听得清。

"咦,咋是残碑,碑文没有了?"张献忠觑起眼睛看定汪兆麟,显得有点不解、不满。

大奸大猾的汪兆麟赶紧解释:"陛下,此碑年代太过久远,还有一半,我立刻让他们挖起来。"

张献忠点了点头。就在汪兆麟督促手下挖起下面的半块残碑时,得知消息,放心不下的左尚书王志贤飞马赶到。

"老弟,你来得正好!"不管什么时候,西王对王志贤总是不一样的。他喜滋滋地带王志贤去看地上那半块残碑。最了解张献忠、汪兆麟的王志贤一看,就完全明白了他们的用意。

只听坑里当的一声,汪兆麟高兴地说:"挖到了!"随即要人抬到西王面前。西王让他们将两块残碑拼镶到一起,拂去残碑上的泥土,尚未开念,西王的脸色不对劲起来,最后转为铁青,一脸怒气,就像要发作杀人!

王志贤、汪兆麟赶紧顺着西王的目光看去。呀,这是咋回事?遇到鬼了吗?!汪兆麟一下蒙了,呆若木鸡,脸色惨白。

这半块残碑上的文字居然变成了这样——

"兴运终川北,神气播川东。吹箫不用竹,一箭贯当胸。"

最后附一行篆体小字标的居然是"……元年丞相诸葛亮记。"

张献忠霍地掉过头来,恨恨地看着汪兆麟,意思很清楚——这是咋回事,要他解释。

汪兆麟吓得赶紧跪在张献忠面前,做出一副百口莫辩的可怜样小声解释:"陛下,昨夜臣守着埋下去的明明是一块好碑,碑上的文字绝不是这样的。碑尾那一行小字,也是刘伯温。不知这会儿咋变成这个样子,真是见了鬼了!请陛下鉴谅!"

张献忠当然相信汪兆麟。但这个场面不仅让他当众出丑,而且效果恰恰相反,无异于当众诅咒他。怒不可遏的他,唰地一下从刀鞘中抽出他那把须臾不离的宽叶宝刀,不管不顾地在刚挖起来的残碑上一阵乱砍,砍得火星乱溅,将这两块残碑一直砍成碎石。

王志贤心好,出来给汪兆麟解围,请西王息怒,说,"待我们下来查查,查清!"张献忠这才收刀进鞘,吩咐道:"查出来是谁干的,立即五马分尸!"

说时,西王秋风黑脸地转过身去,一个鹞子翻身,跃上那匹等在那里、永远精神健旺的乌龙驹,手中缰绳一抖,早就不耐烦的乌龙驹,得到解放,欣喜莫名,咴咴两声,撒开碗大的四蹄,像一朵突然腾起的乌云,朝城中蜀王府方向飞奔而去。张能弟、狄三品两位小将赶紧率大批士卫打马跟了上去。

这事,最终不了了之。

第十三章　为索爱，柳娘娘紧追不舍

夜色深沉。

这个晚上，天上一轮残月，不时穿透云层，将凄清的一派银光洒在广庭深院的蜀王府中。于是，那些错落有致的崇楼丽阁、飞檐斗拱、鱼池假山、回廊雕栏，全都在月光的勾勒中时隐时现。月影移墙，竹梢风动，静得来可以听见风吹落叶的沙沙声，秋虫生命完结前的悲鸣声。月夜的蜀王府显得格外幽静、深沉、神秘。

一反以往的是，向来喜动不喜静，讨厌文字书本的西王张献忠破天荒地在他寝宫的书房里黉夜审阅公文。本来，这样的事，他都全权交由足可信任的左尚书王志贤办理，最多在王尚书非要他决断的要件上画上"知道了"三个钢叉似的大字。然而，这个晚上需他审阅、决定的要文要件实在重大，例如，中枢机构的设置、人事任命等，他不能不出面做最后审查、拍定。

书房临池，华贵宽敞整洁。地上铺着猩红地毯，临池一排雕龙刻凤的窗棂上，一律镶嵌的是从西洋进口的红红绿绿的玻璃。白天光线很足，现在一律拉上黑色窗帘，显得特别安静、简洁。那张硕大的书案上堆满公文。案前一只小铜炉散发着淡淡的幽香，香烟袅袅，很是提神。背后壁上挂一横幅，上面有行钢叉大字，就像用扫帚扫出来似的——"王侯将相，宁有种乎。"那是张献忠的亲笔字，挟风带雷，有他鲜明的个性。他对秦朝时期最早发起大规模农民起义的领袖陈胜这句"王侯将相，宁有种乎"情有独钟，深有体会，极为赞赏。

书案两边两只高脚黄铜枝子形烛台上，尺长的大红蜡烛燃得正紧。壁侧一排书柜中，读书人必读的十三经等书簇新，根本就没有翻过，完全是个摆设；倒是几本《三国演义》《水浒传》类的书，都是细看了的。小时读过几年私塾的张献忠，爱读这些好看又通俗的故事书。

不习惯长坐的张献忠这时有点毛焦火辣。他半蹲半坐，习惯性地用手抚着颔下那蓬大胡子，觑起眼睛看拿在手中的一份名单，好像要从中看出个明堂，看出个究竟。这是王志贤拟就送呈的中枢人员名单，之前有一段精短的提纲挈领式说明：

> 拟于十一月十六日，在成都建立大西国，建元大顺。造新历，名"通天历"。改成都为西京。皇帝之下不设宰相，设左右丞相；丞相以下设六部和京畿道御史。以下具体人员名单：
>
> 左丞相汪兆麟
>
> 右丞相严锡命
>
> 六部尚书：
>
> 吏部尚书江鼎镇（前明进士，西充人）
>
> 户部尚书王国麟（前明彭县知县，副榜）
>
> 礼部尚书龚完敬（前明云南临安府推官，彭县人，进士）
>
> 兵部尚书吴继善（前明成都知县，江南进士）
>
> 刑部尚书宋日英（前明进士，夹江县人）
>
> 工部尚书王应龙

这些人中，除汪兆麟，都是甄别过关，愿意效忠新朝的很有声望的前明官员或学士。

其他都是本军中老人，有：

京畿道御史胡显

再是军事机构：

东平王孙可旺
西平王刘文秀
南平王李定国
北平王艾能奇

四王直接归大西王管辖，四王之下设五军府都督，归四王分别管辖，他们是：

中军府都督王尚礼
前军府都督白文选
后军府都督王自奇
左军府都督马元利
右军府都督张化龙

五城兵马司由王尚礼兼任，负责王宫和成都全城安全。刘进忠、刘兴秀、张广才、狄三品等领带兵总督衔。

王志贤拟呈的这份大西政权中央建制简明精干，总体上张献忠是满意的，但名单上恰恰没有最该有的王志贤。功勋赫赫，在西军将士中有很高威信，也是他最信赖，本该是当一人之下、万人之上的宰相的王志贤，却将自己剔除在外，让他好生奇怪！

他思索着。在他看来，王志贤与右尚书汪兆麟长期不睦，这是王志贤瞧不起汪兆麟，不愿与之共事？

西军刚进成都,也就是他进了蜀王府之日,就迫不及待想登基当皇帝,王志贤劝他稍等,说时机不到。月前,又是王志贤劝他登基,这是怎么了?

从小与他一起摸爬滚打、一起长大、一起造反起事的"小猴狲"怎么让他琢磨不透呢?

看来是王志贤的婆娘接拐了。自从王志贤娶了玉郡主之后完全被改造成了另一个人。成了一个君子,文质彬彬,早先的"小猴狲"完全没有了。

"现在大王建国称帝的时机到了。"那天,王志贤对他条分缕析,"目前李自成败,满人已占京师称帝,天下一分为四:满人国号大清,建元顺治,正集结力量南下,可谓得了天时。此为一。

"李自成虽然失败兵退中原,但实力仍不可小觑,现占山(西)、陕(西)、河南三省。中有太行、王屋二山为屏,氾水作堡,河关四塞。退有金城汤池之固,进有高屋建瓴之势,是为地利。此为二。

"福王在南京承继明朝帝统,本年仍称崇祯十七年,颁定明年为宏光元年,典章制度一如过去。兵力虽弱,但人心归附,算得上人和。此为三。

"大王在短时间内抚定全蜀,施政也对,因而全川人民争逐川东摇黄残部,迎接我军,初得人和。且天府之国沃野千里,外扼四塞重山,拊李闯残部之背,据残明福王上游,得了地利。大王登基正得其时。此为四。

"有此四点,如同象征帝王权力的鼎,就有了四个点的支撑!"

"那好!"张献忠听了王志贤的话,大喜过望地说,"不过,我们弟兄说定,一个好汉三个帮,一个篱笆三个桩。你把咱老张推上皇帝的宝座,你可不要梭边边,你要帮我。你来当宰相,统管天下一切。这天下,是你我弟兄的!这样,我才放心。"

王志贤没有表态，只是笑笑而已。没有想到，现在他要退得一干二净。想到这里，张献忠心里疑窦丛生，让影子一样候在身边的太监魏协去请王尚书来。

"老弟，你是不是对我日前处理大慈寺事有意见？"张献忠看着坐在自己对面的王志贤，捋着颔下那蓬大胡子，很直接地问，"或是你认为我纵容汪尚书干了坏事？如果是，就说出来，有什么话，都可以说。我们兄弟间有啥事都好说，不要打肚皮官司。"

王志贤说："不是。请大王不要多心。""那你为何要这样退得一干二净？"

"我是累了，想歇一歇。"

"老弟！"张献忠叹息一声，很真诚地说，"宰相你不当，你实在不当，我也不勉强你。你设了两个丞相，一个给汪兆麟，一个留给本地人严锡命，你为什么连丞相也不当一个呢？这个丞相也就相当于你原来的尚书吧！人家是步步为进，你不进反退，这是为啥？"

"宰相号称大学士，需科甲出身。"王志贤不知是出于真心，还是怎么的，显得有点迂腐，振振有词，"之所以两个丞相中，汪兆麟一个，另一个给严锡命，是因为汪兆麟应过科举，虽不是科甲出身，但也是饱学之士。严锡命是川中名士，让他来当丞相，不仅可以争取人心，而且也是恰如其分。四川这个地方，文脉厚重，不然服不了人，特别是读书人。我本行伍出身，这样的官当不了。"

"真心话吗？"张献忠问。

"真心话。"

"迂腐！"张献忠捋了一下胡子，神情不以为然。想想又说，"宰相、丞相你都不当，实在不当，我也不勉强你。那你就当个王吧。以后你专门在后宫设个书房，替我料理御营军政。这个事情大得很，也重要得很，这事别人办不下，我也不放心。让大脚协助你，她也有些这方面的本事。这样，我才睡得着觉，我才能放心当皇帝。老弟，你不能把哥子推到皇位上去，你就百事甩手不管了吧，这样，你忍心吗？"

看张献忠如此恳切，王志贤就接受了，谢了恩。这事也就这样定了。

第二天一早，钟鼓齐鸣。张献忠到保和殿上朝，百官朝拜；新近被任命为都知监（大内总监）的魏协宣读诏命；然后百官谢恩，等等，算是不日西王在承天殿登基的一场演习。

趁还有几天的空隙，西王对川北绵竹一线的形势不够放心，去那里视察，隔几日才能回。不意他这一走，宫里就出了事，天大的事。

虽说秋已来到，但暑热还在深宫中郁蒸，还有秋老虎逞威。不图名不争利的王志贤这些天一如既往地早来迟走，尽心打理西王不日登基的一应大事，忙得连轴转。有时晚上都住在书房里。他的办公地在后宫一个小巧的、花木扶疏的清幽庭院里。西王给他指定的助手柳娘娘的办公地就在隔壁。当然，柳娘娘不像王志贤那样忙，时来时不来。

这天中午，天气燠热难耐，王志贤袒衣露体办公。他万万想不到，这时隔壁会有人在偷看他——不知什么时候到了隔壁办公室的柳娘娘趁王志贤不注意，走上前去，屏住呼吸，伸出舌尖，将雪白夹江窗纸濡湿出一个小洞，踮起脚看过去。这一看不要紧，看得她心如鹿撞，双颊飞红。她发现，平时衣服在身的王志贤，个子高高，俊朗偏瘦，而脱了衣服的王志贤孔武有力，特别性感。他肩宽腰细、古铜色皮肤、胸大肌突出，一双有力的臂膀上块子肉鼓起。他是坐着的，如果站起来，更是雄伟俊朗，他有一米八几的个子，四肢修长、匀称。总之，是她心目中最完美的男人。他那双黑亮的眼睛，女性化的眼睛，看起来就像夏天黎明时分掠过天际的明亮星辰。

有充分性经验的她，这时情动于衷，不能自抑。看着他那细而有力的腰，她调动想象，想他如果抽动起来，一定像陕北老家善拉风箱的人将风箱上的杆拉得呼呼的……她的呼吸有些急促起来，站立不稳，身子发软，不由将身子靠在壁上轻轻喘息。

她在心里默默将王志贤和张献忠作对比。

王志贤比张献忠小几岁，人品才华，在西军中没有说的，有口皆碑。军中有言"三十如狼，四十如虎""当兵三年，老母猪当貂蝉"，话说出来就俗了，但道出了清一色男性世界的军中普遍性饥渴的某种真谛。这方面的事例教训多多。有的将士作战勇敢，战功累累，可是明知奸淫犯科，却硬要冒死去犯。

王志贤是个例外。特别让她感动的是，王志贤将玉郡主留给他的遗物——一根细细银链系着的双鱼翡翠玉佩，在没人时拿出来，细细摩挲把玩，暗自垂泪。他对玉郡主一往情深，天下竟有这样钟情的男人。

时间一长，随着见面的机会增多，她对他由尊敬仰慕变为了爱慕。而且越发急切。她下定决心——攫取他。无论如何也要同他有一次肌肤之亲，方不枉来人间一次，做了一回女儿身；同时，也是对他的慰藉。在她看来，年富力强、身体强健的他，其实是很需要、渴望女人的，只不过是在用信念、理智尽量压抑自己。如果机会成熟，一逗，那就像高山顶上一泓蓄得满满的湖水，只要将闸门轻轻一抽，蓄得满满的一湖水必然飞溅而出，并且激越飞迸。有言：干柴遇烈火。他是干柴，只不过没有遇到烈火而已。她想我就是烈火，我就要去点燃他。我心甘情愿，哪怕就像飞蛾扑火！

机会来了。西王封了他个莫名其妙的什么都可以管，而又可以什么都不管的"王"，让他住到后宫，替西王打点好些事。但机会又不是最好，因为有西王在侧。

现在，最好的机会来了。

她注意到，这么燠热的天气，他的颈上仍然戴着玉郡主留给他的双鱼玉佩。注视良久，不能自已的她轻移莲步出门，到隔壁掀开那道挂在

153

门上的青篾竹帘，走了进去。

专心致志办公的王尚书没有察觉有人进来，况且她脚步很轻。直到她给他倒了一杯成都人爱喝的茉莉花茶，双手捧起送上，北音婉转地说："王尚书，天这么热，你也该歇歇了，来，喝杯茶。"

他这才惊醒过来，愣愣地看着站在面前的柳娘娘，惊讶得睁大眼睛，半天才反应过来。讶然失声，赶紧站起，一边告了得罪，一边将他爱穿的那件搭在椅背上的、很家常的麻布短衫取下披在身上，很不好意思地说："不知娘娘驾到，失礼了！"

"王尚书何必如此见外！"她抿嘴一笑，在王志贤旁边坐下，含情脉脉地看着他说："玉郡主遇上你这样的男人，死也值了。"说时，用她风月场中学会的本领，向他眉目传情，竭尽语言和形体的勾引。王志贤全不为所动，站起来对她施了一礼，"娘娘得罪，今天天太热，我得回家去洗个澡。"他想溜。

她哪能让他溜！马上正颜道："西王登基在即，尚书要处理的事既多且急。回府洗浴来回耽误时间，就在保宁宫西王的浴池洗浴。浴后，我有要紧公务同尚书谈！"

她这样一说，王志贤就不好硬要走了。再看柳娘娘，此刻又是一副正经相。于是想，她怕是真有要事找我相商吧？自己也太过敏感了！

不过，王志贤还是显得有些犹豫，他说："保宁宫浴池是大王和娘娘专用的，我去，不太合适吧？"

"闲着也是闲着，何况你王尚书同我们谁是谁？！"柳娘娘这样说时，不由分说地喊，"玉叶！"

玉叶来了。门帘一掀，柳娘娘的贴身宫女玉叶应声而入，她低头躬腰向娘娘道了万福，又向王尚书请了安。纤腰袅娜、举止轻盈的玉叶原是蜀宫一个宫女，长相标致，二十左右年纪，瓜子脸，皮肤白，眉毛黑。只是如果细看，她那一双有些勾人的眼睛中时时浮起些幽怨。

"玉叶，"柳娘娘吩咐她，"你带王尚书到保宁宫浴池洗浴。"玉叶低头一声："是，王尚书，请！"手一比，在前引路。

保宁宫浴池华丽别致。王志贤入池洗浴，暗暗感叹蜀王生活的豪奢，恐怕要超过在京师当皇帝的崇祯。汉白玉砌成的池子九曲连环，池深刚好淹过一个人的胸。一股温泉通过暗沟汩汩注入池中，又无声无息地往外流去，如此不尽循环地保持活水往来。也许是池外有人操作，不断有新鲜花瓣随泉水涌来，围着他的身体轻轻磕碰，就像鱼在轻轻唼碰似的，舒服极了，还散发着花香。

他不禁在心中暗暗感叹开来：人说少不入川，看来老了也不能入川。入了川就不想走了。成都号称温柔富贵之乡，名副其实。难怪西王今生最大的愿望就是在四川建国，在成都建都当皇帝。怕就怕西王在这样的日子中过久了不是好事。不说多了，仅这保和宫花香温泉浴池就可以将人泡酥、泡软、泡化……

就在王志贤在保宁宫浴池中尽兴洗浴、浮想联翩时，他没有想到，这时，柳娘娘已经神不知鬼不觉地来到了保宁宫浴池外。这是中午时分，强烈的阳光如同蓝天上洒射下的万把金针炙烤着大地，四周暑热蒸腾而阒寂无声。这时，好像有生命的都在午睡。外边大树上躲着的蝉，将带有浓厚睡眠意味的鸣唱，拖得一地都是，将坐在门外守浴池的小太监催得瞌睡长长。职业的敏感，猛地，打瞌睡的小太监醒了过来，揉揉睡眼，乍地一惊，柳娘娘居然站在他面前，吓得他立刻扑倒在，口中说着："不知娘娘驾到，奴才该死！"

对此，柳娘娘好像听而不闻、视而不见，只是注意地看了看四周。她放了心。四处清风雅静，没人。她这才看了看跪在地上的小太监，柳叶眉一扬，"你怎么会在这里监视尚书大人？"

"不敢！"小太监嗫嚅地解释，"是玉叶姑娘要我守候在门外的。"柳娘娘不满地抽了口气，问："玉叶呢？"

155

"不知。"小太监老老实实地回答,"玉叶可能觉得奴才守在这里,就放心一边睡去了吧。"小太监说得很艺术,对玉叶的怨尤是有的。柳娘娘要小太监起来,"去吧,该干什么干什么去。"

"奴才遵命。"小太监巴不得这一声,向柳娘娘叩了个谢恩的头,起身颠颠而去。

宫中自有宫中的规矩,不准乱走动,况且是这个时分。柳娘娘这就放心了。推开浴室的门,进去又顺手关上门。

这时,王志贤正好洗毕,站在池边,低头用一条大浴布擦身上的水。不意听见门响,抬头一看,简直不敢相信自己的眼睛,柳娘娘风摆柳似的径直向他走了过来。

惶急之中,身下那个不听话的东西却倏地挺立起来。他赶紧弯下腰去,很不好意思地用大浴巾遮住自己的身子,特别是挡着下身那个不听话的、跃跃欲试的玩意儿。这时的他,脑子里一片空白。

然而,走近的柳娘娘就像欣赏什么似的,欣赏着这个今天终于到手的猎物,欣赏着眼前这个全裸的,容貌清秀英武,皮肤黧黑健康,四肢匀称,身板结实,阳具硕大的男人。她毫无羞耻地上下打量着他。很快,她的脸发红发潮,罩在一套薄薄翠绿蜀绣裙裾中的高挑丰满的身肢滚烫开来,高挺的酥胸上下起伏,呼吸发紧。她情不自禁地、不由自主地逼过去,伸手去拉他遮在身上的大浴巾。

"娘娘,不要这样!"这时他已清醒过来,明白她的意思,努力克制着,一面抵挡她的进攻,一面诓她,"如此白昼,又在浴池,很不方便,我也放不下心来。你且让我出去,夜间再说吧。"

她想想也是,松了手,看着王志贤,话说得发狠:"妾是何等出身,尚书是知道的。我且依你,放你出去。你要是今夜食言,我可是什么事都干得出来的!"

王志贤连连点头,忙不迭地穿衣捞裤。

"王尚书，你不要以为我是个寡廉鲜耻的贱人，我是真心喜欢你。"

柳娘娘对他又是解释，又是安慰，一席话说得很真诚，显然是久存于心，"你不要以为你是大王的盟弟，这样做有悖君子之为。其实，敬轩（张献忠字敬轩）不过是以女官待我，尽一时之兴而已。敬轩称帝之日，妾如他手中秋扇，就是丢弃之时。妾见尚书守义不移，兼才华人品卓绝，对尚书私心仰慕多日，故设局相逼，希尚书明白妾心！"

王志贤已经穿好衣裤，镇定下来。对她这番肺腑之言，深信不疑，也着实有些感动。转过身来，看着她，也不言语，目光发潮。她以为王志贤心动不过有些犹豫，又说："今幸尚书已许夜间与妾行鱼水之欢，妾便今晚苦等尚书。宫墙虽高，但妾知尚书有飞腾之术，极擅轻功。尚书若是爽约不来，妾决不会善罢甘休！"

王志贤点点头，趁四下无人，惶惶而去。

第十四章　醋坛打翻，耿耿王尚书被动腐刑

　　王志贤出了蜀宫，翻身上马，走了一程，心情平静下来，这才喊声糟了。原来他下浴池时，将颈上佩戴的翡翠双鱼玉佩压在池边一块布毯下，不想，刚才从池中起来，遇到那一幕，一心想着脱身，惶急之间把玉佩忘了。双鱼玉佩一定是被柳娘娘捡了去。这样看来，今晚上还真是不能不去，问她要回双鱼玉佩，但她逼着干那事咋办呢？别的人还好说，偏她是娘娘，是张献忠、马上就要登基的皇帝、自己盟兄的女人。转念一想，她也是个明白人，不过一时鬼迷心窍。待晚上去好好儿开导一番，她会幡然醒悟的。再说了，自己堂堂一个七尺男儿，能牛不吃水，强按头？我不干，她能把我咋样！就这样东想西想，直到跟在身边的亲兵提醒："大人，到家了，请下马吧！"他这才发现他在西御街的尚书府邸到了。

　　而就在这时，没有人能想到，王志贤宝贝得不行的双鱼玉佩，被人小鬼大的柳娘娘的贴身宫女玉叶拿了。人说，色胆包天。这话是一点也不假的。原来，玉叶也在一边动着王志贤的心思。原蜀宫宫女玉叶颇有姿色，也颇有心计，原先在家中读过些书，认识些字的她，早先在蜀王府就希望能像当初汉宫中众多待选的嫔妃拿钱去买通毛延寿画师，尽可能将自己画得尽善尽美，让皇帝注意被临幸，地位得到飞升。她也在想各种办法引起蜀王的注意。机会总是要慢慢寻找、打捞的。不意日月如梭，白驹过隙，不知不觉间，四年过去。就在她刚刚就要抓住机会时，突然间，天翻地覆，改天换地了——张献忠打进成都，做了蜀王府新

主,而且马上就要当大西国皇帝。

谢天谢地。她被柳娘娘留用,而且看重放在身边。她对柳娘娘百般巴结。让她心中窃喜的是,西王登基,柳玉名正言顺就是娘娘,水涨船高,她也会升级。

在新的蜀王府中,情窦早开,她身边没有一个真正的男人。那些太监男不男女不女,看都懒得看。在宫中只有两个男人是真正的男人,一个是张献忠,一个是王志贤。他们都是男人中的极品,不过,张献忠是洪水猛兽,让他躲都躲不及,吓都要吓死;王志贤让人爱都爱不赢,咋看都不够,恨不得将自己全身心投入其中,融化进去。

她发现,柳娘娘也在暗中爱着王志贤,追求王志贤。让她嫉妒、更让她愤怒的是,柳玉能充分利用她的地位,吃着碗里的,看着锅里的。这不公平,也不合理!王志贤应该是她的。她一个大姑娘,犹如一朵含苞欲放的花蕾,纵然不能嫁给王志贤,也应该而且有理由让自己心爱的男人与自己来一回,为她催开花蕾,当一回真正的女人!

因此,这天中午,柳娘娘让她带王志贤去保宁宫洗浴,她知道接下来柳玉要干什么了。她装怪,她要一个小太监守在门外,自己则躲在一处谁也不知道的地方偷看赤身裸体的王志贤。她伏在板壁上,将赤身裸体的王志贤看了个够,看了个饱,看得她面红耳赤,心猿意马,信马由缰,就在她身体发软,要瘫倒下去时,柳娘娘出现了。她目睹了浴池边发生拉扯的那一幕。也不知是激动还是怎么的,看得她眼泪都快流出来了。

王志贤匆忙穿好衣服逃似的出去后,娘娘随后也走了。他们都没有捡走王志贤压在池边毯子下的玉佩。一个是忘了。一个是不知道。之后,她走进去,捡走了王志贤压在池边毯子下的翡翠双鱼玉佩。她要以此来要挟王志贤就范。

夜来了。蜀宫就像沉入了大海深处的琼楼玉宇,一如既往地幽静、深邃。

159

三更了。梆、梆、梆的打更声水波纹似的刚刚飘逝落尽，后宫高墙上有个黑影在天幕上一闪，倏即着地，落进后宫，无声无息，像是从树上飘下来的一片树叶。来人窄衣箭袖，身姿敏捷——正是王志贤，借着一棵大树的掩护，朝夜幕笼罩中的几重宫宇看去。后宫中所有的一切都在沉沉夜幕中酣睡，只有端和宫内最后一间屋子绿窗上还有一星灯光。他知道，她在等他。按例，这个时候，后宫也是有禁卫军夜巡的。但今夜没有，他知道，这都是娘娘的精心布置。

王志贤动作轻灵得狸猫似的，闪身上了台阶，身子贴在窗棂前，伸出舌头，将褙糊窗户的白绵纸舔出一个小洞，觑起眼睛朝里看去。红晕晕的一星灯光下，她斜倚在床上托腮凝思。她在等他。她着一袭很透的薄如蝉翼的绿色蜀绣丝绸服，一头丰茂漆黑的头发挽起来，在脑后绕成一个髻。一张脸红晕晕的，神情透着遐想。

显然，她洗浴过，很远就可以闻到她身上散发出来的混合着发香、体香，还有那种只有成熟女人身上才有的诱人气息。她的神态安详而急切，眼睛很亮，黑晶晶的，似含着泪，内有无限幽怨。不知为什么，看到这里，王志贤有点心痛。她是凄清的，是需要慰藉的。

他情不自禁将门一推。门是虚掩着的，一下就开了。他闪身而进，顺手掩上门，将门闩死。

"志贤，你来了，等得我好苦！"她看见了他，眼睛一亮，陡地从牙床上站起，张开双臂，扑向前来，不管不顾将他抱紧，喜极而泣。她曲线丰满优美的身肢将他全身上下贴得紧紧的。瞬时，一股久违了的冲动将他身上的野性唤起。幸好，这时，理智递给他一把利剑，让他把自己周身上下迅速苏醒过来的野性斩杀。

他把她从自己身上轻轻一推，急急解释："娘娘！"他嗓子发干，声音都变了，"我来，不是为了偷情。我是守义之人。娘娘是西王的人。我与敬轩既是盟兄盟弟，又有君臣之分。我不能背着西王做这样有悖伦理之事。"

她就像被他当头泼了一瓢冷水,退后两步,像不认识他了似的,看了看他,一声冷笑,往椅上一坐,"王尚书既是如此君子,那我问你,你又何必来,所来何为?"

"我有话对娘娘说。"

"请讲,我洗耳恭听。"

王志贤能讲什么呢,他只能很空洞地讲了一番与以上所说大同小异的大道理。最后这样说:"今天的事,只有你知我知,就当什么事也没有发生。希娘娘克己自戒,辅助西王,我当尽力劝说西王,立你为后。""既然如此,王尚书你请回吧,我要睡了。"说完,她负气地转过身去,蹬掉脚上的绣花鞋。头朝里睡在床上,不再理他。

王志贤万万没有想到,事情会成这个样子。自己是来取双鱼玉佩的,话还未说完,她却负气地当着他的面睡在了床上。这时,残烛将要燃尽,如何是好?他简直不知该如何办才好了。他当然可以一走了之,但事情了又未了。自己的双鱼玉佩在她手里,今夜必须要回。于是,他走近床边求情:"娘娘,你将我的双鱼玉佩还我吧!你拿在手上也无益,只会引来无端是非!"

他这样一说,她这才明白他之所以肯夤夜而来的目的。心想,他的双鱼玉佩一定是丢在保宁宫浴池内了,明天捡来还他就是。但好不容易才找到这样一个机会,且把他诓到了床边,不能让他就这样白白溜了。她顺势转过身来,拍着绣有一对鸳鸯戏水的蓬蓬松松的雪白大香枕头:"你的心肝宝贝双鱼玉佩就在我的枕头下,你有本事,自己来取。"

残烛开始摇曳。王志贤真急了,也就不管三七二十一地扑上去翻她枕着的枕头。哔剥一声,灯花最后一闪,烛光熄灭。屋子里顿时一片黑暗。与此同时,她一个鲤鱼打挺,猛地伸出一双丰腴的玉臂,将他一搂,像章鱼的八只吸盘,将他浑身上下吸紧,一边用那好听的北音婉转

161

的声音在他耳边吹气若兰地说："志贤,我不要你回去,我要你……"

轰的一声,他好不容易才构筑起来的最后一道理智的堤坝彻底崩溃,原始的野性和不可遏止的欲望,在身上陡然升起。他把她无比美妙的躯体抱紧,回报她的热情。你送我迎,狂蜂浪蝶闹五更。在极度的放纵之后,是极度的疲倦。他很想就在这里睡去,但他毕竟是个小心谨慎的人,没有听从她的挽留,决定马上走。临走,他再次要她将他的双鱼玉佩还他。

没有办法,她这才如实告诉他,双鱼玉佩并不在她身上,肯定还在保宁宫浴室里,明天一早去找来还他……

没有办法,只好这样了。他出了门。这是天亮前最黑暗的时分。冷空气一激,他感到精神一振。就在他脚步轻快地穿廊过檐,来到宫墙前,正准备运起轻功逾墙而去时——

"王尚书,请慢!"背后传来一声熟悉的女人的声音。声音很轻,但对他,却犹如响起一声惊雷,令他毛骨悚然。转过身来一看,让他简直怀疑自己的眼睛。借着庭边天幕上透下的微茫光线,看清了,夜幕中,站在自己面前那个窈窕的身影,不是柳娘娘的贴身宫女玉叶是谁!

"玉叶,你怎么在这里?"他强作镇静。心中暗想,糟了,自己和柳娘娘做的见不得人的事,肯定被这个"妖精"看到了。不过,她一个宫女,没有拿到我们的把柄,能把我们咋的?!

"王尚书,你这个时候怎么又在这里?"玉叶并不回答他的话,却是这样反问,话锋中透出一种冷峻、讥刺,令他心中阵阵发紧。

"我白日将一件要紧东西忘记在公事房中了,现在才想起,放心不下,特意来拿。"王志贤说到这里,想想,又这样解释,"多日不经战阵,这时来拿,也正好试试我的轻功忘了没有。"

"王尚书急着要找的大概是你的双鱼玉佩吧?"玉叶说时,将翡翠双鱼玉佩拿在手中一晃,"不过,王尚书的这件宝物,不是忘在公事房中，而是忘记在保宁宫浴室里了。"

王志贤闻言心中一抖，上前一步，伸手对玉叶轻声说："既然我的双鱼玉佩在你手里，就还了我吧。我以后会给你好处的。"

"何必以后才给我好处？"玉叶说，"我要王尚书今夜、现在就给我好处。"

"好好好。"慌天急火的王志贤一迭连声答应后催促，"你要什么好处？是要钱，还是权？"

不意玉叶扭怩起来，好半天没有吭声。她毕竟还是一个黄花闺女，尽管话万难出口，但良宵苦短，机会稍纵即逝。

"王尚书！"她鼓足勇气，"玉叶对你的景仰，你不会不知晓吧？"看玉叶这话说得吞吞吐吐，欲言又止，他的头嗡的一声。他完全明白了她的心思，不由惊讶万分！这是怎么了？这一天之中，先是被娘娘强逼，然后引诱"下水"，刚刚脱身，又被娘娘的宫女玉叶追了上来，以归还他的双鱼玉佩为条件，逼他与她做男女苟合之事。先是娘娘，后是宫女，这岂不是乱套了吗？我王志贤是什么人？我哪里还是人？他心中窝火，暗想，我简直就是一只公狗，被发了情的母狗追着、逼着交尾的公狗。如果说，我同娘娘做那事，还有一说。而同一个宫女做那事，简直是对自己的侮辱。你玉叶算什么，竟也想拿我一把？！但这些话，他都没有说出来，他毕竟是个性情温和的男人。他以规劝的口吻这样对玉叶说："玉叶姑娘，西王马上就要登基，而西王嫔妃未备。后宫之中，除柳娘娘外，你为最尊，前程远大，须守身如玉伺候娘娘、西王。日后，我保证娘娘会在西王面前保举姑娘你为妃。我也是能说上话的。"

可是，玉叶听了他这番话，却不言语，在那里同他僵起。他知道她的意思，非要遂她的意不可。但是，哪行？万万不行！他担心时间长了会出事，没有办法，只好好言劝道："玉叶姑娘你就好好想想吧，想通了，将双鱼玉佩还我，我会记着你的好！"说完，运起轻功，逾墙而去。办事细致周密的王志贤也许对"色胆包天"这句话只理解一半，他万万没有想到，一个小小的宫女竟会因为没有遂她的意，不日向西王告密，告他这个众望所归、权高位重、西王信任的"王"，以至让西王冲冠一怒，酿成天大的灾祸。

张献忠从前线巡查回来了。蜀王府中，这些天到处洋溢着西王登基前的祥瑞、紧张气氛。太监、宫女在几进几出的王府中穿梭往来，忙忙碌碌；身穿短衣窄袖的匠人们，爬上这殿那殿高高的斗拱及廊檐、假山，装挂红灯、蜀绣、绢带什么的。

这天从早晨起，兴致勃勃的西王张献忠在保和殿看从全省各地来的恭贺朝仪。他坐在宽大的御椅上，一手捋着胡子，一手随便拈些恭贺朝仪看。

昨晚上，柳娘娘倾其房中术，将他伺候得周身舒坦。有言，色是软刀子、吸血鬼。虽然他只有三十九岁，正当盛年，身体又素来强健，但因为昨晚折腾太过，坐久了，这会儿还是感到少有的疲乏。

看这些全省，不，是全国雪片般飞来的恭贺朝仪，他觉得四川文人真多，书袋掉得文绉绉的。不由得想起这样一说，因文翁在成都办学，开创石室学校，一时文风大盛，直追齐鲁。齐鲁是一山一水一圣人，四川是多山多水多才子。现在看来，此话不虚。

心情好，他在保和殿看恭贺朝仪看了一个上午都还没有看完，也不得，接着看，他喜欢看。长期的战争生活，养成他进膳不太正规、正点的习惯。他可以到点不吃饭，但不能少一样：酒。他嗜酒如命。

近晌午时，西王不可或缺的一大盘牛肉和一大壶酒，由玉叶袅袅婷婷给他送来了。本来，按例这该是太监王宣送的。但这天，届时玉叶出现在御厨，说西王打尖（四川方言，正式吃饭前，吃点东西垫一垫）的东西交由她送，态度很横。都知道玉叶是柳娘娘的亲信，也是内定的尚衣司（宫女之长），地位在宫里天天看涨，说不定哪天飙升个什么嫔、妃的，权就更大了。因此，没有人敢说个不字，都以为她是想借机去巴结西王，就由着她去了。

玉叶手里托着一个红色髹漆托盘，盘中装了一大盘五香牛肉和一大壶酒，出御厨，沿着一条飘着落叶的花径而来，走得袅袅婷婷，水上漂似的，来到保和殿外。门外的禁卫军，都是西王的亲信，自然是认得玉叶的，当然不会阻拦，让她进了宫。

没有人注意到这天玉叶的神情。往日总是粉面含笑的她，今天却是铁青着脸，就像有人借了她的谷子还了她糠一样。门前两个狗似的小太监，不敢惹她，曲着身子，为她撩开最后一道门的珠帘，她轻步而进。

西王这时有些累了，半坐半躺在那把宽大的、镶金嵌玉的御椅上，对着窗户，一手捋着胡须，一手拿着一张贺仪看，看得笑眯眯的，根本没有注意到玉叶进来。

玉叶大起胆子，走上前去，将托在手中的红色髹漆托盘放在西王那张硕大的书案上。跪下，向西王请安，莺声燕语地恭请西王用膳打尖。而西王很可能为手上的那张贺仪中的花言巧语吸引，听而不闻，没有注意到她。

她这就提起一把明朝成窑鼓肚酒壶，往美人杯中斟酒，飘出来的酒香吸引了张献忠的注意力。张献忠不由吸了吸鼻子，放下手中的贺仪，坐起来，转过身来看见是她。玉叶，西王自然是认识的。

"啊，怎么是你？"西王似乎有点诧异，看了看她，伸手接过她送上的斟满美酒的美人杯，头一仰，咕的一声，一饮而尽。

"好酒！"西王将酒杯还给她时，打趣地说，"你不是娘娘的打心槌槌吗，一刻也不能离，你怎么会在这里？"

说时，又从她手上接过斟满的酒一饮而尽。也不用筷子，用手从盘子里抓卤牛肉吃。

酒过三杯，显得兴致高涨的西王，手往面前的一纸名册上拍了拍说:"知道了吧,你就要当尚衣司了。"

可是,奇怪,玉叶对这大喜事不仅不赶紧跪下谢恩,反而连酒也不给他斟了,低着头,垂着两手,秋风黑脸,就像受了天大委屈似的。

张献忠生气了,在案上猛拍一掌,"大胆,"他眼睛一凌,喝问,"你这是怎么回事?在我面前做脸做色的!"

玉叶猛地跪在西王面前,低头道:"玉叶有罪,玉叶失职,玉叶对不起大王!大王去绵竹视察期间,我没有看护好娘娘,以致出了大事。"说着,竟轻声啜泣起来。

张献忠惊讶不已,看了玉叶一会儿,咂了咂她话中意味,指着玉叶,猛然咆哮:"说!你说,出了什么大事?"

妒火中烧的玉叶,这就将娘娘如何与王尚书偷情,她如何躲在一边亲眼看着——细说,翻了个底朝天。只是没有交代她如何逼迫王志贤一节。

张献忠听完,暴跳如雷,拍桌大骂:"咦,好狗日的一对奸夫淫妇,竟敢给咱老子戴绿帽子!"

雷霆震怒的他,上前一步,当胸踢翻跪在面前的玉叶,疯子似的跑出去。他跑到保和外殿,提起撞钟钎杆,将挂在殿外梁轩上的一只金钟撞得惊乍乍乱响——这只金钟是宫中做报警用的。钟声惊得阖宫上下侍卫、宦官、宫女急匆匆奔来,见西王在那里暴跳如雷,怒发冲冠,样子很是可怕,又不知是何原因,纷纷下跪,恭请大王发旨。

张献忠霍地转过身来,用一双寒光闪闪的棕色眼睛,往阶下跪得满地的人群一扫,问:"玉叶呢?"

跪在前面的太监头子魏协回道:"回大王,玉叶不见,不知她是否请娘娘去了。"不明就里的他,以往遇到西王不知所以发脾气时,玉叶总是去请娘娘出来捡脚子,所以这样说。他万万没有想到,今天一场即将发生的大祸,主角之一就是大家平素尊崇的柳娘娘。

果真，柳娘娘闻讯赶来了。不知所以的她，来到张献忠面前，笑盈盈先向他道个万福，朱唇轻启："大王为何如此大动肝火？可能是成都天气太热，大王连日劳累。"

"成都天气远不如我们陕北，这个时节如此闷热……"她故意把话说得宕了开去。她知道，张献忠最爱听她念叨起他们的家乡陕北。以往遇到张献忠不顺心的时候，她只要这样插科打诨地一说，气氛立刻就缓解了，张献忠的恶劣情绪立刻就转移了，这招屡试不爽。然而，今天不同了，她话还未说完，当着众人，张献忠上前，抡圆胳膊猛往她脸上甩了一巴掌。

"啪！"只听惊天动地一声巨响，力道如此之重之狠，让跪了满地的下人们瞠目结舌。柳娘娘那张俊俏的粉脸上不仅当即留下五根血红的指印，而且被打得往后退了几个趔趄，止不住，跌跌绊绊摔倒在地。娘娘跪在地上，用一只手捂着脸，抬起头来，用一双秀美的眼睛，惊愕地看着暴跳如雷的张献忠。

"婊子，贱妇！"张献忠用手指着柳娘娘，跳着脚骂，"你说，你背着我同王志贤做的如何好事？"

她什么都明白了。但她什么也没说，只是挣了几下站起身来，用手梳理着被他打乱的一头乌发。见她当众默认，张献忠更是火起。他像是一头暴怒的豹子，冲上前去，伸手抓起她头上的乌丝，像是抓起一蓬茅草，将她拖进保和殿内殿，脚一蹬，门砰地关上了。

跪在地上的下人们面面相觑，不知该如何是好。魏协毕竟是宦官头子，在宫中久了，想是这样的事不是第一次见到。他最先镇定下来，从地上站起，像吆鸭子似的将手一挥，"去去去，"他喝道，"都去，该干什么就干什么，千万不要多嘴多舌。今天的事，哪个敢乱说一句，我割他的舌头。"于是，跪在地上的侍卫、太监、宫女们尽都散了。

魏协没有走，他也不能走。他上前，将身子、耳朵贴在保和殿两扇

167

关得紧紧的红门上，谛听着里面的动静。他向跟在身后的太监王宣招了招手，王宣蹑手蹑脚走了上去，附在他身边。

"不对！"魏协不无惊恐地小声对王宣说，"娘娘被大王拖进去后，只听一阵咚咚声，显然是大王拿拳头打娘娘。只听娘娘哎哟两声惨叫后，就再无声息。只怕要出大事，如何是好？"

王宣小声嘀咕："你问我，我问谁！"单薄的小身子筛糠似的抖个不止。

"魏协！"就在这时，里面西王一声呼唤，声音威严、冷峻、低沉。

"奴才在。"魏协和王宣赶紧在门外下跪。

"你去传王尚书到保和殿来见我。"

"奴才遵命。"魏协赶紧叩头，起身，颠颠去了。"王宣在吗？"里面西王又问。

"奴才在。"

"你去传我的令，宫中所有人等各就各位，不得随意四处窜。"

"奴才遵命。"门外王宣赶紧叩头，又起身，急急去了。

这是一天中最热的午时。这时，王尚书在位于红照壁的家中，他家离蜀宫很近。王志贤因为没有家室，故将父亲王应龙、兄弟王志青接来住在一起——他是个很重亲情的人。王应龙、王志青也都是张献忠麾下的将军。

从战争中走出来的将军似乎都没有午睡的习惯。午饭后，王志贤洗了个澡，换上宽松舒适的绸缎便衣在大厅，同父亲、弟弟一边摇风打扇纳凉，一边聊着即将来到的西王的登基大典。

魏太监见到王尚书，行了半跪礼，说是西王有要事，请尚书即刻进宫。

王志贤去隔壁更换朝服，跟着魏协出府上马去了。进到宫中，越走越觉不对。往日这个时分的后宫清风雅静,微风吹拂,花香扑鼻,荷叶田田,柳絮飘飘,一派温柔富贵的气息;今天,一进后宫就闻到了一股血腥气。在通向保和殿的路上两边,更是等距离排着衣甲鲜明的禁卫军,戒备森严。

来到保和殿,只见保和殿两扇大门紧闭。魏太监请王尚书稍等,他去禀明大王。以往从来没有这样的事,让王志贤又是一惊一愣。只见魏协弓起腰,颠颠上了九级汉白玉台阶,来到宫前,跪在门外禀报:"禀大王,王尚书到。"

"让他进来!"很凶狠的一声。魏协伸出手去,推开一扇门。

王志贤跨进门去,眼前的情景很是恐怖。张献忠横坐在当中一把硕大的圈椅上,他那把须臾不离的宽叶宝刀,摆放在前面的一张玉石镶面小圆桌上,抽了一截刀出来,闪透着寒气。张献忠狠狠地看着他,气得脸青面黑,直喘粗气。地上更是一片狼藉,打烂的杯盘、烛台到处都是。更可怕也更是让他感到心疼的是,宫中所有人都尊崇的柳娘娘,被张献忠打得已不能站起,披头散发地倚坐在旁边的一根红柱前。看不清她的面容,她的脸被从头上垂下来的长长的黑色瀑布般的头发完全遮住了。在她面前花岗石地面上,洒着几点玫瑰似的血迹,其状很惨。

而玉叶,则低头长跪在那里。王志贤心中清楚,东窗事发了。他既不说话、不解释,也不跪,就那样直拗拗地站在张献忠面前。

"好你个小子!"张献忠终于发作了,指着王志贤大骂,"我待你亲如兄弟,你却给我头上戴绿帽子。不仅如此,你还想要杀我的头以谢天下,恢复残明?你该当何说?"

本来,王志贤心中有愧,但听张献忠如此说大惊。他知道,这是玉叶诬陷他的。有言,最毒不过妇人心,怎么这个还是黄花闺女的玉叶这么狠,如此栽赃诬陷,想置他和柳玉于死地?!

王志贤气极了,掉过头,看着长跪在地上的玉叶质问:"你这小骚货，怎敢如此胡说？我什么时候对你说了要杀大王以谢天下，扶正朱明？如其那样，我全家何必跟着大王出来打天下？如果这样，还能等到今天吗？你这小骚货连谎也不会扯！"说着，将事情由来给张献忠说了个大概。

"此事，不怪王尚书！"在地上倚靠红柱、披头散发，被打得遍体鳞伤的柳娘娘敢做敢当，她将事情往自己身上揽，"是我逼着王尚书所为。"这就将她如何设计诱逼王志贤抖了个底朝天。最后竟说："我愧对大王对我的恩宠，情愿万死以谢大王。然王尚书无罪，恳请大王治罪就治我一人。"

殊不知她这样一说，反而把事情弄得更糟糕了，无异于火上浇油。本来，如果他们策略一些，王志贤向张献忠认个错，即使不认错，不要那么桀骜不驯，张献忠或许也就轻描淡写地应个景，骂骂算了。更不该的是，这时她说出这样一番话，原是为了保护王志贤，却极大地伤害了张献忠的自尊心。张献忠不由怒火攻心，忍无可忍，霍地站起身来，唰地抽出宝刀，顺手往柳娘娘腹部一挥。

"哎呀！"柳娘娘一声惨叫，顿时衣破肠流，鲜血溢出。她双手抱腹，痛得在地上打了两个滚，将身子蜷起，再无声息。

"拖出去！"张献忠一声怒喝。小心在外伺候，随时准备听从吩咐的太监头子魏协赶紧带了几个小太监进来，战战兢兢，将柳娘娘抬出保和殿，放到隔壁一间床上……

"你怎么说？"张献忠一下将刀拍在王志贤颈项上。

"大王明日就要登基。"王志贤很冷静，"不要在此杀我，以免污了宫寝，要杀就到后面草坪上去杀。"

"好小子！不愧是跟着我从刀光血雨中滚过来的。"张献忠喜欢王志贤这种敢做敢当的性格，将刀入鞘，坐回去，一番话说得很真诚很坦白，"其实，事情做了也就做了。这婆娘是在青楼上滚过的、生性风流，做出这等丑事，是她勾引你，这，我明白得很。"说着，觑起眼睛，看了看长跪在地上，浑身战栗的玉叶，脸上浮起一丝狞笑。

"这地上还有一个黄花闺女喜欢你呢，人家因怨生恨。"张献忠心知肚明，话说得酸溜溜的，"你长得好，人也好，性情温和，又能干，是女人都喜欢你，这是情理中事。在我看来，你样样都好，只有一样不好，就是——那两个发情的卵子容易惹事！大西开国在即，你的事情还多，又时常来后宫走动，难免以后还有咱老张照顾不到，春心萌动的嫔妃来勾引你。我看，还是将你胯下那个不听话的东西割去算了！"

"不！"王志贤听到这话惊骇万分，睁大一双惊恐的眼睛，手忙摇，"圣人有言，'身体发肤受之父母，不可毁损'，我宁愿一死，不愿受宫刑。"

"横竖你是个守义男子，既不再讨女人，也不要后人，那东西留下有害无益，这由不得你！"张献忠说时，大吼一声，"拉下去！"侍立宫门外的几个禁卫军应声而入，不由分说，将王志贤绑了，拉去蚕室动刑。

"你咋说？"张献忠问长跪在他面前，浑身筛糠的玉叶。玉叶早吓得灵魂出窍，她万万没有想到结果会是这样的。

"玉叶错了，玉叶以后再也不敢了！"她一边告饶，一边将头在地上叩碰得山响。

"你用人家王志贤丢下的双鱼玉佩逼着人家同你睡，要人家日你，人家不肯，看不起你，你就这样气大吗？竟然编造王志贤想杀我的头以谢天下，扶助残明？这话我能信吗？咱老子又不是三岁小孩子，王志贤我还不了解吗？你这小骚货，也太歹毒、太狠、太坏了！"张献忠越说越气，"你这样的害人精，宫里留不得，世间也留不得！"

说着站起身来，抽出宝刀，抡起用力一挥，白光一闪间，锋利的刀刃从玉叶的左肩进，右腹出。玉叶连哼也来不及哼一声，身子一抖，宝

171

刀已将她劈成了两截,散瘫在地,血流满屋。

当身上溅满血迹的张献忠昂首挺胸,气哼哼步出保和殿时,跪在门前的太监魏协等就像见了凶神,赶紧叩头。

之后,魏协带着一帮太监进去,换的换地毯,擦的擦血迹。张献忠在登基前一天上演的这一幕,为他的登基蒙上了一层浓厚的阴影,也预示着大西国以后步履维艰、命运坎坷凶险。

第十五章　寡人有疾，汪兆麟乘虚而上

王志贤、柳娘娘，尤其是王志贤，在汪兆麟眼中，像是架构大西的巨梁，又像是他面前的拦路虎，倏然间双双轰然倒下，汪兆麟私心窃喜。从此大权在握，朝中再无对手，让他名为尚书，实为大权在握的宰相。

他理所当然地接过西王的登基大典操办权。

汪兆麟对成都进行特务统治，规定：家家户户白天晚上都要敞开大门，随时接受西军上门检查、监督、盘问。家中神龛上供奉的菩萨撤下，换上西王画像；摆上"大西皇帝万岁"字样的牌子，燃香摆烛供奉……他名为西王树威，实际是树自己之威。

西王登基的这一天——清顺治元年（1644年）十一月十六日一早，成都全城每家每户最少出一人，汇总起来数万人，赶羊似的被赶到崇楼丽阁的蜀王府前那足可容纳几万人集会的皇城坝上圈了起来。四周有西军严格守卫。圈在其中数万男女老少，都是天不亮起床洗浴换衣。入场后，又不得吃东西，水也不能喝。西皇登基整个过程要多少时间，很难确定。总之，进去就得老老实实、规规矩矩，听说听教，如提线木偶。直到西皇登基完毕，皇城墙上号炮响过三声，西皇退下，圈在场中的数万黎民百姓，齐齐山呼万岁，向西皇跪拜完毕才算完事。

不用说，圈在场中的数万百姓苦不堪言，哪有一点喜庆？！他们都仰起头来，眼巴巴地盼望西王尽快出现在轩敞华丽的城楼上，快些完成他的登基大典。他们来时，天还未亮明。现在，清亮的晨光如水泼洒在

广场上。红柱黄瓦、檐角飞翘、张灯结彩的城楼上，背衬着越渐明亮的天空，有鸽群掠过。鸽哨呜呜呜响，这些精灵的翅膀浮光耀金，像一群神雀——这是这个早晨最欢快亮丽的插曲，与广场上的沉闷愁苦，笼罩其间的肃穆，还有一丝说不清道不明的恐怖、不祥形成鲜明对比。

天终于大亮。

按照规定的时间，驴头马面、鹰鼻鹞眼的汪兆麟，还有东平王孙可旺率身着朝服的文武百官来到保和殿，恭请西王登基。

可惜碰了一鼻子灰。这天西王的心情不好，完全不按规矩办事。他走来走去，嘟嘟囔囔，发脾气，甩东西。柳娘娘不在，没有人能去劝得了、哄得了他。也没有人敢去劝他，就拿给皇帝穿新衣一项来说，很简单一件事，都是万难。

魏太监跪在西王面前，手中拿着象征皇权的一件明黄蜀绣龙袍请他穿上。可他就是不穿，看文武百官跪在面前，总算勉强穿上了，可又嫌这嫌那。好容易东拉西扯穿上，他却硬要带上他那把须臾不离的宝刀登基。哪有这样的登基？但他坚持，也只能如此了，如果再劝，说不定会惹毛了他，大怒之下，提起那把宝刀砍人都有可能。

跪在地上的魏太监恭请西王登基。

汪兆麟跪在地上，对西王拱着手，鼓动如簧之舌，不无夸张地说，全城百万军民，早候皇城坝上，争相瞻仰陛下仪容。盼陛下登基，如干枯的禾苗盼云霓盼甘霖。时辰已到，时辰正好……

西王这才去了。

欢乐的乐曲声中，两排衣甲鲜明的禁卫军在前开路，大太监魏协带一群太监紧随其后。一身皇帝新装的张献忠头上罩一柄象征皇权的皂黄大伞。两个身材高挑、云髻高挽、面容秀丽的宫女在他身后掌伞。汪兆麟、严锡命、孙可旺等文武百官紧随其后，上了城楼。

苦等多时的数万百姓终于盼来了这一刻，无不精神一振，抬起头来看去。雕栏玉砌的城楼上，想来那头戴皇冠，身着皇袍，大摇大摆而来，端坐于金碧辉煌的御椅上，头罩一柄皂黄大伞的就是张献忠了，左右两边站列文武百官。

三声号炮之后，只听四面有人发喊："静场！"随即，城楼上闪出看不清面容的汪兆麟。身着宽袍大袖的他，手捧明黄册子，用那安徽口音挑声夭夭、一字一顿道："十一月十六日，西皇张献忠登基，建大西国，建元大顺。改成都为西京。"然后，率文武百官，对张献忠行三跪九拜礼。山呼吾皇万岁、万万岁！

按照预先的演习程序，台下场上数万圈在其间的老百姓，道具般跟着跪下，将上面的程式再演一遍。高呼吾皇万岁、万万岁！声音洪大。

整个登基大典，形式大过内容，时间不长，过程却很折磨人。张献忠在百官簇拥下走下仪楼，场上苦不堪言的数万百姓终于得到解放时，有些人都饿昏了。

如果按照汪兆麟制定的繁文缛节，西皇下来后，还要到保和殿接受大臣们朝拜，还有好多过程。然而，情绪不高的张献忠一下来，就躲回寝宫，谁也不见。接下来的仪式就免了。

然而张献忠喜怒无常，新皇并没有宣布解散，因此所有的人都不敢走。

终于，过午后，太监魏协出现在大家面前，将手中那柄象征大太监身份的雪白麈尾一拂一扬，用尖细的声音宣布："西皇叫大家散了。东平王请留下。"

汪兆麟临走时，瞪了东平王孙可旺一眼，鹰眼中流露出明显的不甘、不满、嫉妒。他知道，很说得起话的孙可旺与王志贤、柳娘娘是一伙的，他怕东平王对他有所不利。

东平王孙可旺进了父皇的寝宫。情况在意料之中，也在意料之外。寝宫里明灯灿灿，布置一新，暗香缭绕。但因缺了柳娘娘，显出一种冷清空旷。父皇在屋子里焦躁地走来走去,一地都是他扔的东西,纸张、表册狼藉一地。孙可旺当然知道这是什么原因。

"儿臣拜见父皇!"孙可旺在张献忠面前跪下,行叩拜大礼。

张献忠闻声止步,霍然转身,抖着手中的一张表报,不知所以地喝问:"王志贤、大脚不在才几天,我几十万西军的钱粮支出就一塌糊涂,如此如何是好,怎么得了!"

孙可旺一听,心中不由暗喜。暗想,父皇如此问我,一是没有把我当外人。二是父皇还是心中有数,知道钱粮大事最为紧要,并没有把这些事全部甩给汪兆麟不管不问。三是知道他与王志贤、柳娘娘要好,父皇想找个台阶下。父皇还想让王志贤、柳娘娘出山?

他立即应道,也是借此强调:"父皇!"他说,"军中钱粮一项极为烦琐,极为重要。这一直是王尚书为主、柳娘娘协助办理的,一直办理得井井有条。只有他们才办得好,也只有他们才有这个能力,无人能及,父皇也放心。现在他们一搁,马上就乱套了。依儿臣看,得请他们回来办理。"

"唉!"张献忠长长地叹了口气,有明显的悔意,颓丧地坐了下来。他招招手,让孙可旺坐。然后问孙可旺,"你去看过王尚书和柳娘娘吗?"语气中流露出明显的关切。

"看过。"东平王说,"王尚书术后敷了药,在府中休养,已无痛苦。只是,只是……"欲言又止。

"只是什么?"张献忠显得有点急。

"大概父皇还不知道吧,娘娘已经仙去。"

"什么,她死了?"张献忠一惊,跳了起来,神情十分痛苦后悔。

孙可旺无言地点了点头。

"那你还在这里坐着干什么?!"张献忠将脚一跺,直催,"还不赶快去,唤老神仙救她!赶快去把老神仙给我带来。"张献忠显得非常着急。

"老神仙"真名陈树丹，原是中原一医生世家子弟。明末战乱年间，他先是被李自成部裹胁从军，后来辗转到了张献忠部。在长期酷烈的战争中，一半因他天资聪颖，一半是家传，还有条件逼迫，让他练出了一手精湛的医术，尤其是练出了一手冷兵器战时最需要、最急迫的绝佳外科手术。很多濒临死亡的西军将士很重的枪伤、刀伤、箭伤，好些都是经他治好，起死回生的。刮骨祛毒、开肚补肠……其多项医术之奇、之精、之妙，让人匪夷所思，真是华佗转世，扁鹊再生。又上点年纪，因而被称为"老神仙"。

孙可旺盼的就是这句。马上应道："孩儿这就去。"他拜别父皇，赶紧去了。

很快，东平王孙可旺将老神仙带了来。这是一个身材瘦小，面目清癯，目光锐利，鹤发童颜的老人。看不出他的确切年龄。只见他窄衣箭袖，外罩一件白色镶边宽松外套，衣袂飘飘，行动利索，腰上挽一个装药的大葫芦。战时，腰上佩一把剑。侠士、医生的特征，在他身上兼而有之。

老神仙给西皇行了大礼。

"起来。"张献忠把手一挥，直截了当地问，"人被割掉了两个卵子，你还能不能替他接上？"

"这要看割掉了多久。"老神仙回答得字斟句酌、小心翼翼，"若未过半天，可以接合。再多一个时辰，就是两块死肉，接不上了，就是接上也无用。"

"晚了。"张献忠听了叹了一口气，又问，"人被杀死了，还能治活吗？"

"那也得看被杀死了多久、伤在何处。"

其实，这些，老神仙已然心中有数，孙可旺都告诉他了。他是装糊涂。

177

张献忠很懊悔地说:"我昨天午后,一怒之下杀了个女人,现在想起不该。你能救得活她吗?"

老神仙用手掐掐时间,说:"已过了十二个时辰,可能不行了,悬!"

一脸戚戚然的张献忠后悔得什么似的,他唤过候在一边影子似的太监魏协,要他将柳娘娘的状况给老神仙再详细讲讲。

"娘娘是昨天晚间才断气的。"魏协屈身弓腰,说得小心翼翼而又相当详尽。

"这样说来,"张献忠突然一喜,两眼放光,又站起来看定老神仙,"还没有过十二个时辰嘛。"说时松了口气,看定老神仙刀切斧砍地命令,"既然还没有过你规定的十二个时辰,那么,这个女人,你老神仙无论如何要想方设法给我救活。不然,我就杀你!"

说时,脸上陡然间带了杀气。

老神仙略微沉吟,对魏太监说:"那你先带我过去看看。"

张献忠对东平王孙可旺说:"走,我们也一起过去看。"

唬得太监魏协连忙跪下阻止:"娘娘的面容恐不雅观,东平王过去就行了,皇上就不要去了吧?"

"老子是死人堆里爬出来的!"张献忠很不以为然,"死人有什么可怕的!少废话,带老子过去。"

进了隔壁停放娘娘处——这是间长方形的偏房,简洁得如同水洗,中间摆有一间红漆雕花大床,垂着蚊帐。魏协大起胆子走上前去,轻轻揭开蚊帐,掀开盖在柳娘娘身上的被子。赫然在目的娘娘好不凄惨。她似乎死前忍受着剧烈的疼痛,牙关咬紧,双眼圆睁,紧蹙柳眉,早已无声无息。一段肠子暴出肚外已经干了,幸好是十一月的天气,尸体还未腐臭。

老神仙见状,扑通一声跪在张献忠面前,"陛下!"他说,"娘娘这个样子，且已去多时。我只有尽力去医，医得活，是陛下洪福齐天，娘娘命大福大，医不活，求万岁爷缓些杀我，容我带出些个徒弟。"

"这个自然。"张献忠答应了，转身吩咐魏协，"我同东平王先过寝宫去等候，免得在这里挡手挡脚。你带两人在这里陪老神仙，小心侍候。老神仙有什么要求，一应照办。我随时等着你来报。"

于是，老神仙、魏太监向大西皇帝请了跪安，张献忠带着孙可旺走了。

不意等了一夜，那边一直无消息。张献忠、孙可旺在隔壁寝宫里寝食难安，等了一夜，熬了一夜。第二天一早，魏太监赶来报告时，只见寝宫中窗帘低垂，朦胧的光照中，张献忠坐在那把宽大舒适的圈椅上睡着了。孙可旺坐在对面的一把典型的明式长方形硬木椅上，一头倒在旁边的茶几上也睡着了。都睡得很沉。看来，昨夜，孙可旺陪着父皇谈了一夜的话，最后两人都筋疲力尽，不知不觉睡了过去。

烛台上的那只拳头大的大红蜡烛，不知是换的第几根。挑在栀子形铜烛台上的大红蜡烛，只剩最后一截。烛光幽微。残烛上迅速流下的烛液，如同流的泪。张献忠这样的铁石心肠，能这样心疼人，可谓破天荒地。

"陛下——陛下——"跪在睡着了的张献忠面前的魏太监不敢报，但又怕吵醒皇上，相当为难。只能这样轻声呼唤。也许张献忠一直就没有睡踏实，也许正在做一个噩梦，从噩梦中惊醒。陡然见到跪在面前的魏太监，开口就问："娘娘的情况怎么样了？"

"托陛下洪福！"魏太监连连叩头，急急禀报，"老神仙终于将柳娘娘救活了。"

"呀！是吗？"张献忠大喜，孙可旺也醒了。张献忠一把扯起跪在地上的魏太监，"快，快带我们过去看。"果然是，柳娘娘活过来了。

真可谓一家欢喜一家愁。

179

汪兆麟夜来失眠。他之所以一夜失眠，是昨天张献忠的态度。过后张献忠只留下孙可旺，看来，他汪兆麟无论如何机关算尽，百般巴结张献忠，还是不如孙可旺得张献忠信任。

他得知，张献忠对他一怒之下用武辣手段处理王志贤和柳玉很是懊悔，叫来老神仙去抢救、医治。但不知这两人经抢救、医治最后结果如何。如果这两人活过来了，缓过气来了，重新得到张献忠的信任、重任，会对自己有什么威胁？

他思想上很惊恐地闪出一个画面：张献忠就像一尊可以决定他汪兆麟命运，决定王志贤命运，决定若干人命运，决定大西国命运的凶神，很霸道地、威风八面地坐在中间。他和王志贤及王志贤后面一帮人从两边把张献忠往不同的方向拉，都在争取他。本来，他是争不过王志贤的，然而王志贤犯了傻：一是自动不当权，放权；二是把张献忠的女人搞了，让张献忠冲冠一怒。哗啦啦一声，让王志贤和他后面的人都倒了下去。第一个回合，他赢了。

转而一想，自己的担心是多余的。纵然老神仙能将王、柳治好，抢活，但碗打烂了，镶好了都有一个疤。张献忠绝对不可能像过去一样，信任王、柳。再说，张献忠半人半鬼、变化多端，身上的鬼性多于人性，只要自己掌握、拿捏、引导好张献忠的鬼性，必胜无疑。

那么，张献忠最大的软肋、最大的鬼性是什么呢？脑海中一闪，是女性。张献忠最好女色。想到这里，下一步如何来，他已然开窍，不禁兴奋起来。

张献忠之所以过去那么喜欢柳玉柳娘娘，除了她的漂亮、风韵、精于房中术外，还有个少有人知的奥妙，那这就是张献忠喜欢听北方口音。他曾经不止一次公开私下说过："人说江南出美女，是，可她们那口江南话，实在难听。咱老张就爱听北方女人的话，听北方女人的口音。"张献忠这些天之所以如此乖戾，是没有女人，阴阳失调所致。得赶快给他找个合心、合适的女人去填补。

想到这里,他思想上电光石火般闪现出一个女人美丽的倩影,肯定张献忠喜欢这样的女人。想到这里,他无声地枭笑起来。

这个早晨,大西皇帝张献忠无精打采地上朝,然后宣布散朝,不过做个样子。百官走后,只见汪兆麟候在殿下,一副巴巴的样子,似有所告。

"有事吗?"张献忠漫问一句。

汪兆麟轻步上前,鬼里鬼气地看看四周,然后小声小气地说,"臣一直在为陛下选美,从中再选出皇后……"他发现,张献忠听他如此一说,果然来了精神。汪兆麟继续禀报,"我为陛下挑选了第一批美女,就在隔壁,是否宣她们来看看?"

"好呀!"本来马上要走的张献忠不走了。

汪兆麟这就轻轻击了一下掌。太监王宣闪出,将通往后殿的一道门上的珠帘挑开,从中出来一群袅袅婷婷的美女。张献忠眼睛一亮,细细挨个儿看去。

个个年轻漂亮,大都年方二八。有的如带露梨花,有的粉面含春……全都是明眸皓齿、衣袂飘飘、仪态万方,燕瘦环肥,各有千秋。汪兆麟指挥她们对高坐其上的西皇九拜礼毕,在西皇面前站成一排等候西皇帝挑选垂青,她们含羞带笑低着头,含羞草似的。

"好好好!"张献忠连连点头,喜不自禁,走了下来,挨个审视后,对汪兆麟说,"都还不错。但要成为娘娘,可能不行!"

"是是是。"汪兆麟连连点头,"我会继续挑选,一直挑选出陛下满意的为止。蜀中是个出美人的地方,比如杨贵妃、武则天……"

"我不要武则天,要杨贵妃。"这就表明了张献忠选美的标准。这一次,张献忠在这七八个美女中挑选中了两个,都是个子比较高,比较丰腴。

181

张献忠这些天缓过气来了，阴阳调和了，柳娘娘也抢救回来了。只是王志贤被割了的两个卵子，老神仙回天无力，没办法再弄回来了。不过，这个事不大。王志贤没有卵子也好，并不影响他的其他。

这天，张献忠把孙可旺找来，他说："小猴狲的伤已好得差不多了。这些天，你代朕多去看看他，该带什么东西，尽管带。

"志贤他不愿入阁拜相，我也不好太勉强他，我封他为新都王，他是答应的。金印也已镌刻好，你带去给他。"

想想又补充，"他这新都王，是什么都可以管的。两个丞相也可以管。你把我这话带给他。"意思是显而易见的，他还想要王志贤出来管事。

孙可旺当即领命而去，带回的消息却让张献忠沮丧。孙可旺说："带去的新都王金印，王志贤不收，原封不动退了回来。王尚书说：'非我敢与西王斗气。西王未曾杀我，情极可感。实在因我是刑余之人，不能厕身于公卿之间。若一定要我不时入阁办公，志贤随时听命就是了。而官，断不能做，印，断不能受。恳请万岁爷赐我芒鞋、锡杖。'"

"芒鞋、锡杖？"张献忠一惊，意识到了什么，问，"这小猴狲要干什么？"语气还是亲切的。

"他恳请万岁爷让他去大慈寺出家。"

"啊？"张献忠怔了一下，"大脚呢，她不会也要出家吧？"

孙可旺说："柳娘娘恢复很快，可以下地走了。但她简直变了一个人，面如死灰，人如枯木。皇上圣明，娘娘果然是如此说，说她已没有能力再为皇上管理军中文书钱粮一摊事，恳请万岁准她去成都西郊的一仙庵出家为尼。"

张献忠叹了口气，望着虚空，默了默，哑声道："事到如此，那就由了他们吧。所有事宜，由你来办。王志贤不要王爵，他既出家大慈寺，那就封他为护国寺大禅师。"说时感叹，"小猴狲跟我多年，出生入死，劳苦功高。可旺，你负责将大慈寺烧了的部分都修好给他。"

"另外，改大慈寺为护国寺。"

想了想又说："大西离不了他。军中钱粮文书重要无比，你代我对他说，以后接手人这方面不懂的，拿不稳的，都送到寺中由他核办，看他意思如何。"

后来孙可旺回话，王志贤完全答应。

这天午后，一直在为张献忠四处寻美的汪兆麟给张献忠带去一个二十多岁，身着红袍，挽翠髻，长相漂亮，很像一位贵族的少妇。他知道，张献忠从某种意义上还更喜欢这样有性经验的少妇。

张献忠问汪兆麟："这挺有范儿的少妇是谁？"汪兆麟说是太平郡主。

张献忠有些生气，质问汪兆麟："你怎么不会办事？太平郡主不就是那个脾气很执拗的太平王——蜀王的儿子朱世㰾——的婆娘、遗孀吗？当初，老子进宫时，好心好意对朱至澍留下的李丽华等四妃，要她们跟着老子，她们却给咱老子演了一出武打戏。未必你带这个什么郡主来，是让她来再演一场谋杀本王的武打戏吗？"

"断断不会。"汪兆麟扑地跪在张献忠面前保证，"请陛下放心。如果她有一点不如陛下之意处，臣愿肝脑涂地。"

看汪兆麟说得信誓旦旦，张献忠信了。他一手捋着大胡子，一边眯起眼睛，细细打量眼前这个美貌无双的风韵少妇。从上看到下，风韵从上往下流；从下看到上，风流从下往上梭。

张献忠心动了，手一招，要汪兆麟站起来回话。他问汪兆麟："她有什么过人之处？"

"她是京师人。说口干脆利索的北方话，说话特别好听。""嗬！"

张献忠果然高兴，就说，"那就让她说几句来听听，咱老张就喜欢听北方话。"

"郡主，你就给大西皇帝说说你的家世吧。"汪兆麟怂恿。

张献忠开恩，招了招手，要太平郡主坐下说，坐在他面前说。

"妾祖籍四川井研。"这太平郡主也不忸怩，自报家门。她果然说一口好听的北方话。说她是现任大西京兆尹胡显的妹妹，出身大家。前明首辅陈演是她姑父。其父胡世瑞，前明贡生，曾任京师三河县令。她生于三河，长于京师。年前，陈演见天下大乱，局面已不可收拾，即让胡世瑞辞去官职，带一家老小回四川，其中就有陈演最小的女儿，叫九妹的。九妹是陈演最爱的女儿，陈演专门嘱咐大家要好生爱护的。

他们一行路经成都时，因为陈演关系，蜀王请他们去王府做客，蜀王之子平栎看上了她，她就成了平栎的妻子，不过时间很短。她专门强调了这点。她看上去，仪态娴雅娇羞，似带幽怨。

"你站起来看看。"张献忠要太平郡主站起来，她站了起来，足有一米六几，除相貌漂亮、说话好听外，相当丰韵，看得出，张献忠满意。

"孩子，看来你也是一个苦命人。"让太平郡主坐下后，张献忠眯起眼睛，很有兴趣地打量着太平郡主，问，"胡世瑞现在井研隐居吗？"未等太平郡主回应，他就掉头吩咐汪兆麟："大西现在很缺人才，可以让胡世瑞出来担任一个官职。"

汪兆麟看出来张献忠对太平郡主感兴趣，这是爱屋及乌。立刻恭敬地答道："胡世瑞回到老家不久就病逝了。他们胡、陈两家都出美女，在当地很有名。"这留尾声又有名堂了。

"哟，是吗？"张献忠摸了摸胡子，听得出弦外之音，果然感兴趣。

汪兆麟这就如数家珍地说起来："陈演送回井研老家的小女小九妹

更是天姿国色。"张献忠很有兴趣地问了问陈小九妹的身高、体重、容貌方方面面的问题。一副打破砂锅问到底的样子。汪兆麟当然领会。他佝偻着腰上前，附在张献忠耳边轻声一句："时间不早了，陛下要不就先将太平郡主留下？陈小九妹，容臣近日再来下功夫。"

看张献忠眯起眼睛，点了点头，汪兆麟这就喊："魏协！"

"奴才在。"魏协颠颠上来。

"送皇上和太平郡主回后宫安寝，小心服侍。"

"是。"魏协这就哈着腰上前，替皇上挑起珠帘，请皇上过去隔壁。

张献忠这就下来把太平郡主的手一牵，大步朝里走去。

接下来，为讨张献忠欢心，汪兆麟按部就班，环环紧扣，就像老鹰捉小鸡似的，将躲到老家井研天姿国色的小九妹弄了出来，做了张献忠的皇后，让张献忠这条老牛，尽情地、慢慢享用青翠鲜润的嫩草。

为示隆重，为讨好张献忠，当陈九妹被声势浩大的队伍一路吹吹打打、极尽张扬地从井研送到成都时，汪兆麟亲自出南门迎接。最先迎接陈九妹的是一座平地而起的天桥——汪兆麟不惜人力物力，在出城五里外，架起这座彩桥，高十数丈，一直穿过九里三分的成都城，绵亘直达皇宫，耗资之巨，可以想象。

桥上，左右五彩栏槛，上结锦棚，络以明珠，悬水晶灯笼，迷离夺目。白天黑夜，星辰般闪烁，如同一道穿城的彩虹，华贵至极。

明朝最后时期的首辅陈演，当他在京师临难时，也许想，老夫虽去，但总算把最爱的幺女九儿送回了四川井研老家。殊不知，她女儿是刚刚脱逃虎口，又不幸落入狼嘴。

第十六章　是耶非耶，年轻皇后眼中的大西皇帝

清晨。

身姿颀长、体态曼妙，非常年轻的陈皇后，端坐在寝宫中一个具有明显明朝宫廷特色，一尺多高，简便的鼓肚形蓝花瓷凳上对镜梳妆。她身着一袭宽松雪白的蜀绣睡衣，脚穿金线走边绣花鞋，轻拢乌黑云鬓，更显脸儿白白、眉眼清俊。然而，她的动作慢条斯理、显出慵懒，这与她十九岁的年龄完全不相称。她应该是站起来亭亭玉立，很有精神，动作起来飘若惊鸿的。她这会儿明显地走神，不在状态。与其说她在梳妆，不如说在履行义务。

说不清现在是上午几点几时，屋里西洋进口自鸣钟是按时敲点的。不过，她不关心，时间有的是，如同长流水。现在，大概是上午九时吧。她显得无精打采、神容黯淡，就像没有睡够似的。

梳妆台之前，有一排延展开去的玻璃窗。玻璃窗上悬的明黄色窗帘，已经卷浪似的朝两边卷了起来。窗户正对着波光浩渺的蓉湖，湖上，那道伸进湖面纵深的回廊，蜿蜒曲折，就像落进湖中的一道彩虹。湖边依依垂柳、假山，清新的空气和着鸟鸣花香漫卷而入，在铺有绣花波斯地毯，显得厚重、华贵的屋子里充溢游移。

这本是新的一天，富有朝气的一天。

然而，对她，今天是昨天的翻版。流逝的岁月，如一摊死水。表面看来她好像心静如水，实则，思想上却在倒海翻江。

兀立于典雅华贵梳妆台上，正对她的是面西洋镜，蛋圆形，高约两

尺，她的半个身子映在镜面中。

镜中的陈皇后，容貌绝美，衣服华丽，肤如凝脂，十指修长，却像凝固了似的。她不知坐了多久，这才像醒过来了，一手端起粉盒，一手拈起粉饼，用粉饼在粉盒中蘸了蘸粉，身子往前探了探，睁大一双美目看着自己，迟迟疑疑地用粉饼在自己那张根本不需要扑粉，光洁光滑得如同煮熟了的刚刚剥去蛋壳的鸡蛋似的白嫩的脸上扑了扑粉，抿了抿根本不需要打口红就鲜嫩鲜红得樱桃似的嘴唇。她睁大一双明亮的大眼睛看定自己，就像不认识自己似的。一副秀眉的眉梢微微挑起。镜子中的自己，有明显的幽怨。

她的手僵在那里。她想起了"士为知己者死，女为悦己者容"。这句。她在心中问自己，你呢？你在为谁容？为大西皇帝张献忠吗？很不以为然地摇了摇头。一时，她心驰神往，思绪走得很远。

大西皇帝张献忠在时，她感到压抑，感到不适应、不舒服。不在时，她如释重负。张献忠自登基做皇帝以来，很少待在宫中。时局紧张，张献忠忙得像一颗被抽打得团团转的陀螺。大西国，实际上也就是全川，很不安宁。战火频仍，四方点火，八方冒烟。

她知道，张献忠时时感到威胁。威胁来自这样几个方面：他现在有根想啃却啃不动的硬骨头，一是据川东石柱一线的秦良玉，二是据嘉定地区的杨展。秦良玉是明末崇祯皇帝眼中绝无仅有的巾帼英雄。她训练出来的上万人的白杆兵（当时所谓的枪，就是长矛，逗铁矛的杆，一律用当地产的白木棍）以一当十，天下无敌。紧急时刻，崇祯多次调秦良玉率白杆兵北上救驾。张献忠不止一次领教过秦良玉和她那支白杆兵的厉害，不敢轻易去碰。而现据嘉定的杨展，是明朝参将、骁将，作为嘉定人的杨展，利用嘉定特殊的地缘优势、好山好水和人民对张献忠的失望、义愤，很快成势。现在的杨展兵强马壮，离成都又近，是张献忠的眼中钉，肉中刺急欲拔除。张献忠曾派过一支相当的人马去攻打嘉定，却是偷鸡不成蚀了米，惨败。因此，不是逼不得已，张献忠不敢轻易去招惹那厮。川东秦良玉就更不用说了。

除此，大西国共一十三府、六直隶州，下辖一百二十六县。一百多个县市，十处有九处不稳。抗丁抗粮抗捐抗官，几成燎原之势。好些县，汪兆麟派去的县官，去一个杀一个。有个县，在一个多月内，杀了十多个大西派去的县官。

还有外部威胁。福王在南京建立了残明政权，不仅派人占领了川属的遵义地区，还对川内多个负隅顽抗的残明将领，比如老资格的秦良玉和新近崛起的嘉定的杨展、重庆的曾英等封官许愿、煽风点火，让他们的势力越来越大，气焰嚣张。李自成的残部有一部分也窜进了四川。李自成残部贺珍，最近拿下了汉中，打了东平王孙可旺一个措手不及。心高气傲、自以为是的孙可旺再去拿汉中就是拿不下来。最后还是张献忠亲自出马才拿回汉中。张献忠不得不经常去前线督查、督战，有时甚至亲自去前线指挥作战。

对张献忠威胁最大、让他寝食难安的是已经南下的清军。因消息闭塞不通，好些只能道听途说。听说被清军打得节节败退的李自成最后单人匹马落难到湖北武当山下的一个小村落，居然滑稽地死于一个当地叫九老爹的锄下。

情况不明是最可怕的。南下的清军，也就是向四川逼来的清军，究竟有多少人，实力有多强多大，到了哪里，这些，都一无所知。对此，张献忠格外害怕，格外担心。有时半夜梦中惊醒，伸手去抓放在枕边的刀，大声喊杀……她这个皇后生怕张献忠误杀了她。真是度日如年啊！

作为残明首辅陈演的小女儿，小名九儿的她，绝不是绣花枕头一包草。出身于官宦书香人家的她，本身聪慧，从小读书，加上年来急剧的家庭变故、父亲惨死、国家沦亡这些种种磨难，让她的心智加剧成熟，甚至还有了相当的应付能力，这些外表是看不出来的。

因此，她虽然当皇后的时间不长，很年轻，但她对大她许多、年岁上简直是她父亲的大西皇帝张献忠有一个清醒、清楚的认识，有一定程度上的把握。在她看来，张献忠就是恶煞星下凡。这个人迷信武力，嗜杀，好像一天不杀人，就过不下去、提不起精神，似鬼似人似疯子。

她明白，在张献忠眼中，她陈九儿不过是一件好看的衣服、一个好看的花瓶、一个好玩的玩具而已。而衣服、花瓶、玩具都是可以换的，也是可以打碎的，它也是可以换的，只是现在张献忠还没有找到更喜欢的女人而已。

在他们俩私下相处时，张献忠总爱眯起眼睛看她、欣赏她，笑眯眯的，用手摸着颔下那蓬大胡子，用浓郁的陕北话叫她"九儿""小妮子"，从不正规地叫她皇后，流溢着一种父爱。每当这时，她就知趣地、心领神会地、用京话脆生生地答应——哎！她知道，"小妮子"是陕北地区对小姑娘的昵称。

她发现，每当张献忠叫她"小妮子"，她用京话脆生生地答应哎时，张献忠都很享受，神情呈现出一种迷离，思绪也似乎走得很远。想来这恶煞星还未变成恶煞星之前，年轻时在家乡与哪个可爱的小妮子，也有过一段心醉神迷的真心爱恋吧？

她知道，张献忠是个服软不服硬的人，万万不能硬着来。不管再有理，如果硬着来，惹了他发脾气，暴跳起来，一刀劈了她都有可能。她应付得很好，从来没有惹西皇生过气。

她不知自己就这样坐了多长时间，反正觉得该进行下一步了，梳妆完毕。

"宛儿！"她轻唤一声。

"娘娘，我在！"随时不声不响候在一边的宛儿轻挪裙裾，水上漂似的来到她面前，弯腰施礼。宛儿是她小时，父亲从京师一户破落书香人家买来作为礼物送她的。宛儿小她两岁，年岁相仿；宛儿长相清秀、善解人意、性情温和，尽心尽意伺候她。因此，时间一长，她们名为主仆，情同姊妹。

她站起来对宛儿说："我们出去到蓉湖看看吧，不知为什么，我想起京师的北海了。"

蓉湖在蜀宫最后面，是根据江南杭州西湖样打造出来的人工湖。汪兆麟为讨好张献忠又着意培修、打造过。湖上有弯弯廊桥，湖边有依依垂柳，有假山重叠，有柳浪闻莺。好的是，蓉湖是活水。成都是个多水的城市，府河、南河穿城而过之时，这两条大河派生出多条小河。多条涓涓细流，如人身上的多条血管，汩汩流淌，将整个成都浇灌得清新、丰沛、滋润。蜀宫的蓉湖，虽然也是移步换景、锦绣天地，但比起京师的北海来，在气势上，在山水变化上，在建筑的华丽上当然又差多了。

沿湖走了一会儿，上廊桥坐了一会儿，太阳出来了，到处金晃晃的。陈皇后怕晒，也没有什么兴致，就说还是回去吧。

又回到寝宫。那只会说几句人话的羽毛五彩斑斓的红嘴鹦鹉，看她们走来，将腰一弓、头一伸，吐出一句奶声奶气的人话："丫头。倒茶！"让陈皇后莞尔一笑。她指着鹦鹉一只脚上拴着的黄金细链，若有所思地对宛儿说："这鹦鹉也可怜，被人训练成了这个样子，特别是它脚上挂着链子，走步就只能这样走。"她学着鹦鹉的样子，横着走了几步路，这就显出年轻了。

陈皇后又说："你看它脚下走步的这根金色细杠子，顶多就一尺多长，又不能飞，一飞链子就拉着它，多难受呀。"说时，仰头望着廊檐外高远的蓝天，很有感触地说，"你看今天天有多好！瓦蓝瓦蓝的。真个是天高地阔。"说着一笑，笑得有些惨然。"宛儿，"她说，"如果这鹦鹉换成你，解了脚链，你想飞吧？"宛儿点点头："想！"

"你想飞到哪里去？"

宛儿天真地说："我想飞回京师去。"旋即沉思着摇了摇头，"皇后都回不去了，宛儿更回不去。宛儿哪里都不去。宛儿这一生尽心尽力服侍皇后。"

陈九儿眼睛一红说："既然我们都回不去，那么我们就让这只鹦鹉代替我们完成心愿。我们把脚链给它解了，让它想飞到哪里就飞到哪里去吧。"

宛儿说："它可能不想飞了。就是把脚链给它解了，它也不想飞，也不会飞了。"

陈皇后惊讶地睁大一双美目，看着宛儿讶然地问："是吗？为什么？"

"因为它被关驯了。它有吃有喝，也就不愿意飞了，不愿意离开这里了。"

"我不信。"陈皇后说，"你去把它的脚链解了看看。"宛儿不动，笑微微地看着皇后。陈皇后理解她的意思，宛儿是担心放了鹦鹉，张献忠回来会怪罪她。

"没有关系！"陈皇后说，"你去放吧！这些事情我还做得了主。"宛儿上去解鹦鹉的黄金脚链时，它在黄金脚架上挪动两步，显出愤怒。鹦鹉不仅不让宛儿解它的脚链，而且还低下头，用它弯弯勾勾的嘴去啄宛儿的手。宛儿吓得后退了两步。

"嗨，还真是！为好不讨好，反而遭狗咬。好心无好报！"陈皇后说，"宛儿，那我们走。从此不管不理这个奴性十足、不知好歹的东西了。"

陈皇后由宛儿陪着，来到大西皇帝处理日常事务的书房。

这间相对背静、临一片荷花池的书房，在寝宫隔壁，属于寝宫的一部分。张献忠打进成都，进入蜀王府的当晚，李丽华等蜀王的四个美妃就在此丧命。现在一进来，敏感的陈皇后完全能想象得出在那个月黑风高夜，发生其间的血腥、可怕的一幕，不禁不寒而栗。

但是，她还是要来。一是享受特权，二是好奇。

这是她第一次正式进来。怀着探幽觅奇的心理，她进来就好奇地打量、观察这间与众不同的书房。在内心深处，她希望能更多了解、把握张献忠的些微。

进了这间白天也拉着窗帘，光线黯淡，显得有些阴森、神秘的长方形的屋子，她让宛儿去拉开窗帘。宛儿拉开黑色的窗帘，屋子马上就明亮了。

与其说是书房，不如说是张献忠的作战指挥室，明显保留着行军作战统战部的特征。张献忠就是这样，他的一切，都带有战争的痕迹。首先引起她注意的是面临荷池的一张硕大的书桌。书桌上有文房四宝，有一幅摊开来的张献忠写的字。张献忠的字写得很野，完全没有规矩，一个个字写得钢叉似的。张献忠写的是"王侯将相宁有种乎"。她知道，这是秦末农民起义中最早最有势力、独领风骚的陈胜、吴广起义中的首领陈胜的名言。她还知道，小时候只读过几年私塾，不好好读书，好打架，成了孩子王、打架王，打得不仅同窗都怕他、连周围四村八邻的孩子都怕他、服他的张献忠，这个魔头还是具有某方面特殊的天赋的。

桌上还有张献忠写的"天有万物与人，人无一物与天"，以下是七个挟风带雷的钢叉似的大字——"杀"。

看到这里，她的心不禁怦怦跳了起来，想到月前他写圣谕碑的情景——他写的是"天有万物与人，人无一物与天。鬼神明明，自思自量"。意思是很明白的。那天驴头马面、鹰鼻鹞眼的汪兆麟也在场。张献忠写一句，汪兆麟叫好一句。张献忠写完了，汪兆麟连起来解释。当时在场的，除了张献忠、汪兆麟，就是她，还有从旁服侍的魏太监和宛儿。汪兆麟把他们当成了他宣泄的听众。

"皇上写'天有万物与人'，"汪兆麟解释，"就是说，老天爷是很对得起普天下黎民百姓的。降之以田地，降之以甘霖，降之以所生所养的一切。接下来'人无一物与天'，这就是说，人性是可恶的，人最是忘恩负义，没有一样对得起上天。'鬼神明明，自思自量'，皇上的意思是警告、警示人，你们自觉点吧，你们的恶行，不要以为别人不知道，暗中鬼神明察秋毫，一一记录在案。如果不自觉，自有收拾你们的一天！"汪兆麟解释完了，张献忠搁笔，手拂颔下那蓬大胡子，眯起眼睛打量自己的所写，说："老汪解得好！"从内心上，她很想愤懑地给他们打回去，反驳他们，你们这明明就是在为自己寻找杀人的根据。你们不是人吗？你们作的恶比哪个人都多，首先当杀的就是你们自己。当然，她不会那样傻，暴露自己的真实想法。她没有想到，前浪之伏，后浪之起，张献忠写的这副七个"杀"字，就是继《圣谕碑》之后的，臭名昭著的《七杀碑》。

张献忠看她站在一边看他写字，看得很专心、很欣赏的样子，很高兴。"九儿！"张献忠问她，"这些字你认得完吗？"她当即曲一曲身，粉脸带笑，说："认不完。妾只是觉得皇上的字写得很好，很精神。"乐得张献忠抚着大胡子，哈哈大笑。

"皇上！"汪兆麟乘机诣奸，"皇上所写，应作为第二道圣谕，勒碑刻石，作为圣谕碑，诏告天下，警示天下。"

"准！"张献忠当即让汪兆麟把自己的所写，拿去制作成了圣谕碑。

她翻捡起旁边折叠起来的两个小幅，这些字都是张献忠写的，不觉一笑，这个杀人的武夫还有如此雅好！打开一看，是张献忠写的两首无题打油诗，字要小些。第一首是：

我生不为逐鹿来，都门懒筑黄金台。
状元百官都如狗，总是月下烂禾材。
传令麾下四王子，破坏不须封刀匕。

> 山头代天树此碑，逆天之人必须死。

看到这里，陈皇后心中又是暗暗一惊，在感到恐惧的同时，想不到没有读几天正经书，半辈子打打杀杀，以凶神恶煞示人的张献忠文思还这样清通！诗中的"四王子"，显然就是指他的四个义子、四根擎天柱：孙可旺、李定国、刘文秀、艾能奇。张献忠杀人已经够多够滥了，打进成都就宣布屠城三天。月来，就拿张献忠本人来说就不知杀了多少人，可以说是草菅人命！想到一个流传说是：张献忠率部入安岳时，人皆走避。一病病殃殃的老人却不仅不避，反而走到骑马的张献忠面前，述说生平种种苦状，且不行礼。张献忠在马上眯起眼睛冷笑一声，谓："既苦如此，何必为人！"说时一刀挥去，当场杀死老汉，毫无人性。在他的言传身教下，西军走到哪里，杀到哪里。

她用颤抖的手，翻到下一幅，张献忠这首无题打油诗写的是：

> 巴山高蜀水长
> 川地险塞状如聚宝盆
> 财源滚滚来扎稳脚子
> 在大西皇宫里
> 做我的大西皇帝

看完张献忠这些字，陈皇后觉得对张献忠有了更深入的认识了解。这是一个性格相当复杂的人物，也是一个有相当有头脑、不简单的人物。总而言之，张献忠是个人、鬼、疯加在一起，三者合一煞星。

她注意到，书案一边，支有一张阔大简朴的桌子，桌上摆一大一小两个沙盘，两个沙盘用黑布遮住。想来，这是一个军事秘密，以往孙可旺这些军事要人来后，同西皇关在屋子里，对着沙盘指指点点、议论。

在屋里一关就是半天、一天。当时,没有在意。现在注意了。她让宛儿将沙盘上的黑布揭去。她看出来了,大沙盘代表四川,即大西国:中间一个大盆地。看得出成都平原特有的景致:城镇、乡村、小桥、流水、人家、竹林盘、蜿蜒的马路……在在件件,还有色彩,活灵活现。

川中好些要地,嘉定、石柱、广元、重庆,乃至遵义、汉中地区都看得出来,沙盘上有好些对峙的小旗,看得出来红旗代表大西军,黑旗代表残明,蓝旗代表侵入川内的李自成残部,绿旗代表当地的反抗势力。形势相当紧张。

看到这些,聪慧的,事事有意、件件在心的陈皇后不禁算计开来,张献忠在成都驻有大队人马,共计120营。其中,虎威、豹韬、龙韬、鹰扬营是精锐,是大西皇帝的卫队,分扎在皇城内外,现由总督王尚礼统领。另有大营10座、小营12座,大都沿城驻扎。还有个老营,又叫"御营",驻扎在宫内,更是精锐中之精锐,基本上都是张献忠从陕北老家带出来、久经考验的子弟兵。这些人中,从官到兵,张献忠都叫得出名字。这个御营由张献忠直接统领调遣指挥。

"军机深似海。"看到这里,想到这里,忽然,宛儿看到魏太监在门前一闪,她情知有事,走到门前问魏太监有何事。

穿一身黑色太监服,就像一个幽灵的魏太监瑟缩着身子,双手将象征他大太监身份、地位的麈尾一抱,尖着不男不女的嗓子低声道:"皇上回来了,在寝宫,问娘娘哪儿去了。"

"我马上回去。"陈皇后听到了,吩咐魏太监,"你去禀报皇上,我马上来。"

魏太监应声施礼,颠颠去了。

当陈皇后回到寝宫,只见心急火燎的皇上坐在阔大华丽的龙床上等她,一副焦躁不安的样子。

年轻貌美的陈皇后上前,彬彬有礼地、北音婉转地向明显显出憔悴

195

的皇上施礼、请安问好。

"我的九儿、我的小妮子,你过来,想你!"张献忠把身边床沿一拍。陈皇后低下头,珠摇玉翠地走过去。还未容她坐下,张献忠就伸出有力的双臂一下拥她入怀。

"九儿,你说得对,"张献忠抱紧她,轻轻呷咬着她的耳朵说,"咱老子走了这一大遭,发现光是用武力还不行,得教化国民。咱老子马上开科取士。"

陈皇后一惊一喜,抬起头,用一双波光盈盈的、乌黑晶亮的大眼睛看着将自己搂入怀抱、急不可耐的皇上。她想说什么,可是,张献忠哪有这个耐性。他趁势将陈皇后放倒在龙床上,猛虎似的,不管不顾地扑了上去。

候在门外的魏太监和宛儿赶紧低下头去,轻手轻脚地放的放珠帘、关的关门。

第十七章　名为开科取士，实则一网打尽

这年，在大西皇帝张献忠八方维持、苦心经营、运筹帷幄下，他的军事机器隆隆开足马力，对全国范围内的敌对势力进行竭尽全力的碾压。大的战事二百余场，小的不计其数。到这年年底，国势终于大体平稳。但是，以往富庶的天府之国现在是地旷人稀，城乡凋敝。农村少见壮丁，青年妇女也不多见，剩下的都是老弱妇孺与伤残半死之人。广大城乡间，夜幕降临，处处磷火明灭、闪闪荧荧。好些地方路断人稀，白骨散地，哀鸿遍野，吃人野狗成群出没。一派惨然。

张献忠四十岁生日，由汪兆麟主持，为大西皇帝庆生。四王子回京；各路御史巡司、上了相当品级的官员齐集成都。经核准，赴宴官共一千三百余员，可谓声势浩大。当天，宫内承天殿设十席，首席为大西皇帝，汪、严二丞相居左。因为皇上最近对安文思、利类思两个洋人特别感兴趣，且过从甚密，善于揣摩上意的汪兆麟特别邀请这两个洋人出席，并将他们安排在皇帝右手边的显要位置。已经出家、在护国寺（原大慈寺）当大禅师的王志贤，考虑到与皇上关系匪浅，他将之安排在陈国舅之下，位置也显要。左列四席皆为武官。孙可旺、李定国、刘文秀、艾能奇居首，以下分别是王尚礼、马元利、刘进忠等都督。右列四席皆文官，吴继善、江鼎镇、龚完敬等分居首席。此外，还邀请了四个番王。丹墀之下摆一百二十席，为其他文武百官所属。安排司礼太监魏佶纠仪、都知监王珂监酒。

是时，鼓乐齐鸣，张献忠率文武大员入席。说不尽贺声盈耳，珍肴

197

美味罗列，真乃肉山酒海。张献忠寿宴的豪奢、浪费与正日暮途穷、窘迫万端的大西国形成鲜明对比。真如杜甫诗中所说"朱门酒肉臭，路有冻死骨"。

大喜之后往往就是大悲。不过，这个大悲不是落到张献忠头上，而是最首先落到挂兵部尚书衔，原蜀王时期的成都知县、大文人吴继善头上。

吴继善降了新朝，官拜兵部尚书，私心窃喜。年来在职上尽心尽力，遵照西皇指令，调移各路军马、死伤弥补、粮饷配发等，倒也处置得当。他最近引起西皇注意的并不是这些，而是因他是个基督教徒，结识交好并为西王引见了在成都传教的利类思、安文思两个洋人。这两个洋人各有一门让张献忠特别感兴趣的本事。安文思是葡萄牙人，葡萄牙人造大炮厉害，恰恰安文思能造这种大炮。利类思是意大利人，能造预知、探测天象、气象的浑天仪。这两项都是战争中急需。当张献忠听吴继善说此二洋人有这样的本事，很是高兴，命令吴继善让这两个洋人搞出这两样东西，要钱给钱，要什么给什么，要当官也可以。而且，作为皇帝的他，也愿意结识这两个洋人。吴继善当然一一遵命。

在吴继善的催促、努力下，过了一段时间，安文思真的做成一门葡萄牙大炮。此炮短杵杵，敦敦实实，系铜铁金银熔化铸成。炮筒长约一丈。炮弹是一个个拳头大的铁砣砣，听说这些铁砣砣打出去会爆炸开来，杀伤力惊人，射程可达半里。张献忠催着试炮。试炮那天，张献忠去了，又惊又喜又疑。试炮地点在成都郊外的凤凰山。

那天去的人不多。精兵简从，西皇只带了一个卫队。在安文思的指挥调配下，几个下大力的汉子，先是将一个厚厚的木板斜斜地安放在马拉的板车上，绳牵索引地将那门沉重的大炮牵引上了马车固定好，到了凤凰山，又如是弄下来安好。

安文思按西皇的要求指挥一个技术人员往炮膛里填上炮弹，接上引线。那个技人在用火捻子去点燃引线时，一副战战兢兢的样子。吴继善恭请皇上退到旁边小树林里。西皇刚刚退进旁边小树林，只听轰的一声，天崩地裂。炮筒上火光一闪，正前方大约四五十丈外，那株需两人合抱的大树中弹顿时被打断半截，碎枝散叶落了一地。

张献忠连声叫好，耳朵里的嗡嗡声好一阵才散去。他当即给安文思重赏，并要安文思将炮改得小一些、轻一些，做些完善。好在安文思能听懂他的话，表示会尽力。

利类思制成的浑天仪，张献忠也让吴继善带他去看过。这是一个可以转动的硕大的圆球，上面花花绿绿，这里一片，那里一团，点点斑斑。利类思指给他看，哪儿是二十八星宿，还有地球、天体、时差这些他从来听也没有听说过、也听不懂的新奇词汇灌满了他的耳朵，让他感到新鲜、新奇，很有兴趣。

而且听说这两个洋人会翻译，越发有趣。他曾经对这两个洋人说，"我朝有部《大西宝典》，你们若有本事，将《大西宝典》和我的诗文译成西文寄回国去，让你们西人知道我中华之优秀，若能招来朝贡，我有重赏。"只是他说的《大西宝典》，汪兆麟还在编撰、统筹中，这事也是说说而已。

秋分这日，礼部尚书龚完敬按照明朝成规，在南门外筑一圆形土台，请西皇斋戒沐浴、戴通天冠，率诸臣来主持拜祭。张献忠最喜欢这种热闹，同时这也是为自己树威的最好机会，欣然前往。两个洋人也去了。其间，他看见两个洋人对着一本书顶礼膜拜，口中念念有词，不断翻书。他让龚尚书将两个洋人叫来，问他们看的是什么书，口中念的是什么。洋人说，他们捧在手中的书是《圣经》，他们念的是《圣经》上的经文。张献忠很感兴趣地接过他们手中的书，是一本窄窄的羊皮烫金书。书上的蝌蚪文他当然不认识，随手一扔。但是西皇踏屑《圣经》，引起恃才傲物、本身是虔诚基督教信徒的吴继善的强烈不满。又见汪兆麟等人对西皇谀附太甚，心中火冒，这就大胆说了几句公道话。他说："西洋的《圣经》，相当于我们的《论语》，可能还有过之而无不及……"

张献忠一听火冒三丈。怒斥吴继善："朝中文人又不止你一个，别的人都没有说什么，你居然敢站出来顶撞、教训老子？你是不是吃了豹子胆，身上长了反骨！"

同是降过来的严锡命怕吴继善吃亏，忙插言："皇上所言，字字珠玑。"平时看不惯吴继善的汪兆麟在旁冷笑，煽风点火，他以首辅的名义命令吴继当场检讨。

人在屋檐下，不能不低头！吴继善咽下一口气，问："汪首辅要我怎样检讨？"

"对照皇上《圣谕碑》上的教诲，立刻形成文字，写成检讨交吾皇审检。"汪兆麟说。

吴继善退到一边，就着一张简朴的文案，提笔展纸，笔走龙蛇。双手捧着检讨书上来，低头呈送皇上。张献忠接过手看，吴继善一笔字，行书带草，写得相当漂亮。文不长，检讨书这样写道："人与万物，皆天生矣。人，万物供养之。然吾人修身养性惜福，一则对得起天对得起物，二则洪福齐天。"好个狗日的，张献忠心中骂道，这哪是检讨？分明是与咱老子对着干！但狗日的这些文字冠冕堂皇，咱老子暂且放你一马，有的是机会。

此事过去不久，张献忠采纳汪兆麟建议，要全川所有州县、地市的有权有势人家，务必送一子弟来成都就学，集中编成一营——"好儿男营"。其实，这些都是人质。汪兆麟要吴继善从优拨军饷粮秣给"好儿男营"。吴继善不从，回函汪兆麟谓："向无先例。军饷粮秣，需先报兵部备案，待兵部派员点检确定之后再行核发……"汪兆麟将此拿给张献忠看，张献忠气势汹汹找来吴继善，一拳打在吴继善脸上。吴继善乃文弱书生，哪里经打，跌倒在地，跪在张献忠面前大吼："本大臣无罪！"

"无罪？"张献忠铁青着脸，冷笑道，"老子说你有罪就有罪。"随即一声大喊，"拉出去砍了！"张献忠身边的两个卫士走上来，果真将吴继善拉出去砍了。

"老子就不明白，"张献忠问汪兆麟，"我对这些前明降官仁至义尽。就拿这个吴继善来说，他不过是前明的一个成都县令。虽然成都县令不同于地方一般县令，但毕竟也是一个县令。他，还有龚完敬、严锡命等人降了新朝，我让他们做这么大的官，领这么高的饷，却是这样——人在新朝，心在前明。"

"我看，跳出来找死的吴继善是这样，那些没有跳出来的降官未必不是这样。"汪兆麟乘机煽阴风、点鬼火。"还有，"他说，"全川分布在那么多地方的前明士子、学子未必不存谋反之心！"又说，"皇上高瞻远瞩，洞察秋毫。皇上日前所言本年开科取士，臣以为得抓紧进行。"

听汪兆麟这一说，他们相视一笑。汪兆麟奸笑，张献忠狞笑。汪兆麟的话，让张献忠猛醒，目前在朝中为官的前明学士、文人，个个都不是好东西。而这些人在面上、眼前，他随时都好收拾，而全川那么多潜伏的文人，都是敌人。这些人很可怕。不把这些文人杀干净，大西国国无宁日。与此同时，如何诛杀，杀尽文人的计划、步骤，在他头脑里油然而生。

即日，汪兆麟以大西皇帝张献忠名义，下达一道诏告：

全国一十三府、六直隶州，下辖一百二十六州县。除下川东、嘉定地区和遵义府为伪明守土外，各州县生员本年赴京试者九千余人。

以下是定下的各地生员名单、数额：

定于本年十月十八日举行乡试。十一月十日举行会试。此次录取举人八十名,副榜二十名。届时,所有应考生员必须全部到场应考。不得有误。

同时标出主考官是汪兆麟,副主考官是严锡命。

不意开考前夕,考官人选又有变动。主考官孙可旺,副主考官汪兆麟、龚完敬、严锡命。这届会考,花样百出,不仅有文考,也有武考,而且武考在前。考出的武状元名叫武大经。身长八尺,仪表堂堂、武艺超群,成都人氏。张献忠爱得不行,不仅赐他武状元府,连他住的那条街也赐名状元街。以后,在成都,这条街名,一直沿袭下去。

张献忠给武大经披红挂彩,让他在吹吹打打中,前呼后拥,打马游街。所过之处,万人瞻仰,万人空巷。

武状元武大经去到皇宫,向西皇叩头谢恩,张献忠见屏风后,他众多的妃子,还有些宫女都在偷看武大经,叽叽喳喳,小声议论。欣赏之意是明显的。

张献忠突然变脸,喝一声:"拉出去——砍了!"唬得武大经大惊失色,连连磕头,惊问皇上:"不知臣犯何罪?"

"你什么罪都没有。"张献忠眯起眼睛,觑看着跪在地上、连连磕头求饶的武大经。他抚着颔下那蓬大胡子的手突然不动了。

"爱你的人太多。"张献忠说,"你是人见人爱,连我背后的这么多女人都爱你。这么多人爱你,怎么分得匀?既然如此,不如就不活了。"

两个雄赳赳的小校上前,把不知所以、面无人色的武状元武大经,从地上拉出去砍了。

众多文士会考那天,考场周围戒备森严。一早,士子们进贡院过辕门,一一接受军士严格检查,然后坐进窄窄的一人一格的考试间等候下发考卷。其间,稍有嫌疑,立刻逮捕。带刀军士不时巡逻经过,森然可怖。

试卷终于发下来了。第一场考试的试题《策论》。题要为:"大西新建,开国规模犹未确立,诸生来自民间,应明治要。其各仰体新朝集思广益之旨,指陈大端,以备采择。"士子们感到试题很难、很不合规矩。他们寒窗苦读,三更灯火五更鸡,读的是经史,练的是起承转合的八股文,根本就不曾留心过如此民生政要。只好临时起笔,胡乱拉扯些新朝施仁行义、足食兴兵等空洞辞藻敷衍成篇。也有少数士子揣摩上意,一味歌功颂德,希望以此博取圣上欢心。也有个别年龄大的老实儒生,老老实实,本本分分,怀着好意,将新政的弊端一一指出,吁请改正。

初试完毕。汪兆麟要阅卷官们夜以继日阅卷,责令考官们将阅卷情况随时报呈于他。结果发现,指责新政弊端,吁请改正的卷子多达七百余份。汪兆麟将这些士子理所当然地打入另册,附这些士子简况,报呈大西皇帝。

其时,张献忠在他的后宫书房,正同东平王孙可旺议事。接到汪兆麟这样的呈报,破口大骂:"这些贼子,胆敢攻击新朝新政!看来,在川内散布谣言,与杨展等遥相呼应,妄图颠覆我新朝的就是这些坏人。早先我就有这种感觉了,当下更是验证了。"

他征求东平王孙可旺意见,"将这些人全部杀掉算了,以绝后患。"唬得东平王赶紧劝导父皇说,"这些人中,大都出于好意,不能妄杀无辜。如果杀戒一开,川人的心就寒了。"

经孙可旺好一番劝说,张献忠才同意不全部杀,只从这七百人中挑出三百情况严重的杀。孙可旺也不好再说什么。张献忠将此名单交汪兆麟。汪兆麟狡诈,他深知这不是张献忠的本意。张献忠不时朝令夕改。况且,张献忠搞这次会考的阴谋目的,他心知肚明。于是,将另一份七百人的名单也留着。

果然,三天之后,三场考毕,汪兆麟向张献忠禀报情况时说:"臣这里有两份名单。一份是上次报上的有问题的七百人名单，一份是三百人名单。不知皇上最后定下要杀的是哪份名单？"

一丝会意的阴笑浮上张献忠皮肤焦黄的脸，他眯起眼睛，手抚定那蓬颔下的大胡子不动了。

"用那份七百余人的名单，"张献忠说，"你回贡院去通知这些人，说我明天在百花潭接见他们。"他知道汪兆麟的担心，笑道，"我差东平王办别的事去了，这些天他不在西京。"

"老臣遵命。"汪兆麟想了想，启发性地问，"皇上明日在去百花潭前，是否可先去贡院视察？这样一来可以让诸多学子瞻仰皇上威仪，二来老臣遵照皇上发现特长生的旨意，招了特长生、夹江生员张志道。其人二十七岁，很会写大字，让他当场为陛下表演助兴！"

张献忠说好。

第二天一早，大西皇帝张献忠在汪兆麟陪同下，率六部尚书，全副銮驾，一路浩浩荡荡向贡院而来。过三桥大街，向西一转，街上却无黄沙铺地。黄沙铺地，是皇帝出巡时必备的一种礼仪。张献忠心中不喜，命銮驾停下，唤过在一边亦步亦趋的汪兆麟问："朕去贡院，你是怎么布置的？"

汪兆麟知道张献忠的意思，做出一副百口莫辩的样子，屈身作揖禀道："接待陛下，是由副主考官龚完敬负责办理。"

张献忠鼻子哼了一声，吩咐起驾。

大西皇帝一行来到贡院门前，副主考官龚完敬、严锡命早率所有考官并四千余学子在门外迎候。张献忠下了銮驾，见龚完敬不跪，只是站在他面前，弓腰拱手说些臣等率所有学子在此迎候陛下，不胜荣幸之类套话，气得恨不得当场一脚给他踢过去。

张献忠在汪兆麟等百官簇拥下，过辕门，龙行虎步向贡院逶迤而去，看龚完敬跟在旁边，气不打一处来，骂了起来："到贡院这一路，黄沙半铺半不铺，好似咱老子不该来似的！"

龚完敬赶紧解释："臣昨日奉旨，得知陛下今日驾临百花潭接见七百学子，不意陛下今晨来了贡院，臣得知消息迟了，只好临时让贡院学子担沙面路。学子虽多，大多肩不能担手不能提，因此一段路没有来得及铺上黄沙，望皇上鉴谅！"

张献忠闻言猛然驻足，狠眼看着龚完敬，手捋胡须，发作了："你这是什么话？不意咱老子今日要来贡院？未必咱老子动一步都要向你这个前明举子禀报不成？

"这里是贡院，是你们读书人的地方，咱老子不是读书人，来不得是不是？"他不由龚完敬分说，手一挥，"给咱老子拉去砍了！"

左右禁军这就上前拉龚完敬，周围学子们简直吓傻了，面面相觑，不知所以。龚完敬三魂吓掉两魂，扑地跪在张献忠面前，哀求皇上免他一死。

张献忠全然不为所动，冷笑道："老子倒是想饶你龚完敬一命，可谁叫咱老子当了你们的皇帝！皇帝是金口玉牙，说过的话是不能改的。"簇拥在皇帝身边的多个阁员眼巴巴望着汪兆麟，意思很明显——这时，只有你汪兆麟出面求情才救得下龚完敬。可是，汪兆麟不救。他视而不见，将头一扭，视若无睹。担任副主考的礼部尚书江鼎镇实在看不下去，他向张献忠跪下，替龚完敬求情，说："龚完敬冒犯陛下，确实该死，但恳请陛下念他年老，性情迂执，乞赐让他归家自尽，以保全从龙大臣体面。"

礼部尚书江鼎镇哪里知道，张献忠对他们这些前明降官、读书人没有好感，完全失去了信心，加上汪兆麟从中挑唆，张献忠就是要借这次会试，杀尽全川士子。

"哈哈！"张献忠冷笑，指着跪在自己面前的江鼎镇教训，"你少拿从龙大臣的体面来威胁我。老子告诉你，你们这些从龙大臣算个屁！

205

既然你看不下去,那你就同龚完敬搭个伴,一起去死!"这就不由分说,手一挥将两个降了新朝的大员龚完敬、江鼎镇拉下去砍了。

偌大的贡院内,那么多士子,包括跟在张献忠身后的那么多阁员,全都吓住了。顿时鸦雀无声,战战兢兢,大气都不敢出,空气都被寒霜凝结了似的。

汪兆麟带着若无其事的张献忠,沿着一条花径朝前走去。进了贡院里面一个精精巧巧的四合小院,那是主考官们办公休憩处。进了正面那间木质窗棂、雕龙刻凤、镶着从西洋进口的明净玻璃的屋子,张献忠当中坐了,汪兆麟唤来夹江举子、特殊人才江志道表演书法。这是一个长身玉立、眉眼俊朗的青年学子。

江志道似乎完全不知道刚才外面发生的事。他对坐在屋子正中的皇帝和簇拥在张献忠身边的主考官汪兆麟等一应官员行了叩拜礼。汪兆麟让他开始表演。他将一张一丈见方的雪白蜀绢铺在地上。提起一支高过他的巨笔,来到一个巨大的墨缸前,用巨笔从墨缸中蘸饱墨汁,站到蜀绢上笔舞龙蛇,像关云长耍青龙偃月刀似的,上下左右墨锋飞舞,随着墨锋最后一舞,向上轻轻一挑间,呼出一口长气,似乎满身力气都随着这一呼用尽,满脸通红。字写成了——在他身下的蜀绢上留下一个大大的虎字,形神兼备。

"了不得!"张献忠看得豹眼发亮,用手一下一下地捋着领下那蓬飘然的大胡子,很满意地对站在旁边的汪兆麟点点头,说,"常言蜀中出奇才,果然是。这小子写起大字来,老虎下山似的,比咱老子耍大刀还利索。"

汪兆麟赶紧招呼江志道跪下谢恩,谓:"这都是托陛下洪福!"

"没有好看的了吧?"张献忠问汪兆麟,汪兆麟说,"没有了。"

"那好,"张献忠说着站起来,"我们现在该去百花潭了,那边还有更好看、更热闹的。"说时给汪兆麟示意。不用说,这个百里挑一的书法奇人奇才江志道今天也跑不了，休想活着出去。

贡院鸣炮开门，四千余学子齐齐跪在地上，高呼万岁，目送着大西皇帝的銮驾消失，这才纷纷从地上站起身来。这些被逼着来会考的士子们，不仅名落孙山，而且目睹了今天这场血腥，有的当场就吐了……

张献忠一行去后，贡院四周的岗哨撤去。听说允许他们回家，士子们就像是从鬼门关上走了一遭，捡回一条命，恨不得多长一双脚，快些跑回家。

他们就像撒去羊圈的羊，轰的一声，争先恐后往贡院大门跑去。出贡院大门，见迎面照壁上不知什么时候贴了一张盖有皇上张献忠大印的诏告。有佩刀持枪军人拦住他们，要他们看了诏告再去。这就只得看了再去。他们里三层外三层地看墙上张贴的诏告——

奉天承运，皇帝诏曰，此届有今赴百花潭学子七百三十七名，俱是不肖学子。他们居心叵测，竟敢在策论中诋毁新朝，谤议寡人，实属罪大恶极，着一体今在百花潭斩决，以儆效尤。其余生员，着各州县押回，严加管教。倘再有腹诽口谤之徒，格杀勿论，连坐十家，教官问罪。钦此。

哪里是"其余生员，着各州县押回，严加管教……"这时，埋伏在四处的刀斧手们从四面八方涌出，将他们像砍西瓜似的砍杀。倏时，几千士子被纷纷砍翻在地，无一漏网。砍死和没有砍死的，都被接着涌上来的军人咚咚的、下饺子似的扔进了旁边的河里。

与此同时，离此不远的南郊府河畔的百花潭里，也在上演大规模屠杀的惨剧。

坐落在流水滔滔的府河畔的百花潭，是成都一处大公园，风景名胜地。里面百花芳菲、雀鸟啁啾，团团绿荫中隐掩着幢幢宫观式的建筑物，平常游人不多，十分幽静。这天，百花潭出乎寻常的静场了、戒严了。

百花潭里几百来会试的士子，被兵士们逼着站成几个方队，等候皇上驾临。他们被告知，他们是脱颖而出，从五千学子中遴选出来的。他们神情喜悦，充满希望。

"皇上驾到——"忽然，他们听到这一声报，马上跪下，迎驾，有的喜极而泣。大西皇帝的銮驾在浩浩荡荡的官员、禁卫军簇拥中进来了。

大西皇帝下了銮驾，大摇大摆上了临江水榭，面对士子们坐下，并不说话。用手一下一下地捋着颔下那蓬大胡子，那双虎威威、阴森森的眼睛，在跪了一地的士子们身上扫来扫去。

满心以为自己就要做天子门生的七百多士子，第一次这么近距离地瞻望天子。他们偷看大西皇帝张献忠。张献忠身姿颀长，显得孔武有力。有一张有棱有角的脸，皮肤焦黄，额上留有一道很深的刀疤。刀疤有些扭曲，像是一只爬行的四脚壁虎，配上一副大刀眉、眉下那双阴森森的眼睛，杀气时隐时现，让人生畏。在他四周，环绕着禁卫军，个个执刀亮剑，就像要把他们生吞活剥了似的。哪里有一点天子接见新科举子的喜色和气氛！就在士子们面面相觑，不知所以时，张献忠捋着胡子的手突然停下不动，他指着跪了一地的士子们突然开口大骂："你们这些逆贼，胆敢攻击新朝新政，去死，都去死。今天就是你们的死期！"

说时，掉过头去，对身边的禁卫军们把手一挥，大喝一声："还不将这些逆贼砍下潭去，更待何时！"

跪在地上的七百多士子如梦初醒，纷纷起来想跑，可是，哪里还来得及！张献忠身边的禁卫军和大批埋伏在侧的军士们一拥而上，手执利刃、长矛扑进士子群中随意砍杀，人头如滚瓜落地，血溅如雨。混乱中，士子们有的惊呼呐喊，抱头鼠窜；有的吓呆了，就站在那里等着来砍来杀。哀号声、惨叫声震天动地。让隔河观望的市民不忍卒看……一场大规模的有准备有预谋的大屠杀,在午后才告结束。

大西皇帝张献忠,一直等到这场大屠杀完结,才起驾而归。

百花潭又恢复了往日的宁静。只是一湾血水,飘着无数无头尸体顺流向万里桥方向缓缓而去。奉命留下清理现场的军士们将士子们遗弃的大量笔墨囊袋埋在潭边。因为这些东西经血水凝结,层层堆积,埋入坑中再掩上泥土,成了潭边沿河一座座小山丘。当天晚上下起了淅淅沥沥的细雨。往日诗情画意的百花潭,这个晚上冷雨潇潇,磷火明明灭灭,犹如无数冤魂在潭边夜幕中哭泣踯躅。张献忠无端大批杀士的噩耗,风一样传遍了成都的几百条大街小巷,四十万成都居民得知这个消息,无不吓掉了魂,不少人当夜就拖家带口逃出城去。

如此惨绝人寰的大屠杀,何况屠杀的还是全川几千士子!消息迅速传遍了巴山蜀水,传遍了全国各地,引人神共愤。然而张献忠还未完,他处心积虑地还要杀一些降了新朝的上层人士。

不久,张献忠听说省内梓潼有座七曲山,山上有座文昌庙,庙里供奉的文昌帝君甚为灵验。传说此文昌帝君实名张亚子。张献忠听此一说很感兴趣,叫来严锡命问讯,说:"你就是梓潼人,可有这事?"严锡命恭敬作答:"是有其事。"张献忠就带着严锡命等一干人求神问卦去了。

位于梓潼县城二十里外的七曲山,不算高峻,但山上风景清幽。平时去山上文昌庙求神问卦的人络绎不绝,香火旺盛。听说西皇要来,当地县令立刻封山,不准外人进入……

这日张献忠一行上到山中进入文帝庙,几个早有准备的老道上前参谒。张献忠让老道引他进入大殿,说龛上神像果是我多次梦见过的老祖宗,他拜了拜文昌帝君。让随行太监上了供果、烧香摆烛,赏了庙中一些钱。老道们高兴，请皇上过花园厅上用茶，张献忠又问了一些此神近期状况。老道们不知最善于装神弄鬼的皇上此行的真实目的，就穿凿附会地讲了些此神是如何神，让张献忠心中不快。这些老道根本不了解西皇，误以为他朴实、平易近人，好说话，出手也大方。按规矩，这些老道捧一册功德簿到皇帝面前，意思是请皇上赏钱。不意张献忠拿起功德簿，在上面批了一行钢叉大字——"给老子各打四十大板，一体革逐。"吓得这几个老道齐齐跪下，求皇上开恩。张献忠不为所动，只留下一个他看去顺眼的老道，其他的当即赶下山去。

随营御厨献过午膳。张献忠命太监王珂准备明天上午的燎祭大典。他让严锡命带他在山上四处观赏，见殿侧有一石碑，碑上有幅文昌帝君像：是一个士子样的人带着一把古剑飞升。他问严锡命这文昌帝君是什么意思？严锡命弓腰行礼后说："这是传说中的张亚子带剑飞升。张亚子得道，成了文昌帝君。"张献忠听此一说，思想上灵光一闪，这就给严锡命示意："那么，张亚子的剑呢，肯定在碑下。张亚子是我祖上。我这么远来看他、拜他。他应该把他的剑送给我！"

老实的严锡命理解不了张献忠的意思，不知所以地说："碑下没有剑，不过是个传说。"

张献忠有些生气，对他说："一定有的。你今晚好好找找，如果找到就拿来，放在我屋中。"

可是他第二天醒来，在屋中遍寻，哪有他希望得到的剑！不禁在心中咒骂严锡命："你个狗日的东西！究竟是榆木脑袋点不醒，还是明知故犯，故意同老子作对？如果是汪兆麟在这里，我一点就透，不点也透。"他暗恨严锡命，杀心顿起。

归去时，经过严家老宅，遥见宅第宏阔，俨然王府。严锡命请皇上去家，他要好生招待皇上。不意骑在乌龙驹上的张献忠突然翻脸，喝令卫士将坐在马车上的严丞相绑了，拉下车来。张献忠用马鞭指着严锡命说："你枉为本朝右相，不仅没有丝毫之功，没有丝毫作用，宅第还如此招摇，不知你做了多少贪赃枉法之事！难怪下面多有人对上不满指责。"不由严锡命分辩，他大喝一声，"拉去砍了！"可怜这迂执的老头儿，在回成都的路上，死在离家很近的那片坟地中。

就此，张献忠差不多将朝中前明降官、做了大员的人全部清除干净。加上朝中有奸相汪兆麟挑拨，此后，朝堂上鸦雀无声，人人自危，噤若寒蝉。造成黄钟毁弃、瓦釜雷鸣、奸臣当道的状况。新生的大西国，本来就像一艘在惊涛骇浪中航行的大船，载浮载沉。这一来，方向全错，浮游物缠身，船体裂缝日益增多增大，这艘大船、破船在惊涛骇浪的大海中加速下沉。

第十八章　暗探密布，无所不用其极

冬天的这个早晨，太阳还没有起来，浓雾渐渐消散。蜿蜒的山道人们惯称的北大道上出现了两个人，他们越来越近，看清楚了：那个先生模样的人骑马，明显是他仆人的年轻汉子牵骡走在他身边。

骑一匹驯良矮小建昌白马的是大西国户部尚书王国麟，五十来岁，白净面皮，身着的蓝色棉衣棉裤，素净而整洁。虽不显山露水，但举动间还是隐约透出一种大官的风度。可能是长途跋涉的原因，他显得疲惫、憔悴，神情中还有一丝莫名的忧郁。他这是回家奔丧的。牵骡走在他身边的年轻人叫秋生，是他从老家顺庆（今南充）带出去的。

此次回家，路上走了两天。沿途只见田园荒芜、村庄破败。原先很是热闹的北大道上少有车马行人，纵然偶然遇到一两个过往行人，也都是面黄肌瘦、衣服褴褛。有的人走着走着竟然就咚地栽倒在地，再也起不来。加上一路上寒风阵阵、落叶萧萧，说不尽的凋零破败、凄凉惨淡。不由让他感叹，原先富甲天下的天府之国，由于今上不正，奸臣当道，无法无天，已经被糟蹋、蹂躏得不成样子了，完全谈不上国计民生。天府之国已经不复存在了。

昨天到了顺庆境内，境况似乎稍好一些，人烟也要稠密些。看来，离西京、离今上越远的地方越好些吧。午后到了安店子，安店子离顺庆不过二三十里地，当天是完全可以赶回家的。而且，他也思家心切、归家心切。然而，他却执意要在安店子宿一晚，他打发同时带来的小厮董来提前回去报个信；并特别嘱咐董来，持他的梅红扎子（名片）去顺庆府,告知总兵应承祚,关于他的行程。

像川内很多地方一样,顺庆府只设总兵,不派府官,军事长官总兵兼行政长官职。他的意思很明显,要应总兵来接他一接,给他一个最基本的礼遇、面子。我王国麟再不济也是顺庆出去的名人,哪怕挂名,现在也还是大西国户部尚书。

大西国兵将骄奢,他是知道的,但我是户部尚书,不管从哪个方面看,你应总兵都该来接一接,做做样子。顺庆还有我那么多门生故旧,不然,我多么没有面子!

思想间,他们下了山道,这北大道也就算走完了。遥遥望去,隔江对面黑压压一片、万瓦鳞鳞的顺庆出现在眼前,顺庆背后一抹苍翠的西山,一代文史大家陈寿,就是在那里写出了传诸后世的巨著《三国志》。

路边闪出他熟悉的悦来茶馆。茶馆门前一边有一株需两人合抱、虬枝盘杂的大榕树。这一切是这么熟悉,他有一种老友重逢的感觉。四川茶馆很有名,具有地域的标志性、普及性。往往一家家茶馆,就是一个个分属不同的小社会。

印象中这家悦来茶馆很是红火。每天楼上楼下、从早到晚座无虚席。茶馆中茶客很自然地分成两类。坐到楼上的,大都是有钱的,是文人雅士;坐下面的,是一般人。楼上价要贵些。那时他当然是楼上客。

"卖五香花生米、卖顺庆牛肉干、卖猪肉大包子、卖叶儿粑、卖张粽子……"那时,小贩在茶馆里上上下下吆喝,穿梭往来,大声叫卖。只要他一进茶馆上楼,找到位子,人还没有坐下去,就有三朋四友为他争着付钱:"王先生的茶钱我这里给了。""幺师,我这里给钱。"争着给熟人付茶钱,这也是四川茶馆的一道特殊风景。当然,有人争着为你付钱,说明你有地位,有人缘。

三朋四友争着付钱的呼声尚未落尽,掺茶的幺师已风一般刮到面前。幺师一手提个大茶壶，一手将一大叠四川盖碗茶的三件头从腰部一直托至下巴，耍杂技似的。

当、当、当！一个铜质茶船先飞上茶桌垫底，钉住。接着白底蓝花茶碗骑上了茶船。随着幺师提壶的手微微上提，腰往后稍稍倾斜间，一道滚烫的鲜开水，从大茶壶弯弯细细的壶嘴里一冲而出，呈一道优美的弧线，端端注入茶碗中，将茶碗底部那撮茶——顺庆人喜欢喝的茉莉花茶——冲击得在碗中打起漩来，随即散发着茉莉花香。幺师这就伸出幺指拇将茶盖一扣，吧嗒一声，茶盖扣到了茶碗上——一碗资格的四川盖碗茶就泡好了。

然而，让他惊异的是，今天这家茶馆门可罗雀，冷清得难以想象。他本来想习惯性地上楼就座，但想到一会儿应总兵要来，为了应总兵一下就能看见他，他坐在门前的一张茶桌前。

奇怪的是，他接着喊了两声上茶，才磨磨蹭蹭出来一个偏偏倒倒的幺师。手中提个茶壶，好不堪重负。幺师给他泡茶时，他问幺师："茶馆为何如此冷清？"

"客官，你是从哪里来的？"幺师的语气中有种异然，好像觉得他是不食人间烟火的天外来客似的。

"顺庆现在到处都是饥荒，到处都在饿死人，饭都没有吃的，有几个人还肯来喝茶？"

想了想也是，就不再问。肚子早饿了。他让秋生去解开骡背上驮的背囊，从中取出两个带来的干锅盔，就着茶水权当早点。

应总兵还未来。

他等着应总兵时，思想上不禁闪现出很能打仗的刘进忠都督日前被皇上派去广元前线时，那个晚上来看望他的那一幕，及一席长谈。

物以类聚、人以群分——这话说得很对。他王国麟一直把自己看作是原左尚书王志贤的人，事实上也是。虽然现在王志贤下野做了大禅师，但他还是经常怀念王志贤当政的日子。都督刘进忠也是。他与刘交好，时相往来，无话不谈。在他看来，刘进忠这个人不仅能打仗、会打仗，还很有思想、见解。相对而言也正直，有时敢讲真话。这很难得，尤其是在当下。

刘来辞别之时，他将一席薄酒特意安置在后花园中的一个亭子间。

他很谨慎。为防隔墙有耳，有人偷听，其间也不用下人服侍。沉甸甸的黄铜烛台上只点燃了一只大红蜡烛。漆黑的夜幕中，烛光幽微。

刘将军抢先站起身来，执起酒壶，往他的酒杯里斟酒，这就是反客为主了。

"使不得，使不得。"户部尚书慌忙弓起身来，伸手阻挡，说，"老朽向来门前冷落鞍马稀，难得刘将军光临寒舍，老朽已经受宠若惊了。""王阁老何必如此客气，你我不是外人。来，请坐，我敬阁老一杯。"礼节性的三杯之后，谈话正式开始，并不断深入。其间，刘进忠显得神态忧戚。说，"此次来与阁老告别，不知还能不能回得来。"

"将军何出此言？"他觉出刘的话大有深意。

"阁老以为当下大西国处境如何，状况如何？"刘不答又这样问。他不言，只是苦笑着摇了摇头。

"我看是朝不保夕。"刘进忠一针见血，单刀直入，问，"阁老对当下情况不明的清军南下如何看？"

他推说不懂军事。

"危险，而且危险之至！"刘进忠快人快语，敞开来谈。刘说，"就军事力量、指挥能力、人品才华、胸襟气度、目光远大等方方面面比较，今上都不如闯王李自成。而李自成在山海关下与鞑子一战输得很惨。之间虽有前明大将吴三桂降清掺和，但即使没有吴三桂，李自成的力量，总体而言，还是比今非昔比的清军差得远多了。"他寻思着点了点头，示意刘进忠继续说下去。

215

"今上太迷信四川的山川险塞。前人有句话说得好：天时不如地利，地利不如人和。当今我朝完全谈不上人和。地利是有的，但没有人和，一切免谈。今上要我刘进忠去守广元。阁老，你说我守不守得住？"

"那又怎么办呢？"他赞同刘进忠的看法，却不明说，只是忧心忡忡地问。

"没有办法！"刘进忠将两手一摊，"尽人事而听天命。如此而已。""阁老！"当刘进忠又给他敬酒时，借着酒杯的掩护，问了他一个问题，"当前全川城乡暗探密布，一举一动都有人监视，其状况要超过前明的东厂、西厂（特务机构）。这样好吗，有这个必要吗？连人家年轻夫妇床笫间的谈话都有梁上君子偷听禀报，还将人家小夫妻传去问询。这成了个什么世道？！"刘进忠说时显出不解、气愤。

他知道刘进忠误解了，摇头苦笑，"刘将军以为这是我们户部搞出来的？其实，哪里是！"

刘进忠一惊："这些事不是归阁老的户部管吗？"

"是汪兆麟搞出来的。"他高声了些，气愤地说，"汪这个人事事插手、啥事都管。管又管不好，一管就乱。这个人大权独揽，小权也不放过，让我们好生为难！"说时长长地吁了口气。

"阁老这些难处就不能对皇上谈谈？"

"将军！"这次是他来斟酒，他说，"好些事本身就是皇上定的。不谈还好，一谈，头上吃饭的家伙可能就丢了。"

"啊！"谈到这里，夜已深了，刘进忠起身告辞。

刘进忠临走之时，劝他一句，最好离西京远一点，最好离汪兆麟远一点，最好离今上远一点。他何尝不想远一点，可惜没有机会。

机会不期而至。前天，顺庆老家来信：老母仙逝。他立刻进宫向皇上请假回家奔丧、料理后事，得准。他一个户部尚书回家奔丧，皇上，还有掌实权的首辅汪兆麟对他没有任何表示,连慰藉的话也没有一句,很是让人寒心。

不知不觉,已经日上三竿,应该出现的应总兵还是没有出现!等得毛焦火辣的王国麟暗想,我这个户部尚书在成都倒霉,有职无权,顺庆距成都遥遥千里,应承祚不会知悉这些吧?又想应总兵再势利,也不至于连这点面子也不给吧?咋回事呢,这会儿董来又在哪里?

"大人,你看,那不是董来吗?"他顺着秋生手指的方向看去,那边一丛青翠的秀竹后,躲在那里畏畏缩缩,像是做错了什么事,想来又不敢来的那个人不是董来是谁?

他心中一沉,招呼董来过来,问他是咋回事。

董来站在他面前,低着头,就像做错了事,很委屈也很气愤地说:"大人的梅红扎子,我昨天一到顺庆,就立刻拜送给了应总兵。可是,他根本不当回事,看都不看,当时就将大人的扎子往桌一摔。看来他是不会来了……"

嗡的一声,王国麟只觉得头上像是被人打了一闷棍。想不到这应承祚如此势利,看我不起,让我斯文扫地、颜面丢尽。

没有办法,他只好带着两个年轻仆人悻悻然而去。

出现在眼前的景象与成都大同小异。素来繁华,有"小成都"之称的顺庆,已经不再。好些店铺都关了门,市面萧条,街上冷落。所有居民一脸菜色。特别令他气愤的是,城门守兵军纪败坏,一个个吊儿郎当,几乎是任人进出。而一旦有进出城门的妇女,特别是有些姿色的年轻妇女,这些守兵便借检查之名,不是在人家胸上摸一把就是在屁股上捏一把,占人家便宜;有担菜进城贩卖、做小本生意的,这些兵也要上去敲诈勒索……

猛地,一阵銮铃响处,只见一个哨长雄赳赳地骑在马上从他们前面跑了过去。将骄兵惰,顺庆被应承祚糟蹋得不成样子了。他看不下去

217

了，不想再走大街。这就带着两个年轻仆人抄近路，穿过一条叫鸡鹅巷的小巷回去。这条小巷倒是相当热闹。巷子里三教九流，形形色色，最多的是妓女倚门卖俏。而好些嫖客都是西军，他们一来，就和这些妓女勾肩搭背，然后进到小巷边一间间的小黑屋里鬼混。

吁叹中到了家。他没有急着让两个仆人前去敲门，而是抬起头来，久久地打量。两扇黑漆大门紧闭。原先门楣上那道祖上传下来的光宗耀祖的金匾，因为怕惹祸，他早就让家人摘了下来。蹲在大门两边的两尊石狮子，好像也没有了生气。高墙深院的诗书人家，没有了往日的荣光，没有一丝生气。这哪里像个当今堂堂户部尚书的家！

他家一直广有田产，又是世家，在顺庆可谓名门。前些年他在家时，每天进出皆鸿儒，谈笑无白丁。家中客人多，开的流水席。而自从他到成都去后，家中先是父亲仙逝，现是母亲仙逝，处此乱世，家中门庭又单，偌大的一个家中，只住了哥、嫂和一个未成年的侄女三人，现在哥哥也重病在床。

他要秋生前去敲门。随即，门轻轻稀开了一条缝。白发苍苍的老仆，从门缝中小心翼翼地探出头来，看见是王国麟，这才露出笑脸，沿袭着家中的称呼："啊，是二爷回来了！"说时，吱呀一声开了两扇多日未开的黑漆大门，将他们让了进去。

嫂子、侄女闻讯迎了出来。她们带王国麟去看望他重病在床、骨瘦如柴的哥哥，说了些体己话；再去灵堂对着老母遗像叩拜，泣诉些不孝儿回来迟了的话。家中原先好几个丫鬟，现在因吃粮困难，都打发走了，只留了一个叫秋妹的。嫂子吩咐秋妹烧了水，让王国麟洗了，再找出一套他在家时穿过的衣服让他换上。这样，他着一件湖蓝圆领丝棉袍，腰系一条紫色丝绦，戴一顶七成新元青贡缎折角巾，前边缀一块长方形轻碧汉玉，当年在家时风流倜傥的风采就回来了。中午饭是由嫂子、侄女陪着吃的。原先食不厌精的王家，现在也到了捉襟见肘的境地。能干的嫂子费了九牛二虎之力，好不容易才让王国麟吃上碗白干饭，而她和女儿吃的都是掺有苕菜的饭。看着家中这副样子，听嫂子谈起顺庆的饥荒，他白米干饭包在嘴里就是吞不下去。

陡然增添了国麟和他带回来的两个仆人，原先冰窖似的家有了些活气。甚至连勉强喝了点稀粥的哥哥，也因为他的回来病情明显减轻了许多，可以坐起来同他说话了。他告诉哥哥，他这次回来，压根儿就没有想再回成都。他要以家中父母双亡为由，向皇帝请长假。

不知不觉，天就黑了。身穿孝服的王国麟在灵堂单独为母亲守灵。灵堂设在堂屋里。同一般有钱的大户人家一样，王国麟家是三进套院，高墙深院。堂屋在中院一排明三暗五的正房中间，雕龙刻凤的木质窗棂上褙糊的是雪白绵软的夹江纸。和平年月里，堂屋正中设着神龛。神龛上供一尊袒胸露腹、笑口常开的弥勒佛。神龛前有一张铺着红布的供桌，桌上红烛长明，供果天天换新鲜的。逢年过节上全鸡、猪头。供桌两边，摆四张黑漆太师椅，两张太师椅之间有一张茶几，终年四季擦得锃亮。母亲信佛，堂屋里一早一晚都响着笃笃的木鱼声、清亮的敲磬声和母亲轻轻的拜佛声。而今，这些熟悉的、让人感到特别亲切、温暖的声音响犹在耳，然而，母亲已经不在了。堂屋变成了灵堂，神龛上的弥勒佛撤去，换上了慈母遗像。已去了天国的母亲，就睡在旁边暗影中那口两头翘的金线走边楠木黑棺材里。此时此刻，孤坐堂前，看着母亲的遗像，陪着睡进了棺材的母亲，回想起若干过去了的事，甚至儿时和哥哥第一次跪在神龛前敬神时的情景，历历在目。那是多么让人怀念，多么温暖的岁月啊！

万籁俱寂中，供桌上的那只大红蜡烛，随着从门缝里灌进的冷风摇摇曳曳，烛泪不断往下滴。他觉得，那摇曳的烛光就是母亲看着自己的眼睛，那一颗颗往下滴的烛泪就是母亲的眼泪，思前想后，让他倍感凄清和人世的无常。睡意渐来。朦胧中，那晚刘进忠来与他作别的情景和刘说的那番话,让他忽觉清军正大规模杀进川来。百姓惊呼呐喊。大西国正在崩溃……更可怕的是,有两双恶狠狠的眼睛动也不动地注视着他——一双是今上张献忠的眼睛,神情暴戾;一双是奸相汪兆麟的鹞子眼。他不禁背上鸡皮疙瘩骤起。

"二爷,二爷!"他猛然被门外的喊声惊醒,是秋生在叫他。在家里,他吩咐下人叫他二爷,这样亲切些,也有种让人留恋的家庭意味。

他问秋生:"有事吗?"

"有一个叫张之的书生来拜见你。"秋生隔着门帘说,"他说他是你的学生。"

"啊?"王国麟有些激动,赶紧吩咐,"快请他进来。"

张之是王国麟最喜欢的门生。他这次回来,不仅没有一个人来迎接他,所有的亲朋好友都像驾了地遁,无一人上门。得知张之来看他,十分高兴。长夜难熬,心中孤寂,能有一个喜欢的门生上门做长夜谈,也是人生一大乐事。他刚刚站了起来,门开了,张之站在自己面前。原来文质彬彬、眉清目秀、二十来岁的张之,全无往日的富家公子气,显得很落魄,霜打了似的。他向老师问安,作拱打揖。王国麟又是一阵心惊,他让张之坐,又让秋生给张之上了茶,秋生出去时,替他们轻轻拉上了门。好一阵,王国麟看着落魄的张之,猜测着其中的原因。张家是顺庆有名的殷实户,家有良田百亩,城里还有多家店铺,他又是家中独苗,弱冠之年就中了秀才。其聪颖,无可限量的前程,以及温文尔雅的风度,在顺庆城里让多少同龄人艳羡不已,也是富家子弟们的榜样。也因为此,作为顺庆城里的名人王国麟,当年,在张之来向他拜门时,素来不收学生的他,将张之收了,算是殊荣。不用说,张家送来的拜师礼相当丰厚,白花花的银子就是好几千两。第一次召见张之,也是在堂屋里,母亲也在。他为有张之这样一个弟子而得意。

第一次站在面前的张之,少年英俊,明眸皓齿,穿着华贵得体。

他第一次考张之,随口吟出一句诗,让张之对应下句。那是冬天,下着雪。从堂屋里望出去,庭院上空彤云低垂,雪花下得挥挥洒洒的。他故意来了一句实的、俗的:

"天庭漏隙走盐粒。"

张之不假思索,马上接下句:"玉宇梨花落纷纷。"

"好!"王国麟不禁击掌赞叹,他想,能把一句很实在的、生活化的语言,意向很快转化、上升为很美、很空灵的诗句,说明张之确有才华,孺子可教也!青出于蓝,更胜于蓝,他相信,在他的着意栽培下,张之日后金榜题名,甚至被崇祯皇帝招为驸马也不是没有可能。霹雳一声,天翻地覆。以后发生的事,是众所周知的。

大西国建国伊始,缺少文人,尤其是有影响有声望的文人。在这样的情况下,张献忠最初是听从王志贤建议,延揽大批文人入朝做官。他和龚完敬这样的当地名人,就是在这样的浪潮裹挟中离乡背井上成都入阁拜相的。以后,王志贤失宠失权,汪兆麟大权独揽,坏事做尽。汪兆麟怂恿张献忠以开科取士为名,逼迫全川士子上京应试,却布下天罗地网大开杀戒,致使成都百花潭畔笔砚成丘。一直关注着张之的王国麟注意到,两次会试,张之都没有来。为此,他暗暗为自己的门生庆幸,认为张之聪明,躲过了一劫。却又时时担心,张之会不会因为没有上京应试而遭到地方上严惩,因为这是抗旨。而现在张之好好地就在眼前,可见自己的担心是多余的。百密一疏,山高皇帝远,什么事情都是有例外的。然而,面前的张之却已大非昨日,衣衫破旧,瘦削的脸上形容凄苦,只是一举一动仍然彬彬有礼,右手胁下夹着一个小包。

"老师,这个年头,我没有什么好孝敬你的,"张之向远道回来奔丧的王国麟问了安,看老师注意他右手胁下夹着的小包,就拿了出来,双手捧着,很不好意思地放在茶几上,苦笑一下,欲言又止,说,"这是给老师的。"

221

王国麟有几分明白了，看张之放在茶几上的小包，用粽叶包得四四方方的。这就打开来，是几个白生生的米馍馍，再看张之一脸的菜色，他一切都明白了。"事情怎么到了这步？"王国麟问张之。瘦死的骆驼比马大。虽说顺庆同全川一样，都在闹饥荒，但张家不至于揭不开锅吧？

王国麟这一问，张之就嘤嘤哭了，哭得很小声很压抑，似乎生怕被什么人听见了似的。他已经猜到了几分，要张之慢慢说。张之止着了哭，却不说话，而是用目光环顾四周，怯怯的，意思是怕有人听壁脚。

王国麟一声长叹："好端端的一个顺庆府，朗朗乾坤清平世界，也被应承祚搅乱得成了人间地狱，连话也不敢说了！"他要自己的学生，尽可以把心揣进胸腔子里去，"现时就你我师生二人，寒夜苦长，张之你有话，尽管告诉老师。"

张之告诉老师："原先镇守顺庆的是都督马元利，那时要好一些。最近因川北局势紧张，马元利奉命移驻遂宁，留副总兵应承祚驻守顺庆。应承祚是东阁大学士汪兆麟一条线上的人，主政以来，秉承汪兆麟意志，胡作非为。这个人极其贪财，大肆搜刮民脂民膏，而且最近还升成了总兵。我张之就是因为违命，没有上京应试，被应承祚狠命敲诈、拿捏。逼着我家交出上万两银，不然就要将我逮捕下狱治罪。没有办法，家中只好咬着牙如数交银以求免罪。没有想到的是，应承祚是只大嘴巴鳄鱼，吃人不吐骨头，没有个完，一次次对我家进行敲诈、勒索，一直将我家的家产榨尽。在极度的忧伤、惊吓中，一年内，我年龄还并不算大的父母相继去世。而应承祚仍不放过我，要拿我是问。现在，我居无定所，四处流浪，在这个朋友处住两天，在那个朋友家留两宿。之所以贪夜来拜晤老师，一是十分想念老师，二是对老师回家受到冷遇，亲朋旧友一个个躲着，感到难过。"说着看看王国麟，说，"我张之如今是戴罪潜逃之人，老师我也看着了，好好的，心愿了了。老师，你害不害怕？怕，我立即离去，不怕，就再坐一会儿？"

听完张之这番话，大西国户部尚书怒不可遏，拍案而起。他说："张之，你没有错，更没有罪。你年前没有上成都应试是聪明之举。不然，头早丢了。张之你不在朝你不知道，大西国现在是黄钟毁弃，瓦釜雷鸣。张献忠虽说本性残暴，但也还有爽直的一面。坏就坏在汪兆麟。早先，王志贤当政，王尚书总能对今上张献忠循循善诱，使其抑恶扬善，因此也才有后来的吴继善、我等入阁拜相。

"后来今上醋海风波，雷霆震怒之下，对王志贤动了宫刑。大西国由此命运陆沉。那鸡胸鹅背、驴头马脸、鹰鼻鹞眼的安徽昔日死囚汪兆麟乘虚而上，竭尽谄奸，把今上往岔路上引，往绝路上引。

"而今汪逆名为丞相，实为宰相、大权在握，结党营私、陷害忠良，坏事做尽做绝。而国尽民穷，特别是全川各地饥荒蔓延，民不聊生，十室九空。重庆，复被曾英占去，杨展向成都步步进逼。而素称善战的孙可旺、刘文秀等四王，因军队粮饷短缺，影响军心和作战力，军事上连连受挫。如今，满人已在京师建都，鞑子铁骑已经抵达广元前线。国势危如累卵。今上看不到这一点，仍然迷信他手中尚有百万大军，广开战事，四处点火，八方冒烟；一如既往地诛大臣，从百姓口中夺食，杀人如同儿戏。

"我从成都回顺庆，一路走来，处处城乡凋敝，路断人稀。原先的集镇大都毁于兵火，夜晚连投宿都困难，纵然有少许荒村野店，也是磷火明灭，满目惨然，如同走进了鬼蜮世界。"

户部尚书王国麟原本是性情中人，在同病相怜的学生面前，这就敞开胸怀，一抒胸中块垒。在尽情地骂完了朝政后，他接着揭了顺庆总兵应承祚老底："你以为这个应承祚是个什么好货？此人是陕西三原人氏，原来是李自成手下一名小卒，混得很不如意，后来改投到张献忠麾下，做了马元利的一个小校。东钻西钻，混到这个份上，如此而已！"

在大西国户部尚书王国麟痛快淋漓地发泄完后，张之满怀希望地看着老师说："老阁台德望甚著，未必就能容忍一个小小的应承祚在顺庆府无法无天、胡作非为？"

王国麟怔了一下。看了看面前处境危险而满怀希望的张之，刚才因为痛快淋漓一抒块垒而变得轻松起来的心情，复又沉重起来。他不由得站起身来，双手背在身后，在灵堂里踱起步来。对日渐糜烂的朝政，对在顺庆为非作歹的总兵应承祚，他能有什么办法呢？他一点办法都没有！同张之继续谈话的兴致也索然了。他在灵堂里来回踱步，那光景，很像是一个泽畔苦吟的落魄诗人。

张之知趣，这就站起身来，向老师作别，神情惨然。王国麟于心不忍，却是束手无策，这就无言地将学生送到门口。门开了，凄冷的寒夜里，师生拱手互道保重。王国麟要秋生替他送张之出门。目送着张之单薄的身影刚刚消失在寒夜里，王国麟正要双手合上门来，忽听头上哗啦啦一阵瓦响。抬头循声望去，响声却又没了。王国麟以为是猫在瓦上跑过，也没有太在意。

两天后近午时分，在家服丧的王国麟忽见秋生惊恐万状地，跌跌绊绊地从前院跑来。他正要问秋生这是为何，只见两个身材高大、腰佩利剑的缇骑脚跟脚地来到灵堂前，秋风黑脸地对他喝道："王国麟，我等奉大西皇帝令，现捉拿你回西京。"

他强作镇静，要两个缇骑出示皇帝圣旨。他们却不由分说，给王国麟上了脚链、手铐，正要押走，向来不在生人面前露面的嫂子，奉了重病在床的哥哥命，裙裾飘飘、惊慌失措地赶来了。她问两个缇骑："我家兄弟是大西国户部尚书，你等就这样说逮就逮了吗？"缇骑掉过头去，做出根本不屑的样子，在王国麟背后猛地一推，说："走！回西京。有话问你！狗东西，居然敢在背后非议朝政，非议皇帝！"王国麟就这样被两个缇骑连拖带拽地拖出王家大院，拥上马，带回成都。

两天后，当满身风尘，被折磨得已不成人形的王国麟被带进西王宫保和殿问话时，大西皇帝张献忠高踞御椅上，看着他满面秋霜。张献忠还是那样，一件明黄色龙袍穿在身上，却没有穿上右边袖子，露出一截黄金软甲，而那把他须臾不离的宝刀，摆放在御案上。在场的只有汪兆麟，他坐在堂前，看着被带进来的王国麟，脸上露出狞笑。旁边一张桌后，坐了一个小吏，摊开本子，执笔在手，准备记录。两排禁卫军，从御案下排起，挺胸收腹，手执戈矛。王国麟来到西皇龙案前，上前两步跪下，大呼"西王万岁万岁万万岁！"他匍匐在地，不敢抬头。

"王国麟，你知罪吗？"一阵沉默后，响起张献忠那陕音很重的洪钟大嗓。户部尚书头脑中嗡的一声，浑身一抖，未必自己一路上担心的事发作了？对自己突然被捕的原因，他一路上翻来覆去想了很久，始终找不到原因。倏忽间，那晚上他送张之出门时，房上奇怪的瓦响声在脑海中隆隆滚过……隔墙有耳。他想，未必是自己那晚只图痛快，骂朝廷的话被人听去告了密？如果是那样，自己那可是犯下了万恶不赦的死罪。但又想，可能不会，一定是应承祚那厮在其中搞鬼，他思想上尚存侥幸。

"禀皇上！"王国麟尽可能沉着应对，"臣日前得到皇上恩准，回顺庆老家奔丧，没有惊动任何人，也没有同任何人有过接触。在家替老母守灵，深居简出。臣不知犯有何罪？请皇上明察。"说完，头在地上叩得咚咚山响。

"哈哈哈！"张献忠仰头大笑，声震瓦屋，王国麟直觉心尖子发抖。他知道，张献忠的大笑分两种，一种笑，是发自内心的笑，笑声很爽；另一种笑，往往是气愤之极发出的冷笑，阴森、沉重，直寒到人的心里。张献忠刚刚发出的就是第二种笑，这往往是他要杀人时的笑，不禁浑身颤抖。

"哼！"只听张献忠又是一声冷笑，"你说没有见过任何人？"说

225

着问汪兆麟,"那厮叫个什么名?"

"他的门生张之。"

王国麟脑海中轰的一声,眼前一黑,当场吓昏了过去。

"来人呀!"张献忠懒得再问,发一声喊,一手捋定胡子,指着吓昏在地的王国麟骂,"你们这些前明狗日的东西,跟咱就是不一条心。"随即吩咐一拥而上的禁卫军,"将他五花大绑,背插斩牌游街示众,午时三刻问斩。"

王国麟继吴继善等人之后丢了命。他是前明降了新朝的又一个阁员。

第十九章　饥荒蔓延，乱象丛生

"国以民为本，民以食为天"，这是一句人尽皆知的至理名言。然而，对于这句话中的前半句，大西国皇帝张献忠则不仅是大不以为然，而且是公然公开地蔑视、歧视和反对。在他看来，构成世间的天与人，是对立的，水火不容、你死我活。这个方面，在汪兆麟替他公开树立起来的带有教育教训警示警戒意味的圣谕碑中，表述得清清楚楚。

何谓天？在他看来，天就是山川日月、自然万物，就是当大西国皇帝的他张献忠本身；民，这是不用解释的，一点含混都没有：就是他想杀就杀、想剐就剐的老百姓。

对这句话中的后半句"民以食为天"，他则是自觉不自觉接受的，想反对也反对不了的。姑且不说他的数量庞大的军队一天要吃三顿饭，不吃饭不行，而且还要尽量吃饱饭、吃好饭。不然，不要说这些军人无法提刀弄枪去打仗、去东征西讨，甚至连路也走不动。他堂堂的大西皇帝更是得吃饱饭、吃好饭。

然而，全国性的饥荒已然来临。而且，情况严重。这点，成天吃饱饭、吃好饭的大西皇帝，是在这年底才切身感受到的。

这年底，他决计在宫中摆百桌盛宴，宴请上了品级的文武百官。手握重兵，分别替他在前线镇守东西南北四处要隘的四个王子也要召回来赴宴。为此，他专门召来负责这方面事务的光禄卿喻全章。

跪在皇帝面前，诚惶诚恐领受了任务并谢了恩的光禄卿喻全章这天很反常地长时间不起来。张献忠注意到了这种异常，问他为何不起，光禄卿大着胆子、战战兢兢地禀报皇上:"今年不同往年,办百桌盛宴难,很难。"

张献忠一惊。他向来是言出必行,没有人敢在他面前说个不字。这平时听说听教,狗一样温驯,只会摇尾巴的光禄卿喻全章今天是怎么了?他用一只手捋着颌下那蓬大胡子,觑起眼睛看了好一会儿伏在地上的光禄卿,闷声闷气地问:"今年与往年有何不同?"

"今年城郊人烟稀少。"喻全章硬着头皮据实回答,"粮食不仅昂贵,百物飞涨,而且不易买到。去年办一桌席的钱,已飞涨到正常年间的三四倍。今年这个价钱不仅买不到一桌宴席的盐和米,而且,办宴席所需的猪,根本就买不到。就价钱而言,去年买一头猪十两银,今年哪怕出到五百两,也还是买不到……

"年关将到,小人正在为宫中日常的柴米油盐奔走,八方筹措。"光禄卿一副苦不堪言的样子。到这里,光禄卿的奏报戛然而止,话未说完,意思到了。

张献忠听此一说,暗暗吃惊。粮食有些困难,全国性的饥荒蔓延,高高在上的他略有所闻,但到了什么程度却不知。在他看来,吃不完用不完,无所不有,鸭子的屁股——肥得流油的成都,何至于出大价钱买不到一头猪?

"老子不信!"张献忠说,"有钱使得鬼推磨,老子有的是银子。你给老子不问价钱地买。买不到猪,就买鸡、鸭、鹅。搞个百禽宴,也行。"

"禀陛下,鸡、鸭、鹅这些家禽也买不到。"喻全章双手伏地,头也快碰到了地上,他显得又慌又急,叩头如捣蒜,"现在只有梨园坝西平王刘文秀将军营中还有几头耕牛。我去刘营做过通融,希望他们将耕牛卖予宫中,可他们不肯。实在没办法。如果要办宴,看来只有动用刘将军营中的几头耕牛。而且,非圣上下旨调用不可。"

喻全章的话提醒了张献忠。他嘘了口长气，唤过大太监魏协，命他去宣秉笔太监王宣拟旨，派人去梨园坝刘营中牵两头耕牛回来备用。

魏太监低头应命，迈着妇女似的小碎步去了。

大西皇帝想了想，这样吩咐光禄卿："那就省俭着办吧。办二三十桌就行了。所请大臣名单送朕过目。你起来吧！"

不意光禄卿还是不肯起来。

"禀皇上！"跪在地上的光禄卿喻全章还未完，他不屈不挠地继续奏道，"梨园坝的牛，都很瘦。不要说办二三十桌席，如果像模像样地办，办两三桌也难。"光禄卿怕皇上焦躁起来发脾气，赶紧继续禀奏，"奴才倒有一个应急的办法，不知行不行。"说时，生怕外人听见似的，瞅了瞅影子似候在一边的几个身穿黑衣、手拿麈尾、神态呆板、泥雕木塑似的太监。

张献忠这就把手一挥，把太监们赶了下去。

看没有多的人，光禄卿喻全章这才把头轻轻抬了些，禀奏皇上："奴才有办法办出丰盛的百桌盛宴，不过，得用一法，请皇上恩准。"

"什么办法？有话就说，有屁就放！"张献忠有点焦躁起来。

"用人肉和牛肉合做办席。"

张献忠闻此言浑身一震，如遭雷击，眼都大了。他没有想到国情糟糕竟至如此，饥荒如此严重。他也曾风闻，市面上已有卖人肉的了……略为沉吟，他把身子往前探了探，低声问："人肉也可入席吗？"

光禄卿很肯定地说："行。若不说破，只要做得好，还甚为可口。"张献忠想了想，说："好！"他答应了。他对光禄卿喻全章说："刑部每天杀那么多人，你龟儿子既然说人肉好吃，就去刑部挑些来做。可不许走漏风声。若走漏了风声，老子杀了你。"

光禄卿喻全章这才磕头谢恩而去。

229

入夜，成都到处一派死寂。黑灯瞎火，鸦雀无声，四处阒然，就连素称繁华的东御街、西御街这样的首善之区也都是这样。整个成都，就像沉到了北冰洋里去了似的。

而承平年间，甚至在明末动乱年间，战乱少有，偏安一隅的成都也完全不是这样。特别是到了晚上，比白天还要繁华。有夜市，而且相当红火，相当有名，这与大西皇帝治下的成都形成鲜明对比。

那个时期，一到晚上，大街小巷里鳞次栉比的饭馆茶楼酒肆，无不人声鼎沸。幺师站在门外，挑声夭夭，揽客入内。沿街还有若干卖椒麻鸡、夫妻肺片等地方小吃的摊贩、摊点。摊贩们高一声、低一声、远一声、近一声地方音浓郁的叫卖声，声声入耳。空气中弥漫起红锅馆子里散发出来的炒菜香味、火锅滚沸时的麻辣味，打锅盔的梆梆声，甩三大炮（将手工制作的糍粑团在制作板上甩出去，连跳三下蘸满炒豆面，放到小碗里浇上红糖汁）的咚咚声……将夜晚，特别是冬天的夜晚搅得热气腾腾。

好些大街上，多家铺面天刚擦黑一关门，门前阶沿上就一字排开了卖字画的、卖小百货的、卖旧物的小摊子，林林总总。这些沿街设市的摊点，点的是蜡烛、小油灯、电石灯……灯光虽不甚明亮，但在漆黑的夜幕中铺展开去，形成了规模，也是相当华彩的。这一片片闪烁跳跃的光点，连起来看，就像天上的银河落到了人间。

而如今，到了晚上，纵然是皇城和皇城内高大威严、富丽堂皇的西皇宫，也如同沉入了大海里，看不见了。只有红墙下，那圆拱形的、两扇紧闭的红漆大门前垂着的有三盏缀有金黄色流苏的大红宫灯。这三盏大红宫灯微弱的烛光一旦落入门前深不可测的夜，立刻就被稀释了，几近于无。

"二娃，你睁大眼睛在瞅什么？"这个晚上，在文官下轿、武官下马，横跨在金河上的汉白玉曲背桥皇城那边，黑夜中巡行的哨长发现叫二娃的兵好像很警惕,警觉地发现了桥那边有什么异样。他弓下腰,就像孙悟空一手拿着金箍棒,一手搭凉棚朝那边瞭望,又不时揉揉眼睛,好像是在怀疑自己的眼睛发花。

哨长以为二娃饿得眼睛发了花,教训道:"你眼睛鼓那么大做啥子?再瞅,也不会天上掉馅饼的。"

他们是王宫卫队,是皇上的御林军,生活待遇自然比一般西军好得多,是最好的,但最近也开始吃不饱起来,开始定量。他们的肚子整天都是饿的。

"哨长,你看,那边似乎有一人正朝皇宫走来。"二娃指着桥那边要哨长看。

哨长循着二娃手指的方向看去。果然,桥那边有一个黑黝黝的活物朝这边走来,由远及近,大体看清了,是个人。黑影幢幢中的那个人到了桥那边驻下步来,似乎在考虑过不过桥、怎样过桥,这让哨长深感震惊。这边是人所皆知的皇宫禁地,随便乱闯禁地,是要杀头的。然而看来就有人敢!倏地,哨长提高了警惕。最近民间怨声载道,这个神秘的人物会不会是个刺客,想趁夜摸进宫去谋杀皇上?

"什么人?大胆,站住!"哨长大喝一声,因为紧张,连声音都变了。

"老总,是我。"来人说一口缓悠悠陕西话,听得出来,是个老汉。声音就像抽出来的细棉线,抖抖的、薄薄的。

哨长喝令陕西老汉不准过来,老汉果真就站住了。哨长带二娃过去,借着天幕上微茫的光线,围住这个老实的老汉转圈圈地看。

老汉很有些老了。穿得破破烂烂、抖抖索索。看不太清容貌,大老远就有一股酸臭味扑来。

哨长用手扇了扇鼻子,问老汉:"你咋回事?这是皇宫禁地,你不知道吗?老汉,我告诉你,你夜闯皇宫可是要杀头的!你没有看到吗,

231

街上杀了那么多人！那些到处竖起的稻草人似的东西，可是剐皮挖心掏空，再在人皮里填了石灰、稻草，用竹竿子撑起来的！"

"俺是来看万岁爷的！"不意这个乞丐似的老汉，不，本身就是乞丐，对哨长对他高声大嗓的威吓、训斥等无动于衷，说了这样一句莫名其妙的话，就像是一句呓语。

哨长以为自己没有听清，又问老汉："你说你来找谁？"

"俺来找万岁爷。"

"二娃！"哨长要他的兵证实，"这老汉说他来找万岁爷？"

"对。"二娃证实，"老汉说他来看万岁爷。"

这下哨长听清了，也听实了。重新注意地看了看面前这个说一口浓郁陕西话的穷老汉，思想上琢磨开了：常言道，皇帝也有三门穷亲戚。看来这穷老汉真有可能是皇上的什么人。于是，他的态度一下由穷凶极恶变得和蔼可亲。声音由高八度降为了低八度。

"你是万岁爷的什么人？"哨长亲切地问。其实是变化了方式盘问。

"俺是万岁爷的启蒙老师。"

"啊！"哨长大大吃惊了，眼睛睁得老大，只是天黑，看不清哨长大为吃惊的神情。

"请问老先生尊姓大名？"职责所系，哨长又问。不过这次问得小心翼翼，用了请字。

"不敢！"黑暗中，老汉竟对哨长抱了抱拳，"在下姓林名文蔚——林文蔚。"

"老先生从哪里来？"

"万岁爷的家乡延安府肤施县。"

"那么远的路程，蜀道又是如此艰险，你老能来？"

"唉！"这位自称万岁爷老师的穷老汉叹了口气，说，"老家实在活不下去了。我是一路逃难来的,原想,这把老骨头就只能抛在路途上,抛在艰险万状的蜀道上了。不意天佑神助,那么多从老家出来的人都死在了路上,老汉居然活着走到了西京。"

"老先生什么时候到的?"

"刚到……"

哨长完全相信这个黑夜中的不速之客的真实可靠性了。所言是真,不敢怠慢了。他要二娃把老先生慢慢扶过桥,扶到值班房休息。通知伙房给老汉熬点粥喝,他即刻进宫禀报。

完全没有正常生活规律的西皇,这时在他温暖如春、华丽舒适的寝宫暖香阁里,很舒服地躺在一把软椅上,跷起脚由陈皇后陪在身边说话。

"你们四川的气候,咱老子不服,经常都感到昏头涨脑的。冬天不像冬天,倒是不冷,却潮;天气阴,没有太阳,要霉就要把人霉死……"张献忠对陈皇后咒骂着四川的天气。他最近心情不好就拿四川的天气说事、骂娘。而他心情不好的根本原因是全国性的大饥荒。

听说,因为饥荒越来越重,他的军队没有吃的,有些军队开始暗地里吃战俘肉了,美其曰"打人粮"。

"人是铁,饭是钢,一顿不吃饿得慌。"军队没有粮食吃,不吃饱饭,咋打仗?况且,现在还有很多仗要打。看样子还要越打越大。

他还听说,在堂堂的天子脚下的西京,也有军队偷偷摸摸"打人粮"。特别是汪兆麟的侄儿汪苟儿的部队,往往趁天黑去西郊青羊宫"打人粮",东一个、西一个,把青羊宫三百多个相对肥实些的"人粮"——道士,都差不多打来吃光了。

青羊宫是全国数一数二的著名道观。里面的三四百道士日常开支,除原先络绎不绝的信徒捐送的大量香火钱外,最主要的是,他们有三四百亩田产、宫产。他们除了把这三四百亩田租出去，就像地主一样收租，很多道士也要下田劳作、栽秧打谷。所以，这青羊宫中的道士远比别的道观、庙宇中的道士、和尚吃得饱、吃得好许多。在西京，"打人粮"的现象越发严重，让他忧心忡忡。

张献忠表面上舒服地、跷脚打腿地仰躺在那里，闭着眼睛喋喋不休，宣泄着，像扔垃圾一样，把心中的"垃圾"扔给陪坐在侧的年轻貌美的陈皇后，而陈皇后恨不得把身边这个昏君、暴君杀了，恨得牙痒痒的。但想是一回事，做是一回事。她不能不强打精神强颜欢笑，让闭着眼睛假寐的他，觉得他在温香软玉之中。她小鸟依人般偎坐在他身边，用一口好听的北方口音，说一些好听的、他喜欢听的话给他听。

就在这时，魏太监影子似的出现在门前珠帘后不动了。陈皇后情知这太监有事，有大事要事禀报皇上。最近，随着西皇对她逐步加深的喜爱、信任，好些宫闱内部的大事小事及一些程序性的事，她都可以管管、问问了。

"那就进来吧！"她唤魏太监。

魏太监颠颠而入，跪在皇上面前，磕了头，尖着嗓子禀报："适才巡军来报，说是万岁爷的老师来了。"

张献忠一听惊得差点跳起来，他坐起来问魏太监："咋回事？我的老师？来人叫什么名字，从何而来，他们可都问清了？"

"禀万岁爷，都问了，问清了。来人是个老先生，名叫林文蔚。从陕北延安府肤施一路乞讨而来，吃尽了千辛万苦，到了西京，想见万岁爷。外宫禁卫不知该如何处置，恳请万岁爷明示。"

张献忠虽生性残暴，却重乡情，特别看重师生情谊。看来，他对这个叫林文蔚的老师感情不同，很深。

问清问明确后，张献忠立刻吩咐魏太监："赶快带林老师去吃饭，一定要吃稀饭。沐浴，换衣，换新衣，然后带林老师来我这里。"

魏太监又是一声遵命，颠颠去了。

一个时辰后，焕然一新的林文蔚被带到了张献忠面前。陈皇后自然回避了。暗香浮动，明灯灿灿，在如此华丽的宫中，林文蔚见到当了大西皇帝的张献忠，他身着绫罗绸缎，坐在镶金嵌玉的软椅上，手捋颔下一蓬大胡子，笑微微地看着自己。一时疑为梦中。这个老汉忘了须给西皇下跪、请安等一套必需的礼仪。他怎么也不相信，这个天神样的大西皇帝，就是自己教过的小时爱打架、非常刁顽的"小八旺"！

林文蔚一时傻在了那里，恍若回到了三十多年前那个荒诞的梦中，竟然呆呆痴痴地说："三十多年前的那个梦，居然实现了。梦成真了！"

张献忠听了林文蔚这没头没脑的话，摸不着头脑，只是站起身来，请老师坐在自己面前那把软椅上，还虚扶了一下。林文蔚哪敢坐？他再三请坐，林文蔚才坐了下来。待老师坐好，张献忠弯腰给老师作了一揖，算是敬了老师，对老师有礼了。又伸手从摆在旁边茶几上的果盘里拿起一个林文蔚不认识的水果——个儿不大，龙眼睛似的，轻快地剥了皮，露出白生生、水灵灵的果肉。

"老师，请尝一个荔枝。"张献忠把亲手剥了皮的荔枝敬献给老师。林文蔚接过手中左看右看，不胜惊讶。他过去不要说吃荔枝，连荔枝也没有看到过。他对荔枝的印象是从诗文中来的。他认为荔枝是大富大贵的人才能吃的，是仙品。这会儿，迂腐老文人吟诗弄文的毛病犯了。

他万分珍爱地将荔枝接在手中，想到唐朝杜牧的诗，不禁摇头晃脑地吟诵开来："一骑红尘妃子笑，无人知是荔枝来。"又吟："日啖荔枝三百颗，不辞长作岭南人。"——这是书诗画三绝的川省眉山人苏轼苏大学士的诗。"锦江近西烟水绿，新雨山头荔枝熟。"这是张籍的《成都曲》。"好、好！"张献忠轻轻鼓掌，笑道，"老师说了这么多荔枝，拿在手中的荔枝还未吃。再不吃就不新鲜了。"林文蔚这才将手中那颗张献忠亲自替他剥了皮，拿了很一会儿的雪白、圆润、龙眼似的荔枝放进嘴里。刚放进嘴里，还未吞下肚就惊得睁大眼睛，赞叹不已："真仙品也，难怪从古至今那么多帝王将相、文人骚客对荔枝赞叹有加。"

张献忠笑道："不过，我这跑死马运来西京的荔枝，不是给别人吃的，是给老师你吃的，再有，这荔枝也不是岭南来的，而是川省合江县来的。那个地处川黔交界处的合江，山环水抱，气候温润，是个产荔枝的地方。合江荔枝比岭南荔枝还好。只是地处偏僻，量又少，少为外界知晓。"

"成都不就是产荔枝的地方吗？"林文蔚说，"张籍的《成都曲》中说得很清楚。"

"可能气候变了吧，"张献忠哪里读过这样的诗，他顺着说，"反正，现在成都不产荔枝。"

"怎么没有听你说起小猴狲呢？"林文蔚突然转了思绪，想起似的调头看着张献忠，"你们小时候不是最好的朋友吗？过后他又跟着你打天下。"

"老师请坐下慢慢说。"林文蔚坐下后，发现张献忠神色有些变化，他用手拂着颔下那蓬大胡子说，"小猴狲的事难得说，一时也说不清，容以后我给老师慢慢说。他赌气出家，到护国寺当和尚、当大禅师去了。老师要去护国寺看他，可以。让他进宫看老师，也行。"

林文蔚估计王志贤出事了。默了默，他征求似的看着张献忠说："那我就这两天去寺里看他吧？"张献忠点了点头。接下来，张献忠要老师讲讲老家的情况，讲讲老师一家的情况。

"家里面的人都饿死完了。家乡早就是赤地千里，饿殍遍野。"林文蔚低头垂泪。

"你是知道的，"林老师说，"自崇祯元年，陕北便是战乱不停。

自你们起义走后，陕北更是兵去匪来，匪去兵来，最后我全家就剩我一个穷老汉，兵也不要，匪也不抢。

"前年，李自成打进京师，夺了明朝江山当了皇帝。他重乡情，派人回家乡省亲，大施钱粮，让我们过了一段好日子。之后不久，鞑子兵杀来，占了西安，占了延安……"

张献忠正在担心鞑子兵，因不知虚实，急问老师："见过鞑子兵吗？"

"见过。"

"怎么样？"

"厉害！大都是骑兵，能征善战，速度很快。"

林文蔚没有注意到张献忠的神情，按照自己的思路继续说下去："其实，鞑子兵并不坏。他们军纪严明。可恨处是，他们要我们百姓改装，男人一律剃发，扎根大辫子拖在背后，不然就杀头。圣人言，'身体发肤受之父母，不可毁损。'我林文蔚从小饱读诗书，决不能做这等有辱先人、气节的事。没奈何，在家乡留不得，老夫只好随着难民西逃。途中，听说八旺你在四川当了皇帝，这就特地来投奔你……"

"老师命大福大，到了四川就好了。"张献忠是个很会装神弄鬼的人。他想着刚才老师说的三十多年前做的梦，梦中有关他张献忠，就很有兴趣地问老师当年做了一个什么梦。林文蔚说了一个大概。张献忠大喜。说："老师，年关已近，我要办盛宴宴请我朝文武百官。老师来了正好，同时庆贺老师。请老师在这个盛宴上，将这个很有趣的梦，给百官讲一讲，讲详细一些，讲精彩一些！"

"好的，好的。"林文蔚有点明白张献忠的意思了。这时夜也深了，张献忠吩咐魏太监送老师去行宫安寝，小心服侍。魏太监遵命，带林文蔚去了。

真是匪夷所思！刚才还是一个不远千里、千辛万苦、九死一生从

237

陕北逃难而来，在皇宫门前被一个兵呼来喝去，严加盘查，饿得偏偏倒倒、马上就要死去的穷老汉，顷刻间成了大西皇帝的座上宾，真像做梦一样。这会儿都还在梦中。自己长时间来何曾睡过一个安稳觉，而这会儿睡在皇宫舒服华贵的牙床上！林文蔚虽然极度疲倦，可就是睡不着，在牙床上辗转反侧，不能自已。一更又二更，到了三更，刚睡去，梦中出现了那个难忘的情景。

明朝万历年间，天下太平。虽然陕西延安府三州十六县是贫瘠地，但也还是田禾蔽野，人敦礼让，社会安稳。延安府肤施县地处塞北地区，与安塞县接壤处有个金明乡，乡里有条金明河。此是北上边关的要道，军书粮饷常从此处出入。金明乡有种繁荣景象，风景也不错，可谓山明水秀。坡头窑上遍种庄稼，驿道两边是夹道杨柳。乡里在驿道边、土桥头建有一座乡塾，延聘家距此六十里地的寒士林文蔚到此教授乡中孩童。

张献忠小名八旺，他与王志贤以及后来与他同时在家乡扯旗造反，后来投降明朝的"闯踏天"刘国能、"射踏天"李万庆等都是幼时同窗。

张献忠很能打架，凶狠，打得同窗中好些大孩子都怕他、服他。张献忠与王志贤、李万庆交好。王志贤小张献忠两岁，天资聪明，行动敏捷，翻墙越壁，赛过猴猿，有"小猴狲"之称。

明朝天启年间，天下开始动荡不宁。开始是四川奢崇明造反，破了重庆，围攻成都。朝廷急调三边戍军入蜀平乱。山海关外势力看涨的满洲铁骑趁辽东、蓟州、宣化、大同四大镇兵力空虚，乘虚而入，威胁到京畿重地。朝廷手忙脚乱，急调有"天下第一兵"之称的四川石柱马土司遗孀秦良玉率白杆兵火速出川，驰援京畿……

在剧烈的社会动荡中，人们的生活急剧贫困起来。林文蔚的学生们开始拿不出给老师的"酬谢"了。没有了生活来源，他只得宣布休课一段时间。

时值仲秋之际，陕北一带天高云淡。他走到半途，忽然变天。眼看暴雨将至，恰前面坡上有座破庙。头上响起隆隆炸雷，他赶紧抢步进到庙中躲雨。他前脚跨进庙门，后面雨就哗地来了。接着，天上电光一闪，霹雳一声惊天动地，天就像漏了似的，大雨很快弥合了天地，四周一片雨雾翻腾。到处都在漏雨，唯神龛下有一块地方是干的，他只得躲到那里，找干处坐下，双手抱脚，等候雨停。

那场雨下得牵麻吊线，无休无止。烧饼吃过了，天快黑了，大雨已转成小雨，却仍然没有停的意思。只能将就在破庙中过夜了，好在天气不冷。环顾四周，雨声淅沥，西风飒飒，破庙显得破败荒凉。他触景生情，很是伤感，叹自己一生功名无就，孤身寄食他乡。老天无眼，空负他满腹经纶。天黑了，破庙黑灯瞎火，自怨自艾的他不觉疲倦袭来，睡了过去。

不觉间，来到一座高大堂皇的官府，亭台楼阁，华灯灿灿，僮婢匆匆进出。中庭大厅摆起公事，就像要审什么人。讶然间，忽听外面宣呼："大王到！"庭下众人纷纷让到两边，恭谨列队迎接。俄而，鼓乐齐鸣，一位大王身材高大，白袍黄铠，一部美髯，剑眉阔额，目光如炬，在一群太监宫娥彩女簇拥下，龙骧虎步而来。

他一惊，这不是我的学生张八旺张献忠是谁？他想喊，却喊不出来。大王昂首阔步，堂上高坐。但见一吏手中拿一个簿子，高呼带人犯。

随即镣铐叮当，进来一帮人犯，有男有女。他们或臃肿肥胖，或妖艳怡人，大都是明朝命官，无不披枷戴锁，狼狈不堪。

大王陕音浓郁地指着这帮人犯愤怒呵斥："尔等长期压榨百姓，行为不端，十恶不赦。咱老子今天要剥你们的皮，抽你们的筋，再将尔等碎为肉泥，散与百姓为食！"

庭上传出这帮犯人的跪地哭求声。

大王不依不饶，指着他们责骂不已。随即吩咐动刑，这些人中，有的被砍头，有的被剥皮抽筋……惨叫声声，非常恐怖、血腥。

　　处置完后，大王走下殿来，身后嫔妃、卫士相随。他觉得学生没有看到自己，这就走上前去，直呼其名。大王明明看清他是自己的老师，却只是微微一笑，倏地化作一道金光而去……

　　林文蔚梦醒后，发了一会儿愣接着睡去。自此以后，林文蔚在宫中养尊处优，西皇派专人服侍老师。

　　窗外，雪花纷飞。窗上，枯枝横斜。王志贤的净室内，温暖如春。成都很少下雪，而这天下了雪，下得还大。王志贤这间净室，简洁得如同水洗。

　　昔日的师生，林文蔚与王志贤隔着火盆促膝谈心。

　　要谈的都谈了。王志贤毫无掩饰地将当初发生的那场大事的由来、发展及结果都原原本本地告诉了关心他的老师。

　　一时，他们都没有说话，气氛显得有些沉闷。四周很静，听得见外面下雪轻微的沙沙声和火盆里钢炭着了发出的轻微噼啪爆裂声。

　　林文蔚低下头去，拿起小火钳轻轻拨弄着几根架成井字形的黝黑乌亮的钢炭，借此掩饰自己很不平静的心绪。这些由四川特有树木青杠燃成的钢炭，经燃熬火。钢炭外表像铁，而一旦点着了就能炽热持久。林文蔚的小火钳夹到处，已经燃着了的钢炭转成更多的暗红，让大禅师王志贤本来就已是温暖如春的小屋更增添了温暖。架成井字形的几根粗粗黑黑的钢炭的火心，就像是炼化了的铁水在暗暗沸腾。

　　刚才王志贤谈到事发后张献忠的雷霆震怒，对他和柳玉柳娘娘的大动干戈，一个动刀，一个动了宫刑，显然竭力压抑着情绪，轻描淡写，但作为一个年届六旬，有过相当苦难经历的老者，林文蔚完全可以想象、感受当时那份惨烈。

林文蔚虽来不久，他对大权在握的首辅汪兆麟媚上欺下、一手遮天、指鹿为马的种种不端不仅时有耳闻，而且有切实感触。

西皇闲时请他去谈天，凑巧有两回见到过鹰鼻鹞眼、皮笑肉不笑的汪兆麟。见面时间很短，表面看来，汪兆麟对他备极尊重，但看得出来完全是虚情假意。汪兆麟是碍于大西皇帝的面子，碍于他是西皇小时的老师，西皇很看重这份师生情义。

能看出，汪是个阴险奸诈小人，脸上戴的是一副假面具。眼睛后又有眼睛，神情后又有神情。他哪怕就是对你笑着，那双鹞子眼也在骨碌骨碌打转。他在侦察你、试探你、打你的主意，目的是最终将你置于死地。

毫无疑问，汪兆麟是个奸人，成事不足、败事有余。张献忠和他的大西国很可能最后都坏在这个人手上。作为老师，他当前最担忧的是蔓延大西国的饥荒。因为决定大西皇帝张献忠和他的大西国最终命运的是吃饭问题。

这是一道坎。迈过去生，迈不过死。他当然不希望他的学生、小时候调皮捣蛋的八旺，现在威风八面、对他有恩的大西皇帝张献忠迈不过去。

林老师主动把话题一转，转到了当务之急粮食、饥荒方面。

此时，王志贤抬起头来，看了看老师，略微沉吟，似乎在做些思考，他理解老师的心情。

老师注视着自己的学生，昔日威风凛凛，在西军中有崇高威信，现在名义上入了佛门的大禅师王志贤，年届不惑，着一领袈裟，手捻佛珠，神态沉稳。与一般和尚不同的是，他的额头上没有烫戒疤。

王志贤成竹在胸，条分缕析，事无巨细，细细道来。让分别多年的老师不禁暗暗感叹：人才呀！埋没人才！

"老师，这里我给你算笔账。"王志贤伸出一只手，展开五根手指一一道来。

王志贤就养兵、养官、匪患、田粮征收等方面具体地谈了谈。

四川先前养常备兵不过几万,现在,只大西国就有百万军队需要供养。加上盘踞四川周边地区的残明大将杨展、秦良玉部;周边属于南京福王管辖、派驻遵义地区及省内多个地区的王应熊、曹勋、曾英部等,需要养的部队具体数字难以估算,应该有好几百万。

还有李自成残部摇黄诸旅出没在川东山地、丘陵地区,约有数万人。他们要么已经沦为当地土匪,要么与当地土匪沆瀣一气,川东川北很大一片都是。这么多人都要吃粮,如此残破的大西根本担当不起,况且还有土匪、瘟疫,大西国正呈分崩离析之势。

再者大西上层,高官人数众多,加上七七八八的地方官……都需要川人供养。川人供养得起吗?肯定不行。"鸡脚杆上刮油",如此众多的盘剥压榨,纵然就是放在全国富庶地区也承担不起。

四川的田粮征收,历来分夏秋两季。西军入川时,本来明朝就已将川省夏粮征收用尽,秋粮提前征收了一半。西朝在成都定鼎后,汪兆麟一手主持制定税收政策,对川人敲骨吸髓,严令川省各州县照缴秋税。当时共收上来秋粮56万石、布15万匹、棉花7万余斤。远道州县将该缴钱粮布匹就近上交军用,其余折银运往成都。当年实际入库计:银10万余两、布2万余匹、棉9千余斤、粮20万石。加上从蜀宫中抄没入库的金银共50万两。说起来不少了,但因开支浩大,后来库存银仅数万两、粮10万石而已。后来就更少了,成了王小二过年——一年不如一年。

特别是对川人的杀戮更是釜底抽薪。王志贤没有将矛头具体指向何人,而是笼而统之。他说,"不发展生产,不与民休养生息,根本就不把人,特别是川人当人。对外天天提兵打仗,对内任意派捐派款,杀人如麻。"说完了,叹口气,"老师可能还没有出去看过吧?看了就知道原先的天府之国现在被糟蹋什么样子了,老师看了就清楚了。可谓赤地千里,路断人稀,灾祸连连,哀鸿遍野。"说完低下头去,连连叹气。

真是不算不说不知道,一算吓一大跳。

林文蔚想了想,对王志贤试探道:"西皇有悔意。你们是从小的毛根朋友,后来一起征战多年,你辅佐西皇打出江山,建立大西国,功在当代。这方面,西皇对你至今感念不已,没齿不忘。

"有言道,舌头都有被牙齿咬到的时候。"看王志贤连连点头,这就单刀直入,"如果经老夫调和,西皇请你出来主一些事,你会同意吗?"

王志贤默了默,说:"再说吧。"既不肯定也不否定。

这时,魏太监找上门来了,对他们施礼后,恭敬有加地对林老师说:"今日下雪天寒,皇上要御厨准备了些羊肉泡馍,知道老师好这一口,派奴才来请老师回去吃羊肉泡馍。"

于是,林文蔚告辞了。王志贤把老师送出山门,站在门前,看着老师上了轿子,这就端起手来,双目凝视,兀立不去。一乘两人抬小轿起行,在纷纷扬扬的雪花中渐行渐远。轿帘开处,白发苍苍的林文蔚探出头来看自己落难的学生,王志贤还站在山门前注视着他去。

大西皇帝张献忠想要的盛宴,年底,如期在皇宫的膳宫举办。午时三刻。一群太监手执金黄仪仗结队缓缓而来。大太监魏协颠颠在前,进到膳宫,他尖声尖气地对迎候多时的百官通报:"皇上驾到!"文武百官们顿时跪了一地。

西皇大摇大摆,进到金碧辉煌、明灯灿灿的膳宫。跪在地上的百官们,在汪兆麟带领下,齐声恭颂:"吾皇万岁,万万岁!"待西皇在首桌首席坐定,其他文武百官依次依序入座。

西皇本来也不是个太讲规矩的人,待大家坐定,他就吩咐开席。

鼓乐齐鸣中,百十个太监,弓着腰,手托髹漆托盘鱼贯而入上菜。顷刻间,各桌上摆满了珍肴美酒。让百官们暗暗高兴惊讶赞叹的是,他们真心希望的肥实货很多,如:扣肉、甜烧白、咸烧白、墩子,等等,应有尽有。候在百官们身后的宫女,这就轻移莲步上前,为每个人面前的酒杯斟满美酒。

太诱人了。空气中弥漫着诱人的肉香酒香,让一段时间来肚子里因油水不足而空虚的百官们胸脯起伏,吸动鼻子,馋涎欲滴。

这天,西皇对大家的饥饿、迫不及待心知肚明,也不走过场了,只是将坐在他身边的那个须发皆白,面容清瘦,着一套崭新黑色棉衣棉裤,戴副鸽蛋般大小铜边眼镜的老者介绍给大家说:"这是朕的启蒙老师林文蔚。我这老师非同凡人。他老这么大年纪,身体这么瘦弱,蜀道又这么险峻,却如有天神照应般来到了咱们西京。还有,他老记忆力非凡、惊人,等会儿请他给大家讲个多年前做的梦。他在梦中梦见了朕。而且,他那个梦过后全部应验了。"

张献忠说着拿起筷子,把桌上的肥实货一指:"大家开动吧!"

本来,最喜欢沿奸的汪兆麟把酒杯都拿在手里,准备最先站起来给皇上敬酒,说些新年将至,这第一杯酒恭祝陛下洪福齐天的话,不意大西皇帝不要这个过场,而是直奔主题,他也就很不安逸地从众了。

大家都吃得差不多了时,皇上的老师——林文蔚,心知肚明地用一口陕北话,讲起了西皇帝让他讲的故事……

张献忠注意着文武百官们对老师讲的这个故事的反应,同时有点心虚地注意百官们对这桌盛宴的反应。他知道,这满桌的肉菜,基本上都是人肉做的。他没有吃过人肉,想起来犯呕,但刚才看百官们吃得香,他也试着夹了几块烧白肉尝了尝。还好,不知是人肉与猪肉没有什么区别,还是因为御厨做得好,他没有吃出人肉与猪肉的区别,不禁暗想,军队"打人粮"不失为一个好办法,可以推广出去。现军中严重缺粮，敌我之间战事频仍，死人甚多，军粮不够正好可以拿人肉充饥。沉思默想，忽然看见坐在斜对面的两个官员在交头接耳悄悄说什么，样子有些鬼祟，他心中不由咯噔一声。心想，糟了！这两个官员发现吃的是人肉，肯定在偷偷议论，便把手朝两人一指，大喝一声："你两个站起来！"

皇帝突然发怒，百官噤然，纷纷放下手中筷子，循着皇帝手指的方向惶恐不安地看去。只见那两个官员，一高一矮，不知所犯何事，战战兢兢站了起来。

"你两个是哪一部的官员？"张献忠厉声喝问。

"禀皇上，奴才们是刑部官员。"这下，张献忠更是以为他的猜想得到了证实。这些做宴的人肉，都是喻全章去刑部要的。这两个家伙在一边鬼鬼祟祟议论的不是这事还会是什么？便不问青红皂白，大喝一声："拉出去砍了！"

堂上立刻闪出两个宫中禁卫军，将陡然间大祸临头吓得瘫在地上，口口声声喊皇上饶命的两个倒霉蛋拉出去砍了头。

见一屋的大臣们目瞪口呆、诚惶诚恐，张献忠灵机一动，宣布自己杀这两个刑部官员的原因：扰乱秩序，目无国君。

他余怒未息，手一指，要禁卫军将旁边斟酒的一个宦官也拉出去杀了，罪状是：不能纠仪……

大西大顺二年，大西皇帝这次年底赐宴群臣，也是最后一次赐宴群臣，到这里再也进行不下去了。大西皇站起身来，拂袖而去。

汪兆麟赶紧站起，示意大家跪送皇上，并率先跪在了地上，大臣们在他身后跪了一地。

战前素称繁华，街道也还宽阔的西御街中段，有一条凹进去的小巷，名"芙蓉巷"。当年孟昶据蜀时，命成都人在城中遍种芙蓉，深秋

245

时分，全城芙蓉花盛开，登高远望，四下相照，红霞一片，如绣如锦。这条幽巷，之所以得名芙蓉巷，就是因为巷子中芙蓉树多、开的芙蓉花美。

芙蓉巷中住的二三十户人家都是殷实户，家家门前植芙蓉。小巷一端有一户人姓汪，户主名叫定儒，四十多岁，这一家三口是目前小巷中仅存的几户之一。其余人家，要么跑了，要么饿死了，要么被西军当作"人粮"打来吃了。

汪定儒战前是开饭馆的，西御街上最阔气的一家大饭馆"味腴"就是他开的。川菜世所闻名，成都又是一座文化积淀深厚的城市，那时，只要在西御街上走一遭，看看街道两边鳞次栉比的茶楼酒肆的店名，就会对这座美食之都有所领会。饭馆大都名"聚丰""蜀香"；茶馆大都名"饮涛""品茗"；旅店叫"静安""大安"……这些店名或表风雅，或取典故，如"枕江楼"等。店招有纱灯、牌匾、幌子，不一而足。所有的店招、牌匾、幌子上的字都是请名人书写。本来，汪定儒人很活络，广有家产，又大方，生活好，可是大西国建立后，他的那大饭馆味腴，同成都几乎所有的商铺饭馆的命运一样，很快关门。他曾经有机会携家带口跑出成都，逃离这座地狱般的城市，但他没有跑。一则因为他是地地道道的成都人，对生于斯、长于斯的这座城市爱得太深；二则他懂得天下乌鸦一般黑这个道理，在他看来，天子脚下尚且如此，在四川，哪里还有容身之地？再则孩子还幼，妻比他小十多岁，带上娇妻幼子能上哪里去？他深信，乱世时期，救命菩萨不是别的，就是管着这条街的兵大爷。近两年来，他给管这条小巷的兵大爷、总兵大人汪苟儿不知赔了多少笑脸，塞了多少钱，他经常告诫娇妻幼儿："做生意讲的是和气生财。乱世年间要保命，就要舍得赔笑、蚀财免灾……"汪定儒是读过书的，深信成都是座福地，总会挺过去。然而，情况越来越糟。在严重的饥荒面前，西军居然发展到不管白天黑夜，在城中捕杀百姓吃人肉。就他居住的这条小巷里的居民都差不多被西军捕杀吃完了。他原先是个白胖子，现在瘦成了个风一吹都要倒的干柴棍，最近这段时间他饥肠辘辘、半死不活，从早到晚躺在堂屋里的一把软椅上，用一双无神的眼睛，看着暮色如何在小院中一点一滴地降临，丧服似的夜幕接着是如何从爬在墙上的那一蓬蓬青藤上一点点浸下来，直到将天地弥合得满满当当。因为饿，他那只有十二三岁的孩子和三十来岁的妻都在里间整天睡。而今眼目下，睡，是对付饥饿的最好办法。今天，他们一家三口，没有饭吃，只吃了点窖在坛子里的炒豆子，喝了一点水。

不孝有三，无后为大。汪定儒饿得昏昏沉沉的脑海里，忽地闪出这句孔夫子的教诲。不行！他想，我和妻子可以死，但我的儿子不能死，我得保住汪家这根独苗。他挣扎着站起身来，摸着黑偏偏倒倒来到内屋，坐在床挡头对妻说了他的打算。

"好。"如水的黑夜中，传出妻有气无力的声音。原来汪定儒决定孤注一掷，联合周围几家生命细若游丝的人签了名，上书大西国皇帝。明天一早，他就要挣扎着到宫门前跪下，恳求宫门外的带刀侍卫收下他的札子送进宫去。另外，为了他和家人不被人趁夜捕了去吃，将那一坛一家三口数着吃的炒豆子取出一半，拿它重重贿赂总兵汪大人。就是因为他不时行贿，又姓汪，同汪总兵关系尚可，汪总兵才格外关照。如果没有汪总兵罩住，他一家三口活不到今天。在这个吃食比金子还要贵重的特殊时候，送汪总兵大人一大捧香喷喷的炒黄豆，那可是比什么都要保险的。

汪定儒在床后面摸出了那个矮个鼓肚小口坛子，小心翼翼地打开封着坛口的油纸，万分之痛地抖抖索索地倒了半口袋，准备送给汪总兵。

到时候了，"吱呀"一声，汪定儒偏偏倒倒地推开门，带着一个弁兵刚刚走到他家门前的汪总兵吃了一惊，下意识地将刀唰地抽离刀鞘半截。看着是汪定儒，汪总兵又啪的一声将刀送回了刀鞘去。

"这时候,你出来干什么?"汪总兵用一口安徽音浓郁的话诘问,潜台词是:你这个时候出来,不怕被人抓去吃了?

汪定儒站在门内,双手扶在门框上,有气无力地说:"汪大人,请借一步说话。"汪总兵那双闪烁着攫取的饥饿神情的眼睛,顿时露出了惊喜。有门!他想,这汪定儒一定是要送我什么好吃的。以往,汪定儒送他好吃的时,都是采取这样的方式,都是这样的用语。

"行。"汪总兵进门时,掉过头来,吩咐跟在自己身后的弁兵,"你先去巷里巡看巡看,我等会儿就来。"弁兵去了。汪总兵随手掩上门。汪定儒拿出带在身上的那半小口袋炒黄豆递给汪总兵。汪总兵接过来,当即狼吞虎咽起来。汪定儒这就把他的请求告诉了汪总兵。

汪总兵沉醉在吞咽炒黄豆的无限喜悦中,对于汪定儒的这些异想天开的要求,竟连连点头称是。当汪定儒提出他的种种担心,说是第二天,他这水肿的脚能不能挪到皇帝门前,还有宫前带刀侍卫是否允许他进到宫门前,接不接他呈给皇上的札子,即便是札子被宫门前宦官、带刀侍卫勉强接了,是否能递上去,等等都是问题时,大口大口吃着百姓救命粮炒黄豆的汪总兵,大包大揽地表示,所有这一切,他都可以代办,他宫中有人。

汪定儒高兴极了,正要说谢汪总兵的话时,汪总兵却忸怩起来,说是:"不瞒你说,这个年头,要办成这样大一件事,恐怕你得多给我些炒黄豆才行。你知道,宫里人也饿,很多人需要打点,不多给咱一些炒黄豆咋行?"

汪定儒说:"是这个道理。汪总兵你请等一下,我去将家中所有的救命粮给你倒来。"汪定儒将家中的炒黄豆倒了个底朝天,给了汪总兵。

第二天,汪定儒还是保持着昨日的姿势,躺在堂屋里的那把软椅上,用一双无神的眼睛,一眨不眨地盯着大门,用心谛听着门外的声音。他在等待汪总兵的脚步声。他知道的脚步声。

咚咚咚，有人敲门。

"来了！"汪定儒的心都快要跳出来了。他挣扎着站起身来，跌跌绊绊上前打开了门。站在门前的不是汪总兵，而是汪总兵的弁兵。

"总兵大人呢？"汪定儒问。

"拿去。"弁兵却是所答非所问地将他们上的札子还给了他。汪定儒接在手中惊问："没有批？"

"没有批！"弁兵丢下这句，转身走了。

这天晚上，汪总兵可能有些不放心，带着弁兵来到汪定儒家门前，先喊，没人答应。再敲门，也无人应。汪总兵情知不好，连忙撞开了门，赶进去一看，顿时心惊。汪定儒一家三口都吊死在了堂屋的梁担上，其状相当惨烈可怖。

这样的事，不知怎么被西皇知道了。也许张献忠觉得天子脚下有这样的事还是不好，便颁旨命城中西军保护百姓，然而情况没有一点好转，西京饿死的人每天都在增加。

因为严重的饥饿，一支全是陕西子弟兵组成，约有二百人，驻扎在北门，属于老营的一支部队，这个晚上发生了暴动，最后，总兵王自让带着这支部队趁夜深冲出城，上了北大道，朝陕西方向逃去。

消息如此严重，中军都督王尚礼接报后不敢隐瞒，赶紧派部队连夜出城追赶，一边赶紧连夜赶去宫中向西皇禀报。

"了得！"西皇得知此消息大惊，当即翻身披衣来到保和殿，待跪在他面前的中军都督王尚礼急急说明后，张献忠暴跳如雷，指着王尚礼骂，"你这个驴日的，带的啥子兵？家乡子弟兵都逃跑了，了得！"

王尚礼百口莫辩，等着处分。

"狗日的！"张献忠指着王尚礼又是一声大喝，"还愣在这里干求呀？还不赶紧出城给我追！"

249

王尚礼谢了恩,赶紧率禁军一营——全是骑兵,出城追去。

追过天回镇,天亮了。王尚礼见他先前派去追逃兵的两营兵,因为饿,都不动了,瘫在路上。王尚礼十分生气,用马鞭指着这些阴尸倒阳的兵,喝问:"咋个不追?"

兵们跪在地上答:"我们肚子中没有食,没有力气……"有胆大的补充一句,"我们能追到这里就不错了,已尽了全力……"

中军都督王尚礼想想也是这个道理于是,他先放过这些兵,带着骑兵一阵风似的追了上去。

逃兵近了。

带队逃跑的总兵王自让听到身后传来的排山倒海般的马蹄声,敢做敢当的他,心一横,唰地拔出刀来,大声对弟兄们说:"追兵来了,他们是骑兵,我们无论如何跑不过他们。况且,我们肚子里无食,有气无力。横竖都是死,与其大家都死,不如一些弟兄跟我上去同他们拼命,争取时间,让另一些弟兄逃生!如果老天保佑,能有兄弟逃回老家,替我们带个信。"说罢,转身挥刀率先扑上前去。逃兵中,大半弟兄跟着他返身迎战。

真是,穿鞋的怕打光脚板的!虽然有堂堂的中军都督王尚礼亲自带队压阵,带的又是精锐骑兵,人也多,饭也是吃饱了的,但这两营精锐骑兵,不知是被返身回来勇敢应战的逃兵们吓着了,还是唇亡齿寒,都是老乡,不忍心杀戮这批因饥饿而逃亡的弟兄,大都勒着马,不上前反而纷纷勒马回退。

他们中,好些人互相认识。一时,人喊马嘶,互相招呼,有的人在哭泣,现场非常混乱。中军都督王尚礼指挥失灵,就在他不知如何是好时,只听一声:"皇上来了!"

随着一阵急促的马蹄声由远而近,骑在高大剽悍、奔驰如飞的乌龙驹上的大西皇帝,奇迹般地出现了。

到了。张献忠将马缰一勒，坐下乌龙驹咴咴一声，立成一个人字。张献忠气得胡子都立起来了，将手一挥，暴喝一声："放箭，射死这些逃兵！"

嗖嗖嗖嗖！张献忠带来的精锐卫队开始对逃兵放箭。箭如飞蝗，中了箭的兵们纷纷倒下，其状很惨。

"不关他们的事，不要射杀他们！"王自让大声呐喊，挺身而出。他张开双臂，尽量保护身后的兄弟们，就像母鸡保护小鸡似的。他看着骑在马上、暴怒不已的张献忠解释："皇上，我们不是逃，是饿，快要饿死了才走的！请皇上放过他们，要杀要剐冲着我来。"

然而张献忠毫无怜悯之心，命令手下继续放箭。又是一阵更猛烈的嗖嗖嗖嗖、呼呼呼呼的箭雨。

又有几十个西军中箭，纷纷倒下。最前面的王自让更是被射成了一个柴垛子。

"八大王！"临死前，王自让用泣血的声音叫了张献忠当年的称号。这久违了的称呼，听起来让人感到亲切而悲切。

"我们不是要反叛大西、反叛八大王！实在是因为你八大王当了皇帝后乱整一气，到现在弟兄们连饭也没有吃的。我带着弟兄们逃，是求……求生……"王自让断续解释，声音逐渐低微。王自让是捂着自己的胸口死的。他同这些被射死的兄弟们一样，大睁着眼睛望天，望着家乡的方向。天上乌云沉沉，空旷的原野上寒风阵阵。

张献忠继续带着绝对忠于他的卫队追上去。北大道上，这支西军除了个别跑掉的、藏匿的，被他追上的、抓住的，总计一百多人，被杀个干干净净。

张献忠这才率队返回。

川陕官道，又称"北道"上，距成都不过十来里的天回镇段留下的是一派惨状、一路血腥。这些被射死的、砍死的西军，没有人来收尸。

251

因为太血腥、太可怕、太残忍。好些兵死了，身上都带着箭。这就让那些哪怕胆子最大、饿得肚皮贴着背，敢吃人肉的人，也不得不退避三舍。而且他们发现，这些被射死、砍死的兵，目光都向着西北——向着他们家乡的方向。

天回镇离成都很近，原来人烟稠密，相当富庶，而今也是荒郊苦野，根本就没有人。到了晚上，不知从哪里窜出来的野狗，才敢去啃噬这些倒在北大道上的兵们的尸体。

巧妇难为无米之炊。堂奥洞深的西皇宫里，御厨尽管竭尽所能、伤透脑筋，但要正常供奉大西皇帝和附带在他身边的一群人的一日三餐还是实在难以为继。最后连堂堂的大西皇帝张献忠也不得不为维持自己的一日三餐想办法动脑筋。这天，他指派自己的亲信都尉李忠带一百名亲兵去灌县押送六石大米回宫救急，可是众叛亲离，李忠等人也是赵巧儿送灯台———去不回来。

如何解决迫在眉睫的饥饿，让大西皇帝张献忠伤透了脑筋。

第二十章 大禅师出面，屯垦种田

"王叔！"西平王刘文秀称并马走在身边的王志贤为王叔，语气中有种不容掩饰的尊敬和亲近。

骑一匹雄赳赳火红雄骏，身姿笔挺，走到哪里都是一副青年将军飒爽英姿的刘文秀陪骑一匹赳赳白马、身披一领袈裟、手捻佛珠的大禅师兼屯垦总管王志贤出了西门，行三四里地，转弯，上了一条蜿蜒的乡间小道，眼前不禁一亮：前面不再是荒废的田园，而是无边无际绿油油、绿得惹人爱的水稻田，像一块质地厚重的硕大翡翠，天上有银棉似的白云舒卷。

成都的春天是美丽、明艳的，一扫漫漫冬天阴冷潮湿、连月不见太阳的天气。那些日子，游荡于田间的野狗，陡然见到阴沉低矮天幕上现出一轮虽然红艳，却毫无热力的太阳，因为不认识，都要狂吠一阵，一半出于新奇，一半出于警惕。"蜀犬吠日"由此而来。

刘文秀见大禅师被眼前的景象吸引，处于凝望中，驻马不走，他很能理解王叔的心情，也就驻马，并退后一些，尽量不去打扰屯垦总管的思绪。

这一带名叫梨园坝。年前，这一片所有田地荒芜，杂草丛生。原先这一带成片成林的梨树也大都死去。而今，大面积的稻田一派欣欣向荣，成片成林的梨树不仅活了过来，还开了花。在朗朗春阳照耀下，漫天雪白的梨花引来了大批采蜜的蜜蜂嗡嗡嘤嘤，给人一种特别的温馨感，诗情画意。这才是名副其实的梨园坝。

西平王刘文秀不到三十岁，相当年轻，却已是大西国统兵数万的将军。

眼前的景象是何等动人，何等可喜啊！一直铺向天际的明镜般的水田中，绿色秧苗长势喜人。蓝天白云下，波光潋滟中，好些捞脚挽裤的川兵，头戴斗笠，弯着腰在田里扯杂草、薅秧。水田里，这里那里伫立着一只只高脚鹭鸶，它们明明是在寻觅鱼虾果腹，却是长久地一动不动稳在那里，一只长脚立在水田中，一只长脚蹁起，一副悠然自得的架势，很像当年渭水边上的姜太公钓鱼，愿者上钩；又像是一个高洁的文人雅士，为觅得佳句，在苦苦冥思，颇为有趣。

广阔田野上，有纵横交错的小河、小渠，而这些小河、小渠又派生出若干条更小的小渠，就像是人身上无数的毛细血管，保证了用水。

"问渠哪得清如许，为有源头活水来。"——这源源不绝、不尽的活水，全都来自距成都不过百余里，早在秦朝时期蜀郡太守李冰父子带领广大群众开山劈石引水，造就的至今仍在发挥重大功能，造福川人，把四川浇灌成天府之国的世界水利史上的奇观——都江堰。都江堰水不仅浇灌出了川西平原上八百万亩旱涝保收的良田，而且也惠及川东川北山地丘陵地带，更是浇灌出了"金温江""银郫县"及新津、新都、双流等多个富得流油的县。而坐落在盆地中央，如同一个金盆盆底的成都更是自唐宋以来，就是全国五大繁华都市之一。

成都是岁无饥馑地。

有言，少不入川。其实，老也不入川。因为，天府之国四川太好，外间人不能来，来了就不想走了。也正因为如此，张献忠双眼紧紧盯牢四川。在多年的造反、征战中，梦寐以求拿下四川，建立自己的国家，建都成都，当皇帝。

梦想成真。然而，就是这样一个筷子插到地上都要变成大树的天府之国，不到两年，几经折腾，一派荒芜，最后竟连吃的都没有了。

"人是铁饭是钢,一顿不吃饿得慌。""兵马未动,粮草先行。"……也就是在这样的严峻情况下,刘文秀知道因为父皇和王叔的恩师林文蔚奇迹般的出现,再经林老师的居间劝解、说服,护国寺大禅师同意出山,接受了一个名义上似乎无足轻重的屯垦总管。王叔重任在肩,他要指挥提调成都及成都周边地区闲置的二十来万西军开荒屯垦种田,尽快尽可能多地生产出粮食,以解百万饥饿西军的燃眉之急。

王叔上任前夕,给父皇提了个条件,也是唯一一个条件——将他西平王刘文秀调来做副手。父皇同意。王叔之所以如此,无非是考虑到要调动指挥十多万西军,况且之中还有汪兆麟的侄儿汪苟儿部,谈何容易!让西平王出面,许多事都好办。他了解王叔的苦心,愿意做好王叔的副手,为王叔拾遗补阙、冲锋陷阵。

眼前的花红柳绿、丰收在望不容易。不知其过程,哪知道其间的难。王叔是在他,还有孙可望、李定国、艾能奇的鼎力支持下上任的,是他们说服了原先认为"修得庙来,鬼都老了"的父皇。

他和王叔上任伊始,将闲置在成都及成都周边地区的十多万西军调来统一安置,分片划区、要求耕田进度的同时,筹集资金,派人买回种子、耕牛等,抢时间耕作,因地制宜种上了庄稼。现在终于初见成效。眼前的梨园坝名副其实,生机盎然,十分喜人。有言"江南三月,草长莺飞",在刘文秀看来,眼前成都春天的美景,远胜于江南。

西平王觉得,连他们坐下的马也通人性。这两匹马,也似乎为眼前的景象所陶醉,它们在金色的春阳中抖抖鬃毛,清亮的眼睛眯起,一动不动,惬意地站在那里,似乎也为眼前的美景所陶醉。

而屯垦总管王志贤与西平王的心情感触又有不同。他心中暗暗着急。他多么希望眼前连天的绿色秧苗,快快变成一片片金灿灿、沉甸甸的稻谷。沉甸甸的稻谷,经碾压、风簸,成为白花花的大米,源源不断输送给全军、全国,以解燃眉之急。他觉得重任在肩,而汪部势力处处与他为难。

这时，一阵川味浓郁、挑声夭夭的薅秧歌声，从远远的水田中传来，将他们从凝思中唤醒——

天老爷，多出太阳多下雨
保佑我们吃白米……

"西平王，我们走吧。"大禅师说时，将手中勒住的马缰一松，坐下马脚步轻快地走了起来，刘文秀拍马跟了上去。

"王叔！"刘文秀对王志贤说，"不要称我为王，就叫我文秀，这样亲热些，也合适些。"

王志贤笑道："好的。"

"王叔，"刘文秀好奇地问，"刚才那些薅秧川军唱的什么歌？"

"竹枝词，类似于我们家乡的信天游……"

谈话间，眼前动人可喜的景象慢慢消失，他们巡视到汪荀儿部垦区，眼前景象让他们失望气愤。这一坝偌大的田，有好些荒田根本没有耕种，原封原样摆在那里。少量种了，灌上了水，秧也算插了，但这些秧苗，就像癞子头上的头发，稀稀拉拉没有几根。总体来看，汪营与刘文秀亲自监管的梨园坝天渊之别。

一边干得热火朝天，一边田野根本没有人。"太过分了，这汪营简直要反天了，是明显的怠工，了得！"

刘文秀说时气得七窍生烟。他们发现，前面路边绿草茵茵的斜坡上有一株虬枝盘杂、需两人合抱的大榕树。大榕树洒下的一地浓荫中，有个在那里睡大觉的兵，双手垫头，一顶草帽反扣在头上，睡得长伸伸的，很舒服的样子。

西平王气不打一处来，跳下马，走上前去，狠劲踢了这呼呼大睡的兵一脚，吼道："起来，你这个狗东西，居然白天在这里睡大觉！"

那兵被踢醒，翻身而起，人都没有看清楚，昏头昏脑地扑上来张牙舞爪就要打架。刘文秀朝旁边一让，顺势给了这家伙一马鞭。这身长力大，脸上有麻子的兵被打醒了。他一下睁大惊讶的眼睛，认出这个站在他面前，打他的是西平王，"哎呀！"西平王在西军中无人不知无人不晓，如雷贯耳。家伙吓住了，登时，跪在西平王面前，磕头如捣蒜。谓："小的有眼无珠，不知西平王驾到，小的有罪。"

"不是你有眼无珠！"刘文秀揭穿，"是有人让你在这里放哨吧？结果你在这里睡大觉。"说时，将王志贤一指，"这是我们的屯垦总管王志贤王大人，我都归王大人管，看王大人如何收拾你！"这就推出了王志贤。

这麻脸大兵转而给王志贤磕头时，鬼头鬼脑地偷看了王志贤一眼。他可能是新来不久的，不知王志贤原来在西军中的大名。看王志贤披一领袈裟，就是个和尚，不禁怔了怔，似乎在想，管我们的咋是一个和尚？好在这个和尚态度温和，肯定是个好说话的人。不过，看堂堂的西平王都对这个和尚如此尊重，他也就丝毫不敢大意。

刘文秀看树荫下有个马扎，就请王志贤坐到了马扎上。

"我且问你，"正襟危坐的王志贤轻言细语地问这个麻脸大兵，"听口音，你是汪总兵的人吧？"他明知故问。

"是，大人。"

"是兵还是官？"

"不敢！就是个哨长。"

"这么好的天气，你们军营的那么多人呢，为什么都不上工？"

"总管大人，我们不是川人，不习惯种水田。"这兵振振有词，有点无赖，强词夺理。

"你是安徽人吧？"王志贤又问，微微一笑，笑得有点讽刺。

257

"是。"这麻脸哨长又是一愣,他不明白屯垦总管为什么要这样问。

"你说得不对!"王志贤把他的谎言揭穿,"安徽不是也种水稻、产水稻吗?你怎么说你们不是川人不习惯种水田?"

麻脸哨长这才明白中招,顿时语塞。

"你这厮连谎也编不圆。"旁边的刘文秀发作了,指着麻脸哨长厉声喝问,"你们的总兵汪苟儿何在?"

"在他的营里。"麻脸哨长不敢隐瞒,战战兢兢。

"去给我叫他来!跑步!"

"是。"麻脸大兵给他们磕了头,起来,转身,拉伸一趟子朝那座离军营有一箭之地,孤立在田原上的白壁黑瓦,有川西民居特点的四合院跑去,就像一只被枪打惊了的狼。

很快,汪苟儿被唤来了。得知是西平王叫他,他一路快跑而来。

来到王志贤、刘文秀面前,他对他们打躬作揖,连连告罪,说是不知主官驾到,迎接来迟。刘文秀厌恶地用手在鼻子前扇了扇,坐在马扎上的王志贤皱了皱秀挺的眉。这家伙满身酒气。此人与他叔汪兆麟简直就是一个模子里出来的,同样鹰鼻鹞眼、鬼里鬼气,不过年轻些。可能因为在家孟浪,来不及换成军装,穿的是便装,是一身考究的前明成都舒气(有钱有地位)男人穿的衣服。家伙显然走得匆忙且惶恐,衣服都没有穿周正,脸上还有胭脂,显然大白天在家饮酒嫖妓。

汪苟儿主要是忌惮西平王!他知道西平王点名叫来的目的。不过,他假装糊涂,想能糊弄一时就糊弄一时。他当然知道王志贤的厉害,但现官不如现管,王志贤现在说到底就是个和尚,然而又一想王和尚树大根深,又有西平王刘文秀这样的"帮凶",他不能不打起十二分的精神小心应对。

"汪总兵,"王总管显得客气,看得出竭力压抑着,用手指着满坝的荒田说,"我们刚从梨园坝来。那边的一坝水田,秧苗青青,长势喜人。你这边怎么回事？发同样的种子，花同样多的钱，你们人比梨园坝还多些，军粮军饷该发的都发了，怎么按兵不动？你的兵呢，未必都在白天睡大觉吗？"

"禀总管，"家伙故作温顺，头一低，抱拳作揖施礼，张口就来，"近日天气很好，本部所有士卒天未亮就开始起床操练，现在稍作休憩。"

"你们目前的要务是屯垦种田，谁叫你们这样不务正业，不去种田，天未亮就起床练兵？"

"这个、这个……"家伙欲言又止，说不出话来了。

刘文秀知道这个家伙，想抬出汪兆麟压人，蒙混过关。

"你的部队官奢兵横，纪律松弛，在西军中臭名昭著。"说着——列举，"青羊宫里三百多个道士，差不多被你们打来吃完了，最先发明'打人粮'这说法。

"这些姑且不说了，现在你部的任务是种田，种好田，而你看看，你的兵现在成了什么样子？"

王志贤心软，看汪苟儿一副嗫嗫嚅嚅下不来台的样子，这就给他搭下台的梯子，委婉地说："屯垦种田是圣意。你部是有任务、有目标的。这里先给你打个招呼，给你下一阵毛毛雨。到时候你要拿话来说，要兑现先前的承诺。有言，春种一粒粟，秋收万颗子。你汪部种多少田，秋天交多少粮是有数的。到时拿不出粮来，就不好交代吧？"

"总管大人放心。"汪苟儿敷衍道，"我部立刻整改，迎头赶上。"

王志贤、刘文秀这才放过他，继续巡视。目视着他们远去的身影，汪苟儿恨得牙痒痒，心想，老子今晚就把这事报告老叔汪兆麟，看他如何收拾你们！

这天中午，御厨给西皇张献忠上了一大碗豌豆尖面，陈皇后陪同在侧。

张献忠第一次吃豌豆尖面,很高兴。他用筷子夹起一绺青翠的豌豆尖,东看西看,研究了好半天。

"这是什么草?"他问陪在身边的陈皇后,"这么嫩,这么清香,这么爽口?连这碗面、面中的汤都浸得绿茵茵的,我从来没有吃过这么好吃的草!"

陈皇后抿嘴一笑。"这不是草。"她说,"这是我们四川乡村特产豌豆尖。"

"豌豆尖?"张献忠很感兴趣。这是他第一次听到这个陌生的名字。

陈皇后解释:"豌豆我们都是知道的,豌豆尖就是在结豌豆前摘下来的嫩颠,四川乡下叫'打嫩颠'。"

张献忠点点头,"其他地方咋没有呢?"

"因为气候不同,土壤、水源不同。"陈皇后说。

"这豌豆尖哪儿来的?"张献忠问。

"是屯垦总管、大禅师王志贤今天一早专门派人送来的,让皇上尝尝鲜。以后会不断把时新蔬菜、瓜果送进来。"

"啊!这样看来,大禅师、西平王他们屯垦种田还真的出成果了。"张献忠不胜欣慰,这就专心吃他那碗豌豆尖面,吃得香极了。

不久,屋子里漾起了第一缕暮色。宛儿带着梅香袅袅婷婷进屋,掌灯来了。

本性使然,汪兆麟爱好黑夜、爱好孤独、爱好阴暗。晚饭后,他躲进他的书房,嘱咐下人:"不要任何人来打扰。一会儿,汪苟儿等几个总兵来了,不用通报,让他们直接进来就是了。"

汪兆麟也不点灯。孤坐窗前,看暮色如何从爬满常青藤的墙上雾似的涌进来,将小院中的花园填满,再涌进屋子中来。身为大西朝首辅,汪兆麟的府第自然相当宏大，坐落在东御街后边的一条独巷里，很是幽静。他的书房是四进的大院中最后一个单独小院中的一间。

四周很静，汪兆麟的心情却不平静。他担着心。这时，屯垦总管、护国寺大禅师王志贤假大西皇帝名义颁布的诏告，像旋转的车轮，在眼前越旋越大，发出嗡嗡的声响，转得响得他触目惊心，压得他喘不过气来——

奉天承运，皇帝诏曰：比者，兵役频繁，农民失业，耕地多荒，军需匮乏。方今强冠窜伏，四境肃清。我战胜之军方闲，东作之时适届，极宜以卫民者锄耕，培兹地方，以养天和，因宜土宜，为民兴利。朕特命京中诸旅，进驻四郊耕耨……

在刘文秀、孙可旺等四王的强力支持下，王志贤强势突起，他主持的屯垦种田取得了相当成绩。看来，王志贤有东山再起之心，也有东山再起之势。好像西皇也有这个意思。此消彼长，假如王志贤真出来了，起来了，我汪兆麟就下去了。他知道，他如果一旦失势，后果之悲惨，难以想象。

他同王志贤不同，王志贤可以失败，他朝中有人。他汪兆麟半路出家，可以说是混进来、混起来的，这就决定了他失败不起，也不允许失败。失败就死无葬身之地。现在是个关键时期，我汪兆麟决不允许王志贤们得逞！

"大人，他们来了！"从老家带来的亲信、管家阿龚来到门前，隔帘禀报。

"叫他们快进来。"汪兆麟精神一振。

汪苟儿等四个总兵进来了，管家阿龚带人进来点起灯架上的红烛，却只点了一只，烛光幽微，主人不喜欢屋内太亮。汪苟儿等四个总兵是汪兆麟的亲信，也是家乡人，苟儿还同他沾亲带故。

汪兆麟将手一比，汪苟儿等四个总兵围着他坐成了一个扇形。坐在当中的汪兆麟在微弱的烛光中，注意看了看他面前的四个总兵。他们分别是英勇营总兵汪苟儿、振武营总兵江不春、龙韬营总兵商正元和八卦营总兵李子春。汪兆麟恍然间觉得，他就是一只稳坐当中的有毒的蜘蛛王，苟儿等四个总兵就是有毒的四只小黑蜘蛛，他们围绕着他在悄悄织出一张表面上看不出来的柔韧无比的大黑网，首先是要让猎物王志贤上当，让他黏到网上被他们吃掉。然后再是刘文秀、孙可旺等，甚至张献忠。

屯垦种田中，因为他的关系和运作，苟儿等四营分到的都是上等田，分拨给他们的粮饷、耕牛、种子亦无不优于他营。四总兵有他撑腰，对王志贤总是阳奉阴违，专搞破坏。四营的兵虽在垦场，却是不干事，吊儿郎当，三天打鱼，两天晒网。一个冬天就这样过去了。他们的垦区虽说是也垦过了，大都播下了种，而长出来的苗却没有几根。他们强调不是川兵，田地种的不尽是水稻。事没办成，却把发到营里的牛杀来吃了，犁也坏了。为了多领薪饷，他们这些营把好些眷属也报入垦册，尽量多吃多占。开春以来，成都天气大好，他们的眷属，在天朗气清之日，三三两两，出城踏青。这些涂脂抹粉、嘻嘻哈哈的女人们最爱到梨园坝，走在田坎上，羡慕人家葱肥菜绿，趁人家不注意，不时弯下腰去，偷摘些菜蔬。

西平王刘文秀在，这些眷属偷着来；刘文秀不在，他们就明着来，而且有意挑起事端。每每把官司打到王志贤那里，让王志贤不胜其烦，徒唤奈何，不了了之。

汪兆麟要苟儿先把这天刘文秀陪着王志贤巡视来汪营时的过程、凶险讲了，唬得另外三个总兵不轻，同时暗暗庆幸。幸好苟儿总兵把王、刘二人绊住，天色已晚，不然王刘一路巡视过来，发现他们三营同汪营大同小异，可能更差，以刘文秀的脾气，还不知要如何处置他们。汪苟儿讲后，骇得不轻的三个总兵请求首辅大人出面，设法保护他们，改变现状。不然，他们就快要抵不住了。

这方面，江不春说得很直接。他说："消极怠工、磨洋工，甚至搞些小破坏等这些，都是丞相大人叫我们办的。我们是秉承丞相大人意旨办事。设若刘文秀那煞星转到我的营地，肯定整我比整汪总兵更狠、更随意。为啥呢？因为都晓得汪总兵是丞相大人的远房侄儿，打狗都得看主人。刘文秀整汪总兵还有兵营里那个麻子哨长那么凶狠，我们这些人被他拿到了，不晓得要整成啥样子？很可能要整血浸。

"倘若我们抵不住了，把丞相给我们交的底说出来，可能麻烦就大了，说不定刘文秀、王和尚要把丞相大人告到皇帝那里去……"

坐在阴暗角落里的汪兆麟再也听不下去了，鼻子哼了哼。

"江不春，你太不像话了！"汪苟儿代替汪兆麟指责教训江总兵，"现在还没有怎么的，你就推卸责任！人不要忘恩负义，你在丞相大人手上得到的好处还少吗？你也不想想，你这个总兵是咋来的！如果不是丞相大人关照，你这个一字都要认成吹火筒、认成棒槌的文盲、大老粗、兵油子能当得了总兵吗？"这就有敲山震虎的意思了。

商正元和李子春赶紧表态："江总兵不是那个意思。他不会说话，把意思说反了。江总兵是着急，想请丞相大人给我们拿主意，对不对？"他们说时给江不春递眼色。

"就是商总兵和李总兵的意思。"江不春连连点头，大家都拿眼睛看着坐在阴暗角落里的汪兆麟。

"不是还有商总兵和李总兵两位没有发言吗？"汪兆麟说，"刚才江总兵不是说他吓得很吗？这里，我干脆雪上加霜，给你们透露一个更可怕的消息——明天上午西皇要来巡视各营屯垦种田的情况。"

"呀！"这消息真是石破天惊。四位总兵一听，面无人色，就像听

263

到自己被宣判了死刑，都僵在那里。明天，大西皇帝先看了梨园坝，自然是龙颜大悦，再转过来看到他们营的状况，那就糟了，对比鲜明，肯定龙颜大怒，说不定当场下令把他们拉下去砍了都有可能。

这四个总兵马上跪在汪兆麟面前，连连磕头，请汪丞相汪大人救他们的命。

汪兆麟阴阴一笑，他要的就是这个效果。

"起来，都起来。"汪兆麟站起来，弯下身子，伸手虚扶一下跪在地上的四个总兵。

看四个总兵起来坐好，汪兆麟这才轻咳一声，说话了。他说话很慢，这是贵人语迟，声音也细，并非他中气不足，而是在抠大官架子。

"我先问问你们，"汪兆麟像老师考小学生似的说，"你们和你们手下的弟兄们安逸了一冬，这，我是知晓的。皇上被刘文秀和王和尚说动了心，明天来巡视。梨园坝一派青花亮色，你们营的景况却是一派荒芜。你们经得起看吗？王和尚他们早已经在皇上那里告过你们了。是我在皇上面前百般替你们担待、辩解，但眼见为实，耳听为虚。明天皇上要来，你们咋个应对，都说说吧！"

江不春把眼睛一瞪，"不如趁今夜夜深人静，我们将我们四营的兵带到梨园坝上去乱整。借四川人一句顺口溜说，'整乱就整乱，整乱下灌县'。"

汪苟儿眼珠一转，说："我营中有几个武功不错的，不如派他们今夜潜到护国寺，把王和尚杀了，我看明天哪个陪皇上去！其他人不熟悉情况，我们可以乱说一气。"

"汪总兵说得对呀！趁刘文秀不在，听说他被皇上急派到广汉去了。"

"幼稚！"汪兆麟不以为然地摇了摇头，教训道，"你们这是异想天开，打胡乱说，没有脑壳！"

"那我们都听汪大人的。而且我们做啥子事,不管过去和现在,也都听汪大人的。"四个总兵都这样说,这样表态。

"过来。"汪兆麟把手一招,四个总兵将头凑了上去。汪兆麟还专门出去注意四下看了看,确信四下无人,这才回来给他的四个亲信口授机宜。

"你们四个赶紧回营去做些布置。明天一早,你们带起你们的兵,悉数上阵,在田间捞脚挽裤,身先士卒。你们四个总兵不要用牛,我知道,你们也没有了牛,牛都被你们杀来吃了。你们四个总兵代替牛,颈上带枷耕地,身后让兵扶犁……总之,要装作一副竭尽努力、苦不堪言的样子。

"皇上看到你们这副努力的样子,而地里庄稼长得那么孬,必然要问你们是咋回事?你们咬着说,因为营中大都是北兵,不善川中耕作技术,更不要说种水稻了,我们现在尽干些吃力不讨好的事……"

"明天我也要陪皇上去。"汪兆麟说,"我知道在皇上面前怎么说。这点,你们就不要管也不要问了。

"反正,只要明天皇上来时,你们照我说的去说、去做,又有我帮衬说话,这样,我不仅保你们没事,而且完全可能还有意外惊喜,我相信,皇上的脾气一上来,完全可能将屯垦种田一风吹!"

汪苟儿等听此一说,顿时愁惧尽扫,眉开眼笑,灯光微弱的书房里,哗地爆发出一阵奸笑。

这个晚上,睡之前张献忠同陈皇后有段看似无关紧要的对话。可是,就是这段看似无关紧要的对话,年轻的陈皇后不经意给她心中尊崇的王志贤帮了倒忙。

"皇上明早要出城去梨园坝视察吧?"明灯灿灿下,暗香浮动的寝宫里,陈皇后这样问时,流露出无限的向往。

265

干什么都不正规的大西皇帝,明明要睡了,却四仰八叉地躺在香妃榻上,眼睛眯着,似睡非睡。也许他从平时说话懒洋洋的陈皇后语气中听出她少有的激情,转过身来看去。灯光下,已经换上睡装的她,越发温润、丰满动人。

"对呀!"他很有兴趣地问,"你是怎么知道的?"

"昨天我不就听屯垦总管、护国寺大禅师在书房对圣上说,如今梨园坝草木青青、梨花如雪、秧苗成行……"陈皇后说时神情充满憧憬,北音婉转,"梨园坝上一定有春芽树,现是吃春芽的时候了。

"我明天吩咐随陛下去坝上巡视的亲兵,在坝上摘些春芽回来送到御厨,我到御厨去监厨,让他们给圣上做一盘春芽炒蛋。好吃得很!"

"有多好吃?"张献忠笑眯眯的。

"好吃得连舌头都想一起吞下去。"

张献忠摸着大胡子嘀嘀笑了。"新鲜!"他说,"刚吃了豌豆尖面,又吃春芽炒蛋。看来,这梨园坝上好吃的东西,朕没有吃过的东西多了?""那是。"陈皇后说,"正常年间,我们川西坝上好吃的东西多了去了。"

不知为什么,张献忠听了陈皇后这一句,手一抖、脸一阴,半天无话。可惜,年轻的陈皇后沉浸在自己的思绪中,没有注意到西皇情绪的变化。

"你知道大禅师原来是朕最信任、倚重的左尚书吗?"张献忠闭上眼睛,缓悠悠地问。

"不知道。"陈皇后聪明,感觉到了什么,来个脑筋急转弯,皇上的问题,其实她是知道的。

"你知道大禅师的名字吗?"张献忠扭着问陈皇后,不知出于一种什么样阴暗的心理。

"妾在深宫哪得知!"陈皇后推了个干干净净。

"他叫王志贤，朕的陕北老乡、毛根朋友，功勋卓著，文韬武略。"

张献忠眯起眼睛说，偷觑陈皇后的表现。"他人长得好看是不是？"见陈皇后没有回应，他继续启发式地说，"王志贤和汪兆麟原来都是朕的尚书。两个尚书，王志贤还是左尚书，官还要大些。"见陈皇后对此仍然没有反应，他问陈皇后对这两个人的印象如何。

陈皇后毕竟年轻，百密一疏，上当了。她说："大禅师长得眉清目秀，一看就是个好人。而圣上说那个汪兆麟嘛……"欲言又止。

"这个汪兆麟怎么样？"

"一定要讲吗？"

"讲！"

"我觉得这个汪不是个好人。同陛下说话，他专拣好听的说，一副胁肩谄笑的样子。"

张献忠充满醋意地说："我发现，凡是女人都喜欢王志贤。他先前偷我的女人，老子把卵子给他割了，他还是这样招女人喜爱。你还没有见到他以前的样子啊，更是不得了，雄姿英发，连一个宫女都飞蛾扑火般扑上去请他日她……"张献忠满口粗话。"结果呢，那宫女连命都搭进去了。"他的语气中，嫉妒满满，就像醋坛子打翻。陈皇后知道不小心惹到他了，就说天太晚了，请皇上安息。为了弥补刚才的过错，她亲自为他宽衣解带。

这个晚上，他破例没有碰她。

这天上午，大西皇帝张献忠在屯垦总管王志贤的陪同下，带着大队人马，浩浩荡荡先去梨园坝。汪兆麟也跟去了。梨园坝的景象果然喜人。接下来转到汪苟儿营屯垦种田处时，首先引起西皇注意的是，总兵汪苟儿带头在田间拉犁，他赤裸上身，捞脚挽裤，身子弯得像张弓似的，拼命朝前拱，士兵反而在后面扶犁。汪营都是这个样子，当官的吃苦在前，在前拉犁。他们的颈子往前伸得长长，一副汗珠落地摔八瓣的焦苦象。倒是干得热火朝天，成效却不如人意。因为没有牛，人拉犁，犁铧吃土不深。营中一些军官的女人、儿女也在田地间忙碌。而地种得却实在不像个样子。

注意到西皇的眉头越皱越紧，不断轻轻摇头，骑马跟在西皇身边的王志贤揭露汪营的弄虚作假。"皇上，"他禀告，"他们这是做样子的，是做给皇上看的。平时他们根本就不是这个样子。总兵汪苟儿大多时候住在城里，视屯垦为儿戏。他们把牛杀来吃完，将种子换酒喝……"

一直监视着王志贤的汪兆麟立即上前给皇上施礼，谓："兼听则明，偏听则暗。屯垦总管王大禅师对汪营有成见，而且成见很深。"

"皇上如果不信，可问西平王。"王志贤这样说。

"可惜西平王不在。"

王志贤又说："那也可以问中军都督王尚礼。"王志贤声明，"汪苟儿、江不春等四个营，我根本提调不动，他们都得经由中军都督提调的……这一切，王尚礼可以证实。"

可是，张献忠这时已对王志贤有了深深的隔阂和反感。

"算了吧！"张献忠老话重提，"修得庙来，鬼都老了。兵是用来打仗的，不是用来种田的。"

"那，"王志贤一惊一愣，"那军中急需的粮食？"

"远在天边近在眼前。"张献忠这时有了一个新的主意，他信心满满地说，"咱老子去问嘉定杨展那厮要粮。他不给，咱老子就打、就抢！咱老子即日御驾亲征。"张献忠金口玉言、刀切斧砍，随即喊一声，"汪丞相！"

"臣在。"汪兆麟应声而出。

"代朕诏示：屯垦种田即刻终止，各队收军准备打仗。"

"是。"汪兆麟端起手来接受圣命时,一双贼眼透过举起作揖打拱的双手,偷偷打量旁边的王志贤。

"大禅师!"张献忠喊王志贤,不喊屯垦总管,而是禅师了。"臣在。"王志贤立刻闪身而出。

"大禅师还是回你的护国寺去打坐,清静无为吧。这段时间辛苦你了。"

说完,张献忠不管不顾地把坐下乌龙驹的缰绳猛地一提,双腿在它的肚子上一夹,喝一声:"回宫!"性子暴躁的乌龙驹立即将两脚提起,咴咴两声,立成一个人字,随即扬起四蹄飞奔而去。

屯垦种田失败了。望着张献忠骑在马上,迅速消失的背影,王志贤脸色苍白,两眼含泪,低下头去,双手合十,口中喃喃有词。他已经清晰地听到了建国还不到两年的大西国剧烈崩塌的声音。

第二十一章　江口沉船，火烧成都

夜幕如漆，江风浩荡。

这个深夜，被西军占领并被用作物资临时囤积地和转运站，白天闹哄哄的彭山江口镇，此时早已安静下来，寂然无声。这个傍岷江的只有一条独街，平素也还繁华的江口镇，今夜似乎战栗在无边的黑暗中，又似乎满怀希望地谛听着什么，等待着什么。

数万西军已经上船整装待发。只等天一亮就起锚开航，沿江而下出川。大江上，靠江口镇一侧停泊、一字摆开的上百只战船以及被众多战船围裹在中央，显然载货很多的四十只货船——也叫宝船的，吃水很深。宝船装载的是张献忠要急运出川的数额巨大的金银财宝。而宝船中有一只特别高大华丽的龙船，显然是西王张献忠乘坐的御船。所有战船都处于临战状态，船上的西军警惕地来回巡视走动，不时敲响梆子，这边敲，那边应，生怕有什么闪失。

深夜、江流、战船、货船、警惕、呼啸的江风、拍打船舷的涛声，全都随着隐匿着凶险的夜在流逝——这是日前大西皇帝张献忠试图缓解全军饥荒，停了进行一冬的屯垦种田，亲率大军来嘉定打粮。他这是一石二鸟，一是打粮，二是把他多年打劫来的金银财宝分一半运出川，准备运回他的老家陕西。还有一点更深层次的，他没有对任何人说起的，目前向四川而来的一标清军劲旅已到了广元，他明白，清军必然入川。

四川待不下去了，大西皇帝也做不下去了。他想带着这支队伍，这些巨量的金银财宝回老家陕西。还有,这次来嘉定打粮也没有捞到半点好处。

张献忠很有钱。不说多了,仅说他打进成都查抄了朱至澍多少巨额财富,没有具体记载,但从这样一些事实可以推算:朱至澍有三百多个王庄。他吃转转会,一天一个王庄供应,一年才轮换一遍。到后期,发国难财的朱至澍的财富像滚雪球似的越滚越多,越滚越大。到张献忠打进成都时,朱至澍的王府田庄已经占了川西平原富庶地带的三分之二,占了成都附近的金温江、银郫县等十一个州县土地的十分之七。由此,可以想见朱至澍财富之巨,给张献忠增添了多少财富!

张献忠在成都、在全川大肆杀人抢劫。这笔财富也不可小视。他诏令:藏金一两者,杀;藏金二两者,剥皮。所有的金都必须上交。

张献忠在成都建立大西国之时,设立了铸造局,尽可能地将搜罗到的金银铜铁锡等投进铸造局烈火熊熊的熔炉中铸造成钱。铸造成他的大顺通宝……

还不要说之前几十年间,他一路上的抢劫。

现在,他要走了。这次走,可能就不回来了。

现在,坐镇在龙船上的张献忠,提着心,心焦地盼望天亮。

夜,越发深了。

沿江排列开去,纵横好几里地的上千只西军的战船、货船,此时大都黑灯瞎火,只有少量灯火闪烁。整体看,像一条浮在江上休憩的黑色巨龙。而黑影幢幢中,特别高大的龙船从中耸起。一星长明不熄的灯光,从这只龙船的一扇窗棂里流泻而出,黄晕晕的灯光倒映在江水中波动、闪烁,泛起一种诡谲、一种奇幻——长夜难熬。这时,枕戈待旦的张献忠坐在他的龙船的御舱里,同他走到哪里就跟到哪里,就像跟屁虫似的首辅汪兆麟深夜长谈。

"老汪,"张献忠显得有些心神不定,他摸着颔下那蓬大胡子,好像在谛听着什么、凝想着什么。他问坐在对面灯光黯淡处,就像一个灯影的汪兆麟,"我怎么觉得今夜很不对劲呢?"

未说话先把张献忠恭维一番,无论何时何地,礼节做到了极致的汪兆麟应声而起,端手作揖施礼。"皇上!"他恭谨说,"小心无大错,这是皇上英明。然臣以为,皇上摆出的这条长龙阵无懈可击,就像一条铁打链环。杨展那厮哪怕吃了豹子胆也不敢来冒犯。他只要敢来,就会有来无回。"

汪兆麟的话总是说得让张献忠高兴。他挥了挥手,让汪兆麟坐下后,他又提出自己的担心。

"杨展那厮是本地人,极擅水战。我军进入成都时,本来是把他逮到了押到合江亭砍头的,不意让这家伙跑脱了。他会不会像《三国演义》中的火烧赤壁,给我来个火攻?"

"不会的。"汪兆麟说时,为显示学问,摇头晃脑地背了四首有关火烧赤壁的诗——

  李白诗曰:"二龙争战决雌雄,赤壁楼船扫地空。烈火初张照云海,周瑜于此破曹公。"
  胡曾诗曰:"烈火西焚魏帝旗,周郎开国虎争时。交兵不假挥长剑,已挫英雄百万师。"
  孙元宴诗曰:"会猎书来举国惊,只应周鲁不教迎。曹公一战奔波后,赤壁功传万古名。
  杜牧诗曰:"东风不与周郎便,铜雀春深锁二乔。"

"老汪!"张献忠有些不耐烦了,打断了他的卖弄,说,"什么时候了,你还是所答非所问!"

"皇上,我马上就要说到正题上了。"汪兆麟又端起手来,弓下腰去，对张献忠又施一礼。很肯定地说，"不会！这是因为，我们的上百只战船不是像曹操那样连接在一起，而是分开的，可以单独作战，灵活作战。每只船就是一个很强大的作战单元。这样，杨展那厮无论多么诡计多端，想用火攻？那是做梦，是根本办不到的事。"

张献忠把眼睛眯了眯，胡子摸了摸，似乎还不放心，又问，"那我四十余只装金银财宝的货船呢？"

"那就更保险了呀！"汪兆麟说得振振有词，"皇上这四十余只宝船，就像被包饺子一样包在多艘战船当中，又像龙衔口中的宝珠。他杨展怎么来取？他怎么进得来？他就是有三头六臂也进不来呀！""那老汪你的意思就是说，"张献忠摸了摸胡子，眨了眨眼睛，"咱老子万无一失？"

"圣上万无一失。"

正说着，一直提心吊胆的张献忠脸上出现了骇异，像听见了什么，僵在那里。

"圣上，怎么了？"汪兆麟吓着了。"老汪，你听这是什么怪声音？"

汪兆麟凝神侧耳细听。有一种凿木的声音，笃、笃、笃笃笃！像啄木鸟啄木似的传上来。声音越来越大，越来越响，越来越听清楚了。

"哎呀！"汪兆麟尖叫一声，就像见了鬼似的，双脚下意识地在船板上一跳，人往上一蹿，"匪夷所思！匪夷所思！"他变脸变色地说，"杨展派他的水军潜游到我们的船下来了，在用凿子凿我们的船，要把我们凿沉！而且是大面积地在凿。"

就在张献忠闻之色变、不知所措时，漆黑的夜幕中，江面上，有人发出惊叫："糟了，我们的船遭凿沉了！"

"我们也是，船进水了，快来救我们……"

"这边，这边！"只听水军督军张能第的声音，"杨展声东击西，重点针对的是我们这边的宝船，更有皇上的龙船。快、快、快！龙韬、虎豹营的战船过来保护！"

只听粗哑、急促的声音回应："保护个锤子，我们自己的船都马上要沉了……"

张献忠奔出舱来，放眼看去，连连叫苦，心往下沉。

出现在眼前的景况比《三国演义》中的火烧赤壁还要迅捷可怕！

到处都是烛天的火光，整个江面好像都在燃烧。不知从哪里蹿出那么多嘉定地区特有的"小飞燕"，这些体形小巧、身轻如燕的小船，在江上往来穿梭。一前一后站在船上的杨部水军，不断弯弓搭箭，嗖、嗖、嗖，将一只只蘸满桐油燃烧着的火箭射向乱成一团的战船、宝船、还有龙船。触之者起火，射中者非死即伤。原先整装待发，编好队形的战船、宝船、龙船全部乱了套。好些船已经着火燃烧，江上又在起风。风助火势，火借风威。北兵不善水战、不识水，不敢跳水，跳之必死。只能抱头鼠窜。船与船碰到一起、纠缠在一起，加大了火势，加大了混乱。看来杨展深知西军不谙水性的特点，加以利用，特意留出些通道。于是众多西军纷纷逃生，他们恨不得胁生双翅，只恨爹妈少给自己生了两条腿。哪里还有斗志，他们你争我抢，堵塞了通道，增加了混乱。有的为抢夺逃生的机会、逃生的通道，打起来了。众多西军，乱哄哄，成了热锅上的蚂蚁……

"皇上！皇上你没事吧！"中军都督兼此次运宝出川总指挥的王尚礼带一队精干卫士，抢步进来。张献忠气得七窍生烟而又无可奈何，见自己的四十余只宝船，全部着火燃烧且开始下沉，手直抖，指着江上那些下沉的心肝宝贝，眼一瞪，一闭，一下晕厥过去，身子往后一倒。

王尚礼抢上一步，搂着晕厥的皇上，和两个身边的卫士，半搀半抬，将皇上抢到了岸上，抢到了江口镇。

这时，火光烛天的广阔江面上，歌声大起。这些前来偷袭、火攻张献忠船队，主要是偷袭火攻四十余只宝船成功了的杨部将士齐声高唱——

　　岷江滚滚波连波
　　来了个屠夫张献忠
　　杀我川人万万千
　　还想偷宝下江东
　　折戟沉船在今夜
　　年年岁岁唱悲歌

歌声激越悲怆，在黑夜即将消逝，黎明马上就要来临的江口镇上空，在岷江两岸广阔的原野上久久回荡。

　　石牛对石鼓，银子万万五。
　　有人识得破，买尽成都府。

过后，这首民谣一直在江口镇一带广为传唱，一直传唱到今天。这首民谣强调的是张献忠江口沉宝数额的巨大。然而，数额如何巨大，没有人说得清。而且，指定了寻宝方位。自此以后，从清朝至今，几百年间，这一带多次出现了江流闸断，万头攒动寻宝、淘宝的景况，蔚为壮观。

大西大顺三年（清顺治三年，1646年）七月的这一天午后时分，在彭山江口决战中大败、丢盔弃甲的张献忠，骑着那匹始终精神健旺、高大彪壮的乌龙驹，由王尚礼等一大群同样狼狈不堪的亲兵亲将二百余骑簇拥，蹄声嗒嗒，身后带起一股烟尘，心急火燎地过了新津，往成都赶时，他那年轻貌美的陈皇后午睡刚醒。

为了驱除暑热和身上残存的一丝慵懒，容貌姣好，长身玉立，丰满合度，时届二十岁的陈皇后，着一袭翠绿暗花宽松绫罗衣衫，由宛儿相陪去后宫水榭赏景纳凉。

果真是水木清华。当她们前后相跟，上了那道透迤伸向蓉湖的宛若云霓、红柱绿瓦的长廊回廊时，水波浩渺，清风徐来，暑热顿消，周身舒爽。身后，有两个亦步亦趋的小宫女，一个捧一髹漆托盘，盘中盛有一明窑翠绿鼓肚小钵的冰镇绿豆汤，盛夏时节饮之，解暑解渴，甚为舒爽。在全国饥馑蔓延之时，能喝上这种专制的经凉水浸制出来的冰镇绿豆汤，足见奢侈。另一宫女照样手捧髹漆托盘，盘中盛放着浸了凉水的香毛巾。

陈皇后凭栏眺望。夏日午后的蜀宫，尤其是后宫，美极了，幽静极了，舒服极了。波光浩渺的蓉湖对面，湖岸上百花芳菲，百花之后是一丛丛茂盛得发绿发黑的藤萝，倒挂在一株株直插云天的森森百年古木上，一簇簇，如瀑，极富层次感和幽远纵深感。非胸有丘壑者，难有这样的佳构。移步换景，杂花生树，雀鸟啁啾，清风徐来。

年轻的陈皇后触景思情，处于遐想中。京师的日子让她至今难以忘怀。一年四季，都是日上三竿才起，由宛儿服侍着梳洗，吃了饭，上午是读书时间。她往往将父亲指定要她看的书，比如《女儿经》之类书置放案上，做个样子，让宛儿守门，防父母进来。她真正看也喜欢看的是《西厢记》之类的书。《西厢记》中，张生与莺莺待月西厢下，无风门自开的浪漫，引起情窦初开的她的许多美好的想象。当看到张生上京赶考，莺莺送别时伤感的诗句"碧云天，黄花地……晓来谁染霜林醉，总是离人泪"时，总要陪着掬一捧珠泪。下午，练一练女红。明月初升，操一操琴，陶冶性情。一片花园，一舍兰阁，带一二丫鬟在园中走走。适逢雨后黄昏或月映西窗，小铜炉里的檀香燃得轻轻袅袅。一串乐音如放飞的青鸟,在窗前飞得悠悠扬扬,这是她用纤纤玉指,从那架古筝上拢起的,停匀有致,徐徐回荡。午饭照例是一大家人在一起吃。珍肴美味,然而她却总是胃口不开,难以下咽,轻启樱桃小口,很淑女地吃上一口两口,最多夹两筷子时鲜蔬菜而已。最美是夏天。当窗外树上蝉声拖得水波纹一般长长时,她在牙床上慵懒地午睡。午睡起来,或在回廊上逗逗铜架上那喜欢学人话的绿色羽毛弯钩红嘴鹦鹉,或手握团扇扑扑花间翩跹的彩蝶。暮色朦胧地走近,这是女儿春情难耐时分,或隔窗看着外面霏霏细雨无端地叹气;或是对着天上一轮银盘似的皎皎圆月,择无人处焚一束香,许几个愿,暗寄女儿衷肠。家中花厅,晚上总是银灯灿灿。客人盈门,谈笑皆鸿儒,往来无白丁;或一大家老小在家里听京戏名伶清唱,一直过了半夜吃了夜宵,方才安寝。一天一天的日子就这样过了。她也曾经想过,凭自己的家世、才貌,有朝一日被皇帝发现,选进皇宫当嫔妃也不是不可能的。深宫中,嫔妃的日子是怎样过的?想象着,得皇上幸临后,侍儿扶起娇无力;陪皇上下下棋,或是荡舟北海……尽管是皇帝的嫔妃,那也必然是呼奴唤婢、威风八面。何况,替皇帝生下一男半女,地位再往上蹿也不是不可能。可是,晴天霹雳,惊醒了她的美梦。明朝两百多年的江山,说垮就垮了。

  神差鬼使。躲回四川井研乡下老家的她,没有躲脱张献忠的魔爪,她做了大西皇帝张献忠的皇后。她对他完全是敷衍、厌恶,甚至暗暗仇视。她的父亲、前明崇祯皇帝最后时期的首辅陈演是被李自成杀的。张献忠与李自成是一样的人,而张献忠之残暴嗜杀、草菅人命,为李自成所不及。这样,她自然而然地把张献忠同样看作杀父仇人。

  与张献忠相处的日子里,就细节而言,张献忠也是乏善可陈。他是那么粗野、粗俗,不会下棋,不会吟诗弄月。就是吃饭也没有个吃相。张献忠只爱吃两样上不得台盘的东西:一是他家乡陕北的羊肉泡馍,二是四川民间的肥实货——红烧肉。吃时眼睛鼓起,吃在嘴里,盯着碗里,吃得吧嗒吧嗒响,吃得衣襟上流汤滴水。张献忠没有一样好,没有一样她看得上眼。如果有可能,她真想手刃了他,以泄心头之恨。但这个恶毒的念头,最多只能、只敢在思想上一闪而逝。

陈皇后不禁将眼前夏日的蜀宫、后宫,与京师的皇宫和宫中的北海进行比较。唉,都不能比,差得太多太远。

陈皇后支使人惯了,她让伺候在侧的宛儿回寝宫去将那面莹澈无比的意大利蛋圆镜拿来,她要对镜看看自己的容妆——那还是在京师时,一个洋人送父亲,父亲又转送给她的。宛儿去了。

张献忠就是这时回宫的。打了近一个月的恶仗,偷鸡不成蚀把米。蚀大了!不仅没有从杨展那厮那里抢到粮食,反而四十只金银财宝装得满满的大船、宝船,被杨展那厮先凿穿船底,接着遭遇火攻,连他的龙船也没有放过……根本没法抢救,全部金银财宝沉入江中。让他心痛得不行,气恼得不行!

在富丽堂皇、巍峨壮观的蜀宫门前翻身下马,气急火攻心的张献忠,将蜀宫怔怔地望了好一会儿。思想上倒海翻江,陆续闪过他在这座人间天堂中沉溺过多时、极尽奢侈的帝王生活,声色犬马的日日夜夜。想到正从背后掩杀而来的死对头杨展,马上就要把蜀宫拿去,不由怒从心上起,恶向胆边生。他把牙齿咬得梆紧,两眼就要喷出火来,下了决心:老子带不走的,你狗日的杨展也休想拿去。老子放火,将蜀宫,将整个成都一把火烧尽。留给你狗日的个空城。不,空城也不留给你!留给你狗日的一片废墟,一地的残渣瓦砾。

他已经被极度的失望、仇恨冲击得有些昏了头,双眼通红。他抽出刀来进了宫,对一切都是仇视。就像疯了似的,见人就骂,见物抽刀就打、砸。一路上乒乒乓乓回到寝宫,正遇宛儿出来,他红眉毛绿眼睛、狠声恶气地问宛儿:"皇后呢?"宛儿一愣。宛儿没有经过什么大事,见站在自己面前的皇上,与往日雄赳赳气昂昂的皇上判若两人,反差太大了。这时的张献忠染一身风尘,又黑又瘦,特别是,他那蓬标志性的、足有尺长、略带棕色的大胡子被烧得缺缺凹凹、卷卷焦焦不成样子,非常滑稽。宛儿一时忘了站在面前,对自己大声喝问的是皇上,既忘了下跪,也没有回答,居然还掩面一笑。

张献忠被激怒了,他像头暴跳如雷的雄狮咆哮道:"好你个小婊子,老子打了败仗,连你也瞧不起咱老子吗?了得!"说时,挥手一刀,白光一闪,手起刀落。宛儿血溅五步,香消玉殒。

张献忠怒气未消,暴跳如雷。起眼一看,只见陈皇后坐在湖中水榭上,优哉游哉赏景纳凉。旁边一边一个小宫女服侍,一个替她打扇,一个替她轻轻捶背。他气不打一处来,心想,这婊子年纪轻轻的,是福都拿给她享完了。老子死里逃生,回到西京,她不闻不问,婊子养的还有没有良心?老子上前问她一问。心中这样想,手中提着血迹未干的宝刀,大步流星朝水榭走去。

陈皇后猛然一下看见张献忠站在自己面前,一副怒发冲冠的样子,手中拿着刀,刀上有血,大惊。她不知所措地立时站起,惊问:"皇上,你这是怎么了?怎么亮出刀来,刀上有血?"

"老子把你的宛儿杀了。"

也是年轻。年轻皇后一听,悲从中来,她不顾一切,哭着大声责问张献忠:"你怎么随便杀人?宛儿犯着了你哪一条?"

"你这个臭婆娘,咱老子在你心中还当不了你的丫头?!一起去死吧!"张献忠说时,将手中滴血的宝刀抡圆,再一用劲,白光一闪,如一道闪电,从陈皇后左肩进,右胯出。陈皇后一个趔趄,连哼都没有哼一声,整个身肢像被大风吹折的残柳,偏着倒了下去。鲜红的热血哗地喷涌而出,流进湖里。

两个小宫女赶紧给张献忠跪下,吓得浑身瑟瑟发抖,连连哀求:"皇上饶命!"张献忠也不说话,飞起两脚,咚咚两声,将两个小宫女踢进湖里，转身扬长而去。

张献忠在端和宫召开紧急会议。张献忠没有落座，站在御案前，刀切斧砍地告知百官："明日辰时，大西军尽数撤出西京，向顺庆方向而去。沿途打粮，在川北会同孙可旺、李定国、刘文秀、艾能奇四王四部，出川去俺的家乡陕西。"别的不再多说，并宣布，"今晚子时，各营在四城放火，务必将成都烧个精光，将一片废墟留给随后跟进的杨展那厮……"随即分配各营任务，还有若干细节，逐一做了布置后，就吩咐散了。大西在撤出成都前，由大西皇帝张献忠亲自主持召开的紧急御前会议，从始至终，不到一炷香工夫。这是大西建国近两年来，时间开得最短的一次重要的高级军事会议。

夕阳如同一个得了重病，发着高烧的人，满面通红，病恹恹的，正在缓缓西垂。上段江水上倒映出的晚霞，好像满江流着的都是鲜红的血液。

张献忠登临望江楼那座临江的崇楼丽阁，铁青着脸，注意观看他大批带不走的金银财宝，在这一段没有水的锦江埋藏状况。上游来水已被闸断，被临时人造支流引向别的地方。自此以下，深及二三丈、望不到头的江段里，为他埋宝、藏宝的劳工，在监工监督下忙碌，万头攒动，呈现出的画面类似历史上的秦始皇修建万里长城。

沿江两岸警戒森严。牵线线、等距离排开神情警惕的西军，他们中，有的在观察、监视江内劳工的劳作，以防不测。有的面江注意四下瞭望，一旦发现有人敢于出现，朝这边探看，甚至远远有个人，不经意间伸头缩屁股朝这边看了一眼都不行。他们接到西皇指令：一旦发现有这样的人，格杀勿论！锦江藏宝，是一个决不能为外人道、决不能让外人晓的军事秘密。

在这段干涸的江段里埋宝、藏宝的劳工足有万余人，他们分片包干,个个忙碌得跟工蜂似的。这些劳工无不衣衫褴褛、面黄肌瘦、捞脚挽裤。能有这么多劳工不容易。现在偌大个四川,好些地方,城是空城;农村赤地千里,鸡犬不闻,了无人迹。就以成都来说,张献忠进入成都时有40万人,其后因大肆屠杀、饥饿、被军队当作"人粮"打来吃,加上逃亡等,现在,虽然张献忠下令,关闭四城,严禁城内人员逃亡,但浩劫之后的成都,人迹寥寥,几乎就是一座空城、鬼城。这上万劳工,是全城二三十万西军出动,费了好大的劲,从成都及成都附近,好不容易逮来的。自然里面有些妇女,甚至儿童。

他们抖抖索索,在监工监视下,将沉重的一截截装满金银财宝、炮弹似的青冈筒吃力抱在怀里,踽踽珊珊走到指定的位置,弯下腰去,再将这些"炮弹"塞进指定的地方,埋好。

与江口被动沉入江中的金银财宝不同,这些有组织有计划的藏宝是将珍宝分别装在被锯成一尺、二尺、三尺的青冈树筒中,然后埋藏。

青冈,又称橡树。在四川及西南地区,这种树比较普通,大都生长在石山和石缝中,外皮粗糙,极其坚韧,很沉,木质坚硬、优良,用途很多。如果用作柴烧,是最优良的柴火,很能熬火。有"除去青冈无好火,除去娘亲无好亲"之美誉。农村常用这种材质做楔子钉农具。

张献忠锦江埋宝,就是用的青冈树。粗的大如品碗,细的如拳。分门别类锯成段,树心掏空,将众多的金银财宝分门别类装进筒中,装满装好填紧,再将树筒左右圆口封好,编号打上火漆,然后埋好。

在张献忠眼中,干涸的江段上,人如蚁拥,劳作得紧。劳工稍有不对,就会被从旁监视、虎视眈眈的西军监工暴打,甚至当场打死。

时光流逝。天快黑了。

在望江楼下锦江沉宝处,以后留下一首稍作改动的民谣:

　　石龙对石虎。银子万万五。

谁人识得破，买进成都府。

也是在这里，以后上演了多场规模浩大的万人寻宝，但终无可获。不像彭山江口后来大有收获，这是后话。

张献忠知道该走了。在撤离西京并烧毁西京前夕，他牵挂着一个人，这个人就是自她出家以后就再也没有见过面的柳玉、柳娘娘。柳娘娘出家近两年，他要去看她，劝她跟他走。

张献忠快步下楼，翻身上了等在那里，总是焦躁不安的乌龙驹。乌龙驹是一匹天生的战马，一旦解开束缚，一旦主人骑上它，它就亢奋。这会儿它立时按照主人意旨，撒开碗大的四蹄，嗒嗒嗒，如一道闪电，朝主人控制的方向风驰电掣，像在飞。大西皇帝身边的一队侍卫，立刻打马跟上，紧随。

一仙庵到了。张献忠翻身下马，一个亲兵赶紧上来，接过马缰，将暴烈的乌龙驹牵到一边。

张献忠示意侍卫们退后一些，不要来打扰他。

他并没有忙着进庵，而是站在门前，将这座庵仔细打量了一番。二仙庵与青羊宫相隔不远，前面是一片荒弃的田园。原来在庵中修行的道姑有七八个。自张献忠允许柳玉在一仙庵出家修行之后，布政司懂事，只留下一个她喜欢的、从北方来此修行、俗名乔仙的道姑与她做伴，其他的都打发走了。并明令禁止平民百姓入内。一切时鲜菜蔬、米粮等，也由布政司供给。为怕歹徒流氓骚扰，门外还设有西兵守卫。因此，近两年来，一仙庵的两扇黑漆大门总是虚掩着，十分清幽。高墙内，林木蓊郁，一早一晚有成群的白鹤体态优雅地飞进飞出，给一仙庵平添了一份仙风道骨韵致。在几十万西军和百官今晚就要尽数撤出成都，成都即将变成一片火海，随即化成灰烬之时，现在，门卫撤去了。在最初的一线暮色荡漾中，默默的一仙庵显得既孤寂又可怜。墙头上，有些瓦缘已经破败，粉墙也有些地方脱落。墙头上一些长得很纤瘦的小草，在最初的夜风中抖索，显出一种凄苦无助。

张献忠嘱卫士们不要进去，在门外等他。他迈步上前，吱呀一声，推开虚掩着的两扇木门，发出空洞的回声。张献忠进了门，沿着花径朝里走。花径两旁都是茂密的树木、花卉和绿色的草坪。依次过了大殿、正殿，七弯八拐，眼前出现了一座精精巧巧的小院。小院月亮门虚掩。清亮的琴音，从虚掩的门里如水一般传来，在这个日暮时分发出金属的颤音，传达出一种幽远深邃的韵致。不用说，这是一仙庵的主人——她弹的。性格素来暴戾的张献忠，似乎在这一刻也感悟到了什么，心气从来没有过的平静。

他动作很轻地推开月亮门，眼前的小院很整洁，很清爽。一看就知是女主人精心打理出来的。迎面一架花棚，棚上爬满了青藤；十姊妹、月月红等姹紫嫣红。旁边搭有一个瓜棚，棚上吊有青油油、长梭梭、顶端开有黄绒小花的嫩黄瓜，黑油油的茄子，长长吊吊的豇豆……蝈蝈隐在浓厚如墨的翠叶中有一声无一声地歌唱，小院有种北方农家意味。迎面阶上是一溜三间青砖平房。正中间那间门外挂一道竹帘，清越的琴音就是从那屋子里如水般流泻出来的。

张献忠停下步来，望着那道门，望着那片垂挂在门前的四川独有的青翠竹帘。不知为什么，这天他没有大声武气地呼喊柳玉，也没有气吼吼地掀帘而进。他似乎有些踌躇、犹豫。显然这不符合他向来的性格。是因为马上就要面对屋里那个近两年没有见过面的她少了些勇气，还是对一怒之下刀劈她而后悔？向来性格火暴，说话做事金刚霹雳般的张献忠这是怎么了？变得如此儿女情长、优柔寡断。

真是应了心有灵犀一点通。这时，竹帘轻轻一掀，一仙庵女主人迎出来了。

"啊，是皇上。"见到站在门前的张献忠，她没有一点讶然，说话依然北音婉转，却轻了许多。她低首垂眉，双手合十，请皇上进屋小坐。她表现得那么平和，她喃喃地说，"不知皇上驾临，失迎了，请！"

张献忠仍然站着没有动，心里却是波涛起伏。借着暮色细细看了看近两年不见的她。以前那个容貌俊秀、性格飒爽、极擅理财、善解他意，与王志贤作为他左膀右臂的她——军中深孚众望的柳娘娘，已经全然不见了。现在的她，身着一件宽大的青布长衫，完全遮挡住了身体优美的曲线。她那一头原先漆黑丰茂如瀑的长发，至少剪去了一半，另一半用一根黑色绸带一扎，绾了一个髻，很有道姑的意味。不过，她那张鹅蛋形的脸上，眉眼仍然是那么俊朗，额头宽宽，饱满光洁，只是脸色显得苍白。特别是，她那副远山似的眉毛下，躲藏在茸茸睫毛后的那双黑白分明的大眼睛里，目光平静而略显幽怨。总之，两年前那个他稔熟的柳娘娘彻底不见了，站在他面前的是一个他认识又不认识，心如止水、修炼有得的道姑了。

"大脚！"张献忠上叫着她的昵称上前去拉她的手，她躲过了。张献忠这就一边朝屋里走，一边说："我是专门来接你的，我们今天晚上就要尽数撤出西京，回咱们的陕北老家去了。西京将要被我们一把火烧光，化为灰烬。"

张献忠落座在靠窗的一张黑漆太师椅上。她听了他的话，既不惊讶也不吭声，只是为他默默地上茶。然后，退后，默默地隔几而坐，低着头。借着夜来前最后一线天光可以看清，屋子里，除靠窗隔茶几放着两把黑漆太师椅，桌上置一张古琴，进门右壁上挂一幅太上老君骑牛图，笔法苍古，再没有多余的东西，简洁得如同水洗。想必是，她做完功课，窗前月下，心有所感，拨动古琴，抒发心音。窗外，有修竹数杆、古梅一株，十分清幽雅静。

张献忠看着她，等候她的回话。低首敛眉的她，略微沉吟，说话了。声音很低很轻，如空谷来音，"贫尼今已是方外之人，置生死于度外，不能再随万岁入尘世了，就此与万岁爷别了。"说时站起来福了福。然后又坐下去，再不说话，低首敛眉，长久地保持着一个凝固的姿势。张献忠是知道她的心性的，听了这话，什么都明白了。也不想再劝再说，再劝再说也无用。等了很久，他似乎于心不忍，又似乎心存最后一线希望，再缓声问："不走吗？"

她也不说话，只是坚定地摇了摇头。

"就此别了吗？"

她还是不说话，只是把头垂得更低。

时间不等人，军情紧迫，他不能再在这儿坐下去、等下去了，他得回去了，几十万西军，整个大西政权，都系于他一身。大西马上就要撤出成都，各军很快就要在全城分头点火，多如牛毛的大事小事，这会儿都在等着他回去料理提调。他默默地站起身来。时年不到四十一岁的张献忠，似乎一下衰老了许多，他慢慢地往外走去，每一步都迈得很慢很沉。这对张献忠，是绝无仅有的。她跟在他身后，像个影子一样，一直将他送到月亮门。她止步站在门内，低首垂眉，端起手来以示送别。她一直到听见他的脚步声渐渐消失殆尽，这才抬起头来，朝前寻去。夜幕已起，眼前的一切都朦胧起来。前面不远处，有几只蝙蝠上下翻飞，在最初的夜幕中闪动着不祥的阴影。

送别了张献忠，她又特意去找了与自己相伴近两年的道姑乔仙。告诉她，就在今晚，成都将要陷于万劫不复之地。大西军在尽数撤离时，会一把大火将把整个成都化为灰烬。到第二天，成都、西京就不复存在了。她要乔仙赶快走。她好容易送走乔仙，这才回到自己的净室，闭上眼睛，正襟危坐，处于观想中。

渐渐地，她心平气和了。张献忠刚才来的种种，以及张献忠今夜就要烧毁成都等种种，心中些微的波澜渐渐消逝远去。这时，她观想中不

285

可遏止地涌现出了一系列小时美好生活的画面,如诗如歌。一时,让她沉醉其中。

那是她的家。家是贫瘠荒凉、黄龙般蜿蜒起伏的陕北一处沙梁下的一个窑洞,梁下有片缓坡,种了些庄稼,稀稀落落地散布着几户人家,就是一个村庄。庄子四周点缀着几株高高的白杨。庄前有一条流水汤汤的沙河,水源虽小虽少,却像陕北人的性格,坚韧不拔,勇往直前,终年不断。有水就有生命,就有绿洲,就有歌声,就有生命的绵延和欢乐。

她小名妞妞,是庄里最俊最乖的女孩。家中日子还过得去。父亲是个年青俊朗、朴实的庄稼汉;母亲勤劳贤惠,人也长得漂亮,尤其是那双眼睛,又大又黑又亮,像是黎明前从陕北那纯净得钢蓝的、又高又阔的天幕上掠过的透亮的星星。最难忘的是陕北夏天的夜晚。她躺在家里小院中凉爽的苇席上,看满天金色的星星从天幕的这一端向那一端流去。父亲穿一件母亲手工缝制的粗白布无袖短褂,亮着黝黑结实的胳膊和门板似的胸脯坐在她面前,一手摇着大蒲扇,一手指着天上那一片银河,给她讲牛郎织女七月七鹊桥相会的故事,让她感受到了最初的凄怆。而在一星如豆灯火的窑洞中忙活晚饭的母亲,先是给他们端来了自家地里种的又甜又大的红瓤西瓜,接着给他们上了晚饭。晚饭是小米粥,还有大饼就咸菜。天上有朗朗的星星,农家小院里有欢畅的笑声。

那是些多么值得记忆、珍藏的往事啊!

再大些,母亲带她到地里锄草了。玉米秧苗蹿起多高,人在其中,只见苗不见人。玉米叶子苗壮肥大、葱绿水灵,一片连着一片,迎风哗哗响。累了,母亲带她到伞一样张开在头上的大树下乘凉。万籁俱寂,只有风吹玉米叶发出的沙沙声响。抬头看天,天么蓝,那么高。太阳那么亮,那么烤脸。母亲会唱歌,声音很好听,妞妞要母亲教她唱歌。于是,母亲唱了,山坡上,滚过母亲银铃似的歌声。母亲唱的是陕北人

都会唱的信天游,天生带有一种陕北的苦涩:

>沙河淌水哗啦啦
>阳春三月看杏花
>待到五月杏儿熟
>大麦小麦又扬花
>……
>老天保佑咱农家
>白馍猪头供菩萨
>……

　　然而,好好的家,说散就散了,先是父亲被抓走从军,从此杳无音信,死活不知,接着母亲重病,母亲病逝前,将所有家产送给舅舅,换取舅舅对她的教养。然而,还是少女的她被狠心的舅舅推进火坑,卖到太原一家妓院。这以后,是张献忠解救了她……

　　忽然,她感受到了从四面八方逼来的火焰、灼热,锥子似的刺人。抬起头来,这才发现,漆黑的夜幕中,无边无际的火海,正在向她这个方向,朝一仙庵逼来。一仙庵一带是个隔开的空洞。其他的地方都着火了。漫天的大火,像是一锅沸腾的红红的铁水,高高低低,咕嘟咕嘟,噼噼啪啪,以逼人的气势从四面八方围来。很快,一仙庵也被四面逼来的大火点着了。腾的一声,一仙庵燃烧成了一根红蜡烛。眨眼的工夫,她居住的小院也着火了。

　　是时候了!她在心里对自己说。在逼近的火海中,她不感到害怕,只感到有些孤独。而就在她端坐好姿势,刚刚闭上眼睛,只听一声——"妞妹,我来了!"她以为自己是在做梦。是谁在唤我的小名?声音这么熟悉而又这么亲切?又是一声——"妞妹,我来了!"声音就在眼前,真真切切。她不禁惊讶地睁开了眼睛。一看，不由惊喜莫名。站在自己面前的，不就是近两年不见，而在梦中梦见他千万次的王志贤吗？她霍地站起身来，借着窗外的火光，以无限爱怜、感激的目光，细细打量着站在面前的他。恍然一看，他也完全变了。当年金戈铁马、叱咤疆场、智勇双全、相貌英武的王大将军，变成了一个身披袈裟的大禅师。他一只手端着，一只手捻着佛珠，神情端庄而俨然。然而，他变又未变。不变的是他那山岳般挺拔的身姿和那一双依然黑亮、富有钻透力的眼睛。那一双眼睛里闪动着对她一如既往的关切，还有那梦一般美、酒一样烈，只有两个爱恋着的人之间才能体会、意会，无法言传的深情。

"志贤，你怎么来了？"一时，在巨大的感情冲击下，她热泪盈眶，声音发抖，浑身哆嗦。

"你在故我在。"王志贤端着手，向她笑了笑，打了一句禅语，再向她打拱一揖，隔几坐在黑漆太师椅上，闭上眼睛，手捻着佛珠，口诵阿弥陀佛。

她也落坐在隔几的黑漆太师椅上，合手默祷，却没有闭上眼睛。而是一直泪光盈盈地、无限关爱地看着他，似乎想把他看到心里去。在这最后的时刻，她想，他和我一定都在心里说：我在天堂等你。这是我们留在人世间最美最后的一道风景！

噼噼啪啪！在墙倒瓦倾声中，熊熊的火焰扑面而来，从前后左右包围了他们。他们的身上着了火。他们就像是坐在一簇簇绚丽无比、欢腾跳跃着的红宝石上，含笑去了。

这时的张献忠在哪里？

史载："献忠在城外见浓烟腾起，火光烛地，大为狂喜。复令全城四面纵火，一时各方火起，公所私地，楼台亭阁，一片通红，有似火海。大明历代各王所居之宫殿，以及民间之房屋财产均遭焚如。转瞬间，川中首城已成焦土，实属可惜。"

《鹿樵纪闻》载:"献忠毁成都,焚蜀府宫殿,及未尽民房;火不能毁者,聚薪发炮,必裂碎之而后已。成都有大小城,相传张仪所筑,刘先主复修之;甃以巨石,贯以铁,雄壮甲天下,宫室之盛,拟于京师,一旦变成瓦砾。"

弥天盖地的大火一直燃烧了两天两夜,直到把成都烧得成了一片废墟。整座城没有一个人,没有一个活物,没有了一栋完整的建筑物。

杨展带着他的五万将士,是第三天下午进入成都的。眼前的景象令他们惊诧骇然,素来繁华的成都,连带城中的数十万生灵都没有了,消失了,消灭了。整个成都变成了一片无边无际的废墟。

杨展久久驻马于蜀王府废墟上,四顾频频。往昔那座金碧辉煌、巍峨壮观仅次于京师皇宫的蜀王府建筑群已然灰飞烟灭。只有横跨金水河的三座汉白玉曲背桥,宫门前那一对栩栩如生、足踏绣球的石狮子尚在,然而也是满面蒙尘。它们也在痛。

一层一层的黑烟凝聚天上,如同一床又黑又脏又厚的棉絮,将整个成都及其周围一二十里地全部笼罩了起来。脚下流水呜咽,满眼都是惨然。杨展命所部将士在全城搜索,看能不能搜到活物或有用的东西,结果只搜到了蜀王宫废墟下一块peut有大西皇帝张献忠印记的七杀碑。

这碑落款大顺二年(1645年)二月十三日,整体上是一块质地坚硬、赤褐色、产自雅安芦山的花岗石,高约七尺,宽约三尺,厚约八寸。上面镌刻着一排钢叉大字:"天有万物与人,人无一物与天,杀、杀、杀、杀、杀、杀、杀!"特别是那七个杀字,相当吓人,如同飞掷出去的七把钢叉,森然狰狞。这字,显然出自张献忠亲笔。

《圣谕碑》是张献忠杀人的根据,接着而来的《七杀碑》是张献忠的开杀令。

又有据当时在成都的牧师记载:

驱百姓到南门就刑。时利司铎（利类斯）在南门上，安司铎（安文思）在东门上，见无辜百姓男女被杀，呼号之声，惨绝心目，血流成渠，心如刀割。

安司铎见献忠大杀之后，不禁凄凉，乃漫步而回。是时日落西山，正值黄昏之际，见道旁死尸狼藉，其中尚有小孩呻吟者。

献忠深恶川人。以为汉中及各处之败，皆由川人使之，故杀川人十四万之多。拟将川省变为旷野，无人居住。

探知人民避迹山洞岩穴者，皆擒而杀之。

献忠曰："朕向来诛戮者，皆代天行道，非屈杀也。

刘景伯《蜀龟鉴》云：

献忠复屠成都。诡曰：天书降，令我剿绝蜀人，违者门诛！十人一缚，驱至中园杀之。

所在震栗。人民千百罗跪，贼数十人次第斩之，无一人敢起立者。

顾山贞《客滇述》：

又发兵四出，搜各州县山野，不论老幼男女，逢人便杀，如是半载。

献忠又令其众遍收川兵杀之,及其妻子男女,惟十岁以下者,仅留一二。四川之祸,屠城屠堡、屠山屠野、屠全省,甚至千里无人,空如沙漠。

……

杨展留手下大将柳飞率一万军马在成都善后,尽可能寻找、营救城中可能幸存之人。他特别叮咛柳飞,将张献忠的七杀碑好好保存,留作历史罪证。

杨展领军一直顺北大道追张献忠,一直追到距成都百余里的汉州(今广汉)止。汉州也被张献忠一火而焚之,情状惨不忍睹。杨展心中万分悲痛,他久久凝望张献忠败去的那条蜿蜒穿行于原先良田沃野、小桥流水、烟村人家、如诗如画的川西平原上的北大道,而今面目全非,就像穿行于地狱的望不到头的北大道,不忍卒看。他下令全军各部扑灭余火、救死扶伤。汉州这座从前城池阔大、人烟稠密、市场繁荣的城市,经张献忠屠城,处处断壁残垣,残尸狼藉。全城不要说找不到一个活人,连一只狗、一只鸡这样生命力又贱又旺的活物也难寻。到处都是焦黑的灰烬,到处都在燃烧。街两边原先苍翠葱绿,伞一般排列开去的树,无论是香樟还是梧桐……全都烧成了黑炭的枝丫,好像举着残肢断臂在控诉、哭泣。

杨展传令布好警戒,各营在城中搜索。城中除了残垣断壁,就是横尸遍地。最后在房湖公园中搜到一座圣谕碑。

杨展命部下在房湖公园中挖出一个大坑,将城中搜到的万余具尸体埋入坑中,这就是后来众所周知的万人坑。他提笔写下一篇《万人坟碑记》,详细地记录了汉州遭受的浩劫,命军中有金石镌刻技能的将士,将自己撰写的《万人坟碑记》镌刻在立起来的圣谕碑背面。有立此存照的意思。碑文为:

291

> 崇祯十七年，逆贼张献忠乱蜀，将汉州人杀戮数十万，余奉命平寇复省，提兵过此痛彼白骨，覆以黄壤，爰题曰：万人坟。
>
> 　　　　　　　　　　　　挂平寇将军印左都督杨展题

就此，张献忠建国不到两年的大西国宣告灭亡。之后，饱受巨创的四川再经战乱、瘟疫的反复摧残、蹂躏。清初有关方面检点四川，史载：总面积达四五十万平方公里的四川，在册人口只剩下区区八万余人。而且这区区八万余人，还大都集中在张献忠无法染指的杨展控制的嘉定地区和秦良玉控制的川东石柱一线。

至于成都，不仅完全成了一片废墟，而且成了虎狼出没之地。清初，清廷不得不把四川的省治设在离陕西关中地区相对近些的、嘉陵江边的古城保宁（阆中），也因此有了从清初开始的、长达一个多世纪的全国各地对四川的大规模移民，这就是史称的"湖广填四川"。

斗转星移，日月如梭。

到了清康熙二十三年（1684年），随着"湖广填四川"最初成果的显现，四川有了些生机。这年，四川省治从阆中迁回了成都。也是这年，川省举行了时隔多年的乡试。

是届中试举人营山人李以宁，见到景况仍然相当凄凉荒芜的成都，感念昔日锦官城的繁华旖旎，特作了一首长诗。字里行间，在强烈的感情吞吐中，李以宁以写实的艺术笔触，对现实和过去的锦官城作了精练而精彩的对比描绘：

> 我闻锦城好，驾言锦城道。锦城万堞含秋云，锦城四野迷荒草。峨眉山在色苍苍，灌口江来波浩浩。益州自古帝王都，西陲陆海真名区。文翁政教成遗俗，武侯将相开雄图。豪华几见晋唐代，词赋偏工扬马徒。七桥九陌横烟雾，风光佳丽忘朝暮。仙人紫府骑青羊，

秦相赤楼高白菀。江渎神从帝女留,支机石自天河度。二月四月冶游天,轻车细辇争骈阗。文窗绣户家家启,珠箔琼钩处处悬。垂帘市上高人隐,贳酒垆头少妇妍。王孙侠客驰飞鞚,同心暗结鸳鸯梦。花卿歌板入流云,艳娘舞袖随风动。藕履轻拖荔枝裙,钗头小集桐花凤。狭斜那得比宫闱,粉黛横陈未足奇。王衍太妃称国色,李旬小妹冠昭仪。漫夸天子十画眉,更羡夫人百首词。别有风流开水殿,青娥皓齿娱清宴。城号芙蓉万树垂,波名珠翠新妆衒。彩舸避暑摩诃池,绡衣待月宣华苑。近来蜀国更堪夸,奕奕贤良帝子家。自是宗藩盟带砺,敢将程卓拟骄奢。葡萄芍织就锦千轴,云母描成扇九华。画栋飞甍连戚里,丝管烟花让朱邸。三百年来恩宠多,一朝事变荆榛起。安得壮士雄五丁?可怜野火焚连里。行人莫向浣花溪,草堂桤树晚萋迷。金雁桥边曾有雁,碧鸡坊下已无鸡。遥遥芳树通秦栈,滚滚长江拥石犀。只今驿路惟烽堠,天寒何处倚翠袖?红墙夜穴鱼灯微,青松日砍龙鳞复。尚忆华阳集古今,谁从益部传耆旧。物换星移几度秋,棘闱深锁故宫幽。阑珊此日三千士,窈窕当年十二楼。漏声颇似铜壶阁,月影难销万古愁。已矣哉!归去来。久无金马祀,莫问石经台。井络文星犹灿缦,天彭玉垒徒崔嵬。独有春深听杜宇,年年啼血为谁哀?

第二十二章　大雾弥漫，张献忠命丧凤凰山

　　大西大顺三年（1646）十二月十一日这个早上，川北西充一带大雾弥漫。又冷又潮又飘的乳白色浓雾，像是川北农家老奶奶从一架神奇的纺车上不断纺出的银线，绵绵不断，密密匝匝，填满了周围大大小小的山谷。往日司空见惯的重峦叠嶂、青葱绵延的山冈，完全看不见了。只有在这一带有名的、比众山高出一头、鹤立鸡群般的凤凰山才露出一个头来，海市蜃楼般若隐若现。

　　凤凰山的顶上有座颇具规模的山神庙。现在，这座山神庙是张献忠的临时行辕。据说，这座山神庙很灵，平时，四乡八邻的老乡上山烧香拜神，从早到晚络绎不绝。现在，因为做了张献忠行辕，再也没有人敢来了。

　　山神庙下，半山腰上，有一方平台。一条高高窄窄的多级红砂石台阶，像根飘带，从山神庙悠悠而下，搭到平台上，然后再往下。平台上，有眼黑咕隆咚的古井，周边长满青苔，据说这是龙眼。古井两边对峙着两株古柏树，剑一般指向云天。这很有些年辰的两株古柏，葱葱郁郁，枝干笔挺。据说，这两株古柏，是龙的两只角。而巍然屹立于山头的山神庙，就是龙头了。

　　这座山神庙很有些宏大，三层重叠。虽说是红柱黑瓦，屋檐飞翘，架构空阔，很有气势，但因年久失修，就有了沧桑感。进得庙来，两边廊檐上是泥塑着彩的四大天王，一边两尊，硕大无比。他们有的手持赤练蛇，有的脚下踏着小鬼，有的捧着青罗伞，有的手托尖顶塔，鼓睛暴

眼,法象庄严可怖,好像是要打鬼。张献忠就住在顶上,即山神庙的第三层,也是顶层。

这个早上,浓雾弥漫中,张献忠开始吃早饭。陪在他身边的两个人,一个是他的义子,北平王艾能奇;一是中军都督王尚礼。他们是张献忠的亲信大将。在成都用了近两年的皇帝礼仪,张献忠不用了,一切又恢复了战时模样。他恢复了战时装束,披挂铠甲,只是在身上象征性地披了一件黄袍。这样,张献忠野性毕露,反倒觉得轻松、洒脱不少。

当中摆一张油漆斑驳的八仙桌。张献忠居中,同往常一样,他半蹲半坐。艾能奇、王尚礼两边打横。虽然部队军粮严重不足,但毕竟是张献忠,吃饭、吃饱饭对他来说当然不是问题。张献忠嗜酒,这天早上他照例是先喝酒,艾、王二将陪他喝。酒菜上来了,桌上摆两大盘卤牛肉,一大坛子酒。一个弁兵在旁侍候。

张献忠大碗喝酒,大块吃肉。他用一只手捋着颔下那蓬被烧得不成样子的胡子,一手端起白底蓝花大品斗碗,碗里盛的是打劫来的、当地产的苞谷酒,仰头一饮而尽。在旁侍候的弁兵赶紧满上。他放了开来。一边大口喝酒大块吃肉,一边骂骂咧咧:"他娘的,想不到川北的粮也这么难打!(守广元的)刘进忠这小子还真能凑热闹,降了清!看老子捉到他,非把这小子剁成肉泥不可!"

他说这话的缘由是,前日,他接到东平王孙可旺从广元前线派人快马送呈他的紧急文书。文书中,东平王向他禀报:像根钉子似的楔入广元前方的战略要地朝天关,因守将刘进忠叛变降清,已经丢失,广元会接着丢失。

张献忠到川北的当务之急是打粮。他的目的、他的下一步已经有些混乱,他是走到哪里天黑,就在哪里歇。反正,四川是待不下去了。他现在的设想是,打到粮后,走原路出川。同时,派大将狄三品领两万人在顺庆造船,他也可能走水路嘉陵江出川。总之,把部队拉出川去,最

295

好还是拉回陕北老家再说。如果实在不行，他就像王和尚（王志贤）一样，出家当和尚，终老山林。

张献忠退出成都，往川北而来时，有残兵败将五六十万人，来时他先是集重兵一举拿下川北重镇、首府顺庆，屠城三日，将城中粮草搜罗尽净，将城中军民十余万杀尽。很快，他嫌他的部队太为庞大累赘，完全用不着这么多兵了，他这就来个优"剩"劣汰：先杀湖北兵，后杀四川兵，只留他的家乡子弟兵陕北兵。他杀得很有计谋，将这些部队骗到一地，骗他们交出枪械，马上翻脸。一时，埋伏在侧的西军子弟兵杀了出来，将这些中计交出枪械、手无寸铁的原西军系列中的湖北兵或四川兵，如同砍瓜切菜，一个不留。刀光剑影，血流成河，尸横遍野。然后，将这些被砍杀了的湖北兵、四川兵的尸体或就近就便抛入嘉陵江，或干脆丢弃于岸边田地，荒山野岭，任野狗豺狼拖拉啃噬。部队精干了不少，但也有二十来万人。

打粮也难。从顺庆到西充，之间横亘着两条大河，一条叫西溪，一条叫荆溪。一路而来，山高谷深，森林茂密。之间许多山寨有粮，而这些山寨大都建在山上，四周围有石城，寨子四周或临深渊或是深涧。寨主大都是当地有头脑有影响的人物。山人保甲相结，砌石为门，伐木为栅，屯粮守望。平时，当地居民在山下选肥沃土地耕耘，一旦有警，地方甲长则派人下山帮助山民收集所有粮食、衣物入寨据守。大寨可容万家，各寨之间互有联系，一寨有警，他寨赶来声援。这是这一带居民先是用来对付已沦为匪的李自成残部——当地人称之为"摇黄"——行之有效的办法，现在便来对付西军。顺庆与西充间，有大小山寨一百多座，其中势力最大、山寨最险、存粮最多的是罗为届山寨。罗为届在明朝军队中当过军官，打仗很有一套，而且周围数十寨都听他的号令。张献忠打这个寨子时很费了些力气。如此一路打来，费时两月，力气使尽，好容易才从顺庆打到西充，告一段落。虽然劫掠的粮食数量可观，可他手下的精锐部队也折损五万有余。

粮,毕竟是打到了些,而且还打有少量的酒、肉。张献忠的设想是,沿途再打些粮,就退回顺庆,看情况再定行止。在他看来,在这个时期,他是安全的,还有回旋余地。目前东平王孙可旺率部利用广元一线的险峻山势,尚可以与清军抗衡一些时日——这是孙可旺给他做了保证的,时间还有的是。

因此,这个早晨的早酒,张献忠是尽兴喝的。喝酒的时间很长。他有仗恃。就近而言,他的义子刘文秀、李定国两个大将军率大部队围绕着他住的凤凰山布防。他们的大军众星拱月般严密拱卫着凤凰山,拱卫着他张献忠。

不意,这时山下传来闹哄哄的声音。

"这是怎么回事?"张献忠不高兴了。带了点酒意的他,很不满地皱起一副大刀眉问陪坐在侧的艾能奇、王尚礼。而艾、王竖起耳朵也在听,好像听到了什么不祥,一副惊诧莫名的样子,面面相觑。张献忠毕竟是身经百战的大将军,猛然间,他的酒醒了些,一愣。本能告诉他,情况严重!不对!他也开始凝神静听。忽然,睁大了一双素常间寒光闪闪,最近蒙上了一些迷惘神情的眼睛,惊问二将:"怎么山下会有喊杀声,未必有人敢来劫营?走,随我去看看。"

他霍地站起,随手拿起放在桌子旁边的两支短戟。艾能奇、王尚礼带身边亲兵十来名随张献忠步出大殿,刚刚走到通向二殿的九级青石台阶上时,一个前来报信的传令兵,满脸惊慌飞叉叉跑来,一下跪在张献忠面前,上气不接下气地禀报:"皇、皇上,不好了!下面杀来了一队清兵,全是骑兵……"

"有多少人?"张献忠显得很镇静,只是带了点酒意,身子有些晃,有些站立不稳。

"不,不多,也就二三百人,但勇猛异常。在前抵挡的白(文选)

297

将军,已关闭上山栅门。白将军请陛下千万不要下山,暂避一时……"张献忠决不相信山下来的是清兵铁骑,除非他们会飞。这些日子,他密切关注入川清军动向。昨天,就是昨天,他得到在前线的孙可旺可靠情报:小股清军目前还只是迂回到了阆中城下,仅此而已。而阆中距此二百来里地,沿途山高路险、林密谷深,清军再快也不能这时到此偷袭,绝不可能!再说,即使真有小股清军前来偷袭,那正好,我这里周围团转有百战雄兵二十来万,你小股清军既敢前来捋虎须,就不要怪我张献忠这只猛虎一口将你们吞下肚去!因此,白文选要他"万不要下山,暂避一时",他不仅听不进去,反而极大地激怒了他,伤害了他的自尊心。

"操你娘的,胆子这么小!"张献忠怒火攻心,迁怒于前来禀报军情的传令兵。飞起一脚,将跪在面前禀报军情的传令兵踢翻在地,带艾能奇、王尚礼,还有紧随身边的十来名亲兵,来在半山腰平台上,观察山下的情景。

这时,雾纱般弥漫山头的浓雾已经消散了些。望下去,山下,影影绰绰中,这里那里传出轰轰的喊杀声,大都是西军的声音。西军人多势众。他心中不由一喜,敢于前来偷袭、捋我虎须的敌军,想来已被闻讯赶来的西军分片包围截杀,陷入重围,包了饺子……于是,站在平台上的他,习惯性地捋起颔下那蓬大体已经长起来的、"野火烧不尽,春风吹又生"的大胡子,继续朝下观望。此地是一个最好的天然看台。他就站在这里,他要看他的大部队如何将前来偷袭的少量鞑子骑兵消灭,看他众多的如猛虎西军,如何将前来偷袭的小猎物撕碎、吃掉。而这时他没有想到,危险就在眼前。这时,叛将刘进忠带着一队清军已经摸了上来,就埋伏在旁边离他很近的、晨雾缭绕的丛林里。

在烟云般缭绕的丛林里,刘进忠战战兢兢,用手指着站在平台上朝山下观望的张献忠,小声对身边的神箭手雅布兰指认:"那就是八大王张献忠——就是那个穿黄色蟒袍,亮着一只袖子的大汉。"

甚为剽悍利索的清军神箭手雅布兰,这就弯弓搭箭,借着身前大树的掩护,对张献忠瞄了瞄准。他左手执弓,右手拉弦,将手中的强弓拉成了一个满弦;侧着身子,一只眼睛睁,一只眼睛闭,嗖的一声,一箭射去,箭出之时,顺着那股力,他整个身子往前一递。雅布兰这箭射得很准且力道强劲,顷刻间,箭从张献忠左胸进,右背出,将张献忠射了个对穿。

中箭的张献忠坚持不倒。他用双手护着射进胸的箭,竭力稳着身子,转过身来,怒睁双目,想看清是谁向他放的暗箭。没有看到。他觉得天旋地转,血往外冲,周身像被撕裂了开来。他挣了好一会儿,头一昏、眼前发黑。这才咚地栽倒在地。

埋伏林中的清军上百人见状士气大振,高喊张献忠中箭已死。这些势不可当的清军趁势杀出,一个个骁勇无比,一以当十。艾能奇、王尚礼知道西王死了,身边亲兵又少,无心恋战,向山上跑去……

倒在平台上的张献忠这时还没有死。他大瞪着眼睛,等待着。一直等到叛将刘进忠带着清军围了上去。张献忠看清是刘进忠。他眼睛一瞪,用颤抖的手指着叛将,如雷般大吼一声:"是你——"这才闭上眼睛。张献忠死了,时年四十一岁。

刘进忠被张献忠这一瞪一吼,竟吓破了胆,往后跌倒,中了风,竟然瘫了,站不起来。他是被清军抬下山的。

"张献忠死了!!!"在清军的呐喊声中,西军虽多,但都不愿再战,心已怯。很快,崩山似的全部崩溃。

事后,立下大功的刘进忠如愿以偿被清廷封王。可是,已经瘫倒在床的他,因为太惊骇,病情加重。他最终没有等到去北京领赏、受爵,就一命呜呼,死在了广元。

随后,清军大部队入川,很快占领全川。

尾声　长歌当哭

张献忠死后，所剩二十余万西军，并没有想象中那样成一盘散沙，或总体崩溃，而是在东平王孙可旺为首的四王统率下，创造了一个战争奇迹，一举拿下重庆，并决定在重庆做一个短暂的休整。其间，所有将士能放开肚子吃饭了。一时，士气大振。

孙可旺、李定国、刘文秀、艾能奇组成了一个以孙可旺为首的四王分工负责的统帅部。他们审时度势，统一认识，认为在当今形势下，得改弦易辙，联明抗清。下一步的具体路线是：向西，大军先去遵义（当时遵义是四川辖地），再去滇、黔一线，依据那里的崇山峻岭、偏远地缘同南下清军长期抗衡。部队要严明军纪，造就一支受到人民拥护的仁义之师。

也就是这个时候，就像丢死耗子一样被丢弃在顺庆的汪兆麟，居然奇迹般地找来了重庆。

是时，孙可旺、刘文秀、李定国、艾能奇四王，正围着一个沙盘研究军事。

小校来报，前丞相汪兆麟求见四王。

"让他进来！"孙可旺看了看刘文秀、李定国、艾能奇，他从他们的眼色中看到与自己相同的表情。

大为落难，瘦得灯影似的汪兆麟一进来，面对四王，起先还是抠起架子，象征性地对四王拱了拱手，他那双鹰眼将四王挨个儿一扫，不请自坐，先声夺人地问："万岁爷尸首现在何处？"

孙可旺最恨汪兆麟,就要发作。刘文秀温和些,耐心地将张献忠遇害的前后经过大概给他说了说。

"你们现在准备去向何处?"汪兆麟很不知趣,竟然要过问四王的军机大事。

李定国露出一丝嘲讽的笑,就像逗他玩似的,将大军即将西行告诉了他。

"去不得,去不得!"汪兆麟将头甩得拨浪鼓一般,将一双枯瘦的手架势摇,以教训的口吻说,"你们不能这样随意,只顾你们自己快活……"话未说完,年轻气盛的艾能奇最先发作,猛地跳起,圆睁怒眼,指着他的鼻子大骂:"你这个老混蛋,老奸贼,你以为你是谁?好好的一个大西国,就是被你弄垮的!大西立国之初,四川全省百姓与咱送粮送草,当差纳粮,何等孝顺?万岁本要赏银发科,优待百姓,却被你伶牙俐齿,将万岁哄蒙怂恿欺骗,惹万岁爷昏了头,迷信他手中那把刀,将川中百姓几乎全部杀光。我们到了今天这步,也都是你造下的孽。到这时,你还好意思厚着脸皮追来?还好意思坐在这儿当我们的家,教训我们,假心假意关心皇上……"

艾能奇这一番话,字字铿锵,句句说到点子上,历数了汪兆麟罪恶。三王拍手叫好。汪兆麟如被重击,愣了一下,却还嘴犟,吊了一句文:"你们这是欲加之罪,何患无辞!"

东平王孙可旺忍无可忍,霍地站起,在桌上猛拍一掌,指着往昔指鹿为马、作威作福惯了的汪兆麟大骂:"你这个人神共愤的家伙,罪行累累,寡廉鲜耻,你就是万岁爷面前的一只狗,对万岁爷,你摇尾乞怜,对其他人穷凶极恶,汪汪咬人。万岁爷在时,受你蒙蔽,袒护你,我们不好动你,动不了你。

"你这个该千刀万剐的家伙,我们不杀你,是看在万岁爷的面子上。日前,把你像丢死耗子一样丢在顺庆,就是让你自生自灭。哈,你

301

好不知趣，今天自己找上门来寻死，那我就成全你！"说时，手一挥，"给我拿下去，砍了！"

"不必下人动手！"李定国站出来，嗖地拔出利剑，指着吓傻了、呆若木鸡的汪兆麟说，"今天，鬼门关上成千上万冤魂等你索命。我这里替为大西立下丰功伟绩、最终断送在你手上的王尚书王志贤、柳玉柳娘娘报仇。老子亲自来替他们断送你的狗命！"

说时，上前伸手像拎小鸡一样将汪兆麟拎到行辕外，手一放，没容他站稳，手中三尺利剑一挥，白光闪处，汪兆麟顿时身首两处，血溅五步。过后，汪兆麟的亲信汪苟儿等四个总兵也受到清洗。

一个星期后，西军离开重庆西向遵义开拔。前不见头、后不见尾的二十多万西军，沿着越走越发陡峭的川东山路向西、向西。刚刚打了胜仗，补充了给养，调整了政策，杀了奸相汪兆麟的大西军将士觉得有了奔头。一路上，人喧马嘶，士气高昂。到了綦江，大军做短暂休息。其间，刘文秀提议孙可旺的名称暂时改为"大头领"，得到李定国、艾能奇及全军将士赞同，然而孙可旺心中不喜，他不喜欢"大头领"这个名称，他想当张献忠第二。不过，缓急之间时机不成熟，他也姑且听之受之。"大头领"领着大军接着西行。

山势越发陡峭，真个云伴马头起，路随山势升。每天，眼前除了大山，还是大山。往往要走几十里山路才能见到一户山区人家，而且山区人家都是茅会低矮、黝黑，像是一朵朵杂乱的蘑菇，沿途全无一点富裕景象。进入遵义境内，以为情况会好一些，却还是一派苦寒、萧条。天无三日晴，地无三尺平；天晴一把刀，下雨一包糟。沿途买不到粮食，大部队吃饭给养又成了大问题。最先对前途失去信心的是打前站的指挥关索，在一个月黑风高夜，他带着一营老兄弟走了，溜了。这就犹如一根导火索，将大西军离开重庆多日来，许多人憋在心中的怨气、怒气点燃，引爆了：

我们跟着西王出来打天下,不就是为着坐天下、享福吗,怎么朝这个鸟都不拉屎的地方来了?

越走越穷,来这个乌烟瘴气的贵州来干球……

然而,面对全军上下普遍的牢骚满腹,孙可旺没有意识到问题的严重性、复杂性,他只一味迷信权力,对此不做疏导,只是一味压服。

谁知越压越不服。总兵王十万、张成功半是不解,半是煽动。他们在部队中散布:大首领哄我们,说贵州好,却是越走越穷,连肚儿都箍不圆了,还走个球!

孙可旺在部队中广插耳目,这样的话很快就听到了。孙可旺为严肃军纪,将王十万、张成功逮捕革职,各打军棍八十,重申军纪。在孙可旺的高压下,在刘文秀、李定国、艾能奇的辅助下,大西军中甚嚣尘上的西进悲观论表面上收敛了许多,其实并没有从根本上解决问题。

南明永历二年(清顺治四年,1647年)正月十二日,在遵义经营有年的残明大将王应熊,自知不是这支西军的对手,来个脚板上擦清油——溜了。王应熊在遵义盘踞多年,像一条吸血的蚂蟥,对当地人民进行了敲骨吸髓的盘剥。人民深受其害。而西军,至低限度不乱杀人,纪律相对严明,因而所过之处受到人民群众热烈欢迎。史载:"道府各员、生员、耆老,俱焚香猪酒粮草远迎十里,可旺等住遵义十日,秋毫不犯。"在遵义短暂休整期间,孙可旺、刘文秀、李定国、艾能奇四王召开了一次会议,可是在联明抗清若干重大的战略问题和行军路线上,他们产生了重大分歧,争论激烈,第一次红了脸。

作为大头领的孙可旺,此时应该完全听从明永历帝的召唤,将大军拉到广西一线去。那些地方远比贵州富庶,又有明永历帝这面可资利用的旗帜。清军南下,打得赢就打,打不赢便渡海而去,浪迹天涯。

李定国不同意。他属意膺于时在南京的残明福王旗下,但本身也更有独立性,不能去广西,应坚持在云贵川一线抗战。特别是贵州、云

303

南地处云贵高原,山势绵延,重峦叠嶂,民族众多,民风淳朴,他们对统治了中国近三百年的明朝有感情,有强烈的反满情绪,这些都是大西可资利用的地方,也是大西军立于不败之地的根基。大西军如果去了广西,就失去了这些优势。他再三重申:"我们是联明抗清,不是降明抗清!再说,这样的方针大计,是我们大家经过慎重商讨后定下的,全军好容易才统一了认识,如果朝令夕改,必然军心大乱。"刘文秀、艾能奇同意此说。

四王中的老大哥孙可旺发火了,他吹胡子瞪眼睛,很霸道地对李定国他们说:"既然我是全军上下推选出来的大头领,你们就得听我的。我马上下令,全军改道去广西。"他又要以权压人了。

李定国忍住气对孙可旺再三劝阻,再三坚持,说大头领你若是下命令全军改道去广西,我就自刎!

说时,嗖地一下拔出剑来就要自刎,慌得刘文秀、艾能奇赶忙拉着李定国,百般劝慰:"都是自家兄弟,有话好好说,好好商量,不要着急!"

在僵持不下中,向来足智多谋、头脑冷静的刘文秀提出了另外一个折中法,他认为几十万西军集中于一地,朝一个方向走,不仅供给困难,而且危险。

有言,多个鸡蛋应该存放在多个筐子里。情同此理,大西军应该分兵。他提出了分兵法……李定国、艾能奇豁然开朗,极表赞成,孙可旺默了默也同意了。可这并不是他的真心,他心中已经萌生了另外的主意。

犟不过他们仨的孙可旺也提出了一个折中办法:他孙可旺的部队,是西军中人数最多的,暂留贵州不动。定国不是坚持要向西去云南开辟新区吗,那就去。文秀和能奇合兵一起,在云、贵、川之间游动,打击跟进的清军和吴三桂军。

没有意见，同意这样分兵。

大头领孙可旺却又再三强调，虽然兵分三路，但他们仨仍要尊他为大头领，随时向他报告军情，接受他的提调、节制。刘文秀、李定国、艾能奇从大局出发，表示同意。这就分兵了。

被残明封为晋王的李定国站在云南昆明大观楼上，凭栏眺望，眼前是八百里浩渺滇池，他心中波涛起伏，很不平静。时序已经到了清顺治十五年（明永历十二年，1658年），距离开四川，已经整整十二年了。十二年来，几十万大西军将士，在他们四王率领下，打起拥明反清的旗帜，形势曾经一度很有利，也有光明前途。但后因政见不合，最后竟致同室操戈，元气大伤。

遵义分兵后，先是骁勇善战的北平王艾能奇为争地盘，率军攻打云南定番州，身先士卒攻城，被吴三桂部毒箭射中左臂，后因毒性大发，医治无效，英年早逝。

足智多谋、文武双全，在大西军中有很高威信，堪称擎天一柱的西平王刘文秀却是节节胜利。他先是出其不意地打了吴三桂一个回马枪，返回四川，克叙州、入成都，一路如卷席。

与此同时，孙可旺和李定国又联合了一段时间，兵合一处，在昆明建立了新朝政权，独树一帜。他们派部将杨畏之，将流亡到肇庆的明永历帝朱由榔接到云南。可是好景不长，野心勃勃，不愿久居人下的孙可旺又挥兵退回贵州，并在贵州自封秦王。这时他军事力量很强，咄咄逼人，颐指气使地对李定国、刘文秀发号施令，致使李定国同他分道扬镳，保护住明永历帝朱由榔，据守云南。

这时，打回四川的刘文秀发展很好。驱走了据嘉定多年的杨展，在嘉定地区建立了抗清根据地。李定国和刘文秀遥相呼应，相互配合。其间，李定国兵出湖南，在衡州设伏，杀掉了不可一世的清敬谨亲王尼

305

堪；接着，再一战而下湖南永州。迂回大奔袭，再战广东高州、罗定、新兴、电白等州县……他和刘文秀神出鬼没，东西出击，遥相呼应，极大地打击了南下清军。在云南，他打压了作为清军箭头人物吴三桂的气焰。

清廷震动。明永历十年（1656年），永历帝朱由榔封李定国为晋王，封刘文秀为蜀王。

特立独行的孙可旺对同门兄弟刘文秀、李定国的赫赫战功由嫉妒而生恨，不惜手足相残。孙可旺先是声讨晋王李定国，进而对李定国发动战争。双方交战于云南建水。结果孙可旺战败，又羞又惭的孙可旺转至长沙公开降清，被清廷正式册封为秦王。可是，不久，孙可旺很奇怪地在一次与吴三桂一起外出的狩猎活动中中箭而死。再后，刘文秀在四川嘉定溘然病逝。

巨星陨落，对坚持在云贵抗清的大西军是一个不可弥补的损失。这样，同门四兄弟只剩下晋王李定国独木擎天。他感到孤独。原先分别对付他的三个兄弟、三个王的清军，这下转而集中对付他了。

目前形势相当严峻。清军三路大军，合计四十余万，向昆明合围而来，他要以手中不足二十万人，战斗力大多不强的这支多民族的联军对付强大的清军，计将安出？李定国在苦苦思索。

暮色渐起，眼前的景色有些模糊了。这个时节昆明的天气、景物与成都完全不同。这个时节的成都，给人一种诗意的云烟感。而在四季如春的昆明，天空还是那么高远，湛蓝，傍湖的树林在晚风中婆娑。风一下子大了起来。眼前的八百里滇池中，哗哗的浪头，排山倒海而来，惊涛拍岸，浪花飞溅。在大观楼上凭栏远眺的晋王李定国披在身上的大氅被风吹得飘卷起来，护卫的亲兵们，不由得抬头看了看仍在凝想的将军，很想劝他下去，但不敢打扰他。

已届中年的李定国，高高的个子，身躯魁梧，腰肢笔挺，身着软甲金盔，外罩一件缀有一品狮子补子图案的明黄绸袍。一条玉带横系腰间，右侧系一把纯金、剑鞘上垂着红色璎珞的宝剑。比较当年，他微微有些发胖了。但这胖，恰到好处，丝毫不给人以臃肿感，而显出稳重。那张轮廓分明，原先有些瘦削的脸庞丰润了些。宽宽的前额，隆准剑眉，亮亮的眼睛。颔下一绺显得潇洒的乌黑的胡须。总体看，人到中年的李定国处处显得威风。给人印象最深刻的还是李定国那双乌黑发亮的眼睛，当他集中注意力时，精光四射，如利剑出鞘，有种无坚不摧的穿透力；当他凝神沉思时，则表现出泰山崩于前而色不变的冷静、深邃和智慧。

他久久思索、完善一个即将付诸实施的重大军事行动。

这天下午，明永历帝朱由榔在他的行宫里召开了一个有他，有在云贵一带很有势力的前明黔国公沐天波，及刘文秀手下大将陈建和李国泰等出席的高级军事会议，商议面对清军这次志在必得的夹攻，该如何应对？会上有三种意见，而且争论激烈。一种以陈建为代表，主张将永历政权迁到四川与云南接壤的大小凉山一带。理由是，足智多谋的刘文秀在遗嘱中有言："臣在川尚有精兵三万余人，皆在黎（凉山）、雅（安）之间，并窖金二十余万……臣死之后，若有仓促，请驾幸蜀。"

另一种意见以黔国公沐天波为代表，主张不战而逃，逃到缅甸去。理由是，以现有力量与清军作战，是鸡蛋碰石头。而去缅甸，他沿途筹措十多万人的粮食没有问题。进了缅甸，地远天荒，可以甩脱紧追不舍的清军。但是，缅甸方面欢不欢迎？这些，会上沐天波都不愿说，只是笼而统之一句，这一切，由他负责。

李定国则坚持在川滇黔与清军周旋。实在不行，将部队拉到湖南湘西地区。他认为，湘西有相当不错的群众基础，且大山连绵，可以依据那里的地势和少数民族的支持，进则云贵六昭为我所有；退可去两广，最终不行，可以徐徐撤至交趾（今广东、广西大部和越南北部），还可以同在沿海抗清活跃的延平王（郑成功）会师抗清。

三种意见各不相让，最后只好让明永历帝朱由榔拍板裁定。朱由榔是个三十来岁的白胖子，发面似的脸上总是笑着，像个弥勒佛。但像弥勒佛不等于他就是弥勒佛，只要看看他那双稀疏眉毛下一双得了祖传的具有朱明血统特色，注意力集中时神情凌厉的鼓眼睛，就知道，朱由榔并不是一个没有头脑的人。朱由榔在仔细注意倾听陈建、黔国公沐天波和最有力量的晋王李定国表述不同的意见时，脑海中急速地转开了圈子。他知道，他虽然名义上是一个皇帝，身后有嫔妃、太监什么的一大群，但并没有实力，他的命现在都捏在这些人手里，他必须在其中做出最有利于自己的选择。人的一生，尤其是皇帝，每时每刻都面临着选择，选择对了，往往胜过本身的才具十倍百倍。昔日刘备有多少才具？但他善于选择，前期选择了徐庶，在新野打了胜仗，得以缓过气来，立住了脚；后期更是在徐庶的推荐下，三顾茅庐，选择了有经天纬地大才的诸葛亮，因此据蜀建立起蜀国，得三分之一天下数年。而最终将祖宗近三百年江山丢了的崇祯皇帝，上任伊始，恪尽职守，大事小事，事必躬亲，决心做一个中兴之主，结果却是事与愿违。与崇祯形成鲜明对比的是明神宗皇帝，他百事不管，躲在深宫里尽情享福。结果呢，明神宗优哉游哉过完一生，而崇祯不仅丢掉了祖宗江山，丢了命，而且命运最惨。

看似猪像，心中了亮的朱由榔，还从历代帝王们身上总结出了这样一条，大智若愚，以柔克刚，说话语迟。刘备招贤纳才的最好办法——哭。难怪后世在总结刘玄德得江山时说，刘备的江山是哭出来的……那么，今天我朱由榔处于危急关头，最好的办法是什么呢？最好的办法是将这三股力量为我所用。我从中制约、引导之间的矛盾。事实上，朱由榔对前途完全失去了信心，他唯一的希望就是逃命、保命。在他看来，已经在北京建都十四年的清廷，已是大势所趋。西南这一小块地方和这么一点反清力量,被清廷肃清,是早晚的事。既然如此,保命要紧。不是说留得青山在,不怕没柴烧吗?脑袋掉了,还有什么呢?他倾向于逃去缅甸,况且,沐天波是打了包票的。因此,当三种意见摆在他面前,要他抉择时,他莫名其妙地傻笑一阵,最终滑不过去,还是选择了沐天波的逃跑方案。他说:朕以黔国公(沐天波)之意为意。这是圣上裁决,他李定国还能说什么呢?然而,在讨论到保护永历帝进至缅甸的过程、细节时,与会公推李定国率军殿后,他当仁不让答应下来……

"晋王,天黑了,风也大,请回吧!"站在李定国身后的亲将李环这样轻轻提醒了他一句,"子夜后,皇上就要启程了。"

李定国这才走下楼来,亲兵带过来他那匹追风大白马,他翻身而上,嗒嗒嗒,大白马立刻扬起四蹄而去,如一条腾云驾雾的白龙。

月亮升起来了。

在毗邻滇池的晋王府中,月影移墙,非常安静。完全看不见,也感觉不出半点战争逼近的迹象。高墙环绕的三进院落中,具有明朝建筑特色的亭台楼阁、假山,走马转角楼种种,与内地无异。但那些挂在高高翘起的檐角上的风铃、蹲在屋脊上的大象、孔雀等祥瑞物雕饰,特别是院子中,这里那里成排成行,长得葱郁、高大、婆娑的榕树等,无不带有亚热带地区显著特征。

偌大的晋王府似乎早已安息。唯中间院子里一间临池的书房里,一盏灯从天黑以后一直亮到现在。书房里,李定国一会儿站在案前,久久地看着那张铺在案上,很像是一幅国画的"滇缅线"地图,一动不动,凝神屏息,拈须思索;一会儿在屋里快速踱步。他在反复思虑着,这次护送永历帝的行动,还有没有什么计划不够周密的地方?他派手下第一大将白文选打前站,逢山开路,遇水搭桥。他让黔国公沐天波带着他的人马,保护永历帝居中。他则带着大队人马断后。军事上,他和已逝的刘文秀一样，非常具体细致。他时常举出平生无数战例告诫手下将领："打仗，务必细，决不能粗枝大叶，粗枝大叶害死人。"

他曾举一例，相当生动。当年，他跟着西王张献忠在中原一带作战时，有次，他们大败而去，明朝骁将左良玉在后紧追不舍。那时，黄河开始涨水。他们被左军追至黄河，天色已晚。面对着眼前汪洋一片，波涛滚滚而下的黄河，他们眉头皱紧裹足不前。

左良玉认为张献忠部被滚滚的黄河挡住了逃路，成了他手中一只煮熟的鸭子，飞不了。左良玉不追了，鸣金收兵，想让大部队好好休息一晚，养精蓄锐，第二天一早追上来，一鼓作气，将张献忠等在黄河边一举聚歼。关键时刻，李定国不慌不忙，他总认为这个时节，黄河刚刚发水，这一段水应该不深，便身先士卒，拄着一根又粗又长的柳枝，挽起裤腿下到河里探才涨水的黄河，看这一段究竟有多深。结果探明，这一段河水还真的并不深，兵马涉水完全过得去。他赶快告诉了张献忠，西王大喜。这个晚上，二十来万西军大队人马趁着夜幕遮掩，神不知鬼不觉地过了黄河。第二天天亮，左良玉率部赶到河边，眼见滔滔黄河通天来，不禁扼腕叹息："西军太鬼！"

护送永历帝去到缅甸，军事上他有绝对信心。但是，去到缅甸又如何，就不是他能把握的了。他为此深感忧虑。

一阵橐橐的皮靴声由远而近，将一直沉思着的晋王唤醒。从来人沉重、有力的脚步声和宝剑在他们身上的铠甲轻微的叩碰声，他一下就听出来了，来的是大将白文选和副将王镇。他太熟悉他手下的将士们了。

紧接着，门上那道竹帘映现出两位将军的身影。

"晋王，是时候了！"隔帘传来白文选始终浓郁的陕西口音。"啊？"李定国这才猛然惊觉，"是时候了？"他让他们进来。

白文选提醒晋王："三更已过。"

"好吧！"李定国对大将白文选和副将王镇说，"动身吧，依计而行！"这会儿，他的口气相当坚定。

车辚辚，马萧萧，将士弓箭各在腰。在永历十二年（清顺治十五年，1658年）昆明十二月的午夜里，滚滚尘埃中，二十万西军撤离昆明。李定国指挥部队作战向来神速，然而，这次因为永历小朝廷"百官扈从数万之多，日行不过三十里"，慢极了。还有，不出李定国所料，缅甸方面一开始就对接收永历帝这个亡国之君缺乏诚意，百般刁难。一会儿不准永历帝、沐天波一行深入缅境，一会儿指令永历帝、沐天波一行从缅甸八莫转往阿瓦……李定国只得背着永历帝这个沉重的包袱，在滇缅边境迂回，被动作战，损失惨重。因为他始终无法主动出击，无法腾出手来对紧跟不舍的清军进行有力还击。其间，李定国派白文选、张先璧、陈胜联率部分头在大理、玉龙关等地同跟进的清军吴三桂部进行了几次大的会战，都以失败告终，清军越发骁勇，跟得越紧。

四月下旬的一个黄昏时分。李定国痛定思痛，将主力集中在险峻的磨盘山一带并做了精心设伏，决心给冒进的吴三桂部以迎头痛击。

一轮只有亚热带地区才有的，犹如一团正在嗡嗡旋转的，已经没有了热力的火球似的太阳，正在迅速西沉。在以磨盘山为主峰的重峦叠嶂中，显出庄严神圣。从高处俯瞰，磨盘山像是一个葱茏的陀螺。一片很深的绿，在夕阳中，由深到浅，最终呈现出黑暗和幽深。磨盘山的口子，像一朵张开口的大喇叭花，愈往里走愈是幽深、狭窄、弯曲，最窄处只能容一骑。两边千仞绝壁，头上只有巴掌大一块天。这条峡谷长达十来里。

李定国在这里设伏，他驻马在高高的磨盘山头上观察。在他的身后，簇拥着其子李嗣，还有李环等将领。李定国在这条险峻的山道两边设下三伏。部将窦民望初伏，高文贵二伏，王玺三伏。每伏精兵两千，备足箭弩火药，隐藏于两壁山上草丛中。只待清军进入谷中，号炮为令。届时，由初伏的窦民望部，将预先放在山头的柴捆掀下，堵死沟口，沟口沟尾的柴捆同时点燃，堵死峡谷。三伏精兵分段分片出击。

时强时弱的山风，将李定国披在身上的大氅吹得飘了起来，像是雄鹰展开的双翅。如血的残阳照在李定国那张沉思着的、有棱有角的脸上，还有他胯下的白马，都凝然不动，像是一尊威风无比、浑然一体的雕塑。沉思良久，李定国满怀信心地对身后的李嗣、李环等将领说："全歼吴三桂部和卖主求荣的吴三桂本人，就在今夜！"

"爹爹！"只有二十来岁，面貌长得与李定国酷似、英姿勃勃的李嗣却不无担心地说，"吴三桂十分狡猾，久经战阵，他会长驱直入中计吗？"

"嗣儿，你知道吗？我这一路西撤时，为什么昨天以前，我们的兵士们野地做饭，还是一人一灶，接着，两人一灶。今天中午，就在我们退到磨盘山前，却是三人一个灶了？而且，我们将辎重丢弃得沿途都是？"李定国这是在考儿子。

"懂了，爹爹！"略为沉吟，李嗣的眼睛亮了，他为豁然明白了爹爹的用兵妙计而高兴。"吴三桂那厮深通兵法。他用点灶法，从我们一路上留下多少个灶来判断我们有多少兵。现在我们的灶越来越少，还有辎重、财物一路丢弃，他一定认为我们是被他追得溃不成军。今夜，他会认为是一举消灭我们的最好时机，放心大胆率轻骑来追！"

"这就叫利令智昏！"李定国点了点头，又对诸将交代了些作战细节，拨转马头，李嗣等将领也勒转马跟着晋王，朝山下走去。他们充满必胜信心。

黑夜很快笼罩了山谷。

吴三桂率领他的五万步骑，来到磨盘山口。这位身长八尺、虎额环眼，武艺过人、战场上敢战也能战的将军，原是前明镇守山海关的总兵，负有与关外清军直接对峙、保卫京畿的重任，后来，因种种原因降清，成了清廷的鹰犬。先是追打李自成，现在是率部打击西南地区残明势力和大西军的主力。

这时，骑在一匹体形高大俊逸、漆黑如炭的蒙古三河骏马上的吴三桂，驻马在山前观察一阵，略为思索，浓眉一扬，随即对簇拥身后的将领就要下达全速追击李定国部的命令。

"大王！"因为顺治皇帝已封吴三桂为王，部下清将耶律休沙不无担心地说："李定国用兵向来狡猾异常，贸然挥兵进入山谷，怕会被李定国打个伏击。"

吴三桂听后，不以为然地仰头一笑，那笑中分明满含鄙视。笑完了，他以教训的口吻对清将耶律休沙说："我自幼熟读兵书，戎马半生，这点军事上的皮毛焉能不知？李贼分明是在我雷霆打击之下，呈分崩离析之势逃窜。只要数数这一路上越来越少的行军灶就会知道，李贼的人马如鸟兽散……"他不想太伤耶律休沙的面子，来了个折中，说，"不过，耶律休沙将军的担心也有道理。小心无大错。这样吧，我率轻骑兵携炮兵进山，耶律将军带步兵随后跟进！"这就定了。

森然的军号声吹落了天上的繁星。吴三桂率一万轻骑，携一营炮兵进入了山谷。吴三桂还是相当小心的。以防万一，他将炮营带了进去。

因为西南地区山高谷深，在云贵川作战的清军年来吃了不少西军的亏。清廷准其所请，这一营山炮，装备精良，是清廷花大价钱从德国军工厂买来的。二十来门山炮的炮筒粗粗、铿铿黑亮。这些山炮，被一匹匹大走骡拉着，走在队伍中段。车轮转动，发出的吱嘎声和着嗒嗒的马蹄声，在幽深的山谷间发出久久的回声。清军进入了第一伏击圈，李嗣按捺着心中的欣喜，对伏在身边，有些按捺不住的窦民望总兵说："再让他们进来些！"

"大王，你们中了埋伏，停止前进！"这时意外发生了，最初的夜幕中，有个人手上打着小白旗，不知是从哪里钻出来的，一头撞进了走在前面的清军骑兵队里。

清军当即停止前进。

李嗣心中连连叫苦,他不知这是怎么回事,怎么办,赶忙派亲兵去向在中军指挥的父亲请示。

山谷中那个突然不知从哪里冲出来,手摇小白旗的人,名叫卢桂生。他原是明朝大理寺卿。他跪在吴三桂马前,细说缘由:年前,贼军势大,一举拿下大理,下官没有办法,只好伪降。朱由榔入滇后,我设法攀附到他身边做了一名书簿。此次朱由榔在大王追击下,逃去缅甸。途中我趁乱逃出,伏于山谷荆棘丛中专等大王!他接着将李定国精心设下的三道埋伏,详细做了禀报。

吴三桂听了,不由惊出一身冷汗,庆幸部队刚刚进谷,陷得不深。他对卢桂生说:"好!这一仗打下来,果然如你所说,本王重重赏你!"他命令骑兵下马,准备接战。要进入山谷的炮营向两边高高的山崖上进行试探性轰击。

轰!轰!轰!顿时,两边山崖上炮如雨下。形势陡变,间不容发,李嗣接到父王命令,按原计划进行。战斗打响了。窦民望想将准备好的柴火点燃从山头上推了下去。可是,猛烈的山炮,打得埋伏两边山崖上的西军抬不起头来。一轰死伤一堆。而且这些进入山谷的清军还分头从两边山头迂回而上,进行清理。好好的一盘棋,因叛徒告密,主动变为了被动,李定国的整个战略部署被完全打乱了。可是,李定国临危不乱,他审时度势,命令两边设伏的西军悉数冲下山去,在山谷中同清军展开肉搏战。一时,山鸣谷应,杀声如雷。史书载:"两军短兵相接,僵尸如堵墙。"一伏总兵窦民望身先士卒,奋勇杀敌,虽多处负伤,仍血战不止。最后中敌炮弹穿肋而过,仍挺刀冲杀,突击敌阵,终因流血过多,伤势太重牺牲。三伏总兵王玺也血战而死……吴三桂不熟悉地形,又是夜间,在西军前仆后继的英勇打击下,下令部队且战且退,退出了山谷。

天亮了，战斗止息了。如狼似虎的吴三桂追兵被打退了。浑身染满硝烟，身上披着那件被炮弹撕开了好多道口子大氅的李定国，从山头上往下看去——狭长的山谷里，敌我尸体纵横交错。成百上千的西军弟兄，其中不少是跟着他南征北战多年的骨干，倒下了。这些弟兄，好些都是在被清军的大炮炸得残肢断臂后仍勇猛地扑向敌人拼命，他们或是用剩下的一只手卡着敌人的脖子，或是咬着敌人的喉咙，同归于尽⋯⋯昨晚的呐喊似乎仍然声声在耳。然而现在，这一切都过去了。山谷间非常安静。李定国完全想象得出，昨晚弟兄们用血肉之躯，同装备精良的吴三桂虎狼之师是如何拼命，是如何将吴三桂虎狼之师逼退的惊心动魄。无数昨天还在面前生龙活虎的弟兄，就这样去了，他们告别了远在千里对他们牵肠挂肚的亲人，他们年轻的生命，如同山谷间一片片、一丛丛烂漫开放的山花，经一阵不期而至的暴风雨的蹂躏，过早地凋谢了。

李定国和簇拥在他身边的李嗣、李坏等将领，低下头默哀。他们在心里对战死的长眠于此的将士们说：安息吧，好兄弟们！

明永历十三年（清顺治十六年，1659年）五月，永历帝朱由榔、沐天波一行进入缅甸腹地，被缅王指定住在阿瓦城附近。完成了护送任务的李定国誓死不住异国他乡，率部返回，在云南孟连、孟艮一线，游动打击跟进清军，不时隐入丛林休整。局势是复杂的。李定国得到当地人民拥护，大批被打散的西军将士，如张国用、赵得胜部先后归来。但是，有些被吴三桂收买的地方头人，利用当地民众多对大西军不够了解，妖言惑众、纠众捣乱。对这些人，李定国毫不手软，他对孟艮地区一个势力很大，被吴三桂收买了的土司进行了镇压。大批西军、明朝官吏望风而来，泥沙俱下，对一时难辨真伪的降者，李定国非常警惕，注意甄别，原明朝广国公贺九仪，归附李定国，却暗中同在昆明的吴三桂勾搭，对此李定国佯装不知，就在贺九仪阴谋叛乱前夕，李定国当众拿出贺九仪阴谋叛变的罪证，宣布贺九仪的罪行，喝令当场拿下杖毙。他通过这一切行之有效的措施，巩固了他的部队和他在军中的统帅地位，巩固了他在孟连、孟艮的根据地。同时，为了牵制敌人，扩大根据地，他分兵一部给部将白文选，让他去滇缅边境的孟缅山区开辟新区。

然而，李定国最为担心的事情还是发生了。永历十五年（清顺治十八年，1661年）五月，缅甸国内发生政变，国王的兄弟莽猛篡位杀兄。在清廷的威逼利诱下，莽猛假意请永历帝带黔国公沐天波等去首都仰光赴宴、议事。这一去，永历帝朱由榔、黔国公沐天波等被莽猛一网打尽。除永历帝朱由榔和太后二十五人，莽猛将永历帝的随员黔国公沐天波等上百官员尽皆杀戮。

出于民族义愤，李定国先礼而后兵。他先是致信莽猛，要他放了永历帝一行，遭到莽猛拒绝后，不计成败利钝，说服白文选，点精兵三万，乘战船数百艘，从澜沧江下水，浩浩汤汤杀入缅界。莽猛不敢正面应战，一面派人飞报吴三桂，要清军配合，捣西军后路；一面利用西军不熟悉缅甸国内情况，派缅军利用上游弯多滩急，在多处设下栅栏拦阻，江心抛下巨大的铁钩。白文选部的战船，刚进入缅境不远，就有五艘战船被刺穿了船底，进攻受阻。本来就是一百个不愿意的白文选到帅船上找李定国来了。

"三哥！"白文选是个典型的西北大汉，黑红脸膛，大嗓门，大刀眉，熊腰虎背，平时上阵时，手中一把关大刀舞得虎虎生风，坐下一匹卷毛大黑马，人马相配，八面威风，令敌人闻风丧胆。他是公认的虎将，战场上英勇过人，但贪图享受，嗜酒如命，所率领的军队也不太守军纪，在张献忠时候，总是升不上去。依据早年老兄们在西王张献忠麾下的习惯称呼，坐一条小舢板，从上游而来的白文选，刚刚上得李定国的帅船，就这样叫了李定国一声三哥，大脚踏得船板砰砰响，人未到,声音早到了。

晋王李定国礼贤下士,刚刚迎出来,白文选已气呼呼跨进舱中,咚地坐下来,脸红脖子粗地说:"三哥,我不干了。我要带着我的弟兄们打道回府。我不能去救一个从来都没有真心对待你我兄弟的什么皇帝,而让吴三桂从背后抄我的窝子!"

"贤弟!"李定国动之以情、晓之以理,竭力劝说白文选,"不管他朱由榔如何对不起我们,他目前总是我们的皇帝,我们不能看着我们的皇帝被莽猛欺负不是!永历帝朱由榔一行二十五人,目前过着猪狗不如的生活……"然而,无论李定国怎样劝说,白文选就是听不进去,铁了心要走,借四川人的一句话说——四季豆,不进油盐。

白文选咚地站起,红眉毛绿眼睛地对李定国说:"三哥,我可没有你那样的胸襟,我得回去顾自己的窝子!"说完,拱了拱手,"三哥,我们就此别了!"

白文选在节骨眼上临阵脱逃,将他的一万余人马后队改作前队,弃舟登岸回国去了。李定国想想不对,赶紧吩咐儿子李嗣:"你快去追白叔……"李嗣带几个亲兵,骑马追上白文选,不意白文选翻了脸,横刀立马对李嗣说:"不要拦我。我的书没有你爹读得多,道理也没有他懂得多,但我知道这句——识时务者为俊杰。"说着,放马缓缓而去,并威胁李嗣:"贤侄不要过来。不然,我白文选认得到你李嗣,可我手中这口大刀认不得贤侄!"

李嗣看出白文选是劝不过来了,没有办法,只好回去向父亲复命。李定国不计成败利钝,率军沿澜沧江向仰光一路攻去。

局势越来越不利。

十一月,白文选在云南茶山降清,被清廷封为承恩公,隶汉军正白旗,康熙十四年(1675年)逝。缅王莽猛一是因清廷的威逼利诱,二是为绝李定国救永历帝的念头,就在李定国率军一路攻去,仰光指日可到

317

时，莽猛将永历帝一行引渡给了吴三桂。最后的一线希望破灭了，晋王李定国功亏一篑，只好率军沿途折回。

李定国在率军入缅作战期间，身染瘴气，回国后，又与跟进清军频繁作战，到清顺治十八年（1661）十二月，已大病，卧床不起。

在北方，这个时节水瘦山寒，而在景洪一片亚热带丛林中，又是另外一番景象。森林中，古木参天，气候炎热，瘴气升腾，虫蛇出没，藤萝缠结，野草疯长，不见天日。湿热的空气让人喘不过气来。

李定国的大营扎在这片密林中。他手上只剩下三万人，而且大都是云贵两省的少数民族。那些跟着他从北方来、南征北战的老兄弟们，所剩不过五六千人了。李定国栖息在一间搭在一棵需四人合抱的粗壮无比、高耸入云的大榕树上的一个板房里。

这是一个森林中的黄昏。时年四十一岁的晋王已病入膏肓，三天水米不进，处于回光返照阶段。在大树上那个只能容三四个人的小板房里，躺在一张竹床上，从午后就一直处于昏迷状态中的李定国醒过来了。

"爹爹，你终于醒来了！"李定国眼前的"雾"一层层地散去。他看清楚了，守在面前的是儿子李嗣，还有两个亲将。军中那个医术很不错的军医蹲在他的身边，眼中露出惊喜，急忙把手中的一碗药捧到晋王面前，希望他喝下去。李定国却摇了摇头，他用无限留恋的眼神，将眼前的儿子、亲将们仔细地挨个儿上下看了个遍。生命垂危的李定国，却仍然是战时打扮，全身披挂。只是，向来身体魁梧的他，已明显瘦了一大圈。那把当年由西王、义父张献忠亲手赐予他的削铁如泥的龙泉宝剑，却被他紧紧地护着放在身边，似乎还要随时准备跳起来拔剑杀敌。

这个时分，在大森林上空，那一轮亚热带如血的夕阳正在西坠。一缕如血的残阳，透过大榕树浓密的树冠，洒在小小的板房里跳跃、游移，如血如火，又如一只神奇的手，在编织着如梦似幻的光环。

李定国看着儿子，他那已经逐渐黯淡下去的眼神又忽然一亮，嘴唇翕动。李嗣知道爹爹有话要说，赶快俯下身去，将头凑到他嘴边："爹爹，你想说什么？"

"刘、刘震，回来没有？"儿子从父亲极为微弱的声音中听清了。他知道，爹爹直到生命垂危之时，还在万分惦念明永历帝朱由榔的命运。刘震是刘文秀的儿子，现是李定国的部将。日前，当病中的李定国得知永历帝朱由榔父子等二十五人被缅王莽猛当作礼物一样送给了吴三桂时，当即派刘震带人去昆明打听消息。而就从那时起，他的病情猛然加重了。刘震在昆明探得确切消息——吴三桂得到清廷立即就地绞死朱由榔的命令，立即将永历帝父子绞死于昆明金蝉寺，昨天就回来了。刘震之所以没有来看望叔伯辈的晋王，就是怕他问起这事，怕他加重病情。李嗣本想把永历帝父子已被吴三桂绞死的事隐瞒下去，但看着爹爹看着他的眼神不忍。他不会撒谎，就什么也没有说，只是将头低了下去。

李定国什么都明白了。只喘着气说了一句："可惜！"说完，昏死过去，长时间地昏死过去。

当李定国再次醒过来时，已是第二天黎明。小板房中，光线幽微。儿子李嗣、刘震、部将靳统武等都环绕在他身前，形容忧戚。李定国自知生命已到最后关头，无比留恋地看了看他们，用尽力气，殷殷嘱托，气息低微："我死后，你、你等……哪怕全部战死……荒郊野林，也不能……不能……降清！"说完，溘然而逝，年仅四十一岁。

"爹爹！"

"晋王……"从平时很少流泪的、刚强男儿胸中迸发出来的哭声，一旦迸发开来，便是惊天动地，格外悲切。丛林中，这最后一支西军将士们闻知他们的主帅、崇敬的晋王去世的噩耗，所部三万余人一下全都伏跪在地，向着晋王李定国去世的那间搭在擎天大榕树上的小木屋哭泣。声震天地。

　　轰隆隆！老天似乎也为李定国的逝去而悲恸不已，好好的天突然变了。一下子阴霾低垂，电闪雷鸣，狂风大作，暴雨倾盆。天完全黑了下来，森林像是披上了丧服。连绵的大树被狂风吹打得起伏不止。大风将小树、野草、荆棘吹得伏在地上，抬不起头来。远山、近树，全都在悲伤地哭泣。

　　然而，两个月后，李嗣、刘震这两个青年将领，却背叛了他们的父亲为之奋斗终生的事业。他们解散了部队，走出景洪那片原始丛林，投降了清军，投降了吴三桂。

　　但是，还是有大西军李定国旧部数千人誓死不降。他们大都来自北方，虽离乡背井多年，却矢志不渝。他们同当地人结婚、生子，世世代代聚居在以阿瓦河为中心，辐射百余里的山区、丛林、河谷等偏僻地区，自称"挂家"，死后葬身地为"望乡台"。

　　他们死后，坟墓一律向着北方，向着祖国方向。他们的子子孙孙，死后坟墓也一律向着北方，向着祖国方向。他们的坟墓，朴实无华，犹如他们的一生，也许只是一抔黄土，黄土上爬几茎荆棘或发黄的衰草。但是，他们的坟墓前都立有一个墓碑，墓碑上镌刻着他们的姓名、北方籍贯。这些沿着阿瓦河流域展开的、向着北方的坟墓，一个连接一个，一片连着一片。那些飞翔在河边、林中的色彩鲜艳，各种各样可爱的雀鸟，无论是在金色的朝阳下，还是清亮的晨光中、如血的晚霞里，抑或是暴风、大雨里，都在勇敢地飞翔，婉转啁啾鸣唱。当地人说，它们，就是长眠在阿瓦河谷中的大西军以及他们后裔的精魂。

　　而长眠在此地的大西将军、晋王李定国的坟墓，后来虽然被清军抄了，而且掘地三尺，但是，李定国却永远活在当地人心中，被当地人视为神，塑了像，供奉在家里。又不知过了多少年，李定国的坟墓又被当地人立了起来。坟墓很高大，周围环境很优美。三面古木参天，前面是一片开阔地，也是向着北方，向着祖国的方向。

再没有人来抄李定国的坟墓了。李定国的坟墓被无数的后人培整得更加巍峨壮观，俨然成了一座帝王的陵寝。在日夕晨晖中，有当地人，有不远千里从北方来的人，有从界河那边国外过来的人，他们虽然互不认识，却都来到李定国墓前久久地稽首、跪拜。在勐腊后山，当地人还修建了一座"汉王庙"，庙中的塑像，显然是李定国，却又是被神化、夸大了的李定国——将大西时代的南平王、联明抗清时期的晋王李定国身上的那份威风，那份正气、神武，展露得淋漓尽致，简直就是一尊人们心目中的天神。

当地人对李定国——汉王——顶礼膜拜，三年一小祭，五年一大祭，而且每年春节，都要去他的陵寝鸣炮祭祀。

南国的莽莽森林无言，苍苍青山无言，长长阿瓦河无言。然而，青山常在，阿瓦河长流不息——带着这段曲折坎坷的历史，它从悠远的岁月中来，迎着升升落落的太阳，沐浴着日月星辰，向着大海，向着未来，曲折坎坷地流去。